本丛书为中国海洋大学中国传统文化研究中心、青岛大学国学研究院规划项目；本丛书6部著作分别获得山东省及青岛市社会科学规划办立项支持，丛书的出版得到青岛市崂山风景区管理局崂山旅游集团有限公司的部分资助。

　　本书为2017年度山东省社会科学规划研究项目文丛·一般项目（批准号：17CKPJ17）和2016年度青岛市社会科学规划研究项目（批准号：QDSKL1601089）结项成果。

崂山文化研究丛书

第二辑

研究 崂山民间故事

汪泽　赵伟　朱绍雨　著

中国社会科学出版社

图书在版编目（CIP）数据

崂山民间故事研究／汪泽，赵伟，朱绍雨著.—北京：中国社会科学出版社，
2020.9

（崂山文化研究丛书·第二辑）

ISBN 978-7-5203-7051-6

Ⅰ.①崂…　Ⅱ.①汪…②赵…③朱…　Ⅲ.①民间故事—文学研究—青岛
Ⅳ.①I207.73

中国版本图书馆 CIP 数据核字（2020）第 158723 号

出 版 人	赵剑英	
责任编辑	宫京蕾	
责任校对	秦　婵	
责任印制	郝美娜	

出　　版	中国社会科学出版社
社　　址	北京鼓楼西大街甲 158 号
邮　　编	100720
网　　址	http：//www.csspw.cn
发 行 部	010-84083685
门 市 部	010-84029450
经　　销	新华书店及其他书店

印刷装订	北京君升印刷有限公司
版　　次	2020 年 9 月第 1 版
印　　次	2020 年 9 月第 1 次印刷

开　　本	710×1000　1/16
印　　张	16.25
插　　页	2
字　　数	278 千字
定　　价	98.00 元

总　序

刘怀荣

　　崂山位于齐地之东部，僻处海滨，砥柱洪流，在很长的历史时期里，都属于人迹罕至之地。然崂山之名，不仅在历史上很早就广为人知，而且在当代国际社会，也堪称东方名城青岛的特殊标志。在国外，如果有人知道崂山而不知道青岛，也许并不是一件不可理解的事。

　　崂山美誉的广泛传播，固然与其"三围大海、背负平川、巨石巍峨、群峰峭拔"[①]，深幽而罕见的自然风光不无关系，而就实际的情形来看，道教及与之相关的一系列神秘文化，也许是引起古今中外人士关注崂山更重要的因素。崂山道教的真正起源虽然要晚得多，但是早在道教正式诞生之前，齐地即已因方仙道、黄老之学以及黄老道而闻名遐迩。这不仅构成了崂山道教特有的显赫"家世"，也成为其后来植根深厚、叶茂枝繁的地域文化沃壤。因此，从唐末五代的李哲玄，到北宋的华盖真人刘若拙，再到金元之际的全真诸位高道，都不约而同地选择崂山作为修道之所，可谓英雄所见略同。崂山道教后来能发展为"道教全真天下第二丛林"，出现"九宫八观七十二庵"的盛况，虽离不开全真教历代高道的大力弘扬，但神秘独特的自然环境与悠久深厚的文化传统，更是缺一不可的。

　　崂山道教的发展，进一步提升了崂山的知名度。从明代万历年间起，佛教中人也开始把目光投向这里，但道教在这里有深厚的根基，晚来的佛教注定无法占据上风。憨山、自华、慈霑，虽然都是僧人中的佼佼者，但憨山所建海印寺在万历佛道之争中被毁，黄氏、周氏两大家族为明朝僧人自华大师所建的洪门寺（又名西莲台），到了清代乾隆末年

[①] 《道藏》第 25 册，文物出版社、山海书店、天津古籍出版社 1988 年版，第 819 页。

就已倾圮，只有慈霭任第一代住持的华严庵，经数次重建，后更名为华严寺，至今仍存，这也是崂山目前唯一的佛寺。虽然崂山佛教远不如道教兴盛，但同样不可忽视。

山海胜境、神仙传统，吸引了道、佛二教，而这三大资源的汇合，进而引发了世人无穷的好奇之心。虽然道路崎岖难行，历代仍不乏名人雅士前来探胜观光。直到德国占领青岛期间（1897—1914），开辟了十六条登山通道。此后，沈鸿烈主政青岛时期（1932—1937），进山道路得到进一步的修缮，游人更是接踵而至。而古今文人墨客来游者，往往将人生之悟、身世之慨与山水之美融为一体，即兴为文。岁月沉积既久，不仅道佛文化自成体系，自有历史，名人也为崂山日益增色，他们留下的那些脍炙人口、传之后世的诗词文赋，更成为崂山人文的重要组成部分，使这座清奇幽深的名山，增添了更加丰富深沉的人文意味。因而，梳理、总结崂山之人文，也就显得更加重要了。在这方面，古人已经做了很多，从明末黄宗昌撰写第一部《崂山志》、近代太清宫道士周宗颐撰写《太清宫志》起，修撰各类《崂山志》及探究崂山道教历史者，实在不乏其人。因而，崂山宗教文化与历史、来游崂山的名人及其诗文著述，已在无形中构成了人文崂山的重要组成部分。尤其在每年前来崂山的游人动辄过千万①人次的今日，把崂山文化以通俗易懂的方式，准确地介绍给海内外游客，就显得更为重要。

这样的一种认识，对我们来说并非一时的心血来潮。早在笔者初到青岛工作的1992年，就发现在有关崂山道教史及文化史的相关介绍中，存在着不少似是而非的问题。1993年9月15—18日，中国旅游协会旅游文

---

① 据崂山区统计局《2012年崂山区国民经济和社会发展统计公报》《2013年崂山区国民经济和社会发展统计公报》，2012年崂山区接待海内外游客995万人次，其中，国内游客863.5万人次，入境游客131.5万人次；2013年接待海内外游客1147万人次，其中，国内游客1119万人次，入境游客28万人次。分别见崂山区委区政府门户网站"崂山统计局"，http：//tjj. laoshan. gov. cn/n206250/n500254/index. html，2013年2月5日、2014年2月21日。到了2017年，崂山区全年旅游接待人数达到1680万人次，见《2017年崂山区国民经济和社会发展统计公报》，崂统〔2018〕6号，http://www. laoshan. gov. cn/n206250/upload/180224090240818770/180224090240795134. pdf，2018年2月24日。又据2018年5月29日公布的《青岛市全域旅游规划纲要（2018—2021年）》统计，2017年，青岛市全年接待游客总人数8808万人次，而2021年的目标则是接待海内外游客1.2亿人次。这说明来青岛的游客在逐年增加，每年至少有上千万人到崂山观光旅游。

学专业委员会（中国旅游文学研究会）第六届年会暨 1993 青岛国际旅游文化研讨会在青岛市召开，会议由青岛大学文学院具体承办。笔者当时提交的论文是《崂山道教及其在中国道教史上的地位》（后刊于《东方论坛》1995 年第 3 期），这是我探讨崂山道教文化最早的一篇文章。自此之后的 20 多年来，我本人断断续续写了一些有关崂山道教、崂山志或崂山文化的文章，也尽可能收集了与崂山文化有关的典籍。其间，还在青岛市崂山文化研究会负责过宗教文化专业委员会的工作。研究会出版的《崂山研究》第一辑（中国海洋大学出版社 2006 年版）、第二辑（中国海洋大学出版社 2008 年版）所收的部分论文，也是在上述认识的指导下，组织部分师友所做的一点工作。

《崂山道教与〈崂山志〉研究》（中国社会科学出版社 2011 年版），是我们出版的第一部专著。在完成此书的同时，我们逐渐形成了选择典型的专题和典籍对崂山文化进行系统整理、研究的思路，拟定了《崂山文化研究丛书》（以下简称《丛书》，包括 40 余部著作）的研究书目，计划分四到五辑陆续出版。《丛书》第一辑由人民出版社于 2015 年 6 月出版，包括《崂山道教佛教研究》《崂山文化名人考略》《崂山志校注》《劳山集校注》《周至元诗集校注》《崂山游记精选评注》《崂山诗词精选评注》七部著作近 200 万字。这七部著作出版后，产生了良好的社会反响。《文汇读书周报》《山东社会科学》《东方论坛》《青岛早报》《青岛财经日报》、"大众网·理论之光"、推荐书网等报刊和媒体都刊发了书评，对《丛书》第一辑给予了很高的评价。《丛书》获得了 2016 年山东省社科普及一等奖，2016 年全国社科普及优秀作品奖。青岛市风景管理局则将《丛书》第一辑定为礼品书和下一步崂山文化旅游规划与发展的重要参考丛书。

本书为《丛书》第二辑，在《丛书》第一辑的基础上，选择了六个专题，对崂山文化做了进一步的深入研究，现将六部著作简要介绍如下。

《沈鸿烈研究》，是第一部沈鸿烈研究的专著。全书以沈鸿烈驻守及主政青岛时期的崂山开发和市政建设为重点，在尽可能参考沈鸿烈及他当年同事们的回忆，并在参阅《青岛市实施都市计划方案（初稿）》《青岛市政府行政纪要》等第一手档案材料的基础上，系统探讨了沈鸿烈在青岛十年多的崂山规划与开发、主政期间的施政纲领及在市政规划建设、乡村建设、民生、教育、抗战等方面的贡献，意在还原一座城市与一个人的关系史。同时，对沈鸿烈一生其他阶段的生平事迹，也做了初步系统的梳理，力求比较全面地反映其生平行事和仕宦交游。

《游崂名士研究》，是第一部研究游崂山名士的专著。名士的游赏活动是山水文化的重要组成部分，对于提升自然山水的知名度具有无可替代的作用，游历崂山的名士也不例外。本书选取郑玄、法显、李白、丘处机、高弘图、憨山、黄宗昌、顾炎武、王士禛、高凤翰、蒲松龄、胡峄阳、匡源、康有为、周志元从汉代至 20 世纪 60 年代的 15 位游崂名士，对他们的活动踪迹及与崂山的关系做了深入的考察，通过历史事实的生动还原，揭示了作为海上名山的崂山，如何在名士的游赏活动和生花妙笔中，展现出更令人神往的人文魅力，获得了"山因人而重，文因山而传"，名士、名文与名山相得益彰的传播效应，对崂山文化的升华起到了非常重要的作用。

《即墨黄氏家族文化研究》，是第一部系统研究黄氏家族文化的专著。在即墨"周黄蓝郭杨"五大家族中，黄氏家族持续时间较长、代表性人物较多、影响力也最为深远。因地域关系，黄家几代人的命运和生活都与崂山发生了密切的联系。本书在对黄氏家族的家族历史、家族名人、家风家教、家族文学等进行系统梳理的基础上，重点对黄氏族人，尤其是黄宗昌父子和黄肇颚与崂山的关系作了深入探讨。不仅有助于更好地了解明清时期山东文化家族的发展文化，对传承崂山文化及发掘崂山旅游文化资源，也有重要的现实意义。

《即墨蓝氏家族文化研究》，是第一部系统研究蓝氏家族文化的专著。即墨蓝氏家族自蒙元时期以军功起家，至明清时期，人才辈出，逐渐成为山东知名的文化世家。本书从家族概说、仕宦佳绩、艺文著述、孝行义举、家族教育、崂山情结等方面，探讨蓝氏家族重农兴商的治家原则、"为官一任，造福一方"的从政理念、"诗书继世，孝义传家"的家风；并对蓝氏建于崂山的祖坟和华阳书院、蓝氏族人的崂山之游和崂山之咏做了详细的考证和分析，揭示了蓝章、蓝田、蓝润、蓝启肃等蓝氏名人与崂山的诸多因缘及其对崂山人文美锦上添花的历史事实。

《崂山道教题刻研究》，是第一部系统研究崂山道教题刻的专著，以崂山道教人物事迹题刻、诗词题刻、碑记与庙记题刻为研究对象，从历史、文学、文献、训诂等多学科入手，对崂山道教题刻的产生背景、题刻作者及生平、题刻内容及相关的道教术语、诗词典故、疑难字句、史事、掌故及题刻的艺术特征和文化意义等，做了详细考证和解说，对其中的疑难文字及前人成果中的错谬，加以辨识与正误。有助于读者深入了解崂山历史文化的底蕴，对崂山题刻的挖掘、保存和传承具有重要的价值。

《崂山民间故事研究》，是第一部系统研究崂山民间故事的专著。崂山民间流传的人物故事和风物故事集中体现了当地民众对神话、历史、自然地理乃至社会生活诸多方面的原生态理解，其集体性、口头性、变异性、传承性等特点鲜明。"异类婚恋""兄弟分家""问神仙"等世界民间故事主题在崂山地区的流传，反映出中外文化的交流及异同。某些众所周知的朴野乡谈，实际上植根于中国古代相关典籍之中，既昭示了传统典籍的魅力，也是崂山地区文化底蕴深厚的明证。本书在立足民间故事、反映崂山特色的同时，力图以故事文本为枢纽，建立起沟通古今、中西、雅俗的桥梁。

上述六部著作，《沈鸿烈研究》《游崂名士研究》立足政治文化名人，《即墨黄氏家族文化研究》《即墨蓝氏家族文化研究》以家族文化为中心，《崂山道教题刻研究》和《崂山民间故事研究》分别从道教和民间故事入手，在《丛书》第一辑研究的基础上，对崂山文化进行了系统、深入的专题研究，所使用的地方志、档案及家族文献资料，多为以往论著重视不够或未曾系统关注，因而也是各自论题系统性专门研究的首部专著，都具有鲜明的开拓性和创新性。是为《崂山文化研究丛书》第二辑。

我们的研究工作，获得了山东省和青岛市社科规划办的立项支持。中国海洋大学中国传统文化研究中心、青岛大学国学研究院将本辑六部著作列为规划项目，第二辑的部分出版费来自我个人的校拨科研启动费。青岛市崂山风景名胜区管理局崂山旅游集团有限公司，也为本辑的出版提供了部分资助。我谨代表课题组全体成员，在此对上述单位和机构的扶持表示衷心的感谢！

中国社会科学出版社的宫京蕾老师，是一位优秀的编辑。我们曾有过多次合作，我个人的多部著作，都是宫老师任责任编辑。本辑的出版，再次得到宫老师的支持。她严谨高效的工作，为本辑的质量提供了重要的保证。我们在此表达崇高的敬意，愿学术的友谊长存！

丛书的研究工作将在中国海洋大学传统文化研究中心和青岛古典文学

研究会的共同努力下继续推进，争取在以后几年里陆续完成预定计划中的其他工作。这些工作也许不在各高校的考评范围之内，但能够发掘崂山的人文魅力，为青岛这个年轻城市的文化建设尽一点绵薄之力，我们仍会深感欣慰。

刘怀荣

2019 年 2 月 22 日

于中国海洋大学

前　言

　　民间故事于崂山世代相传、无处不在，作为集体性的口头文学创作，展现崂山的历史沿革、山川物产、风土民情，反映劳动人民的道德观念、审美情趣与理想追求，彰显出独特的思想和艺术魅力；在流传过程中，既体现出世界民间文学的共同属性，迎合着社会与时代的历时演变，又保持了鲜明的地方乡土特色。从20世纪50年代开始，承载着民族历史记忆的崂山民间故事受到社会各界的关注，在刘思志、江崇辉、张崇纲等民间学者及山东青岛文化部门的积极努力之下，崂山故事被不断搜集整理，以合集图书的形式传播到全国乃至世界各地，并于2008年成功入选国家级非物质文化遗产名录。

　　党的十八大以来，以习近平同志为核心的党中央一再提倡以传统文化之光照亮民族复兴之路。崂山民间故事是中华传统文化的有机组成部分，将其加以开掘推广，必然带来重要的社会效益和经济效益，可辅益于精神文明建设，打造城市文化品牌，提升生态环保意识，符合当前国家发展的需要。从目前来看，尽管故事合集出版与单篇论文写作已然成其规模，但相对全面化、系统化的研究专著依然暂付阙如，这未尝不是民间文学与地域文化研究领域的一大遗憾。在此情况下，笔者不揣鄙陋书写拙作并付之梨枣，在配合国家战略需要、加强文化宣传的同时，亦试图将其引向教学科研领域，从宏观意义上挖掘崂山民间故事的文学、文化及民俗意义。

　　本书第一章概述崂山民间故事的归属范畴和典型特征，回顾其搜集、整理、研究历程，阐述研究价值。第二、三章分别介绍崂山民间故事中的历史人物、神话人物及山川古迹、动植矿产。第四章依据世界著名民间故事主题，例举其在崂山地区流传的故事面貌，分析文化内涵。第五章结合崂山地区流行的故事形态，梳理中国四大民间故事的源流演变状况；解读崂山民间故事与相同、相似情节的中国古代小说之间的联系与区别。在立足民间故事、反映崂山特色的同时，笔者力图以故事文本为枢纽，建立起沟通古今、中西、雅俗的桥梁。碍于时间紧迫、能力有限，很多问题的探讨理论深度不足，颇有隔靴搔痒之恨。因此，本书对崂山民间故事的解说更多只是探索性的尝试，尚不能填补相关领域的学术空白，但若起到些许抛砖引玉的作用，亦可令人欣慰。

《崂山民间故事研究》也是本人进入高校工作以来接受的第一项考验。虽然硕博阶段致力于中国叙事文学与文化研究，但在入职初期的懵懂与忙乱之中完成著述，不免困难重重；初稿撰成后历经几番修改，也颇费周折。所幸在书籍的写作过程中得到了诸多师友的帮助。关于崂山民间故事及其地方文化的参考资料全部由青岛大学赵伟老师提供，第一章一、二节借用了赵老师前期采集的材料数据；有关历史人物故事和山川古迹故事的部分内容与赵伟老师及青岛大学研究生朱绍雨合作撰写。

与此同时，由衷感谢中国海洋大学刘怀荣老师的关怀鼓励，感谢中国社会科学出版社工作人员在审稿、排版、校对过程中的辛勤付出，感谢山东省社会科学规划管理办公室、青岛市哲学社会科学规划管理办公室及崂山风景名胜区管理局的大力支持。

汪　泽

2019 年春于青岛寓中

目　录

第一章

崂山民间故事概述

第一节　崂山民间故事的归属特征

崂山民间故事无疑要归入民间文学的范畴。民俗学者将民间文学定义为"民众文学"或者"平民文学"。钟敬文先生在《民间文学概论》中指出："我们认为，民间文学是劳动人民的口头创作，它在广大人民群众当中流传，主要反映人民大众的生活和思想情感，表现他们的审美观念和艺术情趣，具有自己的艺术特色。"① 关于民间文学的特征，按照钟氏的看法，可概括为集体性、口头性、变异性、传承性。这四大特征同样反映在崂山民间故事中。

（一）集体性

民国学者胡愈之称民间文学没有独立的作家，"创作的人乃是民族的全体"②。钟敬文进一步指出，民间文学"集体性"特征的表现，要从其创作过程和流传过程中加以把握。"劳动人民往往在一定的集体场合，如集体生产或集体生活场合，进行你一句我一句的集体创作……集体中的某个人或把前人的口头艺术继承下来，加以发展，或把群众中片段的素材及许多口头作品集中起来加以综合、概括，形成完整的口头艺术作品，传给群众，流布开去。"③ 崂山民间故事的整理者张崇纲亲撰《我与崂山民间故事》一文，讲述崂山民间故事的实际搜集积累过程，同钟敬文的理论概括颇为吻合：

---

① 钟敬文：《民间文学概论》，上海文艺出版社 1980 年版，第 1 页。
② 胡愈之：《论民间文学》，《妇女杂志》1921 年第 7 卷第 1 期。
③ 钟敬文：《民间文学概论》，上海文艺出版社 1980 年版，第 29 页。

　　不论在坡中、还是回到家，总愿在劳动之余，在地头、在街头、在炕头的人堆中，死磨硬缠着那些会讲善说的老年人，让他们讲故事给我听。我也总是一边仔细地听着，一边一句不漏地牢牢地把故事内容记在心坎里，傍晚回家后，便借着微弱煤油灯的光亮，把听来的故事，记在一个专门用的小本本上，以便以后讲给别人听……

　　有时，"故事篓子"在讲一个长故事时，由于年代久远，情节曲折多变，讲着、讲着就忘了下面的情节，从而结了壳，说不下去了。采风队员们，为了这故事能有头有尾地帮助他接起荐来，便把同村的几个"故事篓子"，凑在其中一家的炕头上，让大家讲同一个故事，互相提示、互相补充，使一个长故事记得完美无缺……有些故事，只知道题目或梗概，不知道详细情节，便在与"故事篓子"瞎聊中，有意无意地猛然提出来，从中引起他们的兴趣，让他们把知道的情节讲出来，从中得到一部分故事内容。最后，将几个人讲的同一个故事的不同情节和内容，有机地组合起来，就是一个完美的故事了……①

（二）口头性

　　与"集体性"的生成过程相适应，民间故事必须采用口头讲述的创作方式。刘思志先生曾如是描述崂山民间故事的搜集历程："搞民间文学我认为比搞其他的文学形式要艰苦一些，它的大部时间是苦于跑路的，有位专家曾说：'行千里路找千人谈'，这话固然不错，但四十余年来我的感受是'行万里路读千卷书找千人谈'。"②"找千人谈"生动形象地说明了民间故事在崂山广大民众之间"口耳相传"的特点。

　　"口头性"是民间文学区别于文人作品的显著特征。尽管古往今来的很多民间文学是用文字记录下来的，但对于此类作品的流传保留而言，书面文字仅仅是起到"辅助性作用的第二义的方式"③。对最初的创作者、传播者与接受者来说，文字并不是必不可少的。因为在很长的历史时期内，多数劳动者没有接受教育的条件，没有使用文字的能力，更不可能涉及印刷、出版的相关工序。他们不约而同地采用"口耳相传"的创作与传播手段，这同样可以使其作品世代流传、妇孺皆知。

---

① 张崇纲：《张崇纲文选》，天马出版有限公司 2009 年版，第 266、272—273 页。
② 刘思志：《我与崂山民间文学》，《青岛大学师范学院学报》1995 年第 2 期。
③ 钟敬文：《民间文学概论》，上海文艺出版社 1980 年版，第 33 页。

我们依然以张崇纲先生在《我与崂山民间故事》中述及的亲身经历为例说明：

> 打从记事时候起，我便日夜偎依在奶奶、老奶奶的怀抱和身旁……听她们讲述那些流传在山村里的古老故事，什么《小巴狗》啦，《皮子精》啦，《狐狸嫁女》啦……
>
> 盛夏的夜晚……老奶奶……仰望着"天河"两岸的"牛郎星"和"织女星"，又讲起了那古老的《牛郎和织女的故事》。[①]

老一辈的崂山人大多与张崇纲先生一样，是听着千奇百怪的民间故事成长起来的，每个崂山人都能说出几个故事，还成就了许多善于讲述、传播民间故事的"故事篓子"。同时，我们注意张崇纲先生在上段话中随意列举的几个故事。《牛郎和织女的故事》是中国最著名的四大民间故事之一；《小巴狗》即东亚地区普遍盛行的"狗耕田"型兄弟分家故事；《皮子精》相当于全国各地流行的"狼外婆""老虎外婆"故事；《狐狸嫁女》的人狐婚恋主题，在各个时代的文人小说和民间故事中都广泛存在。可见，以崂山民间故事为代表的民间文学，并不会因为文字的缺失而丧失生命、中断流传。"口耳相传"的方式，依然能使民间故事突破时间与空间的局限，成为家喻户晓的经典文本。

（三）变异性

民间文学是具有"变异性"的。如胡愈之所说，"民间文学是口述的文学（Oral Literature），不是书本的文学（Book Literature）"。"书本的文学是固定的，作品完成之后，便难变易。民间文学可是不然，因为故事、歌谣的流行，全仗口头的传述，所以是流动的，不是固定的。"[②] 刘魁立亦指出："民间文学的一个本质性的创作机制，在于它不是一次完成、一劳永逸的过程。它似乎永远没有绝对的定本。在历史的长河中，在流传过程中，它在不断更新，不断变异。"[③]

劳动者采用集体的、口头的方式创作并传播民间文学，使其作品永远处于随机变化的状态之中，不同于书面文学的稳定性特征。英国人类学家

---

① 张崇纲：《张崇纲文选》，天马出版有限公司2009年版，第265页。

② 胡愈之：《论民间文学》，《妇女杂志》1921年第7卷第1期。

③ 刘魁立：《刘魁立民俗学论集》，上海文艺出版社1998年版，第97页。

和历史学家杰克·古迪在《神话、仪式与口述》中提到，宗教领域仪式的时空流变性很大程度上缘于人类记忆能力的有限，与此相比，"大段记诵"的"神话"会渗透进更多的变化。[①] 仅仅依靠口耳相授、心神记诵，被神圣化的仪式、合辙押韵的抒情歌诗和短小精练的民俗农谚尚且不易保持原貌，民间故事一类以娱人为直接目的的散体叙事作品结构更为复杂，无疑体现出更加灵活的变异性。而且，古代民众也丝毫没有"著作权"的观念，改动内容完全是合理合法的。

源于同一母本的故事在讲述及传播的过程中，语言、情节、人物、事物等皆可随时随地变更，但主题内容往往令人感到似曾相识。崂山地区即流传着许多大同小异的故事。例如，《大狼精》与《皮子精》情节基本一致，仅将妖兽的动物原型由黄鼬（崂山人俗称"黄皮子"）换作狼；《狐狸嫁女》同一主题之下有多种异文；"兄弟分家"类故事中，弟弟分到的家产可以是带来财富的"小巴狗"，也可以是通晓天机的"老黄牛"，娶得的美丽妻子时而为"公主"，时而为"仙女"。

从内容来看，崂山民间故事还具有一定的时代变迁痕迹——尽管多数文本在字面上看不到现代性的名词，但一些古老的内容之中却隐含了现代的思想理念。这既是民间故事在集体之中口头流传所致，也因为崂山民众在不断地借用旧事故闻和原有框架创造新的故事，删略落后于时代的伦理纲常和价值观念，传达新的生存体验、精神诉求和文化内涵。

（四）传承性

第四个特征，即民间文学的"传承性"。按钟敬文先生所说，这一性质主要体现在民间文学的创作手法和格式上，如韵文歌谣之比兴、叠句、衬字、复调等，在流传过程中逐渐成为固定的形式。散文作品相比于韵文而言更缺乏稳定性，但在内容形式各方面仍然可以体现出某些被历代传承的特点。除了上文所说的主题情节类同之外，还突出地体现在语言风格上。

张崇纲先生在《我与崂山民间故事》一文中曾经专门提到，对于崂山民间故事而言，整理的难度远远大于搜集。不少队员凭借自身的文化素养和写作基础，自觉不自觉地脱离了采风的记录，参照民间故事的梗概自

[①] ［英］杰克·古迪：《神话、仪式与口述》，李源译，中国人民大学出版社2014年版，第63页。

由发挥、添枝加叶，同时习惯性地用课本语言、文学语言乃至古代汉语代替了青岛本地的乡土语言。对此，张崇纲先生进行了一次又一次的批评指导，不厌其烦地教育采风队员，令其"忠实"地按照原始采风记录整理故事内容，并严肃声明这是为"子孙后代"负责。① 出于此种执念，对于职务高于自身的党政领导，张先生也敢于"直来直去"地指出其整理故事文稿所存在的"致命"缺点："一是语言上土气不足，洋气有余（指当代知识分子语言）；二是人物、情节和原故事变了样；三是人为地拉长了篇幅，冲淡了原故事的乡土味和风趣味。"②

在张崇纲等采风领导者的严格要求下，我们今日所见专集中的崂山民间故事基本上保持了当年"故事篓子"脱口而出的原貌，山东青岛的土语方言也得到最大限度的保留，如"我"常由"俺"代替，"高兴"常由"恣"代替，"睡觉"常作"困觉"，"聊天"常作"拉呱"，"追"常作"撵"，女孩被称为"嫚"，祖母被称为"嫲嫲"，外祖母被称为"姥娘"，等等。可以说，整理成册的崂山民间故事刻意避免接受现代汉语普通话的同化，成功地保持了地方乡土文化的"传承性"。

根据《中国民间文学大辞典》（以下简称为《大辞典》），民间文学在体裁上大致包括以下三方面内容：其一是散文体的神话、传说、民间故事、民间寓言和笑话；其二是韵文体的民间歌谣、叙事诗、史诗和谚语；其三是韵散体结合的民间说唱文学和民间戏曲。③

本书的研究对象是崂山地区流传的散文体口头叙事文本，此前相关领域的采编者和研究者或称之为"民间故事"，或称之为"传说"，并无定准。按照《大辞典》的说法，"民间故事"在广义上包括"民间文学所有散文形式的叙事作品"，"是神话、民间传说和各类故事的通称"；在狭义上，则指"神话、民间传说以外的民间叙事散文作品……包括民间童话、动物故事、生活故事、机智人物故事、民间寓言、民间笑话及其他故事"。而"民间传说"（或简称"传说"）是"关于事物命名、起源、性质、功用等的传奇性民间创作"。"传说"倾向于采用历史的表述方式，"有的含有一定的历史因素，有的纯属不自觉的附会"；"大多因事物的新奇和独特，或涉及国家、民族的大事，引起人们浓厚的兴趣，并追溯其缘

---

① 张崇纲：《张崇纲文选》，天马出版有限公司 2009 年版，第 278 页。

② 同上书，第 279 页。

③ 姜彬主编：《中国民间文学大辞典》，上海文艺出版社 1992 年版，第 1 页。

由而形成的故事"。民间传说"有的较完整，叙事性强；有的是隽永的片断，属口碑式的传闻，但都概括了一定的社会生活内容，并与一定的时间、地点和风物、风俗相联系，被视为历史的反响和回声"。①

可见，"民间故事"比"民间传说"的范畴更大，在广义上可兼括后者。《大辞典》列举"民间故事"的几种类型，也可与崂山民间散体叙事文本的内容类别大体对应——张崇纲先生所编《崂山民间故事全集》即包括风物、人物、神话、鬼话、植物、动物、生活、幽默笑话等各类故事。考虑到这一点，笔者总体上将本书的研究对象定名为"崂山民间故事"。但"民间传说"也有自身的独特属性，积淀着历史的内涵，因此，本书在论述某些特定内容（如崂山先贤事迹、崂山地名与景观来历、崂山物产之生成等）的过程中，也并不排斥将"传说"与"故事"联用。

第二节　崂山民间故事的搜集整理

山东省青岛市相关文化部门曾经专门组织民间文学采风运动。在1980年3月至1991年5月的11年间，青岛地区集中开展了24次实地采风工作，组织418人次，先后深入崂山周边13个镇中的628个山村、渔村（包括三两户的小山庄），"夏顶三伏酷暑，冬迎三九严寒，冒风雨，踏冰雪，不畏艰辛，累计行程万余里"②，采访农民、渔民、林场工人2000余人。

除却集体性的大规模采风运动，不少民间文艺工作者亦以个人方式采集、保留、传播崂山民间文学。如刘士圣先生从20世纪50年代开始搜集整理崂山当地流传的民间故事；刘思志先生、江崇辉先生、张崇纲先生也分别从1953年、1954年、1958年开始搜集整理崂山民间故事；牟瑞彬先生于1963年发表了有关崂山民间故事的评论作品。

崂山民间学者对于家乡的水土物产和民俗文化表现出由衷的热爱，几十年如一日抢救民间文学的工作热情和坚韧毅力也是令人惊叹、佩服的。刘思志先生以毛泽东思想作为工作的指导思想，并用"如醉如痴"一词

---

① 姜彬主编：《中国民间文学大辞典》，上海文艺出版社1992年版，第6页。

② 张崇纲编：《崂山民间故事全集》，青岛海洋大学出版社1993年版，第1页。

描述自己投入工作时的心理状态：

> 这十六字方针的所谓"重点整理"其思想意义在哪里呢？这个问题我是从《毛泽东选集·新民主主义论》中得到解决的，那就是：取其民主性的精华，去其封建性的糟粕。有了方向，明确了工作的意义，实在说我就有点如醉如痴的把业余精力投放到这个方面去了，经常在星期六的晚上因第二天休息就夜以继日地工作。①

在他们的努力下，一部部有关崂山民间文学的丰硕成果展现在读者面前。刘思志先后出版的专集有《崂山志异》《黑二斩妖》（合编）等，《枣核儿》《梳洗楼》《蒲松龄逐鬼》《郑板桥画烛》《鲤鱼精》等故事影响巨大；董均伦、江源夫妇采编出版《玉仙园》《找姑鸟》《石开门》《聊斋汉子》《聊斋汉子续集》《孔子世家——九十九个半故事》等民间故事集；徐哲喜先后编辑《崂山的传说》《神奇的石门崖》《青岛民间故事选》《宋宗科民间故事集》等；曲新强、江崇辉搜集整理了《石老人的传说》《人参姑娘》等故事专集；张崇纲先生整理出版《崂山民间故事全集》。在国内出版发行的同时，上述作品或亦被译为英文、日文，其影响远播海外。

众多崂山民间学者之中，成就最高的当属张崇纲先生。张崇纲先生以毕生之力抢救、保存崂山民间故事，为之付出巨大心血；他既是崂山民间故事的搜集者和整理者，更是崂山民间文学搜集工作的领导者和组织者。由《崂山民间故事全集》前言可知，张崇纲先生带领采风队员进行了26次实地考察，个人亦多次入山下乡，搜集崂山民间文学作品。"光是记录在36个采风笔记本上大大小小的崂山民间故事、民间歌谣、民间谚语、民间歇后语、民间土语，就达5500余篇（首、条）；除了180余首民间歌谣，2000余则民间谚语、歇后语，800多条（句）山乡土语外，光是各类崂山民间故事，就有2200余篇（包括大同小异的在内）。"② 对于几十年来保存、积累的民间故事，张先生进行了去粗取精、去伪存真的筛选和整理工作，以零碎篇章的形式，先后在全国32家出版社和38种报刊上

---

① 刘思志：《我与崂山民间文学》，《青岛大学师范学院学报》1995年第2期。

② 张崇纲：《张崇纲文选》，天马出版有限公司2009年版，第290—291页。

发表崂山民间故事 136 篇、38 万余字。与此同时，又于中国海洋大学出版社（原名青岛海洋大学出版社）、中国旅游教育出版社、上海文艺出版社、山东文艺出版社、山东少儿出版社、中国民间文艺出版社、台北淑馨出版社、青岛出版社、五洲传播出版社等出版了一系列故事专集——《崂山故事选·名景篇》《崂山故事选·花木篇》《崂山故事选·道士篇》《青岛的传说》《青岛奇观》《石老人村民间故事集》《石老人的传说》《崂山历代名人故事集》《会说话的石头》《崂山民间爱情故事集》《崂山道士》《二龙山的传说》《青岛海洋民间故事集》《青岛民俗故事集》《崂山民间故事全集》《崂山的传说》《宋宗科故事集》等。其中，《崂山民间故事全集》于 1993 年由青岛海洋大学出版社出版，对近代以来流行的崂山民间故事进行了较为全面、系统的分类汇总工作，为包括本书在内的诸多崂山民间故事研究论著提供了重要的基础材料。

张崇纲先生亦将集体采风和个人采风活动中搜集到的其他民间文学资料进一步筛选加工，撰成《崂山民俗大观》一书，共 64 万字，含民俗字条 27 大项、826 小项。又先后出版《崂山民俗故事集》《崂山歇后语故事》《崂山谜语选》《崂山对联选》《崂山歇后语选》等一系列民俗著作。此外，还有整理完毕而尚未出版的《崂山民间童话集》《崂山神话仙话集》《东海龙王故事集》《崂山民间故事全集补漏》等。张先生开发、整理和传播崂山民间文学的功绩令我们深深敬佩。

正是由于张崇纲、刘思志等搜集者和整理者的不懈努力，崂山地区的民间故事和民间文化得到较为完整的保存。据张崇纲先生《崂山民间故事的起源、变革和发展》一文所称，1980 年以来集体采风和个人采风所搜集到的崂山民间故事可达 5000 余篇；正式出版发行的崂山民间故事专集达 35 集 51 卷，收录民间故事 3807 篇，共计 1132 万字。①

---

① 　以上的崂山民间故事皆由当代人讲述整理。中国历代文献中保存着一些与崂山有关的志怪、志人、传奇作品（如蒲松龄《聊斋志异》中的《劳山道士》《香玉》《海公子》等），或为古代的崂山民间故事，经过文人整理加工以文言语体保存下来；或由文人依据崂山的地域文化、历史背景直接创作，无法判定其中民间成分与文人成分所占比重。本书以"民间故事"为研究对象，对此不作重点探究。

第三节　崂山民间故事的研究回顾

在搜集整理民间故事的过程中，张崇纲先生发表了若干论文随笔，如《从崂山民间爱情故事谈古代崂山人的爱情美德》（载《张崇纲文选》，下同，1982）认为崂山民间故事中的爱情美德体现在热爱劳动、注重人品、敬爱谦让、志向远大等方面。《崂山民间故事的起源、变革和发展》（1988）论述了崂山风物、名人故事的生成发展情况；《崂山神话的起源、变异和特点》（1990）针对描写山、海、道教的崂山神话；《崂山仙话的起源、变异和发展》（1999）聚焦于崂山地区的何仙姑故事；《崂山〈秃尾巴老李〉故事的形成和特色》（1988）述及故事的艺术特色及其在崂山不同地区的变异问题；《崂山东海龙王神话初探》（2007）介绍崂山龙王神话的起源、特点及当地龙王庙会的情况，指出崂山龙王文化作为民族文化遗产的重要意义。

随着各类崂山故事专集的出版，部分论者以书评的方式展开议论，在此过程中述及崂山民间故事的内容与艺术特色。如张崇纲《民间文学园地里的一朵奇葩》（1991）、《浓郁山风扑面来》（1995）分别评论《宋宗科故事集》和刘思志的节日民俗故事。李恺心《民间文学搜集、整理的丰硕成果》（《青岛大学师范学院学报》1995年第2期）对张崇纲主编《崂山民间故事全集》的故事内容进行分类简述，概括其艺术特点为刚健清新、叙事洗练、幽默风趣、语句畅丽，并从民俗学文化素养方面指出了民间故事整理研究工作所存在的提升空间。王芝亭《独树一帜的民间文学语言艺术》（《青岛大学师范学院学报》1995年第2期）从地域性、通俗性、幽默性等方面分析《崂山民间故事全集》中刘思志整理作品的语言特色。

近几年来，崂山民间故事受到了更多学者的关注，考察视域从多层面得到开拓，理论深度也有所提升。高瑞芹、张成福《民间故事与社会生活的双重变奏》（《中共青岛市委党校　青岛行政学院学报》2009年第10期）立足于崂山民间佛道故事，指出崂山民众并没有受到宗教的实质影响，宗教故事只是表达生活观念的工具；民间故事反映出民众的生活史，并且比正史记载更加鲜活可信。任颖卮《崂山道教与当地民俗考究》

（《泰安教育学院学报岱宗学刊》2010 年第 4 期）论及崂山道教在民间故事中的体现，认为崂山道教故事以歌颂正义、济世安良为主题，民间故事的传播有利于扩大崂山道教的影响。

庄慧《崂山自然景观传说研究》（硕士学位论文，广西民族大学，2012）对崂山自然景观故事进行主题分类，多层面分析其叙事特色与文化内涵。宫爱玲《青岛民间故事中的女性形象探析》（《重庆三峡学院学报》2012 年第 1 期）以青岛民间故事中的几类女性形象（龙女、狐女、恶嫂、巧女、圣母、花仙）为中心，阐释其所体现的性别定位、智勇精神、因果观念、海洋文化等；《青岛民间文学与影视开发》（《中共青岛市委党校　青岛行政学院学报》2013 年第 2 期）则从影视动漫制作方面为民间故事的现代传播规划方向。

崂山民间故事与中国古典文学的联系也受到关注。盛伟《蒲松龄崂山"采风"与相关篇章史料传说的考索》（《蒲松龄研究》2012 年第 2 期）认为《聊斋志异》中《香玉》等篇为蒲松龄 1672 年游崂期间采集民间故事而作。孙克诚《〈聊斋志异·海公子〉的崂山渊源及文化资源考略》（《蒲松龄研究》2013 年第 4 期）考证《海公子》的故事发生地为崂山海岛，故事渊源于崂山自古以来的蛇异传说，其叙事模式又深植于中国传统文化之中。盛学民《崂山志怪研究》（硕士学位论文，青岛大学，2016）分析历代文献中与崂山有关的志怪故事。

第四节　崂山民间故事的研究价值

立足于民间故事文本，通过解读故事人物、情节，展现崂山的历史文化、山川物产、风土民情等；于此基础上，去粗取精、去伪存真，传承中国优秀传统文化；在故事主题情节、思想底蕴、表现手法等方面建立起沟通古今、中西、雅俗的桥梁——这是笔者研究崂山民间故事的基本思路和主要目标之所在。若论及崂山民间故事的研究价值，则大致体现在应用价值和学术价值两方面。

从应用价值来说，继承、宣传崂山民间故事所带来的社会效益是显而易见的。本书的写作，以习近平总书记关于中华传统文化的重要论述为思想指导，贯彻了党中央的文化决策。党的十八大以来，以习近平同志为核心的党中央一再强调传承和发展传统文化的重要性，"始终从中华民族最深沉精神追求的深度看待优秀传统文化，从国家战略资源的高度继承优秀传统文化，从推动中华民族现代化进程的角度创新发展优秀传统文化，使之成为实现'两个一百年'奋斗目标和中华民族伟大复兴中国梦的根本性力量"（《习近平谈中华优秀传统文化：善于继承才能善于创新》）。早在 2006 年，崂山民间故事即被列入山东省及青岛市首批非物质文化遗产名录。2007 年，又被山东省文化厅推荐申报第二批国家级非物质文化遗产名录，2008 年成功入选。崂山民间故事作为"中华优秀传统文化"是当之无愧的，将其加以开掘、推广，符合当前国家文化发展的需要；在全球化的背景下，更能激发广大市民（尤其是青少年）的文化寻根意识，维护其对家乡及祖国文化的认同与热爱。

我们常说，一个忘记历史的民族，是没有希望的民族。作为民族传统的历史记忆，崂山民间故事表现出先民改造自然、战胜邪恶势力、创造美好生活的勇气、智慧和力量，承载了一代代崂山民众对于真、善、美的执着追求，讴歌了孝悌、仁义、正直、诚信、勤劳、节俭、廉洁、互助等优秀品质，这既是中华民族传统美德的彰显，又是超越时空之普适价值的体现。这些内容或许通过今人看来荒诞不经的形式表现出来，但在当时却能对社会风化起到良性影响。尤其对于文化层次不高且没有机会接受正规教育的下层民众而言，民间故事在某种程度上可以代替教科书的作用。本书的撰写，作为"讲好山东故事，传播中国声音"的重要举措，有利于推广崂山民间故事的正面情感和教育意义，弘扬优秀传统道德文化，帮助全社会树立起正确的世界观、人生观、价值观，辅益于当代的精神文明建设。

当然，民间故事作为千百年来普通民众生活和思想的原生态反映，既具有主流进步意义，也不可避免地掺杂着愚昧、狭隘、落后之处（例如看客心理、民粹意识、男权思想等）。这决定了我们在开发、研究崂山民间故事的过程中，必须本着"取其精华，去其糟粕"的态度，在接受民间故事正面价值的同时，对其中的负面成分予以辨析。但即便是这种被我们视为"糟粕"的负面成分，事实上也并非全无价值。不管是特定背景下的陋习偏见，还是人类固有的不良品性，它们仍然体现了民众对于生活的认识，仍然给予我们一种参照标准——对于国民思想，要遗弃什么、改进什么、拨正什么。也能够使我们引以为戒，在现实生活中注重自身素质的提升。

崂山民间故事所连带的经济效益亦不容小觑。一方面，风物传说在崂山民间故事中占据着极大的比重。《崂山民间故事全集》前言称："山中的一峰一崮，一洞一石，一泉一河，一草一木，一禽一兽，一云一雾……都有着一段美妙动人的传说。"崂山民间故事分布广泛、存量巨大，每一种动植、每一处景物都有相应的故事传说，其中包含着爱惜生灵、节约资源、顺应天时、因地造物等思想，体现出朴素的生态观念和人文理念，有利于提升公众的环保意识，宣传山东青岛山水形胜及自然物产资源，促进文化旅游产业发展，构建生态环境与经济社会和谐共生的区域体系。另一方面，崂山民间故事兼具趣味性、知识性和教育性，将其引向大众视野，能够为当今影视及动漫产业贡献出诸多宝贵素材，在收获经济利益的同时亦有利于打造城市文化品牌，扩大山东青岛在全国乃至世界范围内的知名度和影响力。

在关注社会经济效益的同时，笔者没有忽视崂山民间故事的学术价值。作为学术课题，本书以崂山地区流传的民间故事为研究对象，主要依据张崇纲主编《崂山民间故事全集》，统筹观照其他青岛、崂山民间故事专集，历代文献中涉及崂山风物异闻的载记，以及与崂山民间故事主题情节相同的其他志怪、志人、传奇作品等。这意味着，于前期准备阶段，笔者需要在更大范围内对古今文集中的相关故事材料进行综合、系统地梳理。以此为基础，崂山民间故事类型谱系的建构工作将成为可能；而这一谱系的建立，又将为中国民间故事类型研究提供特定地域范围内的阶段性成果。对于中国古代典籍中与崂山有关的志怪、志人、传奇故事，也可以进一步考虑加以统计汇总、辑集校注。这些预期成果不能直接体现在本书的实际撰写过程中，但从长远角度看，必然对宏观意义上的中国民间故事研究及崂山文化资料汇编等学术工作的展开具有促进作用。

本书是迄今为止第一部对崂山民间故事做专门研究的著作，打破了此前崂山民间故事研究以单篇论文随笔为主的学术格局，利用专著的篇幅优势，全面吸收已有成果，展开综合、系统的分析讨论，关注不同类别故事文本及相关文化的内在联系，促进中国文学研究方法的革新。为进一步开拓崂山民间故事的研究视野，笔者在文化、文体分析上更突出地采取比较方法，引入"演变研究"和"类型研究"。前者以顾颉刚先生的孟姜女故事研究为范例，结合古籍资料，考证崂山地区某些经典故事的历史原型，对比不同时代的故事文本形态，动态展现历时性的情节演变过程，将民间故事置于中国历史文化的语境之中。后者参照阿尔奈—汤普森分类法（AT 分类法）及丁乃通《中国民间故事类型索引》等，对崂山民间故事文本进行共时性的分类归纳，将其与世界范围内的同类故事加以比较。当然，在借鉴西方主题学、故事类型学理论的同时，本书坚持"中学为体，西学为用"，以崂山民间故事文本为依据，不丧失民族和地域本位。

崂山民间故事伴随着鲜明的地方特色，反映出当地历史沿革、地域生态、形胜建置、风俗伦理、人情物产等，具有重要的文化认识价值，对于官方史志及文人作品起到补充作用。以之为研究对象，有利于挖掘、保存地方民俗资料，对于当地历史、地理、生活、生产、文学、宗教各方面的研究具有参照意义。本书采取跨学科的视角，解读崂山民间故事文本所涉及的历史事件、经济观念、伦理道德、宗教信仰、民俗风尚，将诸方面的社会文化视作故事生成与传播的外在动因，亦将故事作为印证文化存在的依据。

尚永亮先生在《中国古典文学研究的五个层面》中指出，文学研究要从文献学、文艺学、文化学上升到人本学和哲学的层面。文学的本质是人学，民间文学当然也不例外，在稚拙朴野的外在形式中包藏着一代代崂山人的生存体验与心灵律动，甚至因为少了来自官方或文人的改写缘饰而显得更加真实可感、鲜活生动。在有意无意间，民间文学又融汇着民众对于人类境况与生命本质的认知，这是一种近似于哲学思考的成分。因此，研究崂山民间故事，也为我们了解当地先民的生存状况、生命历程、人格心理、理想追求提供了一个独特的视角。这种对于普通人的终极关怀是其他史学、文学研究所难以取代的。

第二章

崂山民间故事与人物事迹

第一节 历史人物系列

一 姜太公民谭及其历史原型

包括青岛在内，现今山东的诸多地市在春秋战国时期属于齐国的管辖范围。齐国的创建者即为姜尚，因其协助武王伐纣立下功勋，周朝平定天下后被封于齐地建国；齐国以营丘为都，后更名为"临淄"，即今山东省淄博市。

《史记·齐太公世家》云："太公望吕尚者，东海上人。其先祖尝为四岳，佐禹平水土甚有功。虞夏之际封于吕，或封于申，姓姜氏。夏商之时，申、吕或封枝庶子孙，或为庶人，尚其后苗裔也。本姓姜氏，从其封姓，故曰吕尚。"① 秦汉以前，贵族男子多有姓、氏之分，"姓"从其祖考，"氏"乃姓之分支。姜尚为神农氏炎帝后裔，以姜为姓；又因先祖辅佐大禹治水有功被封吕地，以吕为氏。因其姜姓吕氏，名尚，亦名望，字子牙，号飞熊，曾以"太师"为职，后被封于齐地，故而在中国历史上又出现了吕尚、吕望、太公望、姜子牙、师尚父、姜太公、齐太公等不同称谓。当然，这其中最为民间所熟知并乐道的当属"姜太公"与"姜子牙"。

《崂山民间故事全集》收录了一则《姜太公封神》，讲元始天尊帮助姜子牙战胜申公豹的故事。姜太公奉师命下山封神，受到申公豹的嫉妒非难。为和太公较量本领，申公豹砍下自己的头抛到半空。此时元始天尊算得太公有难，派神鹤童子咬住申公豹的头，待姜太公走出 108 步方才松

---

① （汉）司马迁：《史记》，中华书局 1959 年版，第 1477 页。

口。急飞直落的头颅和身体接反，申公豹变成胸朝前、脸朝后的怪物，无法再追上姜子牙，最后被封为日月四海神。

在明代神魔小说《封神演义》中，申公豹和姜子牙同为玉虚宫元始天尊弟子，因违反门规被除名，后拜碧游宫通天教主为师。姜子牙虽是申公豹的师兄，道行却短于申公豹，招致申公豹的不服。申公豹不仅个人助纣为虐，还挑动一干仙道对抗西岐，时时与子牙作对。小说第三十七回确曾写其拦路姜子牙，以断头幻术行骗，后被白鹤童子衔去头颅，又与身体接反。崂山民谭是对《封神演义》的通俗翻演，但有些情节看起来更为诙谐：

> 申公豹一听恣了，当着姜太公的面是开了武艺……又说："我还能把头砍下来，让它在半下空里唱小曲，唱完了，还能再接在脖子上呢！"说着，申公豹左手提溜着自己的头发，右手拿着宝剑，"喀嚓"一声把头砍下来抛到半下空去。那头立时唱开了小曲……①

这是一场活脱脱的个人秀，为了争得封神的光荣任务，申公豹在姜太公面前施展才艺。故事没有了《封神演义》错综复杂的教派法理之争，只有一人表演、一人观看的轻松喜感；申公豹也不像原著小说中那般诡计多端，甚至不符合故事里"坏心眼特多"的性格设定，反倒像一个民间滑稽戏的演员。

《"太公在此"的来历》讲姜太公年轻时家境贫寒，以卖火烧为生；但同时又是"能掐会算、降妖除怪的世外高人"，帮建造房屋的村民赶走了捣乱的小鬼，从此常被人请去看视房宅，名声从崂山传到陕西渭水河边。太公被文王招贤封官，不再行走于民间，庄户人家往往在正间房梁上放置"太公在此"四字，即能逢凶化吉。

这个故事同样事有所本。《封神演义》第十六回，姜子牙来到朝歌，与结义兄长宋异人小酌，见宋家花园风水极好，劝异人于此筑楼。异人称多次盖屋皆遭火焚毁，请子牙为其压邪。姜子牙于上梁之日制服以火毁楼的五个妖怪，令其前往西岐听候差遣。而张贴"太公在此，诸神回避"一类条符以求辟邪的风俗亦兴起于明代。《"太公在此"的来历》依然可

---

① 张崇纲编：《崂山民间故事全集》，青岛海洋大学出版社1993年版，第419页。

见民间思维的简单朴拙。其一，"太公"乃尊称，并非名号，在子牙年轻穷困之际不会有此称谓。其二，关于姜尚故乡有南阳、卫辉、淄博诸说，并不在崂山。但故事充分表现了民众渴望神奇力量保护、获得平安幸福生活的日常愿望，这一愿望落在姜尚身上，反映出其在崂山人眼中的亲切与威严——姜子牙俨然已成为百姓的守护神。

宋玉《九辩》曰"太公九十乃显荣兮"。传说姜尚初时无人任用，曾为屠牛卖饮之人，年老垂钓渭水，遇文王，方得赏识、立奇功。古时文士怀才不遇，多以姜尚之事自励自警，如唐代李白《梁甫吟》曰"君不见朝歌屠叟辞棘津，八十西来钓渭滨"。元人查德卿亦有《蟾宫曲》："问从来谁是英雄？一个农夫，一个渔翁。晦迹南阳，栖身东海，一举成功。八阵图名成卧龙，六韬书功在飞熊……""农夫"为诸葛亮，"渔翁"则指姜子牙。

《"太公在此"的来历》中"家贫卖火烧"之类的叙述，表明姜尚早年穷困不遇的遭际不仅是文人励志的常用典故，也成为民间津津乐道的话题。崂山地区另一个故事《姜子牙的棒槌掉了头》更将姜子牙早年的穷愁潦倒演绎到极致，主人公不仅成了愚笨无能的读书人，还因诸事不顺、走投无路萌生了"犯罪"的念头——用剪子挖墙根，到同乡富户姜狼牙家偷窃。姜狼牙发现后在姜子牙掘开的洞孔旁边举起钢刀等待小偷，姜子牙伸出棒槌试探虚实，被姜狼牙砍去半截。子牙翻墙逃跑，找到周文王，成为心腹大臣。三年后，姜子牙衣锦还乡宴请姜狼牙，将前事告知，劝诫姜狼牙改过从善、关心穷人。

故事的结局使我们联想到中国历史上很多贫士发迹的故事。最著名的当属韩信"胯下受辱"之事。据《史记·淮阴侯列传》，韩信少时"贫无行"，不得推举为吏，又无商贾之能，有屠中少年侮蔑韩信身佩刀剑而内心怯懦，令出胯下，韩信忍辱匍匐过其胯，为市人讥笑。其后韩信追随刘邦，贵而归乡，拔屠中少年为楚中尉。但从民间心理的角度来看，姜子牙宴请姜狼牙的情节，于劝人为善的同时表现出对社会贫富不均的关注，甚至体现了底层民众对身居庙堂者的某种期待——他们应是和善亲民的，而不是冰冷凶恶的；他们要以德服人，而非睚眦必报。

姜子牙以剪刀掘墙、棒槌试探的情节颇有戏谑感，传递出底层民众对知识分子的矛盾印象。一方面，民众承认书本中包含着大智慧，如故事所说，"姜子牙念书多也有一些心眼儿，就把棒槌先从窟窿伸进去探探虚实";另一方面，愚、傻、呆、笨又成为对酸腐书生性格表现的高度概括。这个故事从正反两方面反映了大众对于读书人的认知心理。

其实历史上的姜尚本为勇武权谋之士，并非后人印象中的落魄书生。《诗经·大雅·大明》末尾咏及武王伐纣时期商周两军于牧野交战的场面："牧野洋洋，檀车煌煌，驷𫘝彭彭。维师尚父，时维鹰扬，凉彼武王。肆伐大商，会朝清明！"①"维师尚父，时维鹰扬"正面写出了姜尚在激烈的战争中如同展翅飞鹰一般的矫健雄姿。《史记·周本纪》亦写牧野之战，称"帝纣闻武王来，亦发兵七十万人距武王，武王使师尚父与百夫致师，以大卒驰帝纣师"②。古人交战，往往令战斗力最强的勇士率先冲锋，此处依然表现出姜尚的骁勇善战。另有《齐太公世家》曰："周西伯昌之脱羑里归，与吕尚阴谋修德以倾商政，其事多兵权与奇计，故后世之言兵及周之阴权皆宗太公为本谋。"③姜尚所撰《太公》见录于《汉书·艺文志》，内含《谋》81篇、《言》71篇、《兵》85篇，被后人奉为兵家权谋之祖。汉代赵岐注《孟子》特意明确了姜太公的"勇谋"武将身份："吕尚有勇谋，而为将；散宜生有文德，而为相。"唐肃宗上元二年，姜尚被尊为"武成王"，以历代良将配飨。

但"武成王"的封号最终被明太祖朱元璋废止。政府以官方宣传引领民间信仰，关羽逐渐取代姜太公成为新的战神、武圣。作为武成王庙中配飨的历代良将之一，关羽武功谋略皆不及姜尚，之所以能够"喧宾夺主"，很大程度上在于其占据了"忠"的优势。与一心忠于蜀汉的关羽相比，姜尚辅佐武王伐纣有以臣弑君之嫌，毕竟周国曾经从属于殷商。尤其在明代专制集权加强的政治背景下，如是"大逆不道"的篡位行为极容易触痛统治者的神经。明代诞生的小说《封神演义》中，历史上姜尚勇武善战的才能及"武成王"的封号一同转移到虚构人物"黄飞虎"身上，"姜子牙"被刻画为难成仙道且不识世务生理的窘迫角色，灭商过程中时时依靠仙人扶持、法术襄助方能化险为夷。《封神演义》的经典作用进一步影响了民间传说的走向。作为齐地先王圣祖的姜尚，在崂山民众的口耳之间，虽然有着除鬼辟邪的超现实灵通，却也未能重现神武英明的原始形

---

① （汉）毛亨传、（汉）郑玄笺、（唐）孔颖达疏：《毛诗正义》，北京大学出版社1999年版，第976页。

② （汉）司马迁：《史记》，中华书局1959年版，第124页。

③ 同上书，第1478—1479页。

象，实乃历史、政治、文学与民俗合力作用的结果。

二　孔子及其学说的民间影响

以孔孟学说为代表的儒家思想作为传统社会的主流意识形态，经过历朝历代的推行，成为中国传统文化乃至中国人心理结构中最重要的部分。《崂山民间故事全集》收录了不少孔子及其弟子的传说，采自崂山农民、工人和民间艺人，包括《孔子游崂山》《孔夫子评驴价》《孔子拜师》《孔子解谜》《孔子巧识象鼻子》《孔子三教》《孔子三考颜回》《子路借粮》《子路鞭打狐狸精》等。通过这些故事，我们可以感知底层民众对于孔门思想的认识程度。

《孔子游崂山》讲孔子爱慕崂山风光，携诸弟子到此游玩，最终却悻悻而返。故事包含前后相连的三个情节：牧童对诗、高楼下拆和兔子施礼，主题思想不外乎表现孔子之谦虚好学和崂山之人杰地灵。如"牧童对诗"一节，没到过大海的孔子见到雨中海景诗兴大发，诵诗曰"风吹乌云遮山坡，雨打海水万点波"；路过的牧童却将孔子诗句改为"风扯乌云过山坡，雨打海水点点波"。孔子听闻，自愧不如。尽管两人的诗句只有三个字不同，但经牧童一改似乎更符合当时的情境：山海广袤无垠，乌云被风吹走如何遮住山坡？雨打海水，又岂止"万点波"？当然，在先秦孔子的时代，流行的诗体是类于《诗经》的四言体，尚无七言对仗的诗句，以上四句诗仅是讲故事人拼凑诌撰而成。但类似改动一字而点睛全篇的文坛掌故在中国历史上确有不少，如贾岛《题李凝幽居》"僧敲月下门"之"敲"，王安石《泊船瓜洲》"春风又绿江南岸"之"绿"。孔子作为著名的圣人贤师，和无名牧童对诗较量，其情境又能使我们联想到《六祖坛经》中五祖弘忍传法的故事。弘忍最优秀的弟子神秀作偈曰："身是菩提树，心如明镜台；时时勤拂拭，莫使有尘埃。"然而不识字的慧能在神秀的偈上稍作改动："菩提本无树，明镜亦非台；佛性常清净，何处有尘埃。"仅仅几字之别，二人佛法修为之深浅全出，慧能遂得五祖衣钵。当然，崂山孔子故事的生成与流传未必参考了五祖传法之事，只是在体现无名者的智慧上，二者有异曲同工之妙。

"兔子施礼"情节中，"礼"的出现是值得重视的。周公制礼作乐，在王土之上构建礼乐文明是周朝开国者的政治理想，荒远地区一旦接受礼乐文明的教化，就可以"王化"称之。面对春秋时期礼坏乐崩的文化困境，孔子将承继文明道统视为己任，恢复周礼是他一生奋斗的目标。作为孔孟之乡的山东是"王化"的重点，崂山自然受其影响。在这则民间故事里，"兔子施礼"正体现出礼乐文明对于本地的深入渗透。孔子于故事中言到：

> 连这崂山的兔子，都这般守法懂礼，若是遇上山里的老人，讲起山里的礼节，我和你们怎能应付得了？还是赶快离开这里，回老家去学好了诗、懂全了礼，再来游崂山为好！①

就这样，游崂山的孔子以谦虚的姿态返回曲阜。在另一篇故事中，孔子还以谦虚好学的态度去拜师深造。《孔子拜师》讲孔子听闻老子学识深广、道学精明，特意带上几个得意门生从山东曲阜赶赴安徽亳县向老子请教。老子热情接待了不远千里来访的孔子，以齿坚早落、舌软长存的生活经验说明"以柔克刚"之理，给孔子上了生动的一课，孔子遂返。对于老子"以柔克刚"的哲学思想，孔子是这样给学生子路解释的：

> 就拿水来说吧：水，质最柔，体最软，性最刚，能穿云破石，泛滥成灾。这也叫柔克刚。②

这段表述既形象生动又贴近民众生活，与老子《道德经》中以水譬喻传道的说法相一致——"天下莫柔弱于水，而攻坚强者莫之能胜，以其无以易之"；"天下之至柔，驰骋天下之至坚"。当然，这一故事也是对《史记·孔子世家》中孔子见老子一节的衍化：

> 鲁南宫敬叔言鲁君曰："请与孔子适周。"鲁君与之一乘车，两马，一竖子俱，适周问礼，盖见老子云。辞去，而老子送之曰："吾闻富贵者送人以财，仁人者送人以言。吾不能富贵，窃仁人之号，送子以言，曰：'聪明深察而近于死者，好议人者也。博辩广大危其身者，发人之恶者也。为人子者毋以有己，为人臣者毋以有己。'"孔

---

① 张崇纲编：《崂山民间故事全集》，青岛海洋大学出版社1993年版，第429页。
② 同上书，第432页。

子自周反于鲁，弟子稍益进焉。①

　　同样是拜见老子，老子告诫孔子的道理却不一样。民谭毕竟不同于书面正史，只能就主人公最经典的言行事迹加以敷演，《道德经》之"天下莫柔弱于水"的普及度和知名度远远超过《孔子世家》所记老子之言，民间故事将其加以通俗解释，寄于孔子名下，也是可以理解的。

　　《子路借粮》讲述孔子与弟子周游列国，在陈国绝粮，孔子派子路向老子的徒弟"花子头"范丹借粮，范丹的条件是对对子。子路虽没有对上，范丹还是把粮食借给他，但要求孔子作答。子路于是向孔子问询答案，返回转告范丹。这一则虽然字面上表达的是"道士化缘、儒家还账"的主题，但却以《论语》故事为原型：

　　　　在陈绝粮，从者病，莫能兴。子路愠见曰："君子亦有穷乎？"子曰："君子固穷，小人穷斯滥矣。"（《卫灵公》）②

　　《论语》中，孔子借"绝粮"的困顿处境对"君子"和"小人"的品格做出区分——君子安于贫困，小人则因贫困丧失底限、胡作非为。这与《子路借粮》中的"小人多，君子少，借时欢喜，还时恼"有着紧密的联系，但崂山民间故事将君子、小人之论阐发于物质得失的日常生活层面，表现出极强的世俗意味。

　　《孔子三教》也值得关注。故事讲述名叫滕青的男子闯关东三年不回，妻子与他人有染，夫妻见面，先以《论语·学而》中的名言问答一番——"学而时习之，不亦说乎"，"有朋自远方来，不亦乐乎"。知晓妻子出轨的滕青跑到岳家质问岳丈，岳丈以"人不知而不愠，不亦君子乎"对答，终使滕青理解并原谅妻子。

　　故事以"孔教"冠名，表现的却是古代叙事文学中常见的"婚外恋"主题——男性外出谋生，女性空闺寂寞、有染他人。此类故事无非两种结局：或者妻子被休，劳燕分飞；或者丈夫宽容，破镜重圆。在中国古代礼教森严的文化环境下，后一种情况少之又少，但亦可传为佳话。最具代表

————————

① （汉）司马迁：《史记》，中华书局1959年版，第1909页。

② 杨伯峻：《论语译注》，中华书局1980年版，第161页。

性的如《喻世明言》之《蒋兴哥重会珍珠衫》——兴哥外地行贾，妻子
三巧私通陈郎，事发后被休改嫁，经历患难波折又与前夫重逢，虽降身为
妾，却与兴哥恩爱如初。《珍珠衫》表现商人夫妇的悲欢离合，是晚明
"好货""好色"思潮在婚恋观念中的反映，得益于商业环境下启蒙思想
对道学礼教的冲击。而《孔子三教》却借助儒家名言为"失节"之妇辩
护，从中隐约传达出崂山民众的某种渴望，圣王先师的权威言论不应该是
灭欲绝情的冰冷教条，而应化作一股积极的思想力量，维护家庭温暖与人
伦亲情。

《子路鞭打狐狸精》大意讲一只狐狸偷听得孔子讲半部《春秋》，自
觉智谋不及人，在孔子携弟子来崂山游玩时，想要偷听下半部《春秋》，
却被子路痛打，连上部《春秋》都忘了，从此只会跟人学语，始终不成
正果。故事虽谐，却结合崂山狐异信仰，彰显出以《春秋》为代表的儒
家思想对民间影响之深。

其他几篇故事同样体现着儒家倡导的人生美德。《孔夫子评驴价》讲
述孔子带徒弟赴即墨讲学，途经城阳集，见二人因驴价争吵，卖家出价
"三八二十四吊钱"，买家咬定"三八二十三"。经孔子劝解，最终以二十
三吊钱成交。原来孔子看驴有点病症，所以劝卖家便宜出售。买家牵驴回
家，果然七天后驴病死。后人遂以"三八二十三"形容贪图小利之人。
孔子在故事中说："上下较私利，罪己及于人！"此言作为本故事的点睛
之笔，其实也继承了《论语》中孔子对于财利的观点：

> 子曰："富而可求也，虽执鞭之士，吾亦为之。如不可求，从吾
> 所好。"
> 子曰："饭疏食饮水，曲肱而枕之，乐亦在其中矣。不义而富且
> 贵，于我如浮云。"（《述而》）①

孔子认为精神境界的充实要高于物质生活的享受，通过不正当方式得
来的富贵，是不可靠且不可取的。因此，在营求财富和追求志趣之间，孔
子更倾向选择后者。民间故事立足于平民日常生活的层面，并未上升到安
贫乐道、不慕富贵的高度，但同样表现出对贪利小人的批判。

---

① 杨伯峻：《论语译注》，中华书局 1980 年版，第 69—71 页。

与钱财有关的故事还有《孔子三考颜回》。孔子用金钱考验颜回，颜回志行高洁，每次都将财物妥善放置，因而得到了孔子的夸奖。历史上颜回是孔子最欣赏的弟子，品德、学问、悟性俱优。上文所引"饭疏食饮水，曲肱而枕之，乐亦在其中矣"，颜回即有如此境界。《论语》中孔子高度赞赏颜回：

> 子曰："贤哉，回也！一箪食，一瓢饮，在陋巷，人不堪其忧，回也不改其乐。贤哉，回也！"（《雍也》）①

《孔夫子评驴价》和《孔子三考颜回》表现了孔子的义利观——利益的获取必须合乎道义，这也是孔子教授弟子的重要内容。民间故事虽不真实，却以简单质朴的形式传递着儒家的思想。讲故事是为了说明道理，这和中国古代诸子散文取生活事实譬喻说理的做法有一致性。但诸子论文中的"故事"往往粗陈梗概，因为它们依附于"道理"而存在，并没有独立意义；而民间故事乃乡野庶民自娱娱人而作，"道理"存在于对"故事"情节的铺叙之中，通过富于民间智慧的形式表现出来。

自汉以降，儒学成为历代王朝尊崇的正统思想，检视儒家或孔子思想对于传统士人和古代政治的影响是相对简单的，可以从大量的书面文献中获得支持。而儒家思想对普通民众的沾溉却相对难以把握，相关史料的缺乏致使这一问题无法清楚呈现。基于此，《崂山民间故事全集》中关于孔子及其弟子的传说就体现出独特的价值，我们可以透过原生态的民间故事，印证出儒家思想对中国底层社会的深远影响。

三　秦始皇与徐福的琅琊行迹

与历史上诸多王朝的帝王相比，秦始皇是真正的"千古一帝"。他领导的大秦帝国兼并六国，结束了春秋战国五百年的乱世局面；他确立的皇帝制度和中央集权影响了中国政治两千余年，致使"百代都行秦政法"；他开创的大一统格局，为中国作为统一多民族国家的形成和发展奠定了基础。作为影响中国乃至世界历史进程的"千古一帝"，秦始皇最为平民百姓所乐道的不是治国功业，而是追求长生的故事。在《崂山民间故事全

---

① 杨伯峻：《论语译注》，中华书局1980年版，第59页。

集》中，《秦始皇看"天书"》《秦始皇三上琅琊台》《徐福一骗秦始皇》《徐福二骗秦始皇》《徐福和林生》《徐福取来长生果》等作品均围绕着这一主题展开。

徐福为秦始皇寻找长生不老药的故事见载于《史记·秦始皇本纪》：

> 既已，齐人徐市等上书，言海中有三神山，名曰蓬莱、方丈、瀛洲，仙人居之。请得斋戒，与童男女求之。于是遣徐市发童男女数千人，入海求仙人。①

上文所说的"徐市"即徐福，乃齐国方士。秦始皇东巡至琅琊郡（辖今山东省东南部，治所在今青岛市黄岛区），徐福等上书称海中有仙人所居三神山。秦始皇于是派遣徐福带领童男童女数千人入海求仙。关于徐福为始皇求仙的结局，司马迁如是记载：

> 还过吴，从江乘渡。并海上，北至琅邪。方士徐市等入海求神药，数岁不得，费多，恐谴，乃诈曰："蓬莱药可得，然常为大鲛鱼所苦，故不得至，原请善射与俱，见则以连弩射之。"始皇梦与海神战，如人状。问占梦博士，曰："水神不可见，以大鱼蛟龙为候。今上祷祠备谨，而有此恶神，当除去，而善神可致。"乃令入海者赍捕巨鱼具，而自以连弩候大鱼出射之。自琅邪北至荣成山，弗见。至之罘，见巨鱼，射杀一鱼。遂并海西。②

徐福等入海求仙数年，不但毫无所获，且耗费颇多，因此以海中有大鲛鱼阻碍为由欺骗秦始皇。始皇梦见与海神作战，博士占卜之后告知，大鱼蛟龙实为恶神，因此始皇下令追捕大鱼。然从琅琊北至荣成始终未见，于之罘（今山东烟台市）射杀一条巨鱼。

在《秦始皇本纪》中，还有一处关于秦始皇求取长生不老药的记录：

> 三十二年，始皇之碣石，使燕人卢生求羡门、高誓……因使韩

---

① （汉）司马迁：《史记》，中华书局1959年版，第247页。
② 同上书，第263页。

终、侯公、石生求仙人不死之药。始皇巡北边，从上郡入。燕人卢生使入海还，以鬼神事，因奏录图书，曰"亡秦者胡也"。始皇乃使将军蒙恬发兵三十万人北击胡，略取河南地。①

　　秦始皇三十二年（前215）到碣石（今河北省秦皇岛市昌黎县），使燕人卢生寻求传说中的仙人羡门、高誓，找寻"不死之药"。而这次卢生从海上回来汇报鬼神之事，趁机向秦始皇进献编造的图书，书上有"亡秦者胡也"之语。始皇认为北边胡人（匈奴）是大秦的强敌，所以派蒙恬率三十万人北击匈奴，夺取河套以南之地。事实上，"胡"所隐指的并非匈奴，而是秦始皇之子、秦二世胡亥。始皇死后，胡亥借助赵高、李斯的支持登上帝位，残害手足，并实行暴政统治，终使秦朝二世而亡。

　　始皇因卢生献书而攻击匈奴之事见于《秦始皇看"天书"》。在这则民间故事里，卢生是秦始皇派遣去寻找徐福的，徐福寻找不死之药在先，卢生受遣在后。按照该故事的说法，徐福早已渡海到了日本——其实"日本"这一国名产生于7世纪之后，秦汉时应称"倭"或"倭国"。

　　《徐福和林生》中，徐福担心未能为秦始皇寻到长生不老药而遭斩首，姑表兄弟林生为徐福献计，令其带领五百童男、五百童女出海逃亡日本。《徐福取来长生果》讲徐福带领船队由琅琊起航求仙，途中偶然采到一种白果，便将其作为长生果进献给秦始皇。始皇只能吃下49个"长生果"，多一个也咽不下去，这个数字正好对应其暴毙之龄。《徐福一骗秦始皇》《徐福二骗秦始皇》两个故事则称徐福自小父母双亡，在崂山东海的九仙山上学医，通过他人引荐欲效力于大秦；经过一番辩论，徐福说服始皇探寻东海，仍然依托于嬴政求取不老药的历史背景。两个故事草草收尾，文中徐福说服始皇的雄辩却非常精彩，可谓通古知今，颇有战国纵横家的风范。

　　徐福东渡日本是否真有其事，至今尚无确论。长生果的说法也不过是后人依据始皇寿命牵强附会。在以始皇求取仙药、东巡大海为主题的崂山民间故事中，最精彩的要属老艺人宋宗科口述的《秦始皇三上琅琊台》。

　　该故事讲秦始皇第一次巡游到齐地东海边，发动十万民夫修建一个小岛，将其命名为"琅琊台"。始皇似有仙法一般，为了尽快完工，他定住

---

① （汉）司马迁：《史记》，中华书局1959年版，第251—252页。

太阳、驱走黑夜，令民夫不分昼夜地劳作，人累死后尸体直接用来垫岛。然而岛西一座小山也随着小岛的垫高而增长。为了恐吓小山，秦始皇带人爬到山顶：

> 秦始皇……气冲冲地爬到岛西那座小山的山顶上，一边指着小山，一边跺着脚嘟哝着："小山、小山你再长，秦王压在你头顶上；今日狠狠跺你三脚，再不服软开你膛！"秦始皇一边念叨，一边跺脚。他一连念叨了三遍，剁了三脚，把那小山吓得乱抖擞。①

据《史记》记载，始皇确曾巡游到琅琊，且逗留三月。但上述引文中的秦始皇与其正史人物原型存在着明显的差异。民谭语境下，始皇虽有凌驾万物的帝王气派和定日吓山的神异威力，但从"跺脚""嘟哝""念叨"等一系列颇具喜感的动作行为来看，他更接近于一个有着世俗喜怒的平常人。

故事描写秦始皇二上琅琊台所见的日出景象，也极为生动：

> 秦始皇坐在观景台的鼓形石座上，面朝东方的大海，望啊，瞅啊，看望了好一阵子，只见眼前黑洞洞、雾茫茫，什么东西也看不清。突然，随着山下渔村里一声鸡叫声，远处那水和天相连的地方，"呼啦"一闪，出现几缕细长的红光。那红光越散越宽、越长，慢慢由弱变强，由淡变深，末后，把天和海都染成了一片紫红色。一霎间，随着远海中那紫红色浪花的翻滚欢跳，"呼啦"一下，跳出一半火红的红球。那半红火球，像鬼使神差一般飞快地生长，越长越高、越大，越长越红、越亮，末后，变成一个滚圆滚圆的大火球，离开了水皮，跳了起来，把远海、近海和远处的岛子，近处的山头，都染成了一片红色，连秦始皇坐的那观景台和他本人，也给镀上了一层耀眼的红光！②

整个情景皆出自秦始皇的视野，着眼于水天相接之处，描写朝日涌出

---

① 张崇纲编：《崂山民间故事全集》，青岛海洋大学出版社 1993 年版，第 451 页。

② 同上书，第 452 页。

海面，不断变大、变亮的直观视觉体验。秦始皇的眼睛看到漫天红色，连同本人也披上了耀眼的红光，壮观奇丽的景象与唐代王勃所谓的"落霞与孤鹜齐飞，秋水共长天一色"颇有神似之处。这段日出之景虽为民间艺人口述，却表现出极强的画面质感，令读者如身临其境，置于书面文学作品中也毫不逊色，应与崂山当地民众常观海上日出的审美体验直接相关。

秦皇二上、三上琅琊台的故事也包含了派遣徐福求取不老仙药的情节，结果同样是不了了之。值得一提的是，在"三上琅琊台"这个分节中，民间艺人令始皇和孔子较上了劲。故事讲述秦始皇未得仙药，于抱恨回宫的途中经过孔林，扒开孔子坟冢，捡到一册竹简，上有文字曰：

> 始皇，始皇，大胆，狂妄：进我灵堂，穿我衣裳，坐我椅子，拄我拐杖，吃我酒菜，困我雅床……罪恶难书，皇位不长；走到沙丘，叫你身亡！①

果不其然，秦始皇被气死在沙丘。秦始皇与孔子的时代相差近三百年，孔丘生存在春秋时期，没有"始皇"的称呼，更不会预知始皇的结局，如此通俗打油诗风格的咒语明显也不符合孔子作为儒家贤师的口吻。只因民众憎恶嬴政之"大胆""狂妄"，在民间故事中不仅再三强调其求仙失败、短命而亡，还借历史上颇具权威的"素王"孔子之口，尽数其失德之处，增强了否定的力度。此种带有预言性质的谶语在任何时代的各类文本中都不少见，譬如上引《史记·秦始皇本纪》，即称卢生上献"亡秦者胡也"之图书。"亡秦者胡也"亦应为后人据事实编造，演为传说被司马迁采录；在《史记》描写秦始皇苦求长生享国的叙述中，同样具有反讽的效果。

四 刘项争霸的海洋文化演绎

说起秦亡汉兴之际的重要历史人物，相信大多数中国人的脑海中会浮现出"刘邦"和"项羽"两个名字。刘邦建立了大汉王朝，成为汉民族和汉文化的开创者；项羽自封西楚霸王并分封诸国，却未能完成统一。司

---

① 张崇纲编：《崂山民间故事全集》，青岛海洋大学出版社1993年版，第455页。

马迁在《史记》中把二人写入"本纪"，同样赋予帝王之尊。

崂山民间流传着关于项羽和刘邦的故事。《龙生虎养楚霸王》一篇叙述项羽身世，称东海龙王不满秦始皇赶山填海，派自己的三女儿扮成渔家女，以美貌引起始皇关注，被封为贵妃，将赶山填海的神鞭偷回龙宫。不想龙女归来已有身孕，龙王为了不使家丑外扬，便设法将孩子送到徐福岛上。弃儿被一只失去幼崽的母虎哺育成长；十年后，龙王化作白须老人授其神功、告以身世，嘱其为母报仇。这个名叫项羽的孩子最终推翻了秦朝的江山。

在历史上，项羽是楚国贵族后裔，芈姓项氏，名籍字羽，名将项燕之孙，随叔父项梁起兵反秦，秦灭后称西楚霸王。《龙生虎养楚霸王》以秦始皇与东海的故事发端，将楚霸王灭秦的历史事实融入其中，发想奇特，令项羽成为秦皇之子。

这当然并非事实，但"龙生虎养"的荒诞情节可以使我们联想到中国文化史上很多特异之人的成长神话，最有名的当属周人始祖后稷的故事。据《诗经·大雅·生民》："厥初生民，时维姜嫄。生民如何？克禋克祀，以弗无子。履帝武敏歆，攸介攸止。载震载夙，载生载育，时维后稷。""诞寘之隘巷，牛羊腓字之。诞寘之平林，会伐平林。诞寘之寒冰，鸟覆翼之。鸟乃去矣，后稷呱矣。"[1] 姜嫄踩中天帝的足趾印迹而受孕产子，即为后稷；姜嫄羞耻，将后稷抛弃野外，牛羊自动前来哺乳喂养，又有飞鸟以翼覆之避寒。故事中的项羽如后稷一般弃而不死反得万物庇护，正是非凡人物的标志。

在崂山民间故事中，项羽不仅身世、本领超凡，更兼心地赤诚，而刘邦则阴险狡诈。《刘邦一计得天下》称刘、项为进山学艺的同门师兄弟，项羽到海边游玩结识了东海龙王的女儿，龙女许诺五更时分到海边相见，助项羽称王天下。项羽把此事告诉了师兄刘邦，刘邦却将其灌醉，乔装成项羽的样子赴约，得到龙女的三点"洪福"，而错失"洪福"的项羽只得到龙女所赠的"拔山之力"。项羽和刘邦因此结仇。在争夺天下的过程中，刘邦凭借三点"洪福"，较项羽多长了三招智谋，最终挫败项羽，当了皇帝。

---

[1]　（汉）毛亨传、（汉）郑玄笺、（唐）孔颖达疏：《毛诗正义》，北京大学出版社1999年版，第1055—1065页。

"三点洪福"之说也是乡民杜撰。历史上的刘邦之所以得天下，按《史记·高祖本纪》所录其个人说法，实源于三位"人杰"相助。"三杰"乃张良、萧何、韩信，结合三人之能，刘邦得以"运筹策帷帐之中，决胜于千里之外"，"镇国家，抚百姓，给馈饷，不绝粮道"，"连百万之军，战必胜，攻必取"①。作为开国君主，刘邦有雄才大略、知人善任的一面，但在平地而起、夺取天下的过程中，也不乏自私绝情、无赖狡诈之处。按《史记》所述，在楚汉争战之际，刘邦为疾驰自保，竟多次将亲生儿女推下马车；成就霸业之后则猜忌功臣，致使萧何自毁声名、韩信身死族灭。

项羽出身高贵、神武无敌，在争霸之初占尽天时地利人和，一度势压刘邦，但最终被刘邦所灭，不仅未能立朝称帝，还于乌江饮恨自刎而死。究其失败之因，刘邦称"有一范增而不能用"（《高祖本纪》）②；韩信指出项羽有"匹夫之勇""妇人之仁"，故而"其强易弱"（《淮阴侯列传》）③；司马迁则谓其"自矜功伐，奋其私智而不师古，谓霸王之业，欲以力征经营天下"，以致"五年卒亡其国，身死东城"（《项羽本纪》）④。无论以上说法是否客观全面，与刘邦之阴鸷老成、深谋远虑相比，项羽的确体现出单纯率直、鲁莽无谋的人格弱点，兼以优柔寡断、丧失有利战机，最初掌握的优势极容易地转化为了劣势。

民间故事虽荒诞不经，但对于二人性格及处事态度的反映颇有与正史相通之处。这在很大程度上得益于史书的通俗化传播。古代民间百戏伎艺中有"说话"，近于今之说书，兴盛于宋，含小说、说经、讲史、合生四家。至元代，"讲说前代书史文传、兴废争战之事"⑤的讲史风行一时，元人刊刻的《全相平话五种》即包含了《前汉书平话》。元明时期，楚汉相争的故事以通俗话本、戏文的形式广泛流传于民间。据明人袁宏道《东西汉通俗演义序》称："今天下自衣冠以至村哥里妇，自七十老翁以至三尺童子，谈及刘季起丰沛、项羽不渡乌江、王莽篡位、光武中兴等事，无不能悉数颠末，详其姓氏里居，自朝至暮，自昏彻旦，几忘食忘

---

① （汉）司马迁：《史记》，中华书局 1959 年版，第 381 页。

② 同上。

③ 同上书，第 2612 页。

④ 同上书，第 339 页。

⑤ （宋）孟元老等：《东京梦华录》（外四种），古典文学出版社 1957 年版，第 98 页。

寝，讼言之不倦。"① 在正史通俗化流传的过程中，"不渡乌江"的项羽成为极具代表性的悲剧英雄，别姬自刎故事的经典化，更使其风云气盛、儿女情长的霸王形象深入人心。底层百姓以简单的善恶逻辑呈现项羽、刘邦形象，表现出对功败垂成者的倾情与惋惜，以及对既得利益者的仇视与丑化。

更值得我们注意的是，《龙生虎养楚霸王》和《刘邦一计得天下》体现出浓重的地域色彩，海洋环境成为历史人物的虚拟活动空间。普泛化的刘项相争故事并没有表现出与"海洋"的密切关系，但其在崂山地区流传的文本，却加入了"东海""徐福岛""龙王""龙女"等重要叙事元素。"东海"是古人对崂山的地理定位，"徐福求仙"由此出发，"龙王"与"龙女"更是崂山当地普遍熟知的家族化海神形象。崂山民众对刘项争霸故事进行了富于海洋文化特色的重新演绎，以"龙生虎养""龙女送福"的超现实叙述重释了一代英雄有其神力而无能回天的命运悲剧。

五　童恢不其训虎的善政想象

童恢，字汉宗，乃东汉时期琅琊姑幕（今山东诸城）人。汉灵帝光和五年（182），童恢被辟为不其县令。"不其"原为山名，秦始皇时置县，属琅琊郡，其县辖区大致包括了现今的青岛市区。

童恢既是青岛先贤，也是中国历史上著名的循吏。范晔《后汉书》记录了他的家世与政绩。童恢之父名仲玉，曾于荒年倾家赈灾，救活百数乡亲。童恢早孤，但父亲的德行声望必然对他产生了极为重要的影响。成年后的童恢踏上仕途，因执法清廉公正，被当时的司徒杨赐赏识推荐，出任不其令；在任期间更是治民有方、奖惩得宜，致使辖境祥和、治安良好，牢狱内连续几年竟无一囚犯。邻县流民闻其政绩，多来归附，迁居不其者多达两万余户。

青岛市崂山区有道观"通真宫"，最初名"童公祠"，即为古人纪念童恢所建，以其生辰（相传为农历十一月二十一日）为庙会。距通真宫西北约 5 公里处，有"驯虎山"，得名于童恢不其县审虎的故事。

据《后汉书·循吏列传》，当时有不其县民为虎所伤，猎人设下机关，活捉到两只老虎。童恢训虎曰："天生万物，唯人为贵。虎狼当食六

---

① 朱一玄：《明清小说资料选编》，齐鲁书社 1989 年版，第 13 页。

畜，而残暴于人。王法杀人者死，伤人则论法。汝若是杀人者，当垂头服罪；自知非者，当号呼称冤。"① 闻其言，一虎如被震慑，低头闭目；一虎望恢而鸣，腾跃依然。众人方知前者即为伤人之虎，于是将其依法诛杀，另一虎则被释放山林。

虽然见载于正史，童恢训虎一事带有极强的传说色彩，或许因其为吏有方、执法严明，受到远近之人的敬仰爱戴，有好事者添枝加叶、编造奇闻，亦未可知。类似的故事在中国历史上也并不鲜见，如著名的"韩愈驱鳄"。据两《唐书》中的韩愈本传，韩愈被贬为潮州刺史，听闻当地恶溪（一名湫水）有鳄鱼为害，于是亲往恶溪，祭以猪羊，又作祭文，令众鳄三日内南徙于海。当夕有暴风闪电起于溪中，数日后溪水干涸，潮州境内再无鳄鱼。与"童恢训虎"一样，应为时人夸饰善政所撰，被著史者载入传记。

崂山民间的童恢训虎故事更加神乎其神。传说不其恶虎所食之人为一老妇之独子，童恢大怒，命人捕得此虎。经过童大人一番审训教化，老虎不仅承认罪行，更愿意立功赎罪，赡养失独老妇。此后，老虎视老妇为母，极尽孝子之义。但为捕获肉食，老虎多至乡民家中盗杀骡马牛羊，时人多有抱怨。童恢令其每日背老妇到人前乞食，不得伤害家畜；乡人怜悯老妇，又慑于虎威，多将上好的饭菜施舍。待老妇寿终正寝，虎儿无从乞食，饥饿难耐。童恢令其带领山东众虎迁往东北，以便猎食野物；虎儿思念"母亲"，童恢准许其每年清明节回山东为老妇上坟。众虎依令而行，山东从此再无老虎。（《山东的虎哪里去了》）

从中可见，崂山民众不仅有昭传先贤善政的意图，还有着更为善良的愿望，令猛兽亦接受仁义与母爱之感化，以通达人情、秉持孝道。

事实上，东汉以降山东境内并非没有野生老虎。宋代李焘《续资治通鉴长编》即记载宋真宗年间"泰山素多虎"。明代小说《水浒传》中武松、李逵、解珍、解宝等梁山好汉的打虎事迹皆发生于山东，且作为精彩片段广泛流传，虽为虚构，必有其现实基础，至少说明当地民众熟悉老虎这一野生动物，对于以山东为背景的虎患叙事才能自然而然地理解和接受。

但童恢训虎、绝虎踪迹的故事在崂山地区依然产生了重要影响。明末

---

① （刘宋）范晔：《后汉书》，中华书局1965年版，第2482页。

清初文人法若真有诗曰"一自童公驯虎后，二崂不借黑云封"，周至元《崂山志》卷五《物产志》亦称"虎，汉以前有之，自童公驯虎后绝迹"①。崂山是否有虎并不重要，千百年来崂山人关于本地无虎的"执念"，实源于对童恢善政的想象与追慕。

六　李白与苏东坡的崂山情缘

（一）李白

在中国，李白是最著名的古代诗人，其姓字、名号可谓人尽皆知。但事实上，李白的种族、籍贯及原初姓氏，一直是学界充满争议的话题。

《新唐书》称："李白字太白，兴圣皇帝九世孙。其先隋末以罪徙西域，神龙初，遁还，客巴西。白之生，母梦长庚星，因以命之。"② 母梦长庚星（太白星）分娩，是李白得名的缘由，这种梦兆降生的故事在中国古代极其普遍，不必深究。"兴圣皇帝"即十六国时期西凉武昭王，自称陇西李氏、汉代李广十六世孙，后被李唐皇室尊为先祖；李白既为其九世孙，亦应与皇族同宗。这一说法受到很多人的质疑。李白先人曾居西域碎叶，碎叶在今天的中亚吉尔吉斯斯坦境内，隋唐之际也不属于中国版图，中国政府没有将罪臣流放国外的道理。李白在碎叶出生，五岁时随家人迁居到巴郡以西的绵州昌隆县（今四川省江油市）。因此有人认为李白很可能不是谪居的汉族皇室，而是西域少数民族；他的家族在西域也并不姓李，迁居中土以后特意附会上一个高贵的姓氏。

还有一种说法称李白为山东人。据《旧唐书》中的李白本传："李白字太白，山东人。少有逸才，志气宏放，飘然有超世之心。父为任城尉，因家焉。"③ 任城在现今山东省济宁市。李白的好朋友、中国历史上另一位伟大诗人杜甫，亦曾作诗曰："近来海内为长句，汝与山东李白好。"（《薛端薛复筵简薛华醉歌》）但更多情况下李白依然自称陇西李氏，与唐皇室同宗，在山东似仅为寓居。

与梦兆降生附会神迹一样，古人往往喜欢自托名世显族，因此李白自己的说法也不一定属实。但无论李白在血统上为胡为汉，异域成长环境决定了他与一般中原文人不同的知识背景。李白自称"五岁诵六甲，十岁

---

① 周至元：《崂山志》，齐鲁书社 1993 年版，第 177 页。

② （宋）欧阳修、宋祁：《新唐书》，中华书局 1975 年版，第 5762 页。

③ （后晋）刘昫等：《旧唐书》，中华书局 1975 年版，第 5053 页。

观百家"（《上安州裴长史书》）。中土家庭多以正统儒学教育子孙，然李白启蒙修读的"六甲"乃道教符箓、神仙法术一类，"百家"也不仅仅包括儒家。结合其一生的经历与思想，李白有儒家士人大济苍生、建功立业的渴望，但亦热衷求仙访道，喜欢四处游历，为人英风豪气，所作诗文颇有飘逸奔放、超然出世之意，故被誉为"诗仙"。

相传，李白曾与道士吴筠共游崂山，酣饮于太白石顶，又登临蟠桃峰，饱览美景，作《清平调咏·王母蟠桃峰》赠与太清宫道士，成为崂山道乐中传承数代的经韵曲牌。此事于史无证，但根据现存诗稿，李白在寓居山东期间确有游览崂山的经历。《寄王屋山人孟大融》曰：

我昔东海上，劳山餐紫霞。亲见安期公，食枣大如瓜。

"安期公"乃道教神仙。《列仙传》曰："安期先生者，琅琊阜乡人也。卖药于东海边，时人皆言千岁翁。秦始皇东游，请见，与语三日三夜，赐金璧度数千万。出于阜乡亭，皆置去。留书，以赤玉舄一量为报，曰：'后数年，求我于蓬莱山。'始皇即遣使者徐市、卢生等数百人入海，未至蓬莱山，辄逢风波而还。立祠阜乡亭海边十数处云。"[1] 安期生为琅琊阜乡仙人，秦始皇东游时在海边见之。崂山地区流传的民间故事《李白和安期生》由此诗敷演而来，讲唐玄宗梦见安禄山造反，又见十八小儿耍龙，龙口吐白光；醒后传贺知章解梦，由"十八子"（李）、"白"得知李白就是梦境所示的辅国良臣，于是宣旨命李白三月内进宫听封。圣旨落到奸臣杨国忠手中，杨国忠将"月"字涂抹成"日"，以期李白无法按时赶往长安。不想李白此时在崂山结识了安期生，安期生以神仙术助李白瞬间到达长安，还为他留下三颗"大如瓜"的仙枣。但由于杨国忠和杨贵妃的阻挠，李白仅得"供奉翰林"之职。一日与贺知章饮酒，李白以枣待之，贺知章无意将枣皮粘在李白身上，枣皮变成红色的翅膀，李白随之飞升上天，告诫贺知章奸佞当道，不如辞官归隐。其后李白飞往崂山，贺知章亦告老还乡。

故事整合了真实的历史背景和人物事迹，玄宗梦兆、安期襄助、李白枣翅飞升等情节则表现出民间对"诗仙"超凡脱俗的想象。

---

① 王叔岷：《列仙传校笺》，中华书局2007年版，第70页。

《李白崂山作"酒诗"》讲李白被逐出皇宫后随吴筠游崂，与一村女即景对诗的故事，主要为了附会"酒湾""旱河"的来历而撰。《李白巧得相公砚》称李白成名之前曾独自游览崂山，栖身于北九水上源的草庵之中，每逢深夜即有一书生到访，与其饮酒对诗，不久即成莫逆。临别之日，书生从怀中取出一血色石头，自云乃崂山相公石化身，不甘此心为世俗小人所得，愿赠与李白，成其诗名。李白后将此石琢为砚台长伴左右，亦如书生所言才思大涨，成为天下闻名的诗人。

崂山民众编此故事，既出于对诗人诗才的崇慕与猜想，亦有借李白才名为本地山川古迹生色之意。但借某一物品而得失才思的叙事不仅仅流于民谭，正史中的文人传记亦常见如是说法。最有名的如《南史·江淹传》：

> 淹少以文章显，晚节才思微退，云为宣城太守时罢归，始泊禅灵寺渚，夜梦一人自称张景阳，谓曰："前以一匹锦相寄，今可见还。"淹探怀中得数尺与之……自尔淹文章踬矣。又尝宿于冶亭，梦一丈夫自称郭璞，谓淹曰："吾有笔在卿处多年，可以见还。"淹乃探怀中得五色笔一以授之。尔后为诗绝无美句，时人谓之才尽。[1]

"江郎才尽"之成语即出于此。江淹乃南朝著名文学家，传说晚年夜梦西晋文人张协（字景阳）索锦、郭璞索笔，梦后才性大减。言外之意，江淹早岁的文才源于前辈借其锦、笔，这就与崂山民间所传李白得"相公砚"成诗名的说法极为近似了。事实上，"江郎才尽"只是江淹早岁继承西晋诗风，晚年风格改变的一种形象说法[2]。而就李白来说，其诗歌确有一种与自然天地融合一体、相互冥会的独特风神，若得崂山等地山水美景滋养心性、焕发灵感，以此增进才思，也并非全无道理。

在写作诗文之外，追求功名、游历山水、求访仙道构成了李白一生的事业，崂山民谭中的李白故事，其内容也大致围绕着这几个方面。《李白的传说》一篇包含了《赶考》《自罢官》《游太清宫》三个小故事。《赶考》讲述少年李白赶考途中遇到对对子的老者，预言第二次考中。这当

---

① （唐）李延寿：《南史》，中华书局 2008 年版，第 1451 页。

② 参见张峰屹、郭晨光《"江郎才尽"真实涵义及其文学史意义》，《陕西师范大学学报》2013 年第 6 期。

然纯属乡民虚构，因为李白毕生并未参加过科举考试，一方面因其自视甚高，渴望平交王侯、历抵卿相；另一方面，传说李白出自胡商之家，在当时没有应试资格。《自罢官》演绎李白辞官翰林的故事，包括力士脱靴、贵妃磨墨以及李白写《清平调词》触怒杨妃等，这些内容来源于唐人《国史补》《松窗杂录》一类野史笔记，亦多见于宋元以降的通俗话本及戏文。

《游太清宫》并非讲述李白与太清羽客切磋仙道、结谊深厚之事，而称主人公凭借高超剑术震慑宫观道士，迫使其减少周边百姓的地租，其内涵颇值玩味。李唐王室自诩为太上老君李耳后裔，故而尊崇道教，给予道教经济、政治各方面的特权。"在王权政治的保护之下，道观占田的合法性受到法律的保护。在唐前期实行的均田制下，道士、女冠享有口分田，并以将其转化为'常住田'的形式变为道观恒产。随着均田制的瓦解，唐中后期道观土地的来源除皇室官府的赏赐和公卿士庶的施舍外，主要通过土地兼并买卖来获得。"① 唐代道观经济通常以土地租佃、放债甚至高利贷的方式盈利运作。尽管修道讲究清心寡欲、行善积德，但私蓄财产、广占田地、剥削压迫道徒佃户的例子并不在少数；由于道观需纳税于政府，政府亦对其世俗经济权利采取默许态度——正如《游太清宫》故事中，面对道士的为非作歹，官府毫无作为。

据学者考证，崂山道教应正式发端于唐末，且太清宫最初作为太平宫之偏殿，由宋太祖敕建。民间故事对历史时代的处理具有极大的随意性，主人公纵为李白，故事依托的文化背景不一定局限于盛唐时期。但在中国古代农业社会，世俗化的道观经济与封建地主经济往往无甚区别，多数情况下，租赁土地、征收地租，是其营建宫观场地、举行宗教活动、供养神职人员的主要经济来源。贫民与道观的矛盾，实为封建社会农民与地主经济矛盾的缩影。

除却租税问题，由于崂山山内生存资源有限，山民与道观时有争执。最著名的民道争讼事件发生在晚清。崂山道士多习武术，太清宫自宋以来屡受帝王支持，尤其在明后期势力大涨；清乾隆皇帝又定下官民不得侵占庙宇财产、地产和周围林木的政策。崂山民众因生活所需，经常砍伐树木，故而时时与太清宫发生摩擦。清同治年间，有白某参加捻军起义，失

---

① 王永平：《论唐代的道教经济活动》，《中国经济史研究》2000 年第 2 期。

败后潜逃入太清宫为道，被派看山，恃武凶悍，见拾柴草者即打骂，甚至以矛刺之。山民钟成骢集合于哥庄宋京士等人，欲问罪太清宫。未发，适逢宋京士等人入山伐柴，遇白道士持矛相阻，双方打斗之中，宋京士以镰刀刺死白道。钟成骢随即声言太清宫窝藏匪寇、以兵器伤害平民，率众至太清宫与道士搏斗，大败众道；其后率领村民抢伐庙宇所占山林，时称"伐山"。道士至县衙控诉，钟成骢被捕入狱，久之无罪释放；宋京士被县令改名宋京唐，戒之勿再生事。有胶州人以此事编排戏剧，名曰《太宫霸》。①

崂山民间故事亦有"庙霸"之说，指涉上层道士虐待道徒、欺压穷人、霸占财物之事；"庙霸"为恶一时，但最终会被清官、侠客、神仙惩戒制服。就李白故事而言，"击剑为任侠"② 作为《新唐书·李白传》的明确记载，为文学想象中李白成为剑侠提供了历史基础；令偶然到访的诗人侠客以武犯禁，解决百姓与道士的经济矛盾，则体现出崂山民众普遍的生存愿望。

（二）苏东坡

谈及最著名的古代文学家，唐代可称李白、杜甫，宋代则非苏轼莫属。苏轼诗、词、文兼擅，与父苏洵、弟苏辙构成了中国历史上著名的文学家族。而作为文化名人，苏轼较之李杜，对于平民社会有着更为广泛深远的影响力；他的另一个称谓——"东坡"，已然成为意蕴丰富的文化符号。对此，我们不妨借用林语堂先生的评价：

苏东坡是个秉性难改的乐天派，是悲天悯人的道德家，是黎民百姓的好朋友，是散文作家，是新派的画家，是伟大的书法家，是酿酒的实验者，是工程师，是假道学的反对派，是瑜伽术的修炼者，是佛教徒，是士大夫，是皇帝的秘书，是饮酒成瘾者，是心肠慈悲的法官，是政治上的坚持己见者，是月下的漫步者，是诗人，是生性诙谐爱开玩笑的人。可是这些也许还不足以勾绘出苏东坡的全貌。我若说一提到苏东坡，在中国总会引起人亲切敬佩的微笑，也许这话最能概

---

① 关于钟成骢与太宫道士"伐山"之争的具体情况，参见赵伟《崂山道教与佛教研究》，人民出版社 2015 年版。

② （宋）欧阳修、宋祁：《新唐书》，中华书局 1975 年版，第 5762 页。

括苏东坡的一切了。①

　　苏东坡的文化影响遍及社会生活的各个方面，各地民谭之中自然不会缺少他的身影。《苏东坡三赞崂山》讲述了苏轼被贬到山东做官之际三次游历崂山的故事。一至崂山太清宫，正值众道闭门诵经，东坡未经谋面，于遗憾之际赞曰"崂山多隐君子，可望而不可见也"。二至崂山太清宫，未及言谈，只见众道鹤发童颜、仙风道骨，赞曰"崂山多隐君子，可见而不可识也"。三至崂山太清宫，终得道长接待，经过言谈相交，深为敬服，赞曰"崂山多隐君子，可识而不可攀也"。

　　李白游崂，尚有《寄王屋山人孟大融》一诗为证；苏轼与崂山的情缘，在其著作、年谱及历代崂山地志中皆无记载。与李白相比，苏轼的籍贯、身世、生平极为明晰，他的出生地为眉州眉山（今四川省眉山市），邻近被古人视作长江源头的岷江，故有"我家江水初发源，宦游直送江入海"（苏轼《游金山寺》）之说。入仕之后，因为为人耿直、恃才傲物，苏轼受到新旧两党的排斥打压，历经宦海漂泊，行迹遍布大半个中国。北宋熙宁四年（1071），因政治思想与王安石变法相抵牾，苏轼自请于京中外调，先任杭州通判，又于熙宁七年（1074）赴山东密州任知州，辖诸城、安丘、莒、高密诸县。经历徐州、湖州、黄州、汝州等多地宦游，苏轼于元丰八年（1085）再赴山东，任职登州，辖蓬莱、黄县、牟平、文登等地。

　　苏轼两次就职山东，辖地皆距青岛崂山不远。且在 20 世纪 80 年代，青岛市崂山区王哥庄庄子庵挖掘出《东坡仁里》石碑。据碑文称，苏轼曾由崂山道士乔绪然和学者吴复古陪同，于密州到芝罘上任途中游访崂山，夜宿庄子庵，被当地苏姓村民诚挚仁义所感，赞其村为仁义之里；元丰八年知登州，于仰口湾登岸，至太平宫复访乔道士；元祐年间，苏轼任职颍州、定州，特遣使者前往山东崂山，代立"东坡仁里"石碑。

　　石碑碑文与历史上苏轼的宦游历程大致相符，但崂山当地学者王瑛伦以《苏轼年谱》为据，结合苏轼任职山东期间的管辖范围、出行路线、交游经历及立碑年号、村庄历史等各方面信息，断定《东坡仁里》石碑为后人伪刻。因此，现今并无证据证明苏轼曾游至崂山、访问道观，《苏

---

① 林语堂：《苏东坡传·原序》，张振玉译，陕西师范大学出版社 2009 年版，第 9 页。

东坡三赞崂山》的故事应为虚构。崂山人借历史名人苏东坡之口，表达了对本乡人杰地灵的赞美。如果说《李白的传说·游太清宫》表现出民众在生存困境中对道观世俗化、特权化的不满与谴责，那么《苏东坡三赞崂山》则回归了崂山道教的正面形象，体现出对道士隐者这一神秘群体的渐进式认知过程。

另有《苏东坡的传说》，讲述主人公作对联救助"豆腐西施"的故事。"豆腐西施"乃一卖豆腐的新寡妇人，携婆母幼子为生，苦于生意不佳，丈夫灵柩尚未安葬。东坡出银接济，又为其写下对联："白小娇，大豆腐，异香自有；红西施，小店铺，他人却无。"借东坡之名，妇人生意红火起来。

该对联简俗拙野，为乡人随口诌撰。但历史上苏轼既为诸艺兼通的旷世奇才，也是幽默诙谐的"游戏之圣"，其文集中有不少嬉弄乐府、滑稽笔墨之作，亦有借谐词扶困助人之举。如其《减字木兰花》：

> 郑庄好客，容我尊前先堕帻。落笔生风，籍籍声名不负公。
> 高山白早，莹骨冰肤那解老。从此南徐，良夜清风月满湖。

该词有序曰："赠润守许仲途，且以'郑容落籍、高莹从良'为句首。"据宋人陈善《扪虱新话》："坡昔过京口，官妓郑容、高莹二人尝侍宴，坡喜之。二妓间请于坡，欲为脱籍，坡许之而终不为言。及临别，二妓复之船所恳之。坡曰：'尔当持我之词以往，太守一见，便知其意。'盖是'郑容落籍、高莹从良'八字也。"[①]

此词为苏轼帮助郑容、高莹二歌伎落籍从良而作，将长短句作判词，嵌入人名事由而不落痕迹。在表现苏轼对弱势女性的倾情关怀及游戏笔墨之处，与崂山民谭颇能合拍。未经诗书教化的朴实乡民或许并不知晓苏轼创作《减字木兰花》的轶事，但东坡之善良幽默、才高性灵，却几近成为自宋以降历代国人的共同认知。如林语堂所说，作为"黎民百姓的好朋友""心肠慈悲的法官""诗人""生性诙谐爱开玩笑的人"，苏东坡"在中国总会引起人亲切敬佩的微笑"，崂山民众不惜违背事实、制造"伪证"，编讲其与本地风土人物的情缘故事，自然不难理解了。

---

① 朱靖华等：《苏轼词新释辑评》，中国书店出版社 2007 年版，第 894 页。

七　全真道士游崂的虚实纪录①

崂山地区道教文化传统悠久，具有"全真天下第二丛林"的美誉。蒲松龄《聊斋志异》中的《劳山道士》，讲述世家子弟王生慕名前至崂山，向道士修习法术之事，更使崂山及其道教文化家喻户晓。但蒲氏小说只是以志怪笔法描写了崂山道士的变化手段，并非崂山道教的整体面貌。崂山民间故事中有一些关于道教的篇章，如《丘处机斩蛇精》《丘长春和逢仙桥》《丘长春献策》《马丹阳和孙不二》《孙不二棋盘石上遇仙师》等，以民谭的形式再现崂山道教的存在与发展状况，对于了解崂山民众对道教的认识具有极其重要的作用。

靖康之变后，中国北方地区被金朝统治。在战乱中，北方道教遭到严重破坏，但同时诞生了一些新的教派，这些新教派与此前的道教有较大的差别，被宗教学者称为"新道教"，其中最主要的是从民间涌现出的全真教。全真教的创立者为王中孚，后改名王喆，号重阳子。王喆生于陕西咸阳，年轻时热衷仕途，因求仕不顺，中年以后开始修道。传说金正隆四年（1159），王喆在甘河镇酒肆中遇到一个异人（一说即吕洞宾），得其传授真诀而成道。最初他传道于家乡，影响较小；后于大定七年（1167）放火烧掉自己居住的茅屋，远赴山东半岛传教。

王喆来到宁海州，先后在今牟平、莱州、文登等地传教，收马钰、谭处端、丘处机、王处一、郝大通、刘处玄、孙不二七个徒弟，即"全真七子"。有传说与文献称全真七子都曾游道崂山，促进了崂山道教的发展，但经过考察，只能确定丘处机两次来过崂山。金大安元年（1209），丘处机游览崂山，留下了《再题牢山》二十首，其中十首《太清宫》，十首《上清宫》。这些诗歌被收录于丘氏《磻溪集》卷二，是丘处机游道崂山的确证。值得注意的是，作者在诗前的序中说"大安己巳胶西醮罢，道众相邀再游鳌山，复留题二十首"②，诗题亦云"再题牢山"，说明这是丘处机第二次游崂。同卷另有丘处机《牢山吟》二十一首（诗题为"二十首"）。诗前序云："东莱即墨之牢山，三围大海，背俯平川，巨石巍

---

① 关于全真道士游崂的具体情况，参见赵伟《崂山道教与佛教研究》，人民出版社 2015 年版。

② 张继禹主编：《中华道藏》（第 26 册），华夏出版社 2004 年版，第 604 页。

峨，群峰峭拔，真洞天福地，一方之胜境也。然僻于海曲，举世鲜闻，其名亦不佳。予自昌阳醮罢，抵于王城永真观，南望烟霭之间，隐隐而见。道众相邀，迁延数日而方届。遂闲吟二十首，易为鳌山，因清畅道风云耳。"① 由此来看，这应该是丘处机第一次游览崂山，时间大概是在金泰和五年至八年（1205—1208）。丘处机感觉崂山景美而名不佳，遂将其改名为"鳌山"；作诗的用意是"清畅道风"，即希望道教在崂山地区能有更大的发展。

今崂山上清宫东北有丘处机《青玉案》词的刻石。词云："乘舟共约烟霞侣，策杖寻高步，直上孤峰尖险处。长吟法事，浩歌幽韵，响遏行云住。　凭高目断周四顾，万壑千岩下无数，匝地洪波吞岛屿，三山不见，九霄凝望，似入钧天去。"有序云："长春真人于大安己巳年胶西醮罢，道众邀请来游此山，上至南天门，命黄冠士奏《空洞步虚》毕，乃作词一首，名曰《青玉案》。"末署"大安己巳"，旁刻"又作诗十首刻在别石"。"刻在别石"的十首诗，即《磻溪集》中的《上清宫》。由此可知，丘处机还在崂山作有《青玉案》词一首。今《磻溪集》中未见《青玉案》，只有两种可能，或者编集者失收，或者该词为他人伪托丘氏所作。但《青玉案》确实表明游览之意，与丘处机的崂山之行切合；同时刻石末直署"大安己巳"，又言"又作诗十首刻在别石"，因此不像伪作，应为《磻溪集》编者失收。

崂山民间故事《丘处机斩蛇精》讲丘处机在太清宫当道长时，一条万年大蛇变化成凡人小伙前来拜师，丘处机发现后将其斩杀。这个故事宣扬了丘处机的法力，其实历史上丘处机两次游道崂山的时间都很短，是在莱州作斋醮时应邀顺便前来，并没有做过太清宫的道长。《丘长春和逢仙桥》写丘处机于崂山太平宫修行之时，遇高人指点，终于在80岁时得道升仙，同样是子虚乌有，丘处机也没有在太平宫修行过。

与上述两篇不同，《丘长春献策》描述了一个相对真实的丘处机。故事称崂山得道的丘处机于74岁时得成吉思汗召见，远赴西域，向成吉思汗宣扬"敬天爱民"的思想，这是符合历史事实的。丘处机第二次游道崂山两年后，曾应金主之召前至燕都；归后直至1219年，丘处机拒绝金主的再次征召，也拒绝了南宋皇帝的征召。拒绝金国和南宋的征召，却于

---

① 张继禹主编：《中华道藏》（第26册），华夏出版社2004年版，第603页。

1219 年应成吉思汗之召西行，显示出丘处机灵敏的政治嗅觉。李道谦《甘水仙源录》中收录的《长春真人本行碑》叙述了丘处机西行面见成吉思汗之事：

> 己卯之冬，成吉思皇帝命侍臣刘仲禄持诏迎师，明年春启行……是年十月，师在武川进表，使回复，有敕书，促师西行，称之曰师，曰真人，其见重如此。又明年春，踰岭而北，壬午之四月甫达印度，见皇帝于大雪山之阳。问以长生药，师但举卫生之经以对。他日又数论仁孝，皇帝以其实，嘉之。癸未之三月，车驾至赛蓝，诏许师东归，且赐以赆礼。师固辞曰：臣归途万余里，得驲骑馆谷足矣。制可其奏，因尽蠲其徒之赋役。师之驰传往返也，所过迎者动数千人，所居户外之屦满矣，所去至有拥马首以泣者，其感人心如此。及入汉地，四方道流不远千里而来，所历城郭皆挽留。①

时间、路线、问答内容及礼遇情况，在碑文中记录甚详，相关内容亦见于元代李志常《长春真人西游记》及耶律楚材《玄风庆会录》等。丘处机面见成吉思汗，使当时的道教人士看到了发展的曙光，此后元统治者定下了扶持全真教的文化政策。如果说《丘处机斩蛇精》与《丘长春逢仙桥》是想象中的仙道传说，那么相对纪实化的《丘长春献策》，则表明崂山民众对于丘处机其人其事是十分了解的，甚至没有在故事流传过程中加以虚构夸张，很可能是因为丘处机在面见成吉思汗时提出了符合民众期望的建议——元代全真道士姬志真《长春真人成道碑》称丘氏每每劝谏成吉思汗"少杀戮，减嗜欲，及慈孝之说"②，后世据此流传着丘处机"一言止杀"的说法。

《马丹阳和孙不二》《孙不二棋盘石上遇仙师》讲述马钰和孙不二在崂山的入道经历。传说两人父亲皆为医生，因救治百姓相识、结为亲家。婚后马钰听说王重阳医术道法高超，便离家拜于王重阳门下。其妻孙清洁尾随而至，亦欲拜王氏为师，重阳不允。孙清洁为表决心自毁容貌，终于打动王重阳，收其为徒。当上道姑的孙不二在崂山棋盘石遇到仙人，得仙

---

① 张继禹主编：《中华道藏》（第 47 册），华夏出版社 2004 年版，第 127 页。

② 张继禹主编：《中华道藏》（第 27 册），华夏出版社 2004 年版，第 51 页。

书指引行医救人，并于做满一千件好事时得道成仙。

历史上马、孙确是夫妻，马钰崇仰王重阳之仙风道骨，邀其到家中居住。王重阳在马钰家的后院结庵，匾其居曰"全真"，成为全真教立教的开始。在立教之初，王重阳即定下道士出家的制度，他认为夫妻之爱乃"金枷玉锁"，儿女生来便是讨债者，因此家庭是束缚修道的牢笼，欲求真成仙，必须斩断家庭的束缚和世俗的夫妻儿女之情。孙不二反对丈夫学道，王重阳为劝说马孙看破夫妇的恩爱纠缠，每十天向他们索要一个梨，切开后送还二人，喻示分离之意。在多番劝诱下，马钰认可了王重阳的观念。据《七真年谱》和《金莲正宗仙缘像传》所记，马钰于大定八年（1168）随王重阳出家入道。孙不二亦逐渐受到王重阳和马钰的影响，最终于大定九年（1169）入道。二人弃置家财，跟随王重阳到街市上乞讨为生。但马钰和孙不二并没有游道崂山，上述两篇故事是民众对其修仙成道经历的虚构。

无论真假虚实，崂山民间故事对全真道人游道崂山的传扬记录，都反映了民众对崂山道教的认可；道教及其仙道传说作为一种信仰和文化现象，已经渗透到崂山民众的意识之中。

八　憨山与耿义兰的佛道之争①

提起佛道之争，我们往往会想到《西游记》中著名的"车迟国斗法"故事。而在崂山的山海幽境中，也发生过佛道相争的历史事件，并且以神化形式流传于民众的口耳之间。

崂山以道教闻名，但山中一直佛道并存。清人周毓真称："山之有庙宇者数十处，道居其七，僧占其三。"②尤其在明代佛教逐渐兴盛之后，崂山的佛道两教发生了多次争执与冲突。最有代表性的当数憨山和耿义兰争夺庙址之事，反映到崂山民谭中，有《张三丰拉塔》《李神腿的故事》等。

《张三丰拉塔》讲憨山和尚买得崂山下宫庙址修海印寺，并遣散道人、广招佛徒，引起崂山道士耿义兰的不满，二人分别倚仗有舅为相、有姊为妃，争至天子朝堂，皇帝亦无可奈何。后经道教仙师张三丰施法，将

---

① 关于崂山佛道之争的考证分析，参见赵伟《崂山道教与佛教研究》，人民出版社 2015 年版。

② （清）黄肇颚：《崂山续志》，山东省地图出版社 2008 年版，第 5 页。

埋葬其凡骨的张仙塔从海印寺南墙外拉到崂山山头，耿义兰掌握了驳倒憨山的有力证据，加之憨山舅死，无人依靠，终被发配广东雷州。《李神腿的故事》同演此事，襄助耿义兰者成为其师弟"李神腿"。李道士靠缩地神技疾速往返于崂山与京城之间，折服天子，使原本弱势的耿义兰终占上风。

憨山与耿义兰上达天听的僧道之争发生在明神宗朝中。憨山名德清，乃佛教临济宗禅师，与云栖袾宏、紫柏真可、藕益智旭同为明代四大高僧。万历十一年（1583），憨山德清从五台山云游至崂山，见此境适于幽栖修行，萌生了兴建佛寺的想法。数年后，得明神宗生母慈圣皇太后资助，于太清宫三清殿前造海印寺，广纳僧人，一时佛事大盛。崂山道士颇有鸠占鹊巢之恨，以自称"莱州府胶州即墨县崂山道童"的耿义兰为首，多次向政府发起诉讼。然各级府衙有惮于憨山之势，不仅未治其罪，反对众道压制责打。万历二十三年（1595），耿义兰将《控憨山疏》呈于明神宗，疏中追溯太清宫的道教发展历史，指控憨山多项罪行。神宗终于问罪憨山，将其流放，并于万历二十八年（1600）降旨毁弃海印寺，复建太清宫。耿义兰因此被敕封为"扶教真人"。

周至元著《崂山志》也提到了此次事件：

> 憨山……初寻那罗延窟，不可居，至下宫止焉。时宫已倾毁，道士愿以地属之。憨山乃走京师，请大部藏经回山，于十三年兴建佛宇，僧寮之盛几与五台、普陀相埒。至十七年，道士有耿义兰者，有餂于憨山，不遂，乃控告于抚院，又被逐。益怒。于是赴京变告于内廷。上震怒，乃敕令毁寺复宫。憨山以私造禅寺戍雷州。寺遂荡废。时为万历二十三年。十年之间，旋兴旋废，昙花一现，洵堪愧惜。①

耿义兰对憨山在崂山拆毁宫观、驱逐道士、勾结官员、强占民田乃至聚党邪教、串通外敌等控诉，大多是为了获得诉讼胜利而夸张编造的。耿义兰之获胜与憨山之得罪，皆源于当朝统治者的干预。因为明神宗万历皇帝与慈圣皇太后之间的矛盾爆发，神宗通过打压皇太后器重的憨山德清而最终掌握权力，耿义兰的上疏作为事件的导火索，只是万历皇帝争夺政权

---

① 周至元：《崂山志》，齐鲁书社1993年版，第115页。

的一个借口。

明穆宗隆庆皇帝去世前夕，时任司礼监秉笔太监的冯保密嘱礼部尚书兼武英殿大学士张居正起草预诏，由隆庆帝的第三子朱翊钧即帝位，年号万历，即为明神宗；其生母李贵妃与嫡母陈皇后并称皇太后，皇后曰"仁圣皇太后"，贵妃曰"慈圣皇太后"。神宗即位时只有十岁，朝廷政务都把持在慈圣皇太后、张居正和冯保手中。随着年龄的增长，万历皇帝对三人专权的怨恨也与日俱增，导致了后来的一系列政治事件。没有想到的是，远居崂山的佛道二教竟然也卷入到这场政治斗争之中。

慈圣皇太后极其信奉佛教，因之"京师内外多置梵刹，动费巨万"[1]。在神宗婚后，太后派内宦至佛教圣地五台山为王才人祈子，神宗却早先一步遣人到皇家道场武当山为郑贵妃祈子，虽有后宫储嗣之争，但太后祈之僧人，皇帝祈之道士，也可看出双方宗教立场的抵牾。万历皇帝在权力上慢慢摆脱张居正、冯保和皇太后的控制，在宗教上也不断向道教倾斜。因为统治权力的争夺，万历帝与慈圣皇太后积怨日深，但皇太后毕竟是他的亲生母亲，万历帝对其又无可奈何，只能拿张居正、冯保等人泄愤，故而张居正死后的下场惨烈，冯保的晚景亦极其凄凉。憨山和尚受到慈圣皇太后支持，其得罪成了必然之势；憨山被流放、海印寺被拆毁，从一定意义上说是在替皇太后受罚。

而从《张三丰拉塔》和《李神腿的故事》中，我们发现民间讲述者对统治阶层的内部矛盾似乎无甚了解，为复建太清宫作出重大贡献的耿义兰也被置于次要地位，道教一方的胜诉更多借助了仙师神徒的超凡力量，而憨山则被抹去了得道高僧的光环，呈现出凶僧恶霸的反面形象。两个故事以轻松诙谐的口吻讲述出明朝后期崂山道教与佛教的争斗，在以史实为基础的同时涤除了历史真相的沉重与残酷。其中崇道抑佛的明显倾向反映出道教文化已经渗透到崂山民众的思想之中，佛教和道教产生冲突时，即使面对的是四大高僧之一的憨山和尚，崂山人仍然坚定地站在道教一方。

崂山的道教与佛教之争长期以来一直存在，最主要的表现即是相互争夺对方的观寺。如明霞洞原为道士修行之地，孙玄清学佛时为僧徒所占据，孙玄清弃佛入道之后又将其改为道居。再如巨峰之白云庵原为佛庵，明嘉靖间，道士李阳兴得邑绅蓝因相助，募捐改建为铁瓦殿，成为道居。

---

① （清）张廷玉等：《明史》，中华书局1974年版，第3536页。

百福庵原为僧尼所居，清初道人蒋云石占之，改为道居。

或许正是由于道观与寺院混杂，二教徒众混居，教派归属多变，初来崂山之人往往分不清某一居所究竟属道属佛，在一些诗作中亦常将二者混淆。如黄宗臣《宿醒睡庵》诗云："古寺层岩几度过，高林残月影婆娑。当年醒睡传幽胜，今日云山入梦多。"黄坦《忆醒睡庵旧游》亦云："风定林花落，日高山鸟闻。禅房聊一憩，下界隔尘氛。"① 醒睡庵本为道观，二人在诗中称之为"古寺""禅房"，显然是混淆了。

崂山的佛道之争，表面来看是庙址财产之争，实质上也是信众之争和生存之争。佛道二教居于深山僻境，要想维持寺院道观的经营和发展实属不易，对于崂山当地信众及生存资源的争夺情况可想而知。根据文献来看，大多数的争执事件是由道士引起的，崂山道士不仅与佛教僧徒之间矛盾丛生，也屡屡和山民发生冲突。前文中，借李白游太清宫的民间故事，我们已经对道教与民众的租税矛盾有所了解；除却同治年间著名的"太宫霸"公案，蓝水《崂山志》也记载了太和观道士与崂山山民的真实争讼事件。

明代冯梦龙《喻世明言·张道陵七试赵升》开篇有云："儒教中出圣贤，佛教中出佛菩萨，道教中出神仙。那三教中，儒教忒平常，佛教忒清苦，只有道教，学成长生不死，变化无端，最为洒落。"点明了道教对于世俗众生的吸引力。就崂山的实际情况而言，或许由于道教传统比之佛教更为悠久，并且长期流传的神仙信仰与仙道事迹也更能引起民众的兴趣，尽管崂山的道众经常生事，在憨山与耿义兰的佛道相争故事中，崂山民众仍然倾向于支持道教。

九　青岛即墨乡贤的民间剪影

即墨古城历史悠久，具有深厚的文化底蕴，历来被视作青岛地域文明的源头。汉魏以来，即墨的管辖范围基本囊括了今日之青岛、平度等地，在隋代之前，作为胶东地区的经济文化中心，"鸿儒迭出，宜多风雅"②。隋唐之际，因即墨县址迁移，文化发展一度呈现出停滞落后的局面。而从明代中后期开始，大量文学世家的出现，则标志着即墨文化的再度繁荣。

① （清）黄肇颚：《崂山续志》，山东省地图出版社 2008 年版，第 219 页。
② 周翕镆：《即墨诗乘》，清道光二十年刻本。

即墨地区公认的名门望族为周、黄、蓝、杨、郭五家。这些家族往往世代簪缨、科举昌隆，又互结姻亲、宗脉相联，在学术、文学、艺术、教育乃至政治、经济诸方面形成良好的文化生态，提高了即墨在明清两代的文化地位和声望。直至今天，五大家族依然是青岛人引以为荣的存在，不仅专业学者以之作为研究课题，民间也流传着关于周如砥、黄嘉善、郭琇等人的故事。

黄嘉善生于明世宗嘉靖二十八年（1549），字惟尚，号梓山，万历五年（1577）进士，官至兵部尚书，于明神宗、光宗二帝驾崩之际两受顾命。黄嘉善以文人任武职而功勋卓著，文章亦不荒疏，有《见山楼诗草》《抚夏奏议》《总督奏议》《大司马奏议》等存世。周如砥生于明世宗嘉靖二十九年（1550），字季平，号砺斋，万历七年（1579）中举人，十七年（1589）进士，三十九年（1611）升至国子监祭酒。周如砥为人清廉耿直，文章亦称名天下，著有《周太史文集》《周氏管见》《青藜馆集》《青藜馆法帖》等。

周如砥和黄嘉善年龄相仿，少年同窗共学，入仕同朝为臣，晚年同归故里；又结为儿女亲家，毕生交谊深厚。在民间故事中，二人也常联袂出现。《周如砥打赌》讲少年周如砥与黄嘉善打赌比试胆量，谁能在半夜时分到北关城隍庙给十八罗汉嘴里塞上枣，谁为赢家；结果周如砥先到城隍庙，假扮成第十九个罗汉把黄嘉善吓晕，以此取胜。

据史志记载，周如砥自幼行止端庄、严峻寡默，毕生无戏谑之语；量其少年之时，亦不应如此顽皮诡诈。此类故事广见于全国各地，主人公可以随意置换，乍看颇觉荒唐无聊，但深入琢磨，仍可见青岛人对于周、黄两位先贤的亲切印象。有俗语曰，观人于揖让，不若观人于游戏。因为"揖让"施于公众，难免有表里不符的情况存在；而"游戏"是相对私密的个人行为，更能体现真实的自我。故事讲述者以一场难登大雅之堂的游戏编排周、黄二公，又令周如砥以诡诈取胜，并非意图损毁周的正面形象，而实要赋予主人公一种"真性情"，使高高在上、端严肃穆的名宦大儒呈现出底层民众喜闻乐见的机智与诙谐。

《黄嘉善和周如砥》称周、黄二人少年时就读学塾，偶然间救下一须发皓白的老者，后知老者原为躲避雷霆之劫的狐仙。老狐仙向塾师预言了周、黄的前途：周如砥会成为"祭酒官"，黄嘉善则是"总督官"。

故事结合了山东当地流行的狐异信仰，名为狐仙预言，实乃后人据二者仕宦经历编造附会。民间故事在宣扬名贤声望的同时，也印证了善有善报的思想，肯定了扶危济困之行对人生品德塑造的重要作用，其现实渊源或许在于二人生前造福百姓的种种善政事迹。如万历四十三年（1615）即墨遇灾，黄嘉善自出钱粮赈济乡民；周如砥晚年隐居故里，仍直言郡邑政治利弊，惠及民众，即墨人在其逝后，特立"追思至恩碑"。

另有《黄嘉善和国丈对诗》，讲黄嘉善高中进士，任江南巡抚一职，恰逢国丈寿辰，前去祝贺。国丈有意试其才学，与黄对出四联对子：

一池金玉如如化（国丈）
满眼青黄色色真（黄嘉善）

何物动人，二月杏花八月桂（国丈）
有谁催我，三更灯火五更鸡（黄嘉善）

九村六庄三状元（国丈）
一山一水一圣人（黄嘉善）

清风有意难留客（黄嘉善）
明月无心自照人（国丈）

四个对联的真实著作权依次属于明代徐渭、清代彭元瑞、岳镇南及明末清初的王夫之，与黄嘉善并无丝毫关系。如是移花接木、张冠李戴的手法，在通俗文学中极为常见；民间故事惯于编造对联表现文人才情，更不足为奇。但我们结合前文，即便如苏东坡一般的千古文豪、旷世奇才，在崂山民谭之中所作对联，也不过"白小娇""红西施"之村语俗言。而《黄嘉善和国丈对诗》却注意选录真正意义上的文人雅语，且在故事中颇为应景，并不突兀，可见这一故事必然经过了文人学者的修改整理，并非出自一般乡民之口。这在崂山民间故事中是极少的情况，不难看出，于崇文慕雅的同时，故事讲述者与整理者对于黄嘉善秉持着何等强烈的敬佩之情。这种敬佩，与《周如砥打赌》中包含的善意调侃并不矛盾，相反相成地雕绘出名士乡贤的民间剪影。

郭姓亦是即墨五大家族之一。郭琇，字瑞甫，号华野，生于明崇祯十一年（1638），清康熙九年（1670）进士及第，少时曾于今崂山区王哥庄塘子观就读。郭琇是有名的廉吏直臣，《清史稿》记载其"材力强干，善断疑狱"，"征赋行版串法，胥吏不能为奸，居官七年，治行为江南最"[①]。但郭琇一生起落不定，宦途坎坷，不似前述周、黄二公一般显达，多因其为官刚直不阿、招罪权贵所致。

康熙二十七年（1688）和二十八年（1689），郭琇曾连上三道奏疏——《参河臣疏》《纠大臣疏》《参近臣疏》，弹劾河道总督靳辅、户部尚书佛伦、大学士明珠、少詹事高士奇等人，致使一干权臣获罪革职。郭琇之耿直名震天下，但不久即遭到明珠余党诬陷打压，不仅降级失官，几至遭戍。后得宽诏回归原籍，十年未仕。因郭琇曾为吴江县令，以善政得万民感念，三十八年（1699）康熙南巡之际，吴江百姓联名为其诉冤；年过花甲的郭琇得以迎驾德州、面陈冤情，复被任命，授予湖广总督之职。郭琇上任，即为湖北百姓乞免赋税，得到允行。两年后，以病乞归，令康熙皇帝发出"思一人代之不可得，能如琇者有几人"之叹。

崂山民间有《郭琇的故事》，称郭琇为东斗星降世，少时家贫，以卖豆腐为生，但因出生异象得贵人扶持教诲；赶考宿店，被一富家美貌寡妇引诱却不为所动，以对联拒之；不料此对联竟为考题，郭琇因之得到康熙的赏识而特赐进士，授吴江县令之职。除授职吴江县令外，整个故事乃民众随意编造，郭琇严拒寡妇的讲述颇似《西游记》中的"四圣试禅心"，又与署名司马相如之《美人赋》相类，无非以"反艳遇"主题表现主人公才高心恒、不慕富贵之意。

另有《郭琇的传说》，讲郭琇少年苦读于崂山塘子观，上京赶考时有二龙护送，但却落第而归，得一老翁雇用到湖广收账。后来方知，老翁实乃康熙皇帝，"湖广收账"即派其担任湖广总督。在湖广就任之际，郭琇整顿吏治、打击贪腐，却遭人谗害、诬陷贪赃，最终得以澄清，官至右御史。此一故事同样带有民间传说的随意性，将郭琇的仕宦经历处理得极为简单，且康熙本较郭琇年少 16 岁，实不应为老翁。但就职湖广、净直遭陷等内容又与正史相合，体现出郭琇之为政事迹与峻洁品行对家乡民众的深刻影响力。

---

① 赵尔巽等：《清史稿》，中华书局 1977 年版，第 10003 页。

第二节　神话人物系列

一　王母故事及其形象演变

在不同的语境背景下，王母亦被称为西王母、瑶池金母、王母娘娘等。鲁迅在《中国小说史略》中指出："中国之神话与传说，今尚无集录为专书者，仅散见于古籍，而《山海经》中特多……其最为世间所知，常引为故实者，有昆仑山与西王母。"①《山海经》是中国早期的地理著作，大致成书于战国中后期到汉代初年之间。因其多记海内外神人异物及灵巫之事，历来被视为志怪小说的鼻祖，今人熟知的远古神话故事，如大禹治水、夸父逐日、精卫填海等，皆出于此书。与此同时，《山海经》保存了关于西王母最早的文字记载：

> 又西三百五十里，曰玉山，是西王母所居也。西王母其状如人，豹尾虎齿而善啸，蓬发戴胜，是司天之厉及五残。（《西山经》）
>
> 西王母梯几而戴胜杖。其南有三青鸟，为西王母取食。（《海内北经》）
>
> 昆仑之丘……有人，戴胜，虎齿，有豹尾，穴处，名曰西王母。此山万物尽有。（《大荒西经》）②

西王母居于昆仑山（或曰"玉山"，晋郭璞释其山多玉石，故名），戴"玉胜"之发饰；然而仅仅"状如人"，却生有"豹尾""虎齿"而"善啸""穴处"，更大意义上呈现出半人半兽的形象，带有远古初民动物图腾崇拜的特点。此时的西王母不仅形象凶蛮，所司职属也肃杀可怖。"司天之厉及五残"，按郭璞所言，即"主知灾厉五刑残杀之气也"。

西晋咸宁年间出土的战国古籍《穆天子传》又记述了周穆王与西王母献礼及宴饮酬唱之事：

---

① 鲁迅：《鲁迅全集》（第9卷），人民文学出版社1973年版，第160页。

② 袁珂：《山海经校注》，上海古籍出版社1980年版，第50、306、407页。

癸亥，至于西王母之邦。

吉日甲子，天子宾于西王母。乃执白圭玄璧，以见西王母，好献锦组百纯，□组三百纯，西王母再拜受之。

乙丑，天子觞西王母于瑶池之上。西王母为天子谣曰："白云在天，山陵自出。道里悠远，山川间之。将子无死，尚能复来。"……又为天子吟曰："徂彼西土，爰居其野。虎豹为群，于鹊与处。嘉命不迁，我惟帝女。彼何世民，又将去子。吹笙鼓簧，中心翔翔。世民之子，唯天之望。"①

西王母脱离了《山海经》中原始蛮荒的形象，被描绘成优雅知礼的邦国君主；"我惟帝女"也明确交代出其身份与性别——天帝之女。

神祇形象的演变往往与其所司职属的演变相表里。西汉刘安主编《淮南子》称"羿请不死之药于西王母，姮娥窃以奔月"。汉末人托名班固撰《汉武故事》又有汉武帝宴会西王母，食王母所赐仙桃并乞求不死之药的相关叙述。由此可知，至迟到汉代，西王母的神职已经发生变化，由主持灾厉刑杀的凶神，转变为掌管寿命长生的祥瑞之神。相传为魏晋时人所撰的《汉武帝内传》将王母下降汉宫会武帝之事进一步敷演，西王母被塑造成雍容华贵且容颜绝世的女仙：

半食顷，王母至也。县投殿前，有似鸟集。或驾龙虎，或乘白麟，或乘白鹤，或乘轩车，或乘天马，群仙数千，光耀庭宇。既至，从官不复知所在。唯见王母乘紫云之辇，驾九色斑龙，别有五十天仙，侧近鸾舆，皆长丈余，同执彩旄之节，佩金刚灵玺，戴天真之冠，咸住殿下。

王母上殿东向坐，着黄金褡襦，文采鲜明，光仪淑穆。带灵飞大绶，腰佩分景之剑，头上太华髻，戴太真晨婴之冠，履玄璃凤文之舄。视之可年三十许，修短得中，天姿掩蔼，容颜绝世，真灵人也。②

① 王贻梁、陈建敏：《穆天子传汇校集释》，华东师范大学出版社 1994 年版，第 155、161—162 页。

② （宋）李昉等编：《太平广记》，中华书局 1961 年版，第 14—15 页。

除掌持仙桃与不死药之外，王母又是众多女仙的养育者与领导者。《汉武帝内传》中提及的王子登、董双成、许飞琼、范成君、段安香等，皆为其近侍；北宋小说类书《太平广记》记载了王母女儿云华夫人、太真夫人等修炼、司职、显灵之事。中国古代志怪小说中，仙女下凡婚配或亦奉王母旨意而行：

> 汉时有杜兰香者，自称南康人氏。以建业四年春，数诣张傅……婢通言："阿母所生，遣授配君，可不敬从。"①

综上，从先秦至魏晋，王母形象大体经历了如下演变：半人半兽的刑杀之神——礼仪雍容的异域君主——美丽高贵的女仙首领。后世小说戏曲、民间故事乃至影视作品中的"瑶池阿母""王母娘娘"，大多延续了魏晋小说中美丽端严又不失威仪的"母亲神"形象。

崂山民间有关王母娘娘的故事有《昧心石的传说》《擎天柱的传说》《白云洞的传说》《劈石洞的传说》《洛阳桥的传说》《道士驮碑》《玉皇成亲》《燕子仙》《牛郎和织女的故事》《七月初七为什么也有天晴时》等。多数情况下，王母并非故事展现的中心人物，却能对情节的发展产生重要作用。论其身份角色，不外乎以下三种。

其一，顺承魏晋以来的仙道小说，作为一切女性仙真、精灵的长辈、首领。普通民众并不热衷养炼修仙之事，民间话语中王母娘娘对其他女仙的影响大多体现在婚恋方面——以其权威对仙凡之恋起到阻碍或推动作用。如《擎天柱的传说》讲百花仙子下凡与村人天柱相爱成亲，后被王母抓回天界，天柱化为崂山擎天柱。最著名的《牛郎和织女的故事》中，王母娘娘下凡带走织女，又以银簪划出银河，阻挡牛郎上天寻妻；最终有感于牛女夫妇情深，每年七月初七令喜鹊搭桥于银河之上，助其相会。《七月初七为什么也有天晴时》基于七夕前后多雨而偶然转晴的自然现象，称织女受罚于天庭，七夕相会时每每与丈夫诉苦泪如雨下；王母怜悯七女，免其劳役，织女心绪好转，初七遂有天晴时。在崂山流传的牛郎织女故事中，王母显得刻板、威严却不失慈爱，既坚定维护仙凡异路、赏罚

① （晋）干宝、（宋）陶潜撰：《新辑搜神记·新辑搜神后记》，李剑国辑校，中华书局2007年版，第613页。

分明的法度秩序，又尽己所能为痴情不悔的女儿创造条件、排解痛苦。

如果说牛女故事展现出王母作为宗法卫道者在爱恨情理之间纠结徘徊的一面，那么《白云洞的传说》《燕子仙》则将其塑造成开明博爱的仙界圣母——前者称王母成全思凡下嫁的侍女黄姑，赐其"白云洞"，又助其斗败龙王，使黄姑与凡人夫婿相守终身，化作山峰屹立百世；后者讲王母身边神燕为报救命之恩，变作美女嫁与凡间猎户，得王母点化为双燕夫妻。

其二，作为玉帝的配偶与助手。《玉皇成亲》称关羽被曹操砍杀，死后仍不忘向曹索要头颅，曹操不予。关羽求助于人首龙身的王母，王母至曹府夺得关羽之头，不想又被曹操小妾阻拦。王母以龙身箍断小妾脖颈，小妾亦搂断王母龙身，王母之首遂接在小妾的无头之身上。化作人形的王母为关云长接好身首，又因爱慕云长忠勇仁义嫁其为妻。后来人间帝王封关羽为"协天大帝"，即为玉皇大帝。此故事中的王母在一定意义上保持了半人半兽的形体特征，但嘉善忠勇的精神品格融入了文明社会的主流道德理念，明显不同于《山海经》所谓"司天之厉及五残"的原始神职。古代典籍多记述女娲人面蛇身，此故事对王母"人首龙身"的想象或许接受了古书传说的渗透影响，"龙身"亦体现出崂山近海龙神崇拜的地域文化特色。

其三，作为惩恶扬善、扶困济弱的神异力量。《洛阳桥的传说》讲名匠鲁班欲造洛阳桥方便两岸行人，却短于资费。王母得知，化为凡间美女乘船河中，借招亲的名义，令追求者以钱财掷之，掷中者方可成婚。最终，求亲人无一掷中其身，船中财宝全部赠与鲁班，以为修桥之资。《昧心石的传说》中，王母娘娘保护单纯善良的女参精参花免遭欺骗，将追求富贵、背恩忘义的负心男子麦新变作"昧心石"，以示惩戒。《劈石洞的传说》《道士驮碑》亦讲王母显灵惩恶。此类故事的产生缘于民众对除恶济困之超现实力量的企盼，王母的角色亦可由其他神仙代替。如掷钱筹款修洛阳桥的故事在全国各地皆有流传，但"招亲"的女神多为观音菩萨，崂山地区亦有故事传为何仙姑、孟姜女等。

二　玉皇与崂山创世神话

中国民间普遍以玉皇作为王母的配偶。玉皇又名玉帝、玉皇大帝等，是道教神仙谱系乃至民间信仰中地位、职权最高的神。神仙故事往往是对自然现象和社会人生的幻化反映，中国封建制度倡导男尊女卑，王母作为女性仙长，纵有无上权威，亦无法统领三界十方，因此必要造出与之相配的男性神祇。汉魏以来的仙道笔记往往将"西王母"与"东王公"对举，以作阴阳二元之证。然"东王公"的相关载记终究少于"西王母"，又缺乏情节性的内容，故而极少被小说戏曲作家关注，也未能进入民间文学的话语体系之中。

"玉皇大帝"出现后，在宗教及文艺领域逐渐代替了"东王公"。"玉皇""玉帝"之神名最早出自梁代陶弘景的《真灵位业图》，分别指"玉皇道君"与"高上玉帝"，并非一神。唐人崇尚修道游仙，往往以"玉皇""玉帝"入诗，作为天界主宰的代称。至宋代，统治者将"玉皇"与历代正统祭祀的最高神祇"昊天上帝"合一，奠定了玉皇的至尊地位，也深深地影响到民间信仰。

崂山民间以玉皇作主角的故事有《玉皇洞的传说》《玉皇和他的弟弟》《玉皇成亲》。三者皆讲述玉皇出身，前两篇于不同程度上附加了创世神话的因素。

《玉皇洞的传说》讲太古年间，万物皆无，整个世界混混沌沌，如一个大鸡蛋。一日，随着一声巨响，"鸡蛋"分成两半，上半变出蓝天与日月星辰，下半变出大地和山海生灵。崂山华楼峰裂开石洞，走出一位仙风道骨的老人，即为玉皇大帝。玉皇大帝飞升上天，以仙云变作凌霄宝殿，成为万物主宰。华楼峰从此被认为是玉皇修行之地，玉皇出世的石洞也被称为"玉皇洞"。"华楼峰""玉皇洞"的定位，凸显出崂山的地域背景和道教文化特色；而讲述神灵出世、开辟天地、化生万物，则蹈袭了原始人的创世神话模式。

陈建宪先生在《神祇与英雄：中国古代神话的母题》一书中指出，原始人由"卵生"的自然生命现象推导天地宇宙之生成，如是的"宇宙卵"之说在中国各个民族乃至世界各地都有流传。例如苗族人传说云雾如蛋孵出巨鸟，巨鸟孵出万物；壮族神话称宇宙之气旋转成一蛋，蛋爆裂三片，分别化为天空、海洋和大地；彝族先人则谓"宇宙卵"乃天神所生，蛋皮为天空，蛋白为星辰，蛋黄为土地。印度婆罗门教经典《摩奴法典》载混沌之神以种子化作金蛋，金蛋中诞生梵天，梵天以蛋壳造天地，又造出诸神与万物生灵。希腊神话亦称混沌之际神灵交合生卵，卵壳剖开为天、地，卵中孵出的爱神厄洛斯以生命之箭射向大地，生出动植万物。①

中国道教阴阳太极图的形状，也能使人联想到"宇宙卵"。但在中国古人的思维中，孕育于宇宙之卵、开天辟地的人类始祖并非道教至尊玉皇大帝，而是盘古。三国时期东吴太常卿徐整作《三五历纪》《五运历年纪》，记录了目前所知中国最早的盘古创世传说：

> 天地浑沌如鸡子，盘古生其中，万八千岁。天地开辟，阳清为天，阴浊为地，盘古在其中，一日九变，神于天，圣于地。天日高一丈，地日厚一丈，盘古日长一丈。如此万八千岁，天数极高，地数极深，盘古极长。后乃有三皇。数起于一，立于三，成于五，盛于七，处于九，故天去地九万里。(《三五历纪》)②
>
> 首生盘古，垂死化身，气成风云，声为雷霆，左眼为日，右眼为月，四肢五体为四极五岳，血液为江河，筋脉为地里，肌肉为田土，发髭为星辰，皮毛为草木，齿骨为金石，精髓为珠玉，汗流为雨泽，身之诸虫，因风所感，化为黎甿。(《五运历年纪》)③

尽管套用了盘古的神话，《玉皇洞的传说》对玉皇大帝的尊仰与崇拜之情是溢于言表的。而《玉皇和他的弟弟》对于玉皇却颇有微词。此故事称古时的天距地不远，东海边的两兄弟张玉、张石欲到天上立国，于是在海滩制成云梯、直插入天，兄弟俩竞相攀登。在即将成功之际，哥哥张玉生出独霸天国的念想，用力踢翻云梯，弟弟张石随之跌落在东海边。张玉上天，利用人间的心计手段收买人心，很快登基成为玉皇，又令天愈升愈高。而张石则变成东海边的崂山，山体日夜上长，却始终无法登天。

这一故事中，天空升高、崂山生成的相关叙述，依然带有创世神话以幻想形式解释宇宙自然之生成演变的意味。玉皇毫无仙道色彩，反而带有人间君王的影子，为排除异己不惜背弃亲情道义，且又善于蛊惑人心、玩弄权术。正所谓传说与幻想来自于对现实社会的艺术加工，《玉皇和他的

---

① 参见陈建宪《神祇与英雄：中国古代神话的母题》，生活·读书·新知三联书店 1994 年版，第 27—28、33 页。

② （宋）李昉等：《太平御览》，中华书局 1960 年版，第 8 页。

③ （清）马骕：《绎史》，王利器整理，中华书局 2002 年版，第 2 页。

弟弟》或许包含了下层群众对政治黑暗面的揭示，以及对统治者虚伪狡诈的谴责。

关于天上的世界，故事讲述者做出了如是的想象：

> 很早很早以前，那时的天，不像如今这么高，也没如今这么冷。一年到头，天上是一眼望不到边的红花、绿草，金黄的稻、麦，新鲜的瓜果蔬菜，圈里养满猪、羊，坡上跑着牛、马，半空中飞着百鸟，湖河海洋中游着鱼、虾，广厦、琼阁中住着男女老少……唯独和人间不同的是：天宫中没有皇帝掌权，没有大臣理政，更没有你争我夺互相厮杀！①

我们可以对比一下某些文人的游仙作品。例如唐代诗人李贺的《天上谣》：

> 天河夜转漂回星，银浦流云学水声。玉宫桂树花未落，仙妾采香垂珮缨。秦妃卷帘北窗晓，窗前植桐青凤小。王子吹笙鹅管长，呼龙耕烟种瑶草。粉霞红绶藕丝裙，青洲步拾兰苕春。东指羲和能走马，海尘新生石山下。

这种瑰玮浪漫、光怪陆离的神话景象在故事主人公向往的"天上"是不存在的。崂山民间故事描绘出的净域乐土更接近陶渊明笔下的世外桃源：

> 土地平旷，屋舍俨然，有良田美池桑竹之属。阡陌交通，鸡犬相闻。其中往来种作，男女衣着，悉如外人。黄发垂髫，并怡然自乐。

唯独不同的是，"湖河海洋中游着鱼虾"的相关描写，透露出崂山民众地处沿海所特有的物质生存渴望。但总体而言，除却没有权术争夺、剥削压迫，"天上"和现实社会中朴野富饶的村庄并无不同。所谓的天国世界，实为农业社会小生产者的理想家园。

---

① 张崇纲编：《崂山民间故事全集》，青岛海洋大学出版社1993年版，第1063页。

至于《玉皇成亲》，上文已有内容介绍，兹不重述。如果说《玉皇和他的弟弟》主旨在于"刺恶"，那么《玉皇成亲》则集中表现出"彰美"之意。事实上，"协天大帝"是明神宗万历皇帝给关羽的封号，非指玉帝；清高宗乾隆又封关公为"武玉皇"，使其与玉皇大帝齐名。此故事尽管荒诞无稽，民众的情感倾向却是显而易见的，即借重玉皇、王母之尊崇与神威，表达对关羽一类悲剧英雄的同情，以及对忠义道德的褒奖。

三　海神信仰下的龙王家族

三面环海的地理条件赋予了胶东半岛鲜明的海洋文化特色。长久以来，青岛崂山先民靠海为生，萌生出仰赖海洋、敬畏海洋的深厚感情，对于未知的海底世界也充满了向往与遐想。崂山海神信仰即于此种背景下产生。

从民间故事的流传来看，最为崂山民众所熟知并乐道的海神应属龙王。当地山川河流、村落庙宇，多有以"龙"命名者，如大小龙山、长龙岭、白龙泉、黑龙湾、雕龙嘴村、龙泉寺等，不胜枚举。为求海产丰足、风调雨顺，崂山沿海居民修建起百余座龙王庙，亦将龙王神像供奉于其他庙堂神殿中，定期焚香礼拜。姜哥庄村"沧海观"，山东头村"潮海宫"，石老人村"龙王庙"等，皆为著名的龙王庙宇；供奉龙王神位的殿堂庵庙更是不可胜数。[①] 祭祀龙王的种种活动曾在"文革"时期受到阻碍，新时期以来作为地域民俗再度兴起，并且上升至民族文化遗产的高度，得到了世人的重新关注。在崂山民间信仰中，海神常以家族形式出现，龙王及其子女成为民间故事体系中讲述频率最高的神祇，与之相关的海洋精灵——虾兵、蟹将、龟相、鲍女、螺姑、鲸郎等，亦活跃于崂山民谭之中，构筑出庞大的海神族群。

"龙"作为一种神兽在中国文化中发端极早。初民想象的"龙"，是一种变幻无端、威力无穷的灵异生物。远古部落或以"龙"为图腾。《左传》称："大皞氏以龙纪，故为龙师而龙名。"杜预注"大皞"即"伏羲氏"。[②] "大皞"被视为伏羲本人或伏羲之后，其部落以龙为标志。春秋战国时期，"凡邦国之使节，山国用虎节，土国用人节，泽国用龙节"（《周

---

① 参见张崇纲《张崇纲文选》，天马出版有限公司 2009 年版，第 122—123 页。

② 杨伯峻编著：《春秋左传注》，中华书局 1981 年版，第 1084—1085 页。

礼·掌节》)①，多水的诸侯国往往采用龙形符节，以区别于山地和平原之国。

古典文献中，"龙"与水、雨、云、雷等自然物存在着密切的联系。《山海经》曰："应龙处南极，杀蚩尤与夸父，不得复上。故下数旱，旱而为应龙之状，乃得大雨。"（《大荒东经》）"应龙已杀蚩尤，又杀夸父，乃去南方处之，故南方多雨。"（《大荒北经》）② 应龙为有翼之龙，能降雨。而雷神也居于"雷泽"，且"龙身而人头"（《海内东经》）③。《庄子·天运》称龙"乘云气而养乎阴阳"④，《周易·文言》亦将"云从龙，风从虎"作为"同声相应，同气相求"之证⑤。

在中国古代，"龙"还被人格化，用作大人君子的比附。《周易》爻辞中的"龙"是乾德阳刚强健的象征；《离骚》引类譬喻，将"虬龙鸾凤，以托君子"。带着神圣威严、刚健崇高的文化底蕴，"龙"渐渐成为帝王的化身。《史记·秦始皇本纪》中的神秘预言者用"祖龙"代指嬴政，《高祖本纪》也传言刘邦为人龙交合而生。此后，"龙"与王权的联系愈加紧密，与"龙"有关的名词、器物等，在中国封建社会几乎成为帝王与皇族的专利。

两晋时期，结合五行理论、帝王权威和风云雨水神职的"龙王"也在道教经典中出现。《太上洞渊神咒经·龙王品》曰：

> 东方青帝青龙王，南方赤帝赤龙王，西方白帝白龙王，北方黑帝黑龙王，中央黄帝黄龙王……
>
> 如有国土、城邑、村乡，频遭天火烧失者，但家家先书四海龙王名字，安著住宅四角，然后焚香受持，水龙来护。⑥

宋人赵彦卫《云麓漫钞》称"释氏书入中土有龙王之说"⑦，颇有不

---

① （汉）郑玄注、（唐）贾公彦疏：《周礼注疏》，北京大学出版社1999年版，第387页。

② 袁珂：《山海经校注》，上海古籍出版社1980年版，第359、427页。

③ 同上书，第329页。

④ 陈鼓应：《庄子今注今译》，中华书局1983年版，第382页。

⑤ 陈鼓应、赵建伟：《周易今注今译》，商务印书馆2005年版，第13页。

⑥ 张继禹主编：《中华道藏》（第30册），华夏出版社2004年版，第49—50页。

⑦ （宋）赵彦卫：《云麓漫钞》，傅根清点校，中华书局1996年版，第178页。

确之处。但中国道教典籍中早先出现的仅是"龙王"的名号，情节化的龙王故事确实来源于印度佛书。传教者将梵语中的 Naga（一种多头巨蛇）译作"龙"，以凸显其神力与地位；Nagaraja 被译作"龙王"，连同与之相关的"龙宫""龙妇""龙子""龙女"等，一并移植入中土的宗教体系、文学作品与民俗信仰之中。

本土文献中，有关"龙王"的早期记载出现于北魏杨衒之的《洛阳伽蓝记》：

> 十一月初入波斯国……其国有水……毒龙居之，多有灾异。夏喜暴雨，冬则积雪，行人由之多致难艰……祭祀龙王，然后平复。
>
> 初，如来在乌场国行化，龙王瞋怒，兴大风雨，佛僧迦梨表里通湿。雨止，佛在石下，东面而坐，晒袈裟……佛坐处及晒衣所，并有塔记。
>
> 水西有池，龙王居之。池边有一寺，五十余僧。龙王每作神变，国王祈请，以金玉珍宝投之池中；在后涌出，令僧取之。此寺衣食，待龙而济，世人名曰龙王寺。[①]

《洛阳伽蓝记》记录北魏时期洛阳佛寺历史兴衰，所涉及的语汇与掌故带有浓重的异域色彩。梵文化语境下的龙王具有驱策雨雪风暴之能，与中国本土的神龙极似。但对于佛教而言，龙王又具有两面性，一方面凶悍易怒，施风雨阻碍如来化缘；另一方面也富有多金，以其财产作为佛寺的经济支柱。在后来的小说戏曲和民间故事中，龙王也时常扮演着两种角色，既是珍宝的所有者与施赠者，也是暴躁强悍的负面力量。

前者如唐传奇《柳毅传》，主人公进入洞庭龙宫，见"人间珍宝毕尽于此，柱以白璧，砌以青玉，床以珊瑚，帘以水精，雕琉璃于翠楣，饰琥珀于虹栋，奇秀深杳，不可殚言"。《西游记》中孙悟空至东海借兵器，因久闻龙王"享乐瑶宫贝阙，必有多余神器"。而崂山民间故事也借此敷演。传说仰口湾丰山绿石即为猴王向东海龙王借宝衣未果，一怒之下燃烧龙宫珍宝所化（《崂山绿石》）；金刚石亦为龙宫至宝，被下凡的龙女砸碎，散入崂山，形成矿藏（《崂山金刚石》）；而崂顶比高崮的"仙茶

---

① 范祥雍：《洛阳伽蓝记校注》，上海古籍出版社 1978 年版，第 289、298—299 页。

树"则是以龙宫宝珠为种（《崂山仙茶》）。更有《龙王三太子和胡实》故事，讲胡实以琴声感动龙王，龙王展出天下异宝任胡实挑选，最终将会变钱财又能惩戒贪婪的玉如意作为赠礼。《东海龙王晒钱》亦以惩贪为意图，称崂山财主因抢拾龙王所晒金银遭到惩罚、重伤而死，依然将东海龙王富豪拥财作为默认的讲述背景。

与此同时，龙王也常常被描写成某种狂暴或反动的势力。在崂山民间故事中，一个极突出的表现是侵扰沿海居民的正常生活。《胶州湾的传说》即写东海刁龙自封为王、祸害百姓，被玉皇大帝惩戒驯服；《石老人和女儿岛的传说》《白云洞的传说》等，又讲及东海龙王强娶民女的恶行。另一表现则是干涉儿女、下属的婚恋自由。《龙子招亲》《龙子出家当道士》《小龙女和小艄公》《龙女和书生》几篇故事讲龙王愤恨子女与凡人私自结合，不惜将龙子、龙女变作石人或押入地狱，甚至兵戎相见，逼迫亲子自裁，造成夫妇、情侣生离死别的悲剧。《鲍鱼岛的传说》《螺姑和于童》《鱼山和鲍岛》中的鲍女、螺姑、鲸郎等作为水族成员到凡间追求自由恋爱，同样要躲避龙王的追捕。在崂山以及中国其他地区流传的八仙过海故事中，东海龙王也不约而同地扮演着狭隘蛮横的反面角色，因不满八仙畅游领海，竟率领虾兵蟹将出征，最终被八位仙人以法器击败（《东海龙王斗八仙》）。

就普通民众的生产生活来说，海洋环境较之内陆无疑具有更大的风险性和不确定性。龙王作为司主海洋的神灵，其正反两面性间接折射出大海留给先民的两种感性印象：时而风平浪静，创造出奇丽的海洋景观，又能以丰富的海产品馈赠、哺育世人；时而狂风巨浪，阻碍出行、生产，甚至威胁到沿海居民的生命安全。

除却以上两个方面，崂山地区的龙王故事还表现出另一些地方色彩和民间情怀。《东海龙王出世》中的"龙王"原非龙族，而是由得道的老仙变幻而成，老仙出身之地被设定为"崂山石崮"。《东海龙王的来历》讲一穷渔民出海打鱼，不想风浪大作，翻船跌入东海，幸由海中水族所救，又因品德出众、本领高强被推举为龙王，还受到玉帝的赞赏与封授。龙王以宝物接济岸上家人，后又将自家子女接入东海龙宫，使其成为太子、公主，尽享荣华。该故事带有一定的阶级色彩，龙王不是天生的神祇，也并非人间王侯将相所化，而是最底层的劳动者，因为品德才干而由人变神，使自身和家人过上舒适富贵的生活。这种叙事不见于宗教典籍、官方文献乃至文人作品，表面看来荒诞不经，但突破身份和阶级局限，靠自身能力争取生存与发展，显然是下层民众的生活愿景。同时，龙王的最初身份既是渔民，又因渔业失事入海，必然深知海域劳作之艰辛危险，化而为神，定能怀着同情与理解关照沿海居民，促进渔业发展。

《东海龙王庙》称崂山渔民受龙王恩泽保佑，以渔业脱贫致富，因此为龙王修庙塑像作为报答，却误将如来佛像当作龙王神像礼拜供奉。龙王为此大怒，发水冲倒庙堂与佛像。渔民知错，到海边合唱歌谣致歉，并祈求龙王现身，以便重修庙宇、神像。这则故事表现出沿海民众面对龙王诚惶诚恐的心态。河清海晏、海产丰足、出行顺利是维护生存与生产的必要条件，早期沿海居民难以对自然现象作出合理解释，也无法以科学方式提高生产、发展交通，唯有将希望寄托在想象中的海神身上。他们自发组织活动祈求龙王的护佑，并将祭祀礼拜的仪式规范化，表现出对平安富足之美好生活的向往，与此同时也出于为自身营造安全感的心理需要。可以说，龙王祭拜活动之于崂山民众而言，实包含着物质与精神的双重意义。

同龙王相比，龙王子女的形象显得亲切可爱。崂山民间故事中的龙女、龙子大多善良正直、亲和人类。龙宫既被默认为珍宝渊薮，龙女、龙子往往携宝下凡，造福人间。《崂山金刚石》《崂山仙茶》《海带》《石花菜》等称龙女以随身物品变作崂山特产，甚至耐冬花亦为龙女亲身化形，因其不舍崂山、扎根于此。《龙子化作崂山棍》中东海龙子为造福渔民受到父王惩罚，变作崂山山姜树，所制"崂山棍"成为当地特产。龙子具有龙的神威，结合人类的帮助会产生更大的力量。如《秃尾巴老李》写龙王长子黑龙投胎到即墨村李家庄，得到凡人母亲的哺育，在崂山道士身边学得本领，又借助财主东家的帮助，终于打败了兴风作浪、为祸人间的幼弟白龙。

丁乃通先生概括出中国民间故事的一个类型即"感恩的龙公子（公主）"。龙女知恩图报的故事尤为民众喜闻乐道。这一主题情节最早流传于印度佛教经典。东晋释法显与天竺高僧共译的《摩诃僧祇律》写一落难龙女被驱牛商人赎救之后，将自行生长、用之不竭的神奇金饼作为酬谢，堪称龙女报恩故事的原始形态。《法华经》《经律异相》《大唐西域记》等又保留了龙女修佛、与人婚恋的传说。

龙女故事在中土传播过程中，报恩主题表现出极大的概括性与普适性，"婚恋""修佛"等往往成为"报恩"的具体内容。《柳毅传》中洞庭龙女为报柳毅传书之恩，化身卢氏女嫁其为妇，成为本土化人龙婚恋故事的范本。明代章回小说《南海观音全传》则写龙太子为观音所救，其女自愿往献明珠并为观音近侍。

崂山乡人讲述的龙女与凡人婚恋故事也常以"报恩"为由。最具代表性的如《龙女与长工》，长工张有放生龙子变化之鱼，得到龙王全家的感激，龙女九公主报恩嫁之；半年后龙女离去，却帮助张有登上皇帝之位，令其再娶贤妻。《龙女和李小三》中，李小三以仅有的财物从乡邻手中赎得一条白鳝，放其归海，不想白鳝竟为东海龙王之女所化，龙女将小三引入东海龙宫，携全家盛情款待并赠以珍宝，最终嫁其为妻，又使其成为海神。

"龙女报恩"诞生自佛教文化背景，但在流传过程中，却能够迎合普通人的现实需求与期待视野——男性普遍幻想以品德才能得到女性知己的垂青，仙姝龙女比闺阁佳丽更为超尘脱俗，并能以异宝奇术助其达成真实生活中种种失落的理想，包括收获人间的权力与美色；即便被迫分离亦无须男性一方背负伦理责任。结识异类的刺激离奇、龙宫珍宝的华美绚烂、龙女姻缘的神异香艳也触动了世人于平凡生活中艳羡财色之福、渴望好运降临的心理。[1]

四　八仙故事的历史溯源

崂山东南角有巨石曰"八仙墩"。据周至元《崂山志》记载："八仙墩在崂山头，自太清宫东去约四里，惟路甚险窄，不易行，游者多由青山村以越之。墩当覆盂峰之阳。人自峰西东南旋下有石坡，大可数亩，渐东渐低斜插入海。海潮循坡直上至坡半，骤然跌落，后波又起，与前波相撞，浪花激起，高可数丈，如玉树银花，而成奇观。礉在石坡之北，上覆五色岩，大者如台，小者如几，错落散布，面平若削。石与岩皆五色，斑驳陆离，如覆绣茵，人就墩上而坐，东下即瞰沧溟，怒涛汹涌如雷震鼎沸，排闼吞吐，顷刻千状。若遇回风一卷，往往扑墩而下，可骇可愕，为崂第一巨观。"[2] 黄宗昌《崂山志·名胜》亦曰："及滨，则'八仙墩'在焉。所谓'根纳海而首覆之'者也。大石周布，五色纷披，面平可坐，

---

① 关于龙女报恩与婚恋故事的文化分析，参见汪泽《〈朱蛇记〉故事文本流变与文化分析》，《天中学刊》2015 年第 1 期。

② 周至元：《崂山志》，齐鲁书社 1993 年版，第 56 页。

则其墩矣。洪涛澎湃，居其中，能自镇定者，君子也。"①

八仙墩瑰奇险丽的景色与其带有神话色彩的命名给人以无限遐想，历来被传为八仙云游东海的起步之地。崂山地区流行着《八仙过海，各显神通》《东海龙王斗八仙》等美丽传说，八位仙人也常常以独立形态出现在崂山民间故事中。

与全国大多数地区一样，现存崂山民谭中的"八仙"，指铁拐李、汉钟离、张果老、吕洞宾、何仙姑、蓝采和、韩湘子、曹国舅八位神仙。事实上，"八仙"作为仙人组合，其形成也经历了一个发展演变的过程。

"八仙"之名词诞生于汉代。东汉牟融《牟子理惑论》称"王乔、赤松八仙之篆，神书百七十卷"。此时的"八仙"是一个泛指的群体概念，"八"只状其多，并非确数。

晚清《辞源》"八仙"词条征引东晋谯秀《蜀记》，提到了"蜀之八仙"的概念。这一次"八仙"具体化为八位仙人。其一为容成公，黄帝之臣，隐于青城山（今四川省成都市都江堰市）。其二为李耳，即道家学派的创始人老子，后被尊为道教始祖，传说生于成都青羊观。其三为董仲舒，并非臣事武帝的西汉大儒，而是与之同名的青城山隐士；清人董含《三冈识略》卷四"董仲舒有三"特辨析之。其四为张道陵，东汉时期天师道创始人。其五为严君平，原名庄君平，蜀人，著名的道家学者，曾隐居成都，卜筮为生。其六为李八百，传说为蜀人，修炼成仙。其七为范长生，亦居青城山。其八为雅州（今四川雅安）尔朱先生。《蜀记》称"好事者绘为图"。如所引属实，"蜀之八仙"于晋时已成为绘画题材，八位仙人之名或源于传说，或出自历史。

南朝陈沈炯《林屋馆记》又曰："夫玄之又玄，处众妙之极，可乎不可，成道行之致。斯盖寂寥窅冥，希微恍忽。故非淮南八仙之图，赖乡九井之记。"此处出现的"淮南八仙"，在中国文化史上更为通行的叫法是"淮南八公"，即西汉淮南王刘安的门客，也是《淮南子》的编写者，相传为苏飞、李尚、左吴、田由、雷被、毛被、伍被、晋昌，共八人。此八人的真实身份应为文人学者，但《淮南子》带有道家色彩，淮南王本人也喜谈神仙方术之事，遂逐渐被神化，在东晋葛洪《神仙传》中已成仙真。此八位神仙不仅瞬间返老还童，亦有"吹嘘风雨，震动雷电，倾天

_____

① 孙克诚：《黄宗昌〈崂山志〉注释》，中国海洋大学出版社 2010 年版，第 95 页。

骇地，回日驻流，役使鬼神，鞭挞魔魅，出入水火，移易山川"① 之神力。同时能够未卜先知，帮助即将落难的刘安逃离祸患，并赐以仙药，携其举家飞升：

> 淮南王安，好神仙之道，海内方士从其游者多矣。一旦，有八公诣之，容状衰老，枯槁伛偻。阍者谓之曰："王之所好，神仙度世长生久视之道，必须有异于人，王乃礼接。今公衰老如此，非王所宜见也。"拒之数四，公求见不已，阍者对如初。八公曰："王以我衰老不欲相见，却致少年，又何难哉？"于是振衣整容，立成童幼之状，阍者惊而引进。王倒屣而迎之，设礼称弟子……

> 时王之小臣伍被，曾有过，恐王诛之，心不自安，诣关告变，证安必反。武帝疑之，诏大宗正持节淮南，以案其事。宗正未至，八公谓王曰："伍被人臣，而诬其主，天必诛之，王可去矣。此亦天遣王耳，君无此事，日复一日，人间岂可舍哉？"乃取鼎煮药，使王服之，骨肉近三百余人，同日升天，鸡犬舐药器者，亦同飞去。②

唐代又有"饮中八仙"的说法。据《新唐书·文艺列传》，李白与贺知章、李适之、李琎、崔宗之、苏晋、张旭、焦遂并称"酒八仙人"。杜甫著名的《饮中八仙歌》即为此八人而作。但以上八位只是当时的名流才士，并非神仙。明代朱权编《天皇至道太清玉册》记录了作为真正仙人的"唐八仙"——天皇真人、广成子、洪崖先生、篯铿、赤松子、宁封子、马师皇、赤将子舆。八位皆为黄帝时人，唐尧时游于终南，故曰"唐八仙"，此"唐"非指李唐王朝。

元代马致远的杂剧《吕洞宾三醉岳阳楼》第四折以主人公吕洞宾口吻介绍"八仙"为汉钟离、铁拐李、蓝采和、张果老、徐神翁、韩湘子、曹国舅、吕洞宾：

> 这一个是汉钟离现掌着群仙箓……这一个是铁拐李发乱梳……这一个是蓝采和板撒云阳木……这一个是张果老赵州桥倒骑驴……这一

---

① （晋）葛洪撰：《神仙传》，上海古籍出版社 1990 年版，第 31 页。
② 同上书，第 31—32 页。

个是徐神翁身背着葫芦……这一个是韩湘子韩愈的亲侄……这一个是曹国舅宋朝的眷属……贫道姓吕名岩字洞宾，道号纯阳子。

和现今流传的神仙阵容相比，此处之"八仙"缺少何仙姑而多徐神翁。明初朱有燉作杂剧《群仙庆寿蟠桃会》《瑶池会八仙庆寿》中，八位神仙亦同马剧所述。

然至明代中后期，"八仙"之成员已与今日无差。嘉靖年间吴元泰著白话章回小说《八仙出处东游记》，亦名《上洞八仙传》《东游记》，"上洞八仙"无徐神翁而有何仙姑。明代"后七子"之一的王世贞《题八仙像后》亦称："八仙者，钟离、李、吕、张、蓝、韩、曹、何也。不知其会所由始，亦不知其画所由始。"

七男一女的八仙组合至明中后期定型，但其神仙成员却并非由明人一时杜撰；在此前的典籍中，多能找到人物原型、轶事载记。

（一）吕洞宾

吕洞宾既为八仙之一，又是道教宗师，具有其他七仙所不及的影响力，在道教诸派乃至民间信仰中备受礼拜推崇，被奉为"吕祖"。洞宾之名见于正史。据元脱脱撰《宋史·隐逸·陈抟传》："关西逸人吕洞宾有剑术，百余岁而童颜，步履轻疾，顷刻数百里，世以为神仙……数来抟斋中，人咸异之。"

陈抟为著名隐者、道士，吕洞宾与其约略同时，本为五代宋初之隐士，后被传为道教神仙。吕洞宾的个人行迹，亦见载于北宋初年的志人笔记小说《杨文公谈苑》：

吕洞宾者，多游人间，颇有见之者。丁谓通判饶州日，洞宾往见之，语谓曰："君状貌颇似李德裕，它日富贵皆如之。"谓咸平初，与予言其事，谓今已执政。张洎家居，忽外有一隐士通谒，乃洞宾名姓，洎倒屣见之。洞宾自言吕渭之后，渭四子，温、恭、俭、让。让终海州刺史，洞宾系出海州房，让所任官，《唐书》不载。索纸笔，八分书七言四韵词一章，留与洎，颇言将佐鼎席之意。其末句云"功成当在破瓜年"，俗以破瓜字为二八，洎年六十四卒，乃其谶也。

洞宾诗什，人间多传写。有《自咏》云："朝辞百越暮三吴，袖有青蛇胆气粗。三入岳阳人不识，朗吟飞过洞庭湖。"又有"饮海龟儿人不识，烧山符子鬼难看，一粒粟中藏世界，二升铛内煮山川"
之句，大率词意多奇怪类此，世所传者百余篇，人多诵之。①

"杨文公"乃北宋文臣杨亿的谥号，"谈苑"即对其言谈语录的记载。
该书由杨亿门生黄鉴初录，宋庠整理；上文提及的丁谓、张洎，亦为宋初
名臣。可见吕洞宾应生活于宋初，作为隐士交游当时名流，既通诗文，又
有相面、预言之异能。《杨文公谈苑》之后，野史笔记多有记录吕洞宾事
迹者。其名或作"吕岩"，又因"回"与"吕"皆有两口，姓名、字号
中带有"回"字的道人处士，也往往被传为吕洞宾托名②。清康熙年间编
校的《全唐诗》中收录大量反映养生修道、服食炼丹内容的诗歌，署名
吕岩，一般认为多乃宋人伪作。

文学作品所叙写的吕洞宾故事大致包含以下主题。

其一为黄粱梦。唐人沈既济撰传奇小说《枕中记》，写开元年间道士
吕翁行邯郸道中，遇一少年卢生，同栖旅舍。卢生自叹困窘失志，吕翁以
仙枕授之。卢生枕之入梦，梦中娶名门美女为妻，资产丰饶，且高中科
第，授予官职；经历宦海浮沉，卢生位极三公，终因老病而逝。待梦觉
后，发现自己仍躺在旅店之中，睡前店主所蒸黄粱未熟。卢生遂悟人生短
暂，宠辱得失虚浮如梦。

该传奇为"黄粱梦"故事的早期蓝本。沈既济为中唐文人，故事中
道士吕翁非指洞宾。然而当吕洞宾故事成名之后，吕姓仙道往往能引发世
人之联想。元代马致远作杂剧《邯郸道省悟黄粱梦》，将吕翁、卢生置换
为钟离权、吕岩。吕岩为赶考士子，投宿邯郸道客店，店家为其煮黄粱为
炊。钟离权奉命度化吕岩，然吕岩一心向往人间功业，拒绝入道。钟离权
遂以梦境化之，令吕岩省悟人生如梦、富贵无凭之理。吕岩终于看破红
尘，与钟离权一同修道。明苏元儁传奇《梦境记》，全名《重校吕真人黄
粱梦境记》，亦叙汉钟离炊黄粱，以梦境点化吕洞宾之事。明无名氏杂剧
《吕翁三化邯郸店》则写吕洞宾受众仙之托，于邯郸店煮黄粱，度化卢志
皈依仙道。明汤显祖《邯郸梦记》传奇与其梗概类同。

---

① （宋）杨亿口述、黄鉴笔录、宋庠整理：《杨文公谈苑》，上海古籍出版社1993年版，第
104页。

② 参见朱越利《钟吕金丹派的形成年代考》，载程恭让主编《天问》，江苏人民出版社
2006年版。

其二为度树精。宋叶梦得《岩下放言》记录了吕洞宾在岳州城南一寺中逢松树精的传说：

> 世传神仙吕洞宾，名岩，洞宾其字也，唐吕渭之后，五代从钟离权得道。权，汉人仙者。自宋以来与权更出没人间，权不甚多，而洞宾踪迹数见，好道者每以为口实。余记童子时，见大父魏公自湖外罢官还道岳州，客有言洞宾事者：近岁尝过城南一居寺，题诗二首壁间而去……其二云："独自行时独自坐，每恨时人不识我。惟有城南老树精，分明知道神仙过。"说者云寺有大古松，吕始至，无能知者，有老人自颠徐下致恭，故诗云……①

元代马致远撰神仙道化杂剧《吕洞宾三醉岳阳楼》则写吕洞宾醉卧岳阳楼，脱度千年柳树精、梅花精，令二精托生人胎、结为夫妇，三十年后再次下凡，引度夫妻二人入道修仙之事。明代杂剧中，谷子敬《吕洞宾三度城南柳》与此同一题材。元贾仲明《吕洞宾桃柳升仙梦》写吕洞宾所度树精为汴京梁园馆前翠柳、娇桃，然度二者投胎、结亲、修仙的梗概与马致远《岳阳楼》杂剧并无差别。

其三为斩黄龙。"吕洞宾"与"黄龙"的故事最早见于佛教灯录。"灯录"作为文体起源于唐代禅宗史书，在介绍宗派师承关系的同时，包含着对教派思想的阐释讨论。在著名灯录《五灯会元》中，"吕岩洞宾真人"一条记录了吕洞宾与黄龙禅师机锋交涉、败阵顿悟的故事：

> 吕岩真人，字洞宾，京川人也。唐末三举不第。偶于长安酒肆遇钟离权，授以延命术，自尔人莫之究。尝游庐山归宗，书钟楼壁曰："一日清闲自在仙，六神和合报平安。丹田有宝休寻道，对境无心莫问禅。"未几，道经黄龙山，睹紫云成盖，疑有异人。乃入谒，值龙击鼓升堂。龙见，意必吕公也，欲诱而进。厉声曰："座傍有窃法者。"吕毅然出问："一粒粟中藏世界，半升铛内煮山川。且道此意如何？"龙指曰："这守尸鬼。"吕曰："争奈囊有长生不死药。"龙

---

① （宋）叶梦得：《岩下放言》，载《景印文渊阁四库全书》（第863册），台湾商务印书馆1986年版，第734页。

曰："饶经八万劫，终是落空亡。"吕薄讶，飞剑胁之，剑不能入。遂再拜，求指归。龙诘曰："'半升铛内煮山川'即不问，如何是'一粒粟中藏世界'？"吕于言下顿契。作偈曰："弃却瓢囊摵碎琴，如今不恋水中金。自从一见黄龙后，始觉从前错用心。"①

《五灯会元》相传由南宋释普济编撰。吕洞宾作为内丹道教的权威人物，服膺于禅宗掌门黄龙禅师，其中褒佛贬道的态度不言自明。道教徒自然多有不满，在叙述吕祖事迹的道教典籍中，对于机辩黄龙故事或避而不载，或加以翻案，如金丹派南五祖之一的白玉蟾作《平江鹤会升堂》咏写吕祖平生事迹，即有"大笑归从投子山，片言勘破黄龙老"之句，以洞宾为胜，黄龙为败。

除宗教人士自神其教以外，世俗中人对于吕洞宾黄龙故事亦多有演绎。明代冯梦龙编拟话本小说集《醒世恒言》卷22为《吕洞宾飞剑斩黄龙》，在此篇中，经过斗法、参禅，吕洞宾俱败于黄龙禅师，情愿皈依佛教，以黄龙为师。邓志谟著章回小说《吕祖飞剑记》写道人吕洞宾色诱怀春少女白牡丹以行采补，黄龙禅师识破其计，吕洞宾飞剑斩黄龙，反被黄龙制服，遂遵黄龙之教。而明代无名氏杂剧《吕纯阳化度黄龙》中，吕洞宾又成为黄龙禅师弃佛门、修仙道的引度者。

其四为戏牡丹。明吴元泰《东游记》有《洞宾调戏白牡丹》，写吕洞宾游至洛阳，见名妓白牡丹，涎其美色，化为风流秀才"回道人"与牡丹淫狎数夕。后铁拐李、何仙姑化作乞丐夫妇戏弄二人，白牡丹始得知"回道人"真实身份，再三恳求脱度。吕洞宾给其仙药，牡丹果然成仙飞升。

这一故事不知起自何时。从现存文献来看，吕洞宾与"牡丹"的书面联系最早见于贾仲明杂剧《吕洞宾桃柳升仙梦》。第一折吕仙自言"好饮杯中物，离却蓬莱路……朝向酒家眠，夜宿牡丹处"。"牡丹"所指是人是花，此处不得而知。但眠花宿柳在中国文化语境中本是狎妓的代指，元曲即有"便是牡丹花下死，做鬼也风流"的成句（珠帘秀《醉西施》）。除却上文所说的《飞剑记》，吕洞宾狎戏白牡丹的故事也曾被演为戏曲，如清代钱曾编《也是园书目》著录明无名氏杂剧《吕洞宾戏白

---

① （宋）普济：《五灯会元》，苏渊雷点校，中华书局1984年版，第497—498页。

牡丹》，明代高儒《百川书志》录《吕洞宾戏白牡丹斩黄龙》，近代董康《曲海总目提要》录《长生记》等。吕洞宾作为道教祖师，"狎戏牡丹"或可取悦于世俗，却必然令道教徒心怀不满，因此上述古本剧目皆亡佚不存。①

但此一情节在地方戏曲和民间故事中广泛流传，内容不一。如晚清无垢道人撰章回小说《八仙得道》大有"掰谎"之意，第九十三回《叶法善虔谒张果老　吕纯阳三试白牡丹》将"三戏"改为"三试"，参照《黄粱梦》故事，将吕洞宾作为白牡丹的考验者与引度者，又特意指出"三戏牡丹"源于吕洞宾仙友蓝采和、韩湘子之戏谑而流传开来。崂山民间故事《吕洞宾戏牡丹》，写吕洞宾借买药之名为难药铺掌柜，药铺天井中的一株绿牡丹化作美女为主人解围，洞宾好色心生邪念，反被聪明善辩的牡丹仙子所讥。但同在崂山，也流传着《吕洞宾救牡丹》的故事，借用《唐诗纪事》中武皇"宣诏催花"的典故，称武则天为庆生辰，勒令百花于冬日盛开，唯牡丹不从。武皇发怒，下旨将长安城内牡丹连根挖除。吕洞宾设法将牡丹转植入崂山太清宫，用心浇灌，方保得其种，牡丹亦因此成为崂山特产。另有《吕洞宾戏和尚》，将其戏耍的对象由美女、花仙改为贪财的僧人，借以发出"出家人尚且爱财"的慨叹，故事主题由色情转为讽世，从中流露的崇道抑佛思想，在崂山民间的佛道相争故事中也多有体现。

（二）汉钟离

汉钟离被传说为吕洞宾的修仙导师，复姓钟离，名权，字云房，号正阳子。宋叶梦得《岩下放言》谓钟离权为汉时人。稍后，宋徽宗年间编著的《宣和书谱》卷十九有"钟离权"，称钟离先生名权，具体年代不详，自称生于汉朝，吕洞宾以师礼事之。钟离权形貌伟岸，时而如一般道士戴高冠、穿绀衣，时而不着冠巾而梳双髻，且虬髯蓬鬓、文身赤足，大有放浪形骸、傲视世俗之态；自谓天下都散汉，因此又名"散人"。钟离权字画有凌云之气，非凡人俗笔，曾留语录及诗集存世，元祐七年录诗四章见王定国，言致学、长生、书法之事，宋宫府库收其草书《赠王定国诗》。

---

① 参见吴光正《"文学"的独立与文学的"真相"》，中国社会科学出版社2012年版，第344—348页。

　　依据元人撰《宋史》，《陈抟传》称："陈尧咨谒抟，有鬓髽道人先在坐，尧咨私问抟，抟曰：'钟离子也'。""钟离子"与陈抟同为仙道中人，"鬓髽"之发型上承《宣和书谱》"不冠巾而顶双髽"，与后世文艺作品中的汉钟离形象甚为符合。然《宋史·王老志传》称："有丐者自言钟离先生，以丹授老志，服之而狂，遂弃妻子去。"王老志亦为道人，活跃于北宋末宣和年间。结合以上诸条记载，钟离权的生存时代殊难判定。如其与吕洞宾、陈抟交游经历属实，钟离权亦应为五代宋初人，元祐年间的"录诗"及宣和年间的"授丹"行为，或为虚假不实，或为他人伪托。

　　钟离权在道教神仙体系中享有极高地位，被全真道徒尊为"正阳祖师"，后列全真北宗第二祖；在小说、戏曲与民间故事中，也通常以其他仙人的引度者身份出现。除"黄粱梦"以外，"云房十试洞宾"的故事也广为流传。传说吕洞宾自外归，发现家人皆死，然并不悲痛，只备丧葬；死者忽而复生，洞宾亦无惊无怪，此为第一试。吕洞宾在市集卖货，议定价格后买方反悔，只给出原价的一半，洞宾毫不争论，此为第二试。吕洞宾出门施钱予乞丐，然乞丐仍一味索取，又加谩骂；洞宾并不愠怒，含笑谢罪再三，此为第三试。吕洞宾在山上牧羊，一饿虎奔逐羊群；洞宾驱羊下山，以己身挡之，饿虎又自行离去，此为第四试。吕洞宾夜读于山中道舍，一妙龄绝色女子前来投宿，对洞宾百般挑逗，洞宾始终不为所动，此为第五试。吕洞宾一日归家，见家中被盗贼洗劫一空，亦无惊无怒；因无财度日，躬耕自给，田中掘出黄金，并不取用，反以土掩盖，此为第六试。吕洞宾买得铜器，回家皆变成金器，立即还给卖主，此为第七试。有疯道士贩药市中，称服其药必死，然来世可得道；无人敢买，吕洞宾买药服用，却安然无恙，此为第八试。吕洞宾与他人乘舟行于河水之中，至中流，风波汹涌，人皆恐惧，洞宾坦然端坐，此为第九试。洞宾独处一室，忽来无数鬼怪，欲斩杀之，洞宾不惧；又现一死囚，自言前世为吕洞宾所杀，今来索命；洞宾立即寻刀自刎，以偿其命，却见鬼怪都散，汉钟离从天而降，赞洞宾十试皆过，道心已坚，愿授其仙术。洞宾师事钟离，终成正果。

　　崂山民间语境中似不涉及汉钟离作为道教导师脱度洞宾之事，但汉钟离多以正逆惩贪的正直仙长形象出现，教化意味极强。如《汉钟离巧治不孝儿》的故事，讲汉钟离游崂山遇一老妇，哭诉其子自小娇生惯养，长大亦好吃懒做、刁泼不孝。汉钟离以法术小惩不孝子，终令其改过自新，变得勤快孝顺。又有《鱼死后为什么不闭眼》，称汉钟离游东海，遇一贪心船夫，对其屡屡刁难、讹诈钱财，钟离遂以鱼鳞变白银戏之，并留言"想要打鱼发家，除非海中的鱼全闭上眼"，从此鱼眼至死不闭，船夫亦贫困始终。

（三）张果老

张果老的事迹最早见于唐代郑处诲撰志人笔记小说《明皇杂录》。《明皇杂录》主要记载唐玄宗一朝遗闻，下卷有"道士张果"，录其数条轶事，笔者择要罗列于下。

张果隐于山西恒州条山，常来往于汾晋一带，当地老人于儿童时即见之，传说张果通长生秘术，他亦自称有数百岁高龄。唐太宗、唐高宗多次征其入朝，张果不起。武则天即位，再次召之，张果假死，且尸体很快腐烂，武皇遂罢。但后来又有人在恒州山中见到复活的张果。

张果骑一白驴，日行几万里，停歇时可将驴折叠放入随身巾箱，厚度亦如纸张；复乘时用水喷之，还原成驴。

唐玄宗派裴晤到恒州迎接张果，张果当场气绝而死。裴晤焚香祈求，并告知天子求道之意，张果片刻即苏醒。玄宗又派徐峤迎张果入洛阳集贤院，倍加礼敬。玄宗面见张果，讶其齿落发衰、老态毕现，张果亲自拔去鬓发、击落牙齿，随即长出皓齿黑发，宛如青壮年之人。

玄宗欲将少年修道的胞妹玉真公主嫁给张果，但尚未降旨。官员王迥质和萧华拜访张果，言笑之间，张果忽对二人说："娶妇得公主，甚可畏也。"王、萧不解。此时有使臣来，将玄宗嫁妹之意通于张果，张果大笑而不承诏。王、萧晓悟张果有先知之能。

张果被玄宗授予银青光禄大夫之职，又赐号通玄先生。一日玄宗于咸阳猎一大鹿，张果认出其乃千岁仙鹿，又自称曾于汉武元狩五年侍猎于上林苑，武帝生擒此鹿后放生，有铜牌志于鹿角。玄宗验之果然。

当时有道士叶法善，亦通法术。玄宗私下向其询问张果的真实身份。叶法善自云知晓，但言出即死；唯有玄宗免冠赤足相救，方得复活。玄宗允诺。法善说张果乃混沌初分之时的白蝙蝠精，说完即七窍流血，僵卧于地。玄宗急至张果住所，免冠赤足请罪，哀求再三，张果以水喷法善之面，法善即刻复生。其后，张果多次以年老多病乞归，玄宗派使臣将其送还恒州。天宝初年，玄宗又下诏征张果入朝，张果忽然死去，弟子将其埋葬。后有人开棺视之，却为空棺。

同为唐代志人小说的《大唐新语》卷十《隐逸》录"张果老先生"，《旧唐书·方技》《新唐书·方技》皆有张果传，记其事迹内容与《明皇杂录》略同，言语更为简约。《新唐书·艺文志》中，《丙部子录》之《道家类·神仙》录张果作品《阴符经太无传》《阴符经辨命论》《气诀》《神仙得道灵药经》《罔象成名图》《丹砂诀》等。《全唐诗》又录张果《题登真洞》诗一首。

可见，张果老（张果）应为唐代真实存在的神仙方术之士，以奇术异能得到唐玄宗的赏识封授，唐宋以来的笔记、史传将其神化。

在崂山乃至中国民间文艺作品中，张果老常常呈现出须发皓白而慈和矍铄的老仙形象。或许因其年老，便与制作老人拐杖的崂山特产"崂山棍"产生了联系。传说张果老骑驴游至崂山太清宫，仙驴啃崂山小树树皮为食；张果取仙药为树涂伤，却使其伤口愈合后生出坚硬无比的疮疤，成为崂山特产"崂山棍"（《崂山棍》）。又有故事称张果老游崂山，将其神驴拴在东海龙子所化山姜树树干上，神驴挣脱缰绳，拉弯树干，此后山姜树被用于制作拐杖，称"崂山棍"（《龙子化作崂山棍》）。

民间有"张果老倒骑驴"的说法，崂山人就此编造故事，称张果年轻时骑驴进京赶考，途中投宿于农户之家，无意间错握农家少女之手，被其父母误会追打。张果慌忙逃上毛驴，倒骑驴奔至崂山，遇太上老君，引其于华楼宫玉皇洞拜见玉皇，修炼成仙。张果为牢记教训，成仙后依然倒骑毛驴（《张果老倒骑驴的来历》）。亦有传言，称崂山石门山前"驴蹄子涧"因张果老之神驴踏上蹄印而得名，涧中积水可治痈肿疮伤（《驴蹄子涧的传说》）；又称张果老骑驴游东海，被蟹将阻挡，人骑一并落入海中，驴背上的驮篓在海水深处扎根，变作崂山近海的"驮篓岛"（《驮篓岛》）。

除调侃其骑驴之好外，张果老又被崂山民众塑造成救苦救难的慈悲仙人。民间故事《张果老巧计救苏杭》中，因玉皇不满苏杭可与天堂媲美，欲以"花石缸"盛四海之水，令风公雨婆将其抬到苏、杭，降下狂风暴雨，淹没二城。张果老得闻此事，以坐骑神驴口渴借饮为名，令其喝光"花石缸"之水，使苏、杭免于水灾。玉皇的"花石缸"被置于崂山山顶，形成"靛缸湾"。

张果老与唐玄宗的关系也被崂山人纳入民间故事。《蟠桃峰》称张果被玄宗派至崂山求仙制药，于中秋夜偶遇王母下凡设宴；张果摘得天上蟠桃献与玄宗，因此官进三级，王母开蟠桃宴的山头亦被封为"蟠桃峰"①。此与"驴蹄子涧""驮篓岛""靛缸湾"等故事一样，皆为当地人附会神迹、以图传名。

（四）韩湘子

韩湘子往往以手持笛箫、风神俊朗的青年仙人形象出现。崂山民间有《湘子出世》故事，称韩湘子为舜妃女英之子，感舜梦而生，初生时怪胎蛇身，后于崂山修仙得道。此说颇为无稽，附会舜帝之子的身份，无非为了拔高韩湘出身，"蛇身"与上古神祇伏羲、女娲等人首蛇身的形象一致。同时，崂山八仙墩确实盛产"胎生"之蛇。据清代黄玉瑚《八仙墩记》，石墩附近有蛇，"不一尺，胎生即食其母，毒甚于蝮"。此处之"胎生"应为"卵胎生"，即蛇卵在母体内发育成个体后产出。此种生殖方式多见于海蛇，八仙墩恰好位处海滨。古时山民、游客见胎生蛇类出没，却不懂现代生物学原理，仅以神怪灵异释之，因地名联想到"八仙"宜属自然。

又有传说，称韩湘子游崂山，将其法器竹箫落在崂顶，繁衍出一片竹林，即今竹窝村（《竹窝村的传说》）；崂山棋盘石为湘子与济公对弈之处（《棋盘石和仰口村的传说》）；等等。皆将崂山地名风物与仙人行迹相联附会，无甚深意。

韩湘子的历史人物原型生活于唐代。但如清代俞樾《茶香室丛钞》所云，此人本乃功名之士，"世传为仙，非其实也"。据《新唐书·表·宰相世系表》，韩氏有子名湘，字北渚，官至大理丞，为著名文学家韩愈之侄孙。其父韩老成，即为韩愈名作《祭十二郎文》中的"十二郎"。元和十四年（819），韩愈因谏迎佛骨被贬潮州，途中有诗《左迁至蓝关示侄孙湘》及《宿增江口示侄孙湘》，即为此"韩湘"而作。诗人姚合亦有《答韩湘》："子在名场中，屡战还屡北……昨闻过春关，名系吏部籍。"可见其确为志在功名之人，并非翱游方外的求道之士。

晚唐文人段成式撰志怪小说集《酉阳杂俎》，记载了韩愈一位"疏从子侄"的异能轶事：

---

① 青岛市崂山风景区管委会编：《崂山故事选·名景篇》，山东文艺出版社1992年版，第64—67页。

　　韩侍郎有疏从子侄自江淮来，年甚少，韩令学院中伴子弟，子弟悉为凌辱。韩知之，遂为街西假僧院令读书。经旬，寺主纲复诉其狂率，韩遽令归，且责曰："市肆贱类营衣食，尚有一事长处。汝所为如此，竟作何物？"侄拜谢，徐曰："某有一艺，恨叔不知。"因指阶前牡丹曰："叔要此花，青、紫、黄、赤，唯命也。"韩大奇之，遂给所须，试之。乃竖箔曲，尽遮牡丹丛，不令人窥。掘棵四面，深及其根，宽容人座。唯赍紫矿、轻粉、朱红，旦暮治其根。凡七日，乃填坑，白其叔曰："恨较迟一月。"时冬初也。牡丹本紫，乃花发，色白红历绿，每朵有一联诗，字色紫分明，乃是韩出官时诗。一韵曰："云横秦岭家何在，雪拥蓝关马不前"十四字，韩大惊异。侄且辞归江淮，竟不愿仕。①

　　北宋初年小说类书《太平广记》之"神仙"类有"韩愈外甥"故事一则，云出《仙传拾遗》。《仙传拾遗》乃唐末五代杜光庭著，专记仙道神怪之事。故事写韩愈外甥自幼落拓，废书好酒，然玄言神道之事无不详知，又有穿钱、染花、先知之绝技。后韩愈贬潮州，此外甥前来伴行，以神仙之道点化韩愈，韩愈敬服，赠其"五十六字诗"，观其诗句，即《左迁至蓝关示侄孙湘》。

　　具有染花、诗谶之能的异人由韩愈"疏从子侄"变成了"韩愈外甥"，从《酉阳杂俎》到《仙传拾遗》，此异人皆不知姓名，但"五十六字诗"却将其与韩湘联系起来。北宋刘斧编传奇志怪小说集《青琐高议》有《韩湘子作诗谶文公》故事一则，写韩湘字清夫，为韩愈之侄，落拓不羁，作言志诗曰："一壶藏世界，三尺斩妖邪，解造逡巡酒，能开顷刻花。"韩愈验之，果能开花，花上有"云横""雪拥"二句。韩愈不解，仅以幻术视之。后韩愈贬潮州，途至蓝关，韩湘前来，韩愈忆其诗句，为湘作诗，嵌入二句。韩愈本笃信儒学而力排佛道，在韩湘点化之下，始信二教不诬。韩湘子造酒开花、以仙道度化韩愈的情节屡见于此后的小说戏曲、民间故事。崂山地区有《逗石的传说》《韩湘子讨封》亦叙韩湘子造酒开花之事，但《韩湘子讨封》故事中湘子炫技的对象由韩愈变为皇帝。

　　元代陶宗仪《说郛》收录《韩仙传》，题名"唐瑶华帝君韩若云自

---

　　①　（唐）段成式撰：《酉阳杂俎》，方南生点校，中华书局 1981 年版，第 185—186 页。

撰"，以第一人称详述了韩湘托生韩氏、修道成仙、度化韩愈的经历。其中一些精彩片段如"食桃尸解"流传至今，融入崂山民间故事，如《韩湘子崂山学艺》。明代杨尔曾有章回小说《韩湘子全传》综合了前代的韩湘故事。清代佚名《韩湘宝卷》承袭《韩湘子全传》内容，结尾加入韩愈及其妻窦氏成仙为土地神的内容；崂山民间传说有称韩愈夫妇被唐明皇鸩死（韩愈实非玄宗年间人，"明皇"应为民间误传）而为土地神，或与此宝卷同源。

（五）铁拐李

铁拐李，史传并无其人。明代万历年间彭大翼著类书《山堂肆考》称："拐仙姓李，不知其名，夙有足疾，西王母点化其升仙，封东华教主，授以铁拐一根。"认为铁拐李乃西王母点化成仙并赐予铁杖。

但关于这位神仙，最著名的故事是"借尸还魂"。据元代岳伯川《吕洞宾度铁拐李岳》杂剧（亦名《岳孔目借铁拐李还魂》），铁拐李原名岳寿，为郑州六案都孔目，有妻李氏，一子名福童；吕洞宾见他有神仙之分，故下凡点化。岳寿无意冲撞了微服私访的魏国公韩琦，惊悸成病，医治无效而死，魂入地狱。吕洞宾赶到地府，将岳寿收为弟子，并请阎王放其还魂。然岳寿之尸骸已被其妻焚化，只能借青眼老李屠之子小李屠患病新死的尸身还魂。小李屠粗丑跛足，岳寿以此形貌还家，妻子不敢相认，老李屠又以之为子，引起混乱，吕洞宾到来说明因果，岳寿告别妻、子，拄铁拐随吕洞宾出家。

《东游记》将"铁拐先生"尊为八仙之首，称其姓李名玄，"质非凡骨，学有根源"，且状貌魁梧、心神宣朗，年方弱冠即不务生理，唯慕金丹大道。李玄以老子为师，为赴华山之约，灵魂出窍，留尸骸与其徒杨子看管七日，七日不返，即可焚化。杨子守尸六日，其母病危。杨子欲速归事母，无奈之下将李玄尸骨焚化。第七日李玄魂归，尸身无存，又不见杨子踪迹，只得附山中饿殍之尸而起。饿殍蓬头垢面、袒腹跛足，倚竹杖而行；李玄以水噀之，成铁杖。从此后人多忘其本名，以"铁拐先生"称之。

跛足拄拐是铁拐李最为引人注目的特征，崂山民众也对其大作文章，并将此事与当地风物古迹相结合。《铁拐李的铁拐杖是怎么来的》称铁拐李设计以自己的青竹拐杖换得东华帝君花费三千六百年炼就的宝铁拐杖，得"铁拐李"之名；东华帝君一怒之下折断其青竹杖，扔于崂山脚下，繁生出青翠竹林——或与《山堂肆考》所记李仙被西王母封东华教主并授铁拐的传说有关。《铁拐李烧腿》讲铁拐李原名李二，告别哥嫂外出学道，学成归来，恰遇家乡大旱，于是烧腿煮海边"华达石"为嫂嫂充饥，不想将腿烧断，只得捡一崂山棍为拐杖。也有故事称仙人李玄喜食兔肉，于崂山太清宫游玩，吃掉月中玉兔的父母，玉兔之弟为报仇，将其引至崂山石劈缝中，以巨石砸伤其腿，此后只得拄铁拐步行（《铁拐李和小白兔》）。

（六）何仙姑

何仙姑是八仙之中唯一的女性神仙。崂山民间故事有《何仙姑从男变女》，称穷人何先修炼得道，归家后因与妻子产生误会，无奈变作女身，改名"何仙姑"。《仙姑洞的传说》讲何仙姑本为民女何花，与嫂嫂河边浣衣，见河中漂来一只鲜桃，取之让与其嫂食用。然其嫂眼中不见鲜桃，只见粪土，于是何花自食，成为无知不晓的神人，后得道飞升。又有《崂山大樱桃》，称武则天到崂山观赏雪景，游至太清宫，恰逢其七十大寿，一时兴起，竟令崂山樱桃在冬日开花结果。崂山百姓愁苦，何仙姑是崂山河东村人，又在崂山"仙姑洞"中修成正果，遂下凡化作乞丐，帮乡亲种植樱桃，令其瞬间结果成熟，进贡武皇。与《崂山民间故事全集》中收录的许多传说一样，这则故事实借武皇催花典故和神仙法术事迹为当地物产扬名。另一则《梳洗楼上的蟠桃树是谁栽下的》与此意旨类同，为宣扬崂山景象，称何仙姑有子出生于其得道成仙之际，何仙姑上天受封，只得将儿子遗落凡间。孩子被崂山华楼宫道士收养。18年后，八仙赴蟠桃盛会，路过华楼山梳洗楼，仙姑见到亲子又不便相认，只将一只蟠桃留与儿子。其子食桃，成仙飞升；桃核落于石缝间生出蟠桃树。

张崇纲曾撰《崂山仙话的起源、变异和发展》一文，专门以崂山的何仙姑故事为代表，称此类"仙话"的出现缘于崂山道教的传播，以及当地人崇拜神仙、祈求幸福的心理。关于其生成始末，张先生称崂山有民女何花从水中拣食桃子中毒而死，由于病态反应尸体紫红；村人对此无法作出科学解释，便将广州的何仙姑故事附会在何花身上，加以北九水一带的地理风俗，创造出崂山何仙姑的仙话。此说真伪已难以考辨。从历史上看，何仙姑"食桃成仙"的故事最早见于北宋魏泰的《东轩笔录》："永州有何氏女，幼遇异人，与桃食之，遂不饥，无漏。自是能逆知人祸福，乡人神之，为构楼以居，世谓之何仙姑。"又写何氏成仙后，多有官员士夫与之交游，征占凶吉：

> 士大夫之好奇者多谒之，以问休咎。王达为湖北运使，巡至永州，召于舟中，留数日，是时魏绾知潭州，与达不协，因奏达在永州，取无夫妇人阿何于舟中止宿……①

南宋曾敏行《独醒杂志》将"食桃"改为"啖枣"，写北宋名将狄青将讨南侬，以战事询问何仙姑，战后，仙姑之言得中：

> 何仙姑，永州民女子也。因放牧野中，遇人啖以枣，因遂绝粒，而能前知人事。独居一阁，往来士大夫率致敬焉。狄武襄征南侬，出永州，以兵事问之。对曰："公必不见贼，贼败且走。"初亦未之信。武襄至邕境之归仁铺，先锋与贼战，贼大败，智高遁走入大理国。其言有证，类如此。阁中有遗像，尝往观之。②

与民间故事不同，以上两则文人笔记中何仙姑所食仙果为"异人"所赠，此异人之身份、姓名却不曾交代。明代汤显祖《邯郸梦记》将何氏修仙的引度者确定为吕洞宾。第三出《度世》有洞宾自述："近奉东华帝旨，新修一座蓬莱山门，门外蟠桃一株……先是贫道度了一位何仙姑，来此逐日扫花。近奉东华帝旨，何姑证入仙班。"《邯郸梦记》作为昆剧搬演，曾经风行一时，《红楼梦》第六十三回"寿怡红群芳开夜宴"中芳官为宝玉庆寿所唱《赏花时》，即为《度世》一出中何仙姑对吕洞宾的临行叮嘱：

> ［赏花时］翠凤毛翎札帚叉，闲踏天门扫落花。你看风起玉尘砂，猛可的那一层云下，抵多少门外即天涯。
> ［幺］你休再剑斩黄龙一线差，再休向东老贫穷卖酒家，你与俺高眼向云霞。洞宾呵，你得了人早些儿回话；迟呵，错教人留恨碧桃花。③

---

①　（宋）魏泰撰：《东轩笔录》，李裕民点校，中华书局1983年版，第158页。
②　（宋）曾敏行：《独醒杂志》，朱杰人标校，上海古籍出版社1986年版，第36页。
③　（明）汤显祖：《汤显祖戏曲集》，钱南扬校点，上海古籍出版社1978年版，第709—710页。

关于何仙姑生身之地的传说不少，除《东轩笔录》《独醒杂志》所谓的湖南永州外，还有广州增城等不同说法。明代郭棐著《广东通志》引孟士颖《何仙姑井亭记》称何仙姑为广州增城人何泰之女，生于初唐开耀年间，居增城春岗。仙姑为人淑孝柔静，且出生时现紫云绕室，四岁即有超人之力；后梦老人授服食法，食当地所产云母，身轻飞逝，有鞋遗于井上，其井亭遂为仙址。上引张崇纲撰文亦承认崂山何仙姑故事由广州同类仙话演变附会而出。

（七）蓝采和

蓝采和事迹最早见于南唐沈汾《续神仙传》，《太平广记·神仙》转载之：

> 蓝采和，不知何许人也。常衣破蓝衫，六銙黑木腰带，阔三寸余，一脚着靴，一脚跣行。夏则衫内加絮，冬则卧于雪中，气出如蒸。每行歌于城市乞索，持大拍板，长三尺余。常醉踏歌，老少皆随看之。机捷谐谑，人问，应声答之，笑皆绝倒，似狂非狂。行则振靴唱踏歌："踏歌蓝采和，世界能几何？红颜一春树，流年一掷梭。古人混混去不返，今人纷纷来更多。朝骑鸾凤到碧落，暮见苍田生白波。长景明晖在空际，金银宫阙高嵯峨。"歌词极多，率皆仙意，人莫之测，但以钱与之。以长绳穿，拖地行。或散失，亦不回顾；或见贫人，即与之；及与酒家。周游天下，人有为儿童时至及斑白见之，颜状如故。后踏歌于濠梁间酒楼，乘醉，有云鹤笙箫声，忽然轻举于云中，掷下靴衫腰带拍板，冉冉而去。①

蓝采和最初以流浪街头的乞丐歌手形象出现，衣衫褴褛且冬夏颠倒，举止狂诞怪异，所唱歌曲极富苍渺变幻之意；几十年间颜形如故，后遗其衣物升仙而去。传中所录蓝采和《踏歌》亦见于《全唐诗》。

元代无名氏杂剧《汉钟离度脱蓝采和》第一折安排蓝采和自述身世："小可人姓许名坚，乐名蓝采和，浑家是喜千金，所生一子是小采和，媳儿蓝山景，姑舅兄弟是王把色，两姨兄弟是李薄头"，"俺在这梁园棚勾栏里做场"。蓝采和本名许坚，为洛阳勾栏伶人，以唱戏为生；处于妻、

---

① （宋）李昉等：《太平广记》，中华书局1961年版，第151—152页。

子、儿媳、中表兄弟组成的社会关系网络之中，虽云"有半仙之分""青气冲于九霄"，其形象更接近于世俗中人。蓝采和有成年子、媳，且随汉钟离出家三十年后归来，其妻已交九十，可见开场时采和亦应为花甲老翁。而明代吴元泰《八仙出处东游记》称蓝采和为天界赤脚大仙降生，或由《续神仙传》中采和诙谐跳行的形象联想而来。

然不知何时，蓝采和的形象发生了转变。清代文人赵翼《陔馀丛考》云：

> 世俗相传有所谓八仙者，曰汉钟离、张果老、韩湘子、铁拐李、曹国舅、吕洞宾。又女仙二人：蓝采和、何仙姑……蓝采和乃男子也。今戏本又硬差作女妆，尤可笑。[①]

如是的认知误区，说明采和不再以乞丐或老翁形象出现，而有了女性化的转型。现今文艺作品中蓝采和多被描绘为眉清目秀、手提花篮的青少年仙人。如崂山民间故事《八仙过海，各显神通》称其为八仙之中最年轻的仙人；又有《两口石的传说》，讲蓝采和与御史小姐高月娥青梅竹马，远行修炼，成仙后携高小姐一同飞升。采和的花篮也被罗织于民谭之中，成为风物地名传说生成的凭据。如《百花仙篮变浮山》讲蓝采和以花篮变作彩船，搭载众仙友过海东游，却激怒龙王、引发争斗；彩船被虾兵蟹将撞破，搁浅于海滩，多年后变作花草奇丽的山峰，名曰"浮山"。

（八）曹国舅

对于曹国舅，据明胡应麟《少室山房笔丛·庄岳委谈》："考诸仙传曹姓无外戚；而诸史曹姓外戚无得仙者。据俗传为宋人。检宋史惟曹佾为后弟，见重于时，年七十卒，初不云得仙。"[②] 神仙传记中，以"曹"为姓者皆非后妃兄弟；而历代正史中，曹姓后妃兄弟又无修仙之人。被传为曹国舅原型的曹佾是宋仁宗曹皇后长弟，《宋史·列传·外戚中》称其"性和易，美仪度，通音律，善弈射，喜为诗"，封济阳郡王，一生宦达、高寿而卒，原非学道之人。元代苗善时撰《纯阳帝君神化妙通纪》为其附会上"不喜富贵，酷慕清虚"之品性，且称国舅年十二三

---

① （清）赵翼：《陔馀丛考》，商务印书馆1957年版，第744页。
② （明）胡应麟：《少室山房笔丛》，中华书局1958年版，第540页。

即精通三教之书，面见皇帝惟言清静自然之道，毫无治政之心。后辞帝出游，谢绝随从车马，仅持笊篱一把。一日被装扮成褴褛道人的吕洞宾度化，丢弃御赐金牌，与吕同行，修证仙果。明代洪自诚撰《仙佛奇踪》亦载曹国舅与汉钟离、吕洞宾问答机辩，最终国舅被钟、吕授以秘术、引入仙班。

或正因其地位显贵、难近世俗，在八仙之中，曹国舅较少成为通俗文学或民间传说重点演绎的对象。崂山民间有《铁拐李三激曹国舅》，讲曹国舅本不满于朝政，一日被铁拐李唱歌激怒，又经其点化，同至蓬莱岛修仙，情节极其简单。

第三节　崂山民谭的人物表现特点

叙事文学作品中的人物可以体现出"行动元"和"角色"的两重特点。民谭讲述者和听众往往注重情节，以满足好奇心理，收获听讲故事的快感，人物只是连缀情节、推动故事发展的行动要素，以至于很多故事在置换人物姓名、身份后并不影响进述。因此，民谭中的人物更多具有"行动元"的特征，而缺乏无可替代的鲜明"角色"意义。尽管讲述者没有塑造人物形象的自觉意识，但综观上文，笔者依然概括出崂山民间故事在人物表现方面的四大特点。

其一为扁平化和类型化。英国学者爱·摩·福斯特提出过"扁平人物"和"圆形人物"的概念。扁平人物"按照一个简单的意念或特征而被创造出来"[1]，而圆形人物则表现出复杂的性格特征，或性格富于变化。崂山民间故事中的人物基本上属于扁平化形象，呈现出单一、稳定的性格特征，如孔子之谦敏好学，颜回之安贫乐道，始皇之暴虐狂傲，刘邦之阴险狡诈，项羽之勇武率直，李白之仙才侠气，苏轼之幽默潇洒等。

崂山民谭中历史人物的事迹真假混杂，以虚构为主；但性格并非民众凭空自设，而多与相关的经史典籍、文学作品体现出一致性。我们在讲述刘项相争故事的过程中提到了讲史话本对于正史的通俗化普及作用，而其他作品（包括儒家经典、小说戏曲、诗文词赋等）也必然会经历自上而

---

① ［英］爱·摩·福斯特：《小说面面观》，苏炳文译，花城出版社 1984 年版，第 59 页。

下的传播过程，尽管程度各有不同。崂山周边地区历史文化悠久，贤士众多，又不乏异地名人来访，形成自上而下的文化渗透与普及并非难事。可以说，在通过各种渠道掌握历史或神话人物事迹后，崂山民众往往锁定住其最为突出的精神性格侧面加以发挥，而回避了人物个性的多面性与动态性。

古今中外叙事文学作品中的人物塑造，大致依循着类型化—性格化—心理化的发展趋势。上述扁平人物的塑造方式无疑是类型化的。无论产生于任何时代，民间故事只能是初级阶段的叙事作品，口耳相传的固有属性限制了单元故事的内容含量，人物性格的纵横变化无法展开；临场发挥的环境和有限的文化水平使讲述人和听众更倾向于选择简明单纯、容易辨认的人物故事，以降低理解与记忆的难度。

其二为世俗化和日常化。民间故事往往从世俗层面理解历史人物的行为。例如历史上嬴政海外求仙、服药长生的目的，并不仅仅在于延续个人的肉体生命，更是开疆拓土、维系国家政运和统治的需要。而民间故事以平民乐生恶死的简单逻辑释之，加上对亡国暴君的世俗想象，勾画出秦始皇盲目躁进、气急败坏的形象，因为贪生怕死屡屡被徐福欺骗。与此相类的还有武则天。文人笔记中的"宣诏催花"是武曌平息政变、维护统治的正义行动，但在崂山民间故事乃至此前的通俗文学读物（如白话小说）中却成为女皇骄奢淫逸、违背规律的享乐表现。

世俗化的思维方式必然导致关注角度的日常化，严肃、抽象、高雅、宏大的内涵被极大限度地消泯。故事的主角可以是王侯将相、方外高人，但讲述内容基本不涉军政大业、玄言义理；可以是文化精英，但阳春白雪往往演为下里巴人；可以是天神地祇，但其活动也全然围绕着凡人的生产生活——无非婚丧嫁娶、衣食住行。所以故事对姜尚早年的窘迫生活津津乐道，耿义兰讼憨山难以看到信仰的执着，李白、苏轼的对联有如村白之语，王母、龙王常以促成或拆散姻缘为业，拐仙的跛足竟源于口腹之欲。

鲁迅《"人话"》引述了一个讥讽村妇的笑话："大热天的正午，一个农妇做事做得正苦，忽而叹道：'皇后娘娘真不知道多么快活。这时还不是在床上睡午觉，醒过来的时候，就叫道：太监，拿个柿饼来！'"末了，鲁迅作出评价："这并不是'下等华人话'，倒是高等华人意中的'下等华人话'……在下等华人自己，那时也许未必这么说，即使这么说，也并不以为笑话的。"① 其中揭示出一个道理，任何人看待别人，无论从正反哪一方面，都是以自我为参照系的，故而农妇自身的贫困限制了她对奢华的想象，高等人自身的文化优势固化了他们对下等人的认知印象。为塑造本阶层之外的人物，专业作家往往有意识地通过体验生活、查阅资料等途径获取直接间接经验，尽可能地避免主观臆测。但由于各种主客观条件的限制，民间故事的讲述者绝不会在这方面花费时间精力。如鲁迅所说，人在劳动时借歌吟忘却劳苦，休息时则谈论故事以消遣闲暇（《中国小说的历史的变迁》）。因此对民众而言，编造故事只是消闲娱乐的手段，无所谓真实客观；从讲述人和听众自身的世俗思维、日常生活出发，更容易拉近与故事人物的距离，产生亲切感与熟悉感。

其三为神异化和荒诞化。这与上一点构成了近乎相反相成的两个层面。"神异化"不等于"神圣化"，即便如孔子，在民谭中的形象也并非完美崇高，于文才礼仪上，竟能被崂山的牧童和兔子压倒。民众惯于将大人物拉下神坛，以弥补高下贵贱的差距，但民间叙事又带有神异化的天然属性，因此故事中秦王有定日吓山之能，刘邦得龙女洪福之助，童恢善政可以感化猛虎，更不消说全真道人的法术神技。

古代天子自命秉承天意，昭示其统治的合法性，以此风动于上、波震于下，历朝正史对帝王出身行迹多有神化，民众也乐于为统治者（包括作为其下属的各级牧民者）编造非凡的能力与表征，一方面顺应君权神授的教育宣传，另一方面则是自娱娱人的猎奇需要。与此同时，天命神意之说亦可帮助百姓解决诸多历史困惑。例如刘项之争，民众皆知项羽神勇无敌且重情重义，对其失败缘由无从解释，因此杜撰刘邦诈得"洪福"的故事以圆其说。

历史人物的"神异化"发展到神话人物身上，便进一步表现为"荒诞化"。唯其荒诞不稽，既立足于日常经验，又违背常理常情，方能形成冲突与对立，制造新鲜感和陌生化的接受效果。例如《玉皇成亲》中的王母兼备善良仗义的民间美德和人首龙身的怪诞外表，既不同于原始神话中豹尾虎齿、司天之厉的形象，也不符合古代仙道文学中端严高贵的天庭女主身份，但却能在纵横两方面超越前人或异地的同类故事，对下层民众形成直接的感官刺激，吸引其关注，调动讲述、收听、传播的多方兴趣。

---

① 鲁迅：《鲁迅全集》（第4卷），人民文学出版社1973年版，第490—491页。

《湘子出世》将韩湘子附会为帝舜女英之子，以怪胎蛇身诞生，也是同样的道理。

其四为本土化和地域化。"本土化"针对舶来人物而言，崂山民谭中以龙王家族的故事最为典型。在印度佛教文化中，龙族虽掌握着神通与珍宝，却是低人一等的畜类，颇受苦事折磨，其龙身多乃前世积孽之报。佛经中报恩的龙女常怀有自卑羞惭的态度，不敢与人轻易结合；爱恋龙女之人若难以自拔，亦将转生为龙、堕入恶道。而中国迄自先秦的神龙信仰和宋代以降的官方册封提升了龙王及其子女的地位，尤使龙女成为高贵祥瑞的女仙，在民间传说中带给凡人如意与福祉。

如果这种本土化传播形成了中国龙女故事的共同表征，那么龙王家族故事在崂山流传的数量优势，则彰显出当地海洋文化的地域特点。人首龙身的王母形象不见于古籍记载与异地传说，应与崂山近海的龙崇拜有关。海洋文化同样渗透到历史人物故事阵营。《孔子游崂山》写孔丘游崂咏海，《龙生虎养楚霸王》《刘邦一计得天下》亦在项羽出身、刘项争霸故事中注入了海洋叙事元素。

与此同时，编造当地名流贤宦的故事趣闻，并将苏轼、马钰、孙不二等与崂山本不相干的异地人物移植到崂山地域背景中，借助名人效应为当地山川风物和悠久文化扬名，也成为自古以来崂山民众在自觉不自觉间营造地域自豪感与亲切感的文化传播手段。

第三章

崂山民间故事与地方风物

第一节　山川古迹系列

一　青岛：内陆式的海洋文化

青岛为副省级计划单列市，现辖七区三市，地处胶东半岛东部，濒临黄海，有"东方瑞士"之称。早在新石器时代，东夷人即在青岛繁衍生息。"东夷"乃华夏族对东方部族的称呼，因中华文明发源于黄河流域，古人以中原为正统，称四方之民为"四夷"；东夷为"四夷"之中发展程度较高的部族，文化风俗近于华夏，作为汉族族源之一，在山东地区创造出丰富的史前文明。

尽管地域沿革可上溯至远古，"青岛"之名至明代后期方才出现。明万历年间文人王士性的地理笔记《广志绎》载："胶莱河与海运相表里，若从淮口起运至麻湾而迳度海仓口，则免开洋转登、莱一千五六百里，其间田横岛、青岛、黄岛、元真岛、竹岛、宫家岛、青鸡岛、刘公岛、之罘岛、八角岛、长山岛、沙门岛、三山岛，此皆礁石如戟，白浪滔天，其余小岛尚不可数计……"①

王士性所谓之"青岛"即今之"小青岛"。该小岛位于胶州湾入海口北侧，今青岛市市南区栈桥东南方。岛上山岩幽秀，草木繁茂，有白塔掩映于绿树之中，每至夜色降临，塔上引航灯光与海面波光交相辉映，形成"琴屿飘灯"之景，被列为青岛十景之一。因小岛形似古琴，当地人或称其为"琴岛""琴屿""琴岗"。青岛市的得名源于"小青岛"，故而该市

---

① （明）王士性：《广志绎》，中华书局 1981 年版，第 59 页。

又有"琴岛"之别称。或云此一别称的普及与民国时期长篇章回小说《桃源梦》的流传有关。小说反映晚清遗老在德占青岛的寓居生活，文题之中多以"琴岛"代指此地。盖因小说风靡一时，"琴岛"也被用作青岛市之代称。

关于"青岛"／"琴岛"地名的由来，当地民间也流传着一个凄美的爱情故事。相传在崂山脚下姜家庄，有一对名叫"渔哥"和"琴妹"的年轻夫妇。渔哥出海打鱼，琴妹在海边礁石上弹奏古琴，等待丈夫。然而渔哥数日未归，因其渔船被鲨鱼怪掀翻，坠入了大海。鲨鱼怪垂涎琴妹才艺双绝，意欲以荣华富贵与渔哥交换琴妹。渔哥假装同意，待海蛇送其上岸见到琴妹时，将鲨鱼怪的阴谋据实以告，并使尽力气将琴妹推回礁石边上，自己却被海浪卷走。愤怒的鲨鱼怪兴风作浪，海浪越扑越凶，眼看就要淹没姜家庄。突然一阵海风吹来，琴妹变成海鸥腾空而起，携着古琴直上云霄又冲向海面，对准海中妖怪抛下古琴。古琴变成一块巨大的石头，将鲨鱼怪一伙镇在海中。海面重归平静，巨石从此成了小岛，因其为古琴所化又形似古琴，村民叫它"琴岛"；又因岛上生有苍松翠柏，四季常青，琴岛也被称为"青岛"（《青岛的传说》）。

故事依托了"小青岛"的地理形势。渔哥的英勇不屈、琴妹的坚贞不渝及其爱情故事的惊心动魄，是民间叙述给人的直观印象。从深层文化背景来说，虽然中国不像西方国家那样拥有辉煌的海洋文明，但如青岛一类的沿海城市依然有着悠久的海洋文化。关于海洋，黑格尔在《历史哲学》中曾有一段经典的论述：

> 大海给了我们茫茫无定、浩浩无际和渺渺无限的观念；人类在大海的无限里感到他自己底无限的时候，他们就被激起了勇气，要去超越那有限的一切。大海邀请人类从事征服，从事掠夺，但是同时也鼓励人类追求利润，从事商业。平凡的土地、平凡的平原流域把人类束缚在土壤上，把他卷入无穷的依赖性里边，但是大海却挟着人类超越了那些思想和行动的有限的圈子。[①]

与此同时，黑格尔指出了传统中国农业社会在"平凡土地"的束缚

---

① ［德］黑格尔：《历史哲学》，王造时译，上海书店出版社 2001 年版，第 92—93 页。

下对"海洋文明"的漠视:

> 农业在事实上本来就是指一种流浪生活的终止。农业要求对于将来有先见和远虑,因此,对于普遍的东西的反省觉醒了,所有权和生产性实业的原则就孕育在这当中。中国、印度、巴比伦都已经进展到了这种耕地的地位。但是占有这些耕地的人民既然闭关自守,并没有分享海洋所赋予的文明……既然他们的航海——不管这种航海发展到怎样的程度——没有影响于他们的文化,所以他们和世界历史其他部分的关系,完全只由于其他民族把它们找寻和研究出来。①

黑格尔的论述带有西方本位的优越感。客观来说,尽管中国有绵延1.8万公里的海岸线,有迄自远古对海外神洲的憧憬与遐想,有曾经领先于世界的航海技术,但历经整个古代社会,并没有从浩瀚海洋中锻炼出持续鲜明的逐利重商意识和外向探险精神。由于中央集权制度和农业经济结构的长期延续,中国历代官方的航海活动——无论海内巡游抑或跨海外交——主要出于维护国内统治的政治目的;民间对海洋的开发则更多围绕着便鱼盐、通舟楫的基本生活需要。海外贸易热潮在宋元和晚明两度兴起,却被明清政府无情遏制②。因此,与西方海洋文明鲜明的扩张本色相比,中国滨海的海洋文化显得保守而内敛,以家庭为单位,男主外、女主内,自给自足,接近于广大内陆地区男耕女织的生活方式,是一种内陆式的海洋文化。海边的村落与家庭充满了宁静祥和的气氛,一如故事开头所说,"小两口恩恩爱爱,日子虽过得清苦些,却很甜蜜",所体现出的知足保和思想,依然是农耕文明的传统价值观念。

但生活并不是一味的"甜蜜",还要经受来自自然或社会的种种风浪侵袭。从海洋文明本身具有强烈征服性的角度来说,鲨鱼怪掀起的风浪可以看作农业社会面临的威胁和挑战,渔哥琴妹与鲨鱼怪的斗争是两种文明的碰撞。渔哥被海浪吞噬是农耕文明遭遇海洋文明侵袭的第一次溃败,面对这次溃败,故事难以按照原来的逻辑继续讲述,琴妹借助莫名而起的海风镇住了海怪,姜家庄也随之重归太平。

---

① [德]黑格尔:《历史哲学》,王造时译,上海书店出版社2001年版,第104页。

② 参见庄国土《论中国海洋史上的两次发展机遇与丧失的原因》,《南洋问题研究》2006年第1期。

"海风"实际上代表了一种神力，但这种来源不明的神力的出现，恰好表现了农耕文明面对海洋文明的乏力与无奈。晚清以来，中国每每遭遇列强欺侮，青岛市的隶属沿革即可看作近代屈辱史的鲜明注脚——无论是1897年德国远东舰队登陆栈桥，还是1898年《胶澳租界条约》的签订；无论是1914年日本以侵占青岛的方式对德宣战，还是1938年日伪"青岛治安维持会"的成立。被列强垂涎掠夺的中国城市并不止青岛一个，但近代政府无计可施，民间自发兴起的武装反抗力量面对中外反动势力的联合绞杀，往往采取自我神化的发展策略，譬如最著名的太平天国和义和团农民运动。然而一旦遭遇侵略者的真枪实弹，"神功"与"神器"必然归于无效。这种借助不明神灵和虚妄力量的拯救行动，可以视作农耕文明遭遇海洋文明侵袭的再次溃败。

所幸，在溃败之后，我们并非束手待毙。回望近代史，1919年因青岛主权问题引发的五四运动，即成为中国新旧民主主义革命的分界点。无数仁人志士在痛彻之际奋发求索，寻觅救国图强之路。他们以狂飙突进的精神拥抱现代文明，以怒其不争的呐喊唤起同胞觉醒，以人道主义的关怀疗救社会痼疾，以启蒙主义的目的引进民主科学，以不失激进的态度批判文化弊端。尽管现在看来有矫枉过正之处，但无可否认，五四以来的先驱者们在民族危亡的关头为古老中国输入了新鲜血液，推动中华民族走上了重生与复兴之路，并使中国文化在"输血"之后焕发出有别于西方的光彩，为世界文明的进步贡献出越来越多富于中国特色的智慧。

二　胶州湾：神灵拯救的幻梦

胶州湾被誉为青岛的母亲湾，因古时隶属胶州管辖而得名。该海湾位于黄海之滨、胶东半岛南岸，呈喇叭形半封闭状，有海泊河、李村河、白沙河、石桥河、洪江河、桃源河、大沽河、王台河、洋河等多条河流汇入。湾内港阔水深、风微浪稳，且经冬不冻，以此成为中国海军第一大航母基地。

在崂山民间故事中，胶州湾乃玉皇大帝的镇海明珠所化。《胶州湾的传说》讲一条东海刁龙依仗法术自封龙王、称霸海中，又作害陆上百姓。玉帝得知，掷下明珠镇压龙王，龙王却将明珠吞入口中。玉帝担心其增长威力，又挥起两块巨石砸向龙王，将明珠震出龙口，并招来看守天宫的九条玉色飞龙打败龙王。为了防止龙王再次作乱，玉帝派青鸟和黄鸟下界传达御旨，命镇海明珠仍旧留在海边，又派九条飞龙守护明珠。天长日久，明珠化成大海湾，名曰"明珠湾"；后因胶州府建立，改称"胶州湾"。两块巨石分别成为胶州湾边的大珠山和小珠山。九条玉色飞龙化作流入胶州湾的九条大河，总名曰"九龙河"。传递信息的青鸟和黄鸟到了下界不愿离开，与玉色飞龙一起守护镇海明珠，化为胶州湾边的两个小岛，即青岛和黄岛。

故事很全面地道出了大小珠山、青岛、黄岛、胶州湾和诸多河流的由来，是《崂山民间故事全集》所选地名传说中比较系统的一则。崂山地区众多有关海洋的故事遵循着大致类同的叙述模式：平静安定的人间遭到来自海洋势力的侵扰——源自天上神祇的力量平息祸患——人间恢复原有秩序。平静安定是自给自足的小农社会的特征氛围，也是小生产者的生活追求。"海洋势力"可以理解为外来的海洋文明，也可以代指自然界的海患、社会上的豪强，无论哪一种都充满了破坏性和征服性。习惯了平静安定生活的民众把"海洋势力"想象成神力巨大的怪物——在崂山人的故事体系里，与大海关系最为密切的莫过于龙王家族及其下属。而能够镇压鱼龙恶神的，在民众心中只有天上的神仙。《青岛的传说》中琴妹战胜鲨鱼怪依靠了莫名而来的神奇海风，《胶州湾的传说》则安排玉帝出手。作为三界的统治者，玉皇大帝彰显出英武圣明的人格光辉，以更为强大的正义力量制服了邪恶，结束了百姓的苦难，使人间重归太平。

耐人寻味的是，在故事中，现实存在的"人"却是缺席的。人——尤其普遍意义上的大众——作为直接的受害者，往往缺乏力量和智识，在遭遇恐吓和欺凌的过程中，把希望全部寄托给神祇与英雄，自身则甘愿充当看客。这种文化心理，从远古神话开始已有端倪。无论"女娲补天""后羿射日"，还是"大禹治水"，拯救苍生、重振秩序只是少数人的事，与大众无关。世人愿意享受秩序保障下的平静，却很难主动参与秩序的构建。于是鲁迅在《灯下漫笔》中提出了中国只有两个时代的说法：一是想做奴隶而不得的时代，二是暂时做稳了奴隶的时代。做稳了奴隶的时代，可以乐安天命、与世无争；想做奴隶而不得的时代，也只会消极等待、企盼救赎。

面对灾难不愿出头也不敢出头，却渴望别人为自己伸张正义，这是一种群众的集体失声。他们渴望平静安定的生活，但却缺乏应有的担当，在天真的幻想之外，并不思图如何自我保护、自我强大，以自我的力量保证家园的平静与安定；更不会去反思，长时间平静与安定的生活，是否已经造成了某些人性的弱点？正如故事结尾处所言：

> 打那以来，这东海边上，多年来被龙王掀风吐浪淹没了的大片良田，又重新露出水来见了天日；世世代代生长在这里的人们，又回到了自己的故土，重整家业。①

只要生活勉强得以维持，人们就不会认真汲取惨痛的教训，防范能力依然没有任何进步。他们将自己束缚在世代生存的土地上，不但没有扩张征服的野心，甚至丧失了对外探索的冲动。面对未来的灾难，也很难实行有效的抵御措施，除了消极逃避或祈求神灵，似乎别无他法。然而，在幻梦里拯救世人的神灵，现实中并不存在。面对灾难，大众的幻梦越美，现实的世界就越残酷。以此看来，灾难之后人类生活的原样归复并不意味着圆满的终结，反倒更像是一种讽刺、一种警醒。一个渴望他人拯救却缺乏自我担当的民族，面对外来的侵害显得疲软无力，在自我发展的道路上也可能迟滞不前。在中国近代化的历程中，众多的有识之士都将改造国民性视作不可回避的问题，民间故事的编讲或许出于无意，但同样能够引发相关的思考。

三　燕儿岛：神化英雄的遗迹

早在 20 世纪 30 年代，"燕岛秋潮"即被列入青岛十景。燕儿岛今属青岛市市南区管辖，是著名的青岛奥林匹克帆船中心所在地，2008 年北京奥运会帆船比赛于此举办。据地志记载，燕儿岛在明代是真正的岛屿，后来与陆地相连，成为现今的半岛形状。

关于燕儿岛的来历，崂山民众将其演说成一个英雄勇斗鲨鱼的故事。相传一对渔民夫妇，年过半百尚无儿女。一年春暖花开，渔妇忽感肚子疼痛，很快生下一个俊俏的男孩；渔民家梁头的燕子窝里也于此时生出一窝雏燕。夫妻俩自觉双喜临门，给儿子起名"燕儿"。燕儿自小跟随父母航船捕鱼，练就了一身好水性，长大后成为闻名四方的"闯海人"。一天，燕儿与众渔民出海，遇到一条大鲨鱼，燕儿独自与之搏斗半日，最终重伤

---

① 张崇纲编：《崂山民间故事全集》，青岛海洋大学出版社 1993 年版，第 97 页。

鲨鱼，自身也因筋疲力尽沉进海底。爹娘闻讯来到海边哭喊燕儿，忽见一块礁石从浪花之中翻出。礁石变大、变高，好像一个渔家小伙手握鱼叉、昂头挺胸骑在一条鲨鱼的脊梁之上。原来燕儿为了保护一方平安，死后变成礁石，仍然镇守着鲨鱼。礁石被当地人命名为"燕儿岛"，燕子春天从南方归来，总会成群结队地落在岛上，拜望当年的房东燕儿（《燕儿岛的传说》）。

根据故事情节推断，燕儿岛之所以得名，大抵有两种含义，一种是为了纪念为民除害的英雄燕儿；另一种则与物候有关，因此处是春燕栖息之地。该故事很可能是民众通过物候联想加工而成——先有燕子栖息于此的现象，再将燕语呢喃的小岛传说为英雄的遗迹。

从艺术上来说，本篇故事最值得注意的是燕儿与鲨鱼在海上斗争的情景描绘：

> 燕儿……顺手捞起放在船头上的那杆渔叉，把船头向外一拨，挂着渔叉朝船板上一撑，一个"金枪倒立"之势，身子倒立在叉顶五尺多高，顺势又一个"跃马拽鬃"之势，手握渔叉朝那大鲨鱼的半中腰刺去……
>
> 他灵机一动，趁着那大鲨鱼第二次向他扑来之时，双手紧握渔叉，一个"镫里藏身"之势，一头扎进深水中。待那大鲨鱼扑空落水还未发现他的一霎那，他又一个"回马投枪"之事，从水下回过头来，擎起渔叉，直刺大鲨鱼正中的肚皮！
>
> 他便迎着大鲨鱼掀起的浪花，双腿一劈又一跃，顺势骑在大鲨鱼的脊梁上。接着，挥起渔叉，一下捣进大鲨鱼的头盖骨里……趁机把双脚朝它腮骨缝里一蹬，直踩大鲨鱼割嗓，好像骑马人，把脚塞进了马镫里。[1]

燕儿搏鱼如庖丁解牛一般游刃有余，整个斗争场面却紧张激烈、扣人心弦。叙述者将一连串大幅度、高难度的动作累积叠加，勾勒出主人公飒爽凌厉的英姿，呈现出飞动流走的画面感，却依然口语天成、简俗流畅，无丝毫冗言赘语，更不落雕琢斧凿之痕。如此细致生动的场景描绘在民间

---

[1] 张崇纲编：《崂山民间故事全集》，青岛海洋大学出版社 1993 年版，第 185—186 页。

故事中并不多见，虽有一定夸张成分，但应该融合了对崂山沿海渔民高超技艺的真实写照。

而在内容上，故事基本遵循着"英雄诞生—对抗邪恶—为民除害"的普泛化情节模式，就连英雄降生时的异常现象，都可以从传统典籍中找到相关记载。故事里的渔妇年过五十尚无子嗣，一朝腹痛即产下孩子，与古代经史"感孕生子"的记载颇有类似之处：

> 周后稷，名弃。其母有邰氏女，曰姜原……出野，见巨人迹……践之而身动如孕者。居期而生子。（《史记·周本纪》）①
>
> 高祖，沛丰邑中阳里人，姓刘氏，字季。父曰太公，母曰刘媪。其先刘媪尝息大泽之陂，梦与神遇。是时雷电晦冥，太公往视，则见蛟龙于其上。已而有身，遂产高祖。（《史记·高祖本纪》）②
>
> 太祖……讳元璋，字国瑞，姓朱氏……母陈氏。方娠，梦神授药一丸，置掌中有光，吞之寤，口余香气。及产，红光满室。（《明史·太祖》）③

"感孕"而生者多有不凡功绩，或如后稷为部族始祖，或如刘邦、朱元璋为开国君王。史书神化祖先、帝王出身，可使其于后代及臣民心中产生更大的权威；民间故事令"神奇"的孩子降生于平民家庭，同样会赋予其非凡的才能与际遇。故事中的燕儿聪慧俊秀、勇武强壮，更兼尚义任侠，这是底层民众眼中高于常人的标志。相比之下，大众没有清晰的面孔、突出的技能，仅仅以集体性的凡俗身份衬托出故事主人公的卓越不凡。

在传统的农业社会中，为了生存，人们需要和大自然进行斗争，也不免遭遇外来势力的侵犯，燕儿的超自然降生是民众亟待英雄出世的心理促成。他们期盼有超乎常人的力量存在，以对抗可能出现的自然灾害或社会祸患。如果说《青岛的传说》和《胶州湾的传说》借助了神灵之力，那么《燕儿岛的传说》则将为民除害的使命委任于神化的英雄。尽管"英雄"的奇异出身同样带有虚妄的幻想，普泛意义上的"大众"同样处于

---

① （汉）司马迁：《史记》，中华书局1959年版，第111页。

② 同上书，第341页。

③ （清）张廷玉等：《明史》，中华书局1974年版，第1页。

缺席状态，我们依然隐约察觉到民众思想的某种改变，以此不妨期待着更大的突破。

四　崂山：人类英雄的里程碑

崂山位于山东半岛东南端，是中国海岸线第一高峰，有"海上第一名山"之称。其山体纵横各五六十里，周围屈折 200 里有余，最高山峰为巨峰，又名崂顶，海拔约 1132 米。崂山以崂顶为中心，向四方延伸形成巨峰、三标山、石门山和午山 4 条支脉；内有 23 条河流，以山区为中心呈放射状流入黄海、胶州湾和即墨区。

崂山自古异名颇多，常见的有"劳""崂""牢""鳌""劳盛""不其""辅唐"等。"劳"是历代古人较为通用的称法，其语义有二，一说因秦始皇到此巡游劳民，另一说因山势陡险攀登劳苦。"崂"以"劳"从山，更多见于近现代；然顾炎武《日知录》称此山最初称"崂"，"劳"为变体。"牢山"者，一说因齐景公于此地牧牛羊，一说因秦始皇驱山鞭之不动，顾炎武摒弃二说，仅谓传写之误。关于"劳盛"，据顾氏考证，应指崂山和成山两座山。"鳌山"由邱处机始创，盖源自古人设鳌山灯模拟神话仙景的节日民俗，既取音声近似，又有指代仙境之意。"不其"源自《汉书》，以县名山。[①]"辅唐"，相传因道士王旻、孙昙等为唐玄宗炼丹于此山而得名。

《崂山的传说》讲述了崂山的起源。故事发生在东海滩上。海边村民各自谋生，不料东海中冒出一只作害百姓的大鳌鱼。王家疃一对兄妹大智和大勇出头为民除害，却负伤战败而归。兄妹俩告别乡亲，出外讨教制服鳌鱼的方法。二人跨过三十三道河、越过三十三道岭、翻过三十三座山，遇到一位白发老妇，告诉他们需要万人纺的万斤线拧成白纱绳，方能拉动鳌鱼。在跨过六十六道河、越过六十六道岭、翻过六十六座山后，又遇到打铁师傅，告诉二人用万人凑的铁打成钓鱼钩，才能钓住鳌鱼。兄妹俩继续赶路，跨过九十九道河、越过九十九道岭、翻过九十九座山之后，一个老皮匠告诉他们需要万人凑的牛皮制成牛衣、充上万斤草做成假牛当作鱼食，方能引得鳌鱼上钩。兄妹俩记住三人的话，继续前行，路遇一白衣老人，告诉他们想制服大鳌鱼不能只靠以上三件物品，还需要顶天立地、力

---

① 参见周至元《崂山志》，齐鲁书社 1993 年版，第 1—2 页。

能拔山之人，才能将鳌鱼钓上岸。老人许诺，只要背上他走千里路，就能使兄妹俩长成如是的巨人。大智和大勇依言而行，渐觉身体长高、力气增大，果然成为巨人。白衣老人亦化作白石大山横倒在海中，后来被人称为"人岛"或"阴岛"。

兄妹俩归来，带领众乡亲做成了粗绳、鱼钩和草牛，等待鳌鱼上钩。八月十五日出时分，鳌鱼果然上岸祸害百姓，见到草牛，一口吞下。大智、大勇和鳌鱼展开生死较量，每拉一步绳子即踩下一个深坑，十八个深坑积下十八湾汗水，前九湾叫"内九水"，后九湾叫"外九水"。在乡亲的帮助下，大鳌鱼终被制服，由绳子捆绑着拉到人岛附近的海滩。兄妹二人担心鳌鱼挣断绳子逃走，一个手握鱼叉，一个手拿弓箭，站在大鳌鱼的脊梁上，日日夜夜看守。很多年以后，大鳌鱼的遗骨化成南北长四十里、东西宽三十里的一座山，被称为"鳌山"。因鳌山山势陡峭，攀登费力，后人称之为"劳山"；文人写诗作文时加上"山"字旁，才成了今天的"崂山"。大智、大勇兄妹为了镇守鳌鱼、保护百姓，慢慢化成鳌山顶上的两座高峰，哥哥大智化身为"巨峰顶"，妹妹大勇化身为"美人峰"。

和当地其他地名传说一样，该故事开头叙述出海边村民平静美好的生活：

> 俗话道：靠山吃山，靠海吃海。这东海滩上住着的人，有的靠打鱼捞虾谋生，有的靠开荒种粮糊口，也有的靠放牛牧羊过日子。尽管干的营生不一样，可是家家户户都不愁吃，不愁穿，过着无忧无虑的安顿生活。①

这是普遍意义上早期民众的理想生活状态。从地理形势来看，崂山山林里的原始村落与陶渊明笔下的世外桃源十分相像，虽不至如老子所谓的"小国寡民"一般老死不相往来，与外界的交往确实有限。但故事所谓村人"不愁吃穿、无忧无虑"的生活，只是没有外力侵扰之下的平静生活，并不是富足的生活。下文写到大家拆掉棉被、剪开褡子、砸毁铁锅，共同制作绳子、假牛和鱼钩，暗示出村人生活的拮据。此处没有出现以商业手段购置工具的蛛丝马迹，也印证了地区的封闭性。

---

① 张崇纲编：《崂山民间故事全集》，青岛海洋大学出版社 1993 年版，第 1 页。

　　一旦有外力侵扰，平静封闭、简单自足的惯性生活便会被打破。"有十万年道行的大鳌鱼"，可以是真实的自然灾害，也可以理解为侵扰崂山村落的外界力量。故事描写出"鳌鱼"的破坏力和危害性："这大鳌鱼依仗着身大力强，不但欺负得海中水族不得安生，还三不六九地打着浪头蹿上沿来，撞倒房屋，掀翻渔船，淹没庄稼。卷走牛羊，作害百姓。"大鳌鱼的出现，使得"东海滩上，再也听不见人们愉快的歌声，看不见人们欢乐的笑脸"。

　　当万不得已、忍无可忍的时候，终有英雄起来反抗。英雄名曰"大智"和"大勇"，代表了崂山村人对智慧和勇气的朴素向往。与此同时，"智"和"勇"也是儒家提倡的重要品质，如孔子所说，"知者不惑，仁者不忧，勇者不惧"（《论语·子罕》）。民间故事的讲述者或许不识《论语》，但儒家思想的影响却是潜移默化的。与此前几篇地名传说相比，"大智"和"大勇"不是天上的神祇，甚至不具备如"燕儿"一般与生俱来的特异秉性，他们虽然"艺高人胆大"，却是"人"的力量的集中代表；故事中成为"巨人"的叙述，也更多隐喻了人类自身的成长与进步。从这个意义上讲，大智和大勇颇类陈建宪先生所谓的"文化英雄"——"原始人类在艰难的生存环境中，不仅逃脱了毁灭，而且在生存竞争中逐渐积累着文化创造，逐步获得越来越多的安全与自由，最终成为大地的主人，万物的灵长"①。故事中的英雄兄妹带领村民纺线制绳、打铁造钩、养牛缝衣，在战胜客观灾难的同时，也推动了自身纺织业、铸造业和畜牧养殖业的进步。文化英雄代替自然神现身参与人间秩序的构建，并掌握人类自身的命运，标志着一个人类新时代的到来。"崂山"及其"巨峰顶""美人峰"的传说，记录着人类英雄的不朽功绩，在当地民间故事及地域文化发展史上体现出里程碑式的意义。

　　制服鳌鱼的技术方法来自于他乡远人之教。英雄兄妹在"智""勇"双全的同时依然有着自身的局限，面对区域内难以解除的祸患，尝试着走向外界、寻求方法。他们打破了地域性封闭的局面，开始主动与外界接触沟通，汲取知识和经验，解决自身的疑难问题。或者从另一方面来说，面对着打破本乡惯性生活的外来力量，区域中人无可避免地感到不适、惶

---

　　①　参考陈建宪《神祇与英雄：中国古代神话的母题》，生活·读书·新知三联书店1994年版，第143页。

惑，在尝试向外寻求解决策略的同时，也开始慢慢接受外来的生活方式，改变着原初的生活轨迹。所谓"周虽旧邦，其命维新"，开放与革新方能推动人类的发展，但故事对"大智""大勇"无数次过河、越岭、翻山的形象描绘，也说明了这一过程的漫长艰辛，在技术变革的背后，还有精神的交锋、思想的磨合、文化的包容、心理的改造。

"人"的结构是相互支撑，本领超群的人类英雄同样需要他人的支持与帮助。故事中，四十八疃的村民以日常生活的必需品充作捕捉鳌鱼的工具，大有毁家纾难的悲壮意味。在生死存亡的关头，崂山人不再麻木沉默，更没有因一己私利而逃避退缩，而是团结一致、集腋成裘，为保卫家乡贡献出自己的平凡力量。他们追随着"智""勇"的脚步，加上推己及人的仁义之心，凝练出中国传统文化中的道德精髓，终能战胜困难、消弭祸患、获得重生。

五　浮山：文学化的地名传说

浮山又名浮峰山，主峰海拔 368 米，是青岛市区最高峰。山上植被丰茂，怪石嶙峋，泉涧淙淙，有青岛"城市之肺"的美誉。浮山石以花岗岩为主要成分，因其石质坚硬而耐风化，成为人民英雄纪念碑碑心石的材料来源。攀登浮山是青岛市民日常生活的一部分，在浮山之顶时或可见白云缭绕，如若天气晴朗，湛蓝的黄海映入眼帘，是陟山观海极佳之所。

《浮山的故事》讲一对孪生兄弟福山、福海与母亲住在崂山西南海岛上。哥哥福山粗憨耿直，在海岛薄地种植粮食蔬果，尽一家三口日常食用；弟弟福海精明乖滑，多做海上营生，捞取鱼虾鲜货易换生活用品。福海见多识广，渐渐眼高心野、嫌贫爱富。一年岛上大旱，福山叫弟弟摇船到对岸为害喘病的母亲寻找淡水。福海上岸以后却投靠了有钱有势的金员外，又哄得员外将独生女儿金珠许配于他。福山盼弟不归，亲自出行，讨水至金员外家，惹怒员外；福海认为哥哥冲坏自家好事，不仅滴水不与，还殴打关押福山。夜间，金珠帮助福山打水、逃跑，有感于福山孝行，愿意以身相许。福山以穷困为由难以应承，与金珠约定先救娘亲，再商议终身大事。然而归家后发现母亲已不治而亡。

金员外怒金珠放走福山、私定终身，金珠气恼之中回房纺纱。福海叫金珠拜堂，金珠斥责其缺少福山那样的一颗心。福海欲回家找心，金珠递出一截白纱，让福海扯在婆婆坟头，以尽孝道。不料白纱越扯越长，把海岛和金珠的机房连在一起。福海想要借哥哥的心一用，福山称心已随娘去了。福海竟要扒开母亲的坟。福山以白纱包住坟墓，福海欲用铁锹砍断白纱，却被震伤。福海一怒之下举起铁锹朝福山劈下，却被福山踢进海里淹死，化成一小荒岛，名曰"耻岛"。而金珠在机房里拽起白纱，小岛随着白纱径直往岸上浮来，碾碎了金家庭院；小岛长高、长大，成为浮山。福山和金珠安家于浮山脚下，白纱缠到浮山山顶，变作白云，时时降雨缓解干旱。

在众多的地名传说中，《浮山的故事》篇幅最长且情节曲折，具有较高的文学成就。在当地山民的生动想象之下，金珠织成的白纱拉动福山劳动居住的小岛，形成海边白云缭绕的浮山，金珠与福山也最终冲破艰难险阻结为夫妇。故事将山海地形与民众生活完美结合，同时再次印证了崂山海洋文化与内陆农耕文明的紧密联系。福山在岛上种植菜粮，除却海陆空间的转换，与内陆地区的小农经济无甚区别；福海用水产向岸边居民换取生活用品，采取以货易货的古老模式满足基本需要，交易的对象限于同一区域的同一族群。从中揭示出早期沿海居民封闭自给的生产方式，不仅大规模的海上商贸未能兴起，渔业也需要和农业并行发展。

法国作家雨果在其剧本《克伦威尔》序言中指出，表现彻底的最好方式是对照。《浮山的故事》也体现出正反美丑的对照原则。两个家庭一贫一富，贫家的两兄弟、富家的两父女又形成了人性善恶的对比。尤值一提的是，借助对比，讲述者将中国传统社会以农耕为本位的生活与生产观念渗透在对故事人物情节的表现之中，质木憨厚的福山和淳朴善良的金珠是正面歌颂的对象，男耕女织被视作本分正经的谋生之计；福海的精明圆滑和金父的好财逐利，作为一种商业开拓精神没有得到丝毫肯定。

贫家子与富家女的角色设置又令人想到中国古代小说戏曲中的同类主题：身份悬殊的男女主人公一见倾心、私定终身，却被父母阻挠，或被小人拨乱，最后冲破重重间阻，喜结良缘，如《西厢记》中的张君瑞和崔莺莺。而故事中的福山和金珠冲破金员外和福海的阻挠拨乱，却借助了一缕白纱的力量。白纱同样能带给我们丰富的联想。春秋战国时期的思想家墨子曾见染丝而生叹："染于苍则苍，染于黄则黄，所入者变，其色亦变……故染不可不慎也。"（《墨子·所染》）① 苍、黄指代外界环境对人

---

① 吴毓江撰：《墨子校注》，孙启治点校，中华书局 1993 年版，第 16 页。

的沾染，素丝白纱则代表着未经染着的纯洁本心。对于传统女性而言，纺纱织素更是其心性才干的流露。汉乐府《孔雀东南飞》中的刘兰芝，作为近乎完美的淑女贤妻"十三能织素，十四学裁衣"；《上山采蘼芜》亦曰"新人工织缣，故人工织素"，因缣黄素白，故而"新人虽言好，未若故人姝"。故事中的白纱由女主人公金珠纺制，外化出其出身土豪恶绅之家却勤劳善良的美好品质，又代表了金珠反抗父亲、拒斥福海的坚贞决绝。在故事的高潮部分，"白纱"更成为组织情节的关键，维系着福山对母亲的拳拳孝心和福、金二人打破门第的纯真爱情，以强大的力量拉动小岛、生成浮山，又能兴云致雨，救人疾苦。如故事所说，"那是金珠孝敬婆婆的一片诚心，是福山忠厚老实的一颗真心，是浮山后代们靠山吃山，靠海吃海，感化了山和海的一番忠心"。

可以说，白纱超越一般的情节元素，体现出文学意象的象征意义。结合故事讲述者对"白纱"出入情节、表现人物的设定，具有相关文化视野的听众读者，总能产生某种文学联想，冲破单篇故事文本的同时，对文本中的人物情节产生更深的理解和感动。

除此之外，该故事的叙述也流畅生动，于自然质朴中体现出艺术价值。如下文一节：

> 等到福山醒过来，睁眼一看，四下里黑洞洞，只有小窗上透出几点星光和一钩银月；侧耳细听，四下里静悄悄的，只有海潮一声接一声地哗哗响。他出也出不去，走也走不了，想起了岛上的老娘，不知这阵子怎么样了，止不住眼泪像断了线的珠子般滚落下来。①

本段讲述福山被金员外家丁殴打关押后醒来的情景。本是危难时刻，却不紧不慢地叙述当时福山所见所闻，随后才令其想起身陷囹圄而救母不得之苦。乍看似不符合福山万事以母为先的至孝性格，待细琢磨，却是自然之理。福山从昏迷中醒来，发现自己被置于陌生的黑屋中，自然会观察周边的环境，在一看一听之间，那星光、新月和海潮之声入眼、入耳，仿佛是极为静美的景色；但此情此景对福山而言又是漫长的煎熬，使他不禁落下泪水。本段文字没有刻意的描绘和修饰，仅将福山焦急痛苦的内心活

---

① 张崇纲编：《崂山民间故事全集》，青岛海洋大学出版社 1993 年版，第 7 页。

动置于海边月夜宁静幽美的外在环境之下，反衬出主人公的无助与绝望。又如：

> 福山喊一声娘，抹一把泪，一声比一声高，一把比一把长。哭喊到天晌，只得在岛子的最顶上挖了口坟，将娘埋葬，自己一头扑在娘的坟上，又止不住声地大声哭起来。只哭得海浪不响了，海鸟不叫了；只哭得过往渔船扯起了白惨惨的帐篷，吹响了悲切切的螺号。①

这是对福山哭母的精彩描述。一方面，连续使用六个"一"字，层层深入，形象勾画出福山哭喊悲恸的情状。另一方面，借助它物衬托，海水的浪头再大，海鸟的叫声再响，也比不过福山的哭声；过往的渔船似能感受到主人公的悲痛，挂起白帐、配以悲声，相与为应。王国维在《人间词话》中提出"有我之境""无我之境"的概念，主要针对古典诗词而言，然亦可通用于各体文学乃至民谭之中。"有我之境"乃"以我观物，故物皆著我之色彩"②。海浪、海鸟和渔船原本为无情、无知之物，在故事语境中却皆能被主人公福山的自我情绪所同化，实昭示出其至孝悲哭的强大感召力。

再如：

> 福山拦也拦不住，挡也挡不下，要打又不忍得下手，只是哭啊哭，叫啊叫，抹一把泪水，喊一声娘。嗓子喊哑了，泪水哭干了，霎时间只哭得满天乌云滚滚来，只喊得满海浪头阵阵翻。紧接着，呼啦啦半空闪起一道电光，咔嚓嚓平地炸响一声惊雷，鞭竿儿大雨直上直下地往下泼，分不清哪里是天，哪里是海，哪里是岛，哪里是岸。天地间是黑压压，乌沉沉的一个颜色。③

母亲逝前嘱托福山照拂兄弟、教其成人，福山应允；然福海歹毒无情，为索福山之心，竟欲挖掘亡母之坟。福山对弟弟充满失望，但仍不忍违背母亲临终所托，内心之矛盾痛苦又化作哭母的热泪。此段描述福山感

---

① 张崇纲编：《崂山民间故事全集》，青岛海洋大学出版社1993年版，第9页。
② 唐圭璋：《词话丛编》，中华书局1986年版，第4239页。
③ 张崇纲编：《崂山民间故事全集》，青岛海洋大学出版社1993年版，第10页。

天动地哭喊的情境与前面引文有相似之处。所不同的是，这段文字口语化
和书面化风格兼备，"哭啊哭""叫啊叫""呼啦啦""咔嚓嚓"是典型的
口语表达，但在故事中起到烘托情感的作用，并且调节着讲述的节奏。
"只哭得满天乌云滚滚来，只喊得满海浪头阵阵翻"和"呼啦啦半空闪起
一道电光，咔嚓嚓平地炸响一声惊雷"，使用对偶句式，朗朗上口，适于
讲述，更勾画出情景交融的环境气氛。接下来，"分不清哪里是天，哪里
是海，哪里是岛，哪里是岸"，"天地间是黑压压，乌沉沉的一个颜色"，
则在持续进行的环境描写中移情于物，表现福山内心深处的迷惘无助，强
化"有我之境"的情绪渲染作用。

浮山特殊的地理位置和水文环境本是大自然鬼斧神工的杰作，当人们
无法科学地解释其形成原理时，便会结合生活、加以想象，编造出动人的
传说，为之披上神秘的面纱。一般来说，民间故事对于人物形象、叙事意
象、环境氛围和语言修辞等文学要素的关注亚于对主题情节的关注，由于
文学表现的非自觉性，同一地域内的同类民谭在文本艺术价值上可能是不
均衡的。与其他地名传说相比，《浮山的故事》文学化程度较高，应该在
山民口述之余，经过了民间艺人或学者的增饰加工。这或许得益于民谭文
本流传演变的时限——从内容背景来看，该故事发生在近代之前，但搜集
写定于 20 世纪 80 年代，为文学化的提升提供了充裕的时间。与此同时，
浮山虽不若崂山闻名遐迩，但处于城市之内，与当地民众的生活生产、休
闲娱乐存在着密切的联系，其地名传说在广泛流传的过程中被不断修饰润
色，以此呈现出较高的文学价值，也是自然而然的。

六 石老人：婚恋选择的阶级性

崂山区有石老人观光园，是青岛市最负盛名的景点之一。"石老人"
属于滨海地区常见的海蚀柱地貌，原本为海岸基岩的一部分，因长年经受
海浪冲荡侵蚀，逐渐与海岸分离，形成孤立的柱体竖于海水之中。因其形
似老人，故得此名。"石老人"岩柱高约 17 米，在石老人海水浴场远距
离即可看到。

崂山民间故事往往把"石老人"和"美人礁"/"女儿岛"/"千里
岛"演绎成一对父女。《石老人和美人礁的传说》的主人公是石老人和女
儿海花。父亲下海打鱼，海花纺线织网，劳作时唱起渔歌，吸引了海中的
龙王。在龙王的授意下，龟丞相趁石老人外出打鱼掳走海花，海花的哭喊

之声随着风浪飘至父亲身边。石老人找到女儿的踪迹，却因龟丞相施法阻挠无法前行，只得朝着女儿被抢的方向高声呼喊，疼爱女儿的心破胸而出，跳进大海。海花被掳入奢华的龙宫，在与龙婢的交谈中，得知海下和地上一样是不公平的世界。龙王将海花封为娘娘、赐以珍宝，仍无法消去海花对父亲的思念和对龙王、龟丞相的仇恨。海花大闹一场、逃出龙宫，龙王无奈之下施法定住飞跑的海花和远处的石老人，本欲令龟丞相前至救活海花，不想父女两人却变成了刀枪不入的两尊礁石，即是今天的"石老人"和"美人礁"。

故事虽为编造，却真实地反映了渔民之家的贫苦生活。海花和父亲为了逃避渔霸剥削，方才来到近海偏僻之处安居；从他们所唱的渔歌中，亦可得知父女俩生活的劳苦清贫：

> 海水苦啊海水咸。海中盛满仇和冤——咸是渔家恼怒的泪，苦是渔家辛酸的汗……哎嗨哟，哎嗨哎嗨哟，啥时渔家苦变甜？①

歌曲以海水的"苦"和"咸"唱出渔家生活的苦涩艰辛，石氏父女逃脱了渔霸的经济压迫，却再次受到龙王的强权欺侮。投射到现实社会，可以猜想到早期崂山沿海地区底层民众的生存困境。

另有《石老人的故事》《石老人和车姑岛的传说》《石老人和女儿岛的传说》等，均与石老人的来历有关；虽然主人公姓名不同，情节详略也有一定差异，但内核却是相同的。故事一律将地点设定在崂山沿海村庄，正反人物分别为相依为命的贫穷父女和龙王（龙子）及其下属。情节即龙王（龙子）看中女孩，想方设法将其占有；女孩不愿屈从，与父亲同化礁石。可见"石老人"系列依然讲述了海边居民遭受海洋势力侵扰的故事，却集中地通过女性的婚恋选择问题加以表现。

女子美而致祸、遭人抢掠的故事古今中外皆不少见，可以发生于各个阶级、各种身份。抢女逼婚者是被世人谴责、被正义打压的对象，如《水浒传》中鲁智深、史进、燕青、李逵等诸多好汉都惩治过强占民女的恶徒，《西游记》写孙悟空降服猪八戒，同样套用了类似的主题框架。以生命抵抗强暴（或采取其他坚决不合作态度）的女性作为贞洁烈女的典

---

① 张崇纲编：《崂山民间故事全集》，青岛海洋大学出版社1993年版，第118页。

范，会得到社会的认可与嘉许，但付出的代价也是沉重甚至惨烈的——名妓李香君贞烈自守、抗拒阉党，血染桃花，几近碎首淋漓；孀妇吴绛雪为使一城百姓免遭屠戮，假意屈从叛军将领，趁其不备坠涧自绝；少女黄婉梨遭湘兵抢掳、灭门，虽用计毒杀仇人、保全名节，亦因走投无路在悲愤中绝望自杀。总体来说，此类故事中，见色起意的一方大多具有支配性或威慑性的力量；作为目标的女性及其家人出于情感或伦理、名节的考虑，无不尽力抵抗，但碍于弱势与被动地位，无论是否屈服，往往以悲剧收场。

这是"石老人"系列故事的现实接受背景，石老人父女宁死不屈的态度符合多数中国人的认知心理。但细读之，同样可以发现某种逻辑悖论。以另一篇《石老人和车姑岛的传说》为例，故事不存在爱情排他性或伦理节烈的因素，女主人公车姑并未嫁为人妇或心有所属，对未来配偶的要求不过是"能吃苦耐劳，会种地、能挡外、对自己有疼有热"。其中"能挡外"标志着安全感，"有疼有热"是情感的慰藉，二者针对精神层面；"吃苦耐劳，会种地"则出于温饱营生的需要，归根到底是一种物质期许。故事中的龙太子在看中车姑后主动向其表白爱意，遭到严词拒绝仍不改初衷，化作田家小伙上门提亲，通过了车父农事提问、上地耕种的种种考验（对劳动能力的严格考验同样体现了强烈的物质需求，也暗示出车家父女生活水平的极度拮据），得到父女二人的共同认可。可见，对于车姑求偶的精神和物质要求，龙子是全然满足的，甚至在物质上可以大大超乎其预想——诸多龙宫游历的故事足以证明，龙宫乃是凡人眼中财富与珍宝的渊薮。

笔者所谓的逻辑悖论正在于此。尽管将物质需求置于极其重要的地位，但面对同样的深情与能力，车家父女乐于接受出身与己类同的农家青年，却誓死抵抗身居高位、雄踞财富的龙王太子。

我们再引介一则与"石老人"故事主人公境遇类同而结局迥异的古代寓言，作以对比，更能突出民间故事的逻辑悖论。《庄子·齐物论》曰：

> 丽之姬，艾封人之子也，晋国之始得之也，涕泣沾襟；及其至于王所，与王同匡床，食刍豢，而后悔其泣也。①

---

① 陈鼓应：《庄子今注今译》，中华书局 2009 年版，第 94 页。

　　有一个美女丽姬，是艾国守边疆人的女儿，因为艾国被晋国军队攻破，这个美女也作为战利品被掳走，献与晋国国君。丽姬的眼泪沾湿了衣襟，不想来到晋宫，与晋君同食同住，每天睡在华丽舒适的大床之上，餐餐吃到鲜美可口的肉食，不禁后悔此前的伤心哭泣。这个虚构的寓言用以说明"恶乎知夫死者不悔其始之蕲生"的道理。庄子主张齐同生死，为了打破世人乐生恶死的既定思维，争辩死去的人可能因为"死"之快乐后悔生前对"生"的贪恋，正如丽姬入晋宫后后悔此前的无知哭泣。

　　我们暂且不管齐同生死的抽象理论正确与否，单纯审视"丽姬"的故事。安于"与王同筐床，食刍豢"，说明丽姬只是一个天真混沌的少女，作为春秋战国时期的虚构人物，未曾经历过集权强化、礼教森严的封建环境，显然没有如李香君、吴绛雪、黄婉梨一般鲜明强烈的国恨家仇与贞操观念，而与"石老人"系列故事的女主人公们有着几乎相同的初始境遇——出身卑微而平静自适，由于强势力量的介入，不得不脱离先前的生长环境，踏入未知的世界。海花、车姑等与丽姬的初期反应也是趋同的，她们拒绝与龙王、龙子成亲，不惜将自身石化，用生命进行激烈的反抗；丽姬无力反抗，也无神异力量相助，但"涕泣沾襟"明显昭示出其内心对于晋君及晋宫生活的拒斥。

　　然而讲述者的态度是截然不同的。崂山民众同情"石老人"父女的不幸遭际，歌颂车姑们不慕富贵、不畏强权的反抗精神。《齐物论》的作者（庄子或庄子后学）则认为丽姬将入大国王宫而"涕泣沾襟"是一种没有见识的愚蠢行为，因而令其在享乐中自悔。以此作为简单鲜明的例证，隐含着一种正视人之享乐本性的理论视角——在不涉及任何情感基础或伦理操守的前提下，趋乐避苦是人类的本能选择。

　　对配偶物质劳动能力的强调，表明"石老人"父女具有提高生活水准的迫切愿望，从本质来说也是一种"趋乐避苦"的需要。但民间故事虽因现实而发，人物的选择却并非完全依从现实逻辑，很大程度上取决于讲述者的好恶；对正反形象的设置也不在于其主观素质，而在于客观的地位与身份。

　　学界早先认为民间文学的本质特征即"鲜明的阶级性"，随着社会历史的发展和阶级斗争的退潮，这一特征被"直接的人民性"所取代——"民间文学是劳动人民自发创作的作品……它反映劳动人民的生活，表现劳动人民的思想感情、理想、愿望和美学趣味……与特定历史阶段劳动人民的世界观有直接联系"。① 但这也从侧面说明，民间文学之人民性实带有鲜明的阶级色彩。

我们不难发现各地各民族的民间故事在表现劳动人民情感愿望的同时，普遍伴随着反贵族、反精英的民粹主义倾向。作为"劳动人民"的讲述者和接受者，在民间故事大量产生的时代，通常是阶级社会中的底层群体，因政治经济的劣势地位受到强势者的打压迫害，因现实中无法还击，故而虚构故事来抬高自身、贬低对方，以舒散内心的愤懑焦虑。多数情况下，民间故事的是非标准是二元对立式的，正面的思想情感只能赋予讲述者和接受者所属的下层阶级，掌握着权势富贵的一方被"判定"为歹人恶徒，为划清界限，穷苦卑微的正面人物必须对其严加拒斥，必要时不惜牺牲生命。龙王、龙子在此成为现实社会上层阶级的代表，强烈的阶级批判性左右着"石老人"父女的认知与选择。

七　三官庙：天、地、水的文明

崂山民谭中的"三官庙"指荒草庵。该庵乃崂山七十二庵之一，作为道教建筑始修于明朝；相传嘉靖年间，即墨贤士黄作孚（黄嘉善伯父）曾因招罪奸臣严嵩弃官隐居于此，故而又被称作"黄草庵"。荒草庵于20世纪末被青岛市崂山区列为区级重点文物保护单位，今址位于徐家麦岛村北，背靠浮山，比邻康有为墓。庵内环境清幽，草木丰茂，院中银杏树据说已有数百年历史。

《崂山民间故事全集》中收录了《荒草庵为什么又叫三官庙》，称古时浮山有妖精作祟，三兄弟李龙、李虎和李豹挺身而出、为民除害，却在杀死妖精后重伤而亡。村民感其恩德，修建"三官庙"供奉三人灵位；因庙堂坐落在荒草坡上，也叫"荒草庵"。

故事借"荒草庵""三官庙"之名重演了英雄出世战胜灾难的主题。事实上，中国道教及民间信仰的"三官"多指天官、地官、水官。《三国志·魏书·张鲁传》裴松之注引魏鱼豢《典略》，记录了汉末五斗米道以"三官手书"请祷除病的仪式："请祷之法，书病人姓名，说服罪之意"，"作三通，其一上之天，著山上，其一埋之地，其一沉之水，谓之三官手

---

① 杨知勇：《论民间文学的本质特征和首要特征》，《云南社会科学》1983 年第 3 期。

书"①。至宋代，天、地、水三官被人格神化，结合唐代以来流行的龙女婚恋故事，衍生出三官乃龙女三子受封的说法。按《三教源流搜神大全》："三元大帝乃是元受真仙之骨，受化更生，再苏为人。父姓陈名子梼，又曰陈即，为人聪俊美貌，于是龙王三女自结为室。三女生于三子，俱是神通广大，法力无边。天尊见有神通广法，显现无穷，即封为：上元一品九气天官紫微大帝……中元二品七气地官清虚大帝……下元三品五气水官洞阴大帝。"

　　三官又称三元，陈子梼或作陈子椿。明万历年间张朝瑞《东海云台山三元庙碑记》称："余按干宝《搜神记》，三元之先世家东海，今大村盖有陈子春遗冢；子春者名光蕊，实始诞三元。"清乾隆间赵一琴《续云台山志》亦称："尝读干宝《搜神记》，三元大帝为东海人，父尊字光蕊，一字子春，唐贞观己巳及第，丞相殷开山妻以女，生三子，官天地水，因等为三元、三官、三品。"然干宝为东晋时人，不应记载唐人之事，今传《搜神记》中并不见是条记录。道光年间谢元淮、许乔林修《云台新志》，指出前人谬误的同时，考证唐代进士登科表及宰相世系表，确认并无陈光蕊、殷开山②，此说应为民众杜撰。

　　在《西游记》中，陈光蕊、殷开山分别为唐僧生父和外祖；小说写光蕊赴任途中被水贼谋害，又得龙王相救生还，但其仅有殷小姐及玄奘一妻一子。陈光蕊（子春）结姻龙女、诞育三官的情节被《西游记》作者删略，却在明清宝卷中得到保存，也作为民谭流传于百姓口耳之间，如崂山民间故事《东海龙王嫁闺女》即演此事。据《云台新志》，明人或于三官宫庙中建"九圣团圆宫"，塑"四昆仲"三藏、三官及其"一父四母"陈光蕊、殷氏、三龙女。三藏为佛教圣僧，三官乃道教仙灵，却被儒家推崇的人伦亲情系为一体；在祈盼仙佛护佑的同时，此类传说和信仰也流露出世俗中人的家庭愿望——坐拥数艳、子孝妻贤、一门显贵、团圆和乐。

　　但崂山人也据此编造出一个滑稽故事。传说唐僧父与龙女生下的三个儿子好吃懒做、游手好闲，虽是仙体，却无官职。恰逢人间修建三官庙，玉帝降旨令三兄弟去庙内就任。三兄弟不知庙宇是否建好，想去看视又懒于行动，于是由长及幼互相推诿。最终老三无人可推，前去，发现庙已修

---

① （晋）陈寿：《三国志》，中华书局1959年版，第264页。

② 唐初凌烟阁二十四功臣之一的殷峤字开山，但未任丞相之职。

好，便坐在殿中。老大见老三去而不返，再派老二去看，老二坐了上首；老大不见老二归来，只得亲去看视，无奈中上之位已被二弟所占，便腆颜坐在下首（《三官庙的来历》）。这则故事中，"神仙"成为了一个特权阶级，因为龙女之子带有与生俱来的神仙血统，纵然懒惰不才，在神仙体系之内亦有相应的仙位。然而三兄弟怠惰至极，致使仙位的安排出现了长幼颠倒的尴尬局面。在谴责怠惰懒散之人的同时，故事传达出底层民众对特权者的嘲讽，但并不意味着对"三官"威信的质疑。

崂山当地另有一则三官庙的传说，故事发生地设定在今城阳区的石门山源头河。源头河是一眼山泉，周边百姓赖此为生，然一条恶龙扎进河里兴风作浪，致使民不聊生。皇帝派大禹的后代前来治水，禹水官带着三子禹大、禹二、禹三于河边安营扎寨，几个月后恶龙被震住，源头河水复清。但随后恶龙识破治水之法，变本加厉地为害百姓。禹水官辛劳气愤而死，禹大和禹二相继接过治水官印，皆因失败而放弃。禹三吸取父亲和哥哥留下的经验教训，历时三年终于制服恶龙，却在庆功之日被恶龙卷起的风浪冲走。百姓为纪念治水的三兄弟，修起一座三官庙，按功劳大小分排座位：禹三居中，禹二在东面上首，禹大位于西面下首（《三官庙的传说》）。

本篇故事在艺术上最突出的特点，是使用了大量来自民间生活的歇后语，以通俗话语传达道理，表现讲述者的情感爱憎。例如：

> 光腚孩子下泥塘——搅浑了湾。①

歇后语本义是说孩童玩乐不顾后果，在此形容恶龙霸占一河好水，不分昼夜兴风作浪的情形。再如：

> 百姓们，个个像是孩子掉进后娘手里头——吃老亏、遭老罪了！②

继母虐子是世界性的故事主题，以此形容百姓被恶龙侵扰的困苦遭

---

① 张崇纲编：《崂山民间故事全集》，青岛海洋大学出版社1993年版，第338页。
② 同上书，第338—339页。

遇。"后娘"带有的负面民俗含义表现出故事中人的悲惨处境，却又夹杂着民间叙述的诙谐意味。

还有与季节时令相关的：

> 禹水官连气加累，成了上秋的地黄瓜——老了。①

宋玉《九辩》有言："悲哉秋之为气也，萧瑟兮草木摇落而变衰。"秋天万物凋零，一年的生机到此为止，世人极容易将这个寒冷肃杀的时节与人类的衰老相对应，人的生命也像四季的草木，经历着萌发、生长、衰萎、死亡的过程。将自然现象与人世变迁、生命体验对比结合，是古今中外常见的修辞手段，在雅俗文学中具有通适性。

另一些歇后语来源于日常生活经验：

> 到头来落得个瞎子点灯——白费油。
> 像捅了眼的皮球——撒净了气。
> 脚底擦油——溜了。②

"瞎子点灯——白费油"指禹大率先接过父亲的官印却治水无效，徒劳无功。"像捅了眼的皮球——撒净了气"则是说禹二治水功亏一篑。"脚底擦油——溜了"，用以表示禹大、禹二治水失败后选择放弃的畏缩狼狈。故事中三个歇后语紧密相连，表现出对禹大、禹二畏惧失败、缺乏毅力的否定，也暗示着治水过程的艰辛，反衬出下文禹三治水的顽强坚毅。

在内容上，这则故事明显受到了鲧禹治水神话的影响。《山海经·海内经》称："洪水滔天，鲧窃帝之息壤以堙洪水，不待帝命。帝令祝融杀鲧于羽郊。鲧复生禹。帝乃命禹卒布土以定九州。"③ 鲧偷窃了舜帝的"息壤"堙堵洪水，被舜帝下令杀死；禹从鲧的遗体腹中生出，又被舜帝遣去治水。经文语焉不详，有传说释之，认为鲧取堵塞之法，不仅治水未成还损失惨重，因而被杀；禹采疏导之法，历时多年治水成功。《孟子·

---

① 张崇纲编：《崂山民间故事全集》，青岛海洋大学出版社1993年版，第339页。

② 同上。

③ 袁珂：《山海经校注》，上海古籍出版社1980年版，第472页。

滕文公上》中的一段文字可以作为此说的注脚："当尧之时，天下犹未平，洪水横流，泛滥于天下，草木畅茂，禽兽繁殖，五谷不登，禽兽逼人，兽蹄鸟迹之道交于中国。尧独忧之，举舜而敷治焉……禹疏九河，瀹济、漯而注诸海；决汝、汉，排淮、泗而注之江，然后中国可得而食也。"[①] 同时可见，大禹治水的直接目的在于解决"五谷不登"的问题，通过疏浚河水、修兴水利，确实在极大意义上促进了原始农业的发展。

水是一切生命的源泉，水利更是农业的命脉，对于农耕民族的生存发展和文明进步关系重大。结合文献的记录，鲧禹父子二人前赴后继治理洪水的危险与艰辛不言自明，尤其大禹呈现出勇毅卓绝、大公无私的英雄形象，继尧、舜之后，成为为中华民族做出巨大贡献的历史人物。在本篇故事中，禹水官继承了先祖的优良作风，父子四人历时多年终于制服恶龙、平息祸患，可以看作鲧禹治水神话的后世翻演，共同表现出人类和大自然抗争的漫长艰辛历程。

早在战国时期，荀子提出了"制天命而用之"的主张，认为"天行有常……应之以治则吉，应之以乱则凶"（《荀子·天论》）[②]，"天"成为自然界客观规律的代指。禹氏父子治理水患的过程，也是"制天命"、掌握自然规律的过程，唯有掌握规律，方能改善恶劣条件，开拓出生存与发展的空间。在周而复始、变幻莫测的天地宇宙面前，人类的生命是短暂的，力量也是渺小的，但只要不甘屈服、积极行动，终能战胜灾难，实现人与自然的和谐共处。

崂山太清宫亦有"三官殿"。《三官殿里的神像为什么使泥塑》解释了太清宫以泥塑三官像传统的由来。此处的"三官"不再是民众杜撰的神祇或英雄，正是上文提到的尧、舜、禹。根据故事所言，"三官"至唐高宗李治年间才正式建庙立像，铸匠认为尧、舜、禹德高望重，须用贵重金属铸造。然李治既想昭示"三官"的尊崇地位，又担心以金铸像引得举国效仿，必耗巨资，因而犹疑不定。武则天心生一计，声称三位明君托梦，只要山上黄泥塑像。李治信以为真，下令以泥塑三官像。

尧、舜、禹作为中国远古时期三位具有传奇色彩的部落首领，被历代

---

① （汉）赵歧注、（宋）孙奭疏：《孟子注疏》，廖名春等整理，北京大学出版社 1999 年版，第 145—146 页。

② （清）王先谦撰：《荀子集解》，沈啸寰、王星贤点校，中华书局 1988 年版，第 317、306—307 页。

尊奉为圣王贤君的典范。尽管民国以来的疑古学派对三位君王人物事迹的真实性多有怀疑，现今的考古发现也未能找到证明三者确然存在的依据，但他们对于炎黄子孙的影响却是深远的。司马迁《史记·五帝本纪》曰："帝尧者……其仁如天，其知如神，就之如日，望之如云"，"舜耕历山，渔雷泽"，"禹……披九山，通九泽，决九河，定九州"①；明末清初《历代神仙通鉴》则正式赋予三者"三官大帝"之尊号，尧为上元天官，舜为中元地官，禹为下元水官。

在武则天假托的梦境中，尧、舜、禹回答了使用黄泥塑像的缘由——"万物土中生，世上以土最为贵"——泥土是世间至珍至贵之物，万物出自其中，天下仰其为生，作为圣王贤君、三官大帝的尧、舜、禹也不例外。华夏民族世世代代以农耕作为基本生活来源，无论生息繁衍还是文明创造，都与土地密切相关。作为中华民族人文始祖、五帝之首的黄帝，之所以以"黄"名之，正是因为"黄"有"土德之瑞"（《史记·五帝本纪》）②。

春秋时期齐国相国管仲曰："夫民之听生，衣与食也，食之所生，水与土也"（《管子·禁藏》）；"地者，万物之本原，诸生之根菀也……水者，地之血气，如筋脉之通流者也"（《管子·水地》）③。联系上文的石门山三官庙故事，如果说"天"尚有一丝神秘抽象的意味，那么水与土地作为鲜活实在的自然资源，共同构成了维系农业生产和人类生存的现实要素；除却遵天取宜、善制天道，几千年的农耕文明正是建立在看似普通的一汪清水、一捧黄土之上。

"三官手书"诞生自汉末道教初兴时期，虽为除病之用，却导源于远古先民祭拜天地水泽的传统，归根到底依然是农耕民族的自然崇拜。本着对祖先的尊仰，司马迁著史以《五帝本纪》开篇，追述尧、舜、禹之品德、才能、功绩，无意中对应了后世的"三官"之职，强化出天、地、水对部族发展的重要意义，促使祖先崇拜和自然崇拜于后世走向合流。崂山地区关于"三官"制天理水、黄土塑像的传说，或许出自民众无意的虚构和假托，却同样彰显出天、地、水对于中国人及中华文明的深远影响。

---

① （汉）司马迁：《史记》，中华书局 1959 年版，第 15、32、43 页。

② 同上书，第 6 页。

③ （清）黎翔凤撰：《管子校注》，梁运华整理，中华书局 2004 年版，第 1025、813 页。

八　太平宫：宗教与皇权的互动

太平宫位于崂山区晓望村南三里，是北宋初年敕建的道场，原号"太平兴国院"，简称"上苑"。明嘉靖年间加以整修，至清顺治中，又事修葺。其正殿有三清塑像，照壁上书"海上宫殿"四字。① "太平兴国"是宋太祖赵匡胤的年号，由公元976年至984年。其间，由刘若拙全权负责，宋太祖斥资修建了崂山最古老道观之一的太平宫，上清宫、太清宫均为其别馆。

以这段历史为背景，崂山民众创造了《太平宫的传说》。故事讲赵匡胤陈桥兵变后欲一统天下，华山成为兵家必争之地。为了借道华山，赵匡胤登顶拜见神道陈抟老祖。陈抟此时正和崂山道士刘若拙下棋，见赵匡胤前来，刘若拙躲避。陈抟心知赵匡胤来意，邀其下棋决输赢，约定陈抟赢则华山寺院永不纳粮，赵匡胤赢则由陈抟借道。结果赵匡胤输，然陈抟老祖仍借道与赵，为其赢得了有利战机。赵匡胤登基后，亦信守承诺，诏封"华山永世不纳粮"，并请陈抟和刘若拙进京叙旧。陈、刘拒绝了赵匡胤"还俗辅政"的邀请，终得还山；为笼络刘若拙，赵匡胤派人在崂山修建了太平兴国院（《太平宫的传说》）。

据蓝水《崂山志》："刘若拙，宋蜀人，于五代时来劳。丹颜皓首，不自知其年，不冠不履，冬不炉，夏不扇。太祖闻其有道，召至阙已而放还。诏建太平兴国院于上苑以处之，即太平宫。一夕化去，墓在即墨东部北高真宫前。"② 刘若拙是五代宋初时期的道士，生前于高真宫讲经布道，宋太宗淳化二年（991）羽化，被门徒葬于高真宫前。其墓现位于青岛市即墨区东关村，碑镌"元敕封华盖刘真人之墓"，1982年被青岛市政府列为市级重点保护文物。

《太平宫的传说》中，赵匡胤出于笼络刘若拙的目的敕建宫观，是考虑到了刘若拙的没落贵族身世——在故事中，被杜撰成"五代南唐皇帝刘皋"的后代。这是明显的史实错误，五代十国时期国号为"唐"的政权有沙陀族人李克用建立的后唐和李弁建立的南唐，均与"刘"姓无关；"刘皋"为五胡十六国时期汉国零陵王。或许底层民众不甚理解皇帝作为

---

① 参见周至元《崂山志》，齐鲁书社1993年版，第82—83页。

② 蓝水：《崂山志》，1996年，第59页。

九五至尊向方外道士示好的行为，因而将刘若拙的身世与皇族拉扯在一起，给赵匡胤敕建太平宫找了一个由头。

上一章中，借着憨山德清和耿义兰的庙址之争，我们已经在一定程度上揭示出中国古代宗教在皇权制约下发展的历史事实。明神宗母子的权力争夺直接影响了佛道二教在崂山的发展状况，彰显出集权政治对宗教活动的强大规范作用。

在西方古国，教会作为独立社会机构，具有与政府王权相抗衡的力量。而古代中国以伦理代宗教，尤其自汉代以降，儒家学说的伦理纲常规定出森严的等级秩序，随着封建社会的发展，中央集权统治也逐代加强。道与势、理与权的矛盾，不仅仅是世俗知识分子的永恒情结，看似超凡脱俗的宗教人士同样需要面对。初期佛教传入中土，其教义教规即受到了名教中人的严厉抨击，以至于东晋释慧远特作《沙门不敬王者论》；但同在东晋，慧远之师、高僧道安亦承认"不依国主则法事难立"。放眼古代社会，释道两家从未脱离皇权政治的管束作用，甚至为了获得更好的发展，不得不设法取悦于世俗政权。

历朝历代，僧人道士可以有不同的政治选择，统治者亦有各自的宗教政策。但总体来说，宗教与皇权体现出一种相互抵牾又不可分割的紧密关系。修真礼佛之人既以追求超世独立自诩，又不得不接受皇权的控制、借助势位的支持。而帝王天子一方面极力将方外之人纳入国家体制之内，另一方面也需要用宗教神权标榜自身统治的合法性。

历史上的刘若拙是主动结交皇室的道人。公元960年，赵匡胤即位称帝，敕封刘若拙为"华盖真人"，刘氏亦曾任"左街道录"之职肃清道流，每逢水旱必至宫中斋醮禳灾，博得宋太祖的赏识盛赞。在刘请求还山之际，太祖以敕造太平宫作为嘉奖与回报，二人的关系成为宗教与皇权之间和谐互动的佳例，也以此推动了崂山道教的发展。蓝水称"劳山有道教自华盖始"，颇有夸张不确之处，但却凸显出刘若拙及太平宫对于崂山道教的重要意义。

九　海云庵：三教合一与多神供奉

海云庵又名大士庵，为崂山七十二庵之一，是道教全真龙门派宫观。海云庵始建于明宪宗成化元年（1465），20世纪20年代由青岛民众自发筹资翻修，八九十年代又由青岛市四方区政府主持修葺，今址位于青岛市市北区海云路 1 号，每年正月十六的"糖球会"就在此地举行。庵内于供奉观音大士的同时，亦供奉太上老君、文武财神、妈祖、送子爷爷、送子娘娘、太乙救苦天尊、太岁神、龙王、后稷、施仙、张仙、鲁班、李时珍等一众神灵。

作为青岛地区最著名的宫观之一，海云庵及其"糖球会"的来历，也成为民众乐道的话题。据《海云庵的传说》，某年正月十六早上，一老渔民出海打鱼，见一座云遮雾罩的"小岛"从远处的大海飘向岸边。仔细看去，却发现不是小岛，而是一棵粗壮的白果树，中央树桠之间盘坐着一尊雕刻精致的观音大士神像。老渔民跪拜观音像，并召集村民为其修庙。待大家掘土动工，却发现石料砖瓦早已备好，白果树的木材也恰够修庙之用。庙宇建成的次日，堂屋顶上飘浮起一朵巨大的伞形白云，写匾的秀才遂将庙名题为"海云庵"。此后正月十六被定为海云庵开庙祭神的吉日。因当地多种山楂，每逢正月十六人们总要带着收获的山楂和山楂制成的糖球祭神，海云庵庙会也就成了"糖球会"。

在传统社会，海云庵附近的百姓营生，主要依靠下海捕鱼和农田耕种，修建庵堂当是为祈求神明，保佑一方平安、四季丰产、人丁兴旺、身体康健、生活富足，这从庵内供奉的诸多神像即可猜想。龙王是海中的霸主、成云致雨的仙灵，可以使出航平安、风调雨顺；妈祖作为慈和仁爱的女性海神，所司职能比龙王更加广泛；李时珍乃医神药圣，主管救死扶伤、益寿延年；施公本为清官，却因"五行甚陋"，亦被期以驱病疗疴；后稷作为农耕始祖、五谷之神，将稼穑种植技术传于世人、发扬光大；鲁班是有名的能工巧匠，建筑业、制造业的祖师爷和保护神；文武财神比干和关公能保佑家家户户广发财源；祭拜张仙孟昶①、送子娘娘、送子爷爷，所求乃是多子多福、子孙平安；观音大士更能普度众生，解除世间一切苦厄……

但论及诸神的教派由来，又会引发新的思考。观音是佛教的菩萨；太上老君是道教的始祖；比干、关羽、施世纶、孟昶、鲁班、李时珍皆为历史人物，尤其比干、关公、施公作为忠臣、良将、清官的代表，是儒家精神的承载者；妈祖由真人神化而成海神；龙王、太岁神、送子娘娘等被纳入道教的神仙体系，又维系着种种民间信仰。海云庵的存在、发展及其传

---

① 张仙一说为张远霄，五代时期道士。

说的产生，印证了不同教派和信仰在崂山民间的融合状况，体现出中国社会多元文化交融的复杂格局。

历史上，儒家和道家学说形成于先秦，佛教西来在两汉之间，道教正式发端于汉末乱世。蕴含着丰富道德伦理的儒家思想在西汉以降成为帝国的正统意识形态，也深刻影响到社会的各个阶层；而释道与儒家相争相持，使中国文化形成了三教并峙又相互融合的局面。

中国人自古缺乏严格意义上的宗教传统，三教并存的大背景下，儒学为生民立命，作用一如"五谷"，"一日不食则饿，数日则必死"。"释道如药饵，死生得失之关，喜怒哀乐之感，用以解释冤怨、消除怫郁，较儒家为最捷；其祸福因果之说，用以悚动下愚，亦较儒家为易入。特中病则止，不可专服常服，致偏胜为患耳。"① 清代纪昀在《阅微草堂笔记》中借一虚构的藏经阁"守藏神"之口如是阐述"三教如一"之理，虽然"五谷""药饵"作用不同，但"教人为善，则无异；于物有济，亦无异"，"固不能不并存也"。

三教能够并存，三教神灵乃至"三教"之外的民间偶像亦能共居于同一庙宇，这与汉民族重实用理性的文化心理结构密切相关——按照李泽厚的说法，具体表现为"重实用轻思辨，重人事轻鬼神"，"对物质世界的实体的兴趣远逊于事物对人间生活关系的兴趣"②。

这种实用理性在广大民众中的体现之一，即是其信仰的功利化色彩。学者王尔敏曾对中国民间信仰作出评述："除佛道两教有其一定神祇崇祀，而民间多神信仰实不免泛滥而无所定止。""中国民间信仰一个特色，是只重仪节，不重义理，不受教义约束。""可以说是一种功利取向之信仰，对于神祇自是倾心仰赖。但有一定祈求，求健康，求子嗣，求迁升，求进财，求丰收，求长寿，无不出以全心恳望。果能实现，必力求厚报；若不实现，只会失望而疏懒奉祀。对己对人，并无太大影响。"③ 具体到崂山海云庵，庵内诸神的司辖职属几乎覆盖了社会生活的方方面面；民众供奉宗教神灵或历史人物的目的，俱是在现实生活中有所祈求。

无论是汉民族实用理性的文化心理结构还是民间信仰的功利性，都能上溯到先秦时代周王朝的政治改革运动。因殷商实行神权统治，周革殷命

---

① （清）纪昀：《阅微草堂笔记》，上海古籍出版社1980年版，第80页。

② 李泽厚：《中国古代思想史论》，人民出版社1985年版，第32—33页。

③ 王尔敏：《明清时代庶民文化生活》，岳麓书社2002年版，第17—18页。

便以"敬德保民"作为政治纲领，其所确立的民本思想比西欧文艺复兴运动中诞生的人文主义早了两千余年。且自西周以降，历代王朝多以"富民"作为长治久安之本，使这一民本思想带有了浓重的物质色彩，又不同于西方人文主义注重精神自由的底蕴。基于周朝奠定的文化性格，中国人礼敬的神灵体现出亲近世俗的特点，甚至有些神灵本身即来自于人间。在大众眼中，一切宗教和信仰应该是以服务实际生活为本的，无论土生土长的道教，西方舶来的佛教，抑或出入各种教派的人神崇拜。具备这种文化性格的民族，可能缺乏超验世界的精神体悟，但也因此表现出某种包容性的气度，同样创造出恢宏博大的文明，并且不会因为信仰的差异导致历史的惨剧①。从这个方面来说，以民为本的实用理性给中国人带来了幸运。

十　棋盘石和聚仙台：仙迹与俗事

（一）棋盘石

棋盘石在崂山明道观南二里处。据周至元《崂山志》记载：

> 岩石矗起岩巅，高数丈，向北探出者，三分之二，状如灵芝。自下望之，岌岌若将坠而又不坠。游者自石东南攀缘上，壁峭级滑，须极力始得登。巅平如台，纵二丈，横半之，约可容二三十人。平眺群峰，东瞰大海，西北临大壑，深且不测，引首俯视，栗然心悸。高旷危奇，兼而擅之。石之东，刻"采仙药孙昙遗迹求仙石"十余字。其西有卦形刻划，乃羽客礼北斗之所。②

孙昙为唐代道士，相传曾至崂山为唐玄宗采炼仙药，棋盘石乃其遗迹，周至元《崂山志·金石志》中亦录有《唐棋盘石石刻》。但崂山民间关于棋盘石来历的几则故事却与孙昙采药无关。

其中一则是对古人"烂柯"故事的衍化。崂山海边有一少年隋五上山拾草，见到两个鹤发童颜的老人正在下棋；隋五本有棋艺，加之好奇，于是在旁观战。为了解渴，一个老人掏出桃核，施法种下，瞬间竟长出桃

---

① 虽然中国历史上有多次灭佛事件，但这和十字军东征一类的宗教战争有着本质的区别。中国古代史上的灭佛事件不是信仰之战，而多出自一时一地的政治政策。

② 周至元：《崂山志》，齐鲁书社1993年版，第55页。

子。日影西斜，二老始终未能分出输赢，隋五稍作指点，身边老人即战胜了对面老人。棋局结束，隋五回过神来，惊奇地发现随身衣物早已化作尘土。原来此地仙境一天，人间已过百年。两个老人道明身份，原来是东海龙王敖广兄弟点化隋五而来。隋五跟随龙王到龙宫做了神童棋师，龙王对弈的仙迹则被后人称作"棋盘石"（《棋盘石的传说》）。

"烂柯"故事见于南朝梁代文人任昉的志怪小说集《述异记》：

> 信安郡有石室山，晋时王质伐木至，见童子数人棋而歌，质因听之。童子以一物与质，如枣核，质含之不觉饥。俄童子谓曰："何不去？"质起视斧柯尽烂。既归，无复时人。①

与之相比，崂山棋盘石的传说在叙述上偏重细节，加入了龙宫、龙王等民间神话元素，体现出崂山地区的海洋文化信仰。王质归去则"无复时人"，使读者体味到世事幻灭的苍渺寂寥；然民间叙事令隋五升仙龙宫，创造出民众喜闻乐见的圆满结局。

石室山故事和棋盘石故事的一大关联点即是仙凡两界时光的迟速对比。因为人间生命的短暂脆弱，永世长存的神仙往往被幻想成操纵凡人生死祸福的超自然力量。崂山当地另一则讲述棋盘石来历的故事预先设定出三位神仙及其神职——铁拐李普救众生，形影不离的南斗仙翁和北斗仙翁分别掌管人间生死。崂山少年赵燕的母亲身患重病，食用灵芝方能起死回生。赵燕救母心切，但找遍崂山都不见灵芝。铁拐李感其孝义，嘱咐赵燕以瓜皮盛酒送给平台上下棋的南斗、北斗二仙翁饮用，趁机请求他们为母延寿。然而北斗仙翁查过生死簿，发现赵母已不能治愈，且赵燕也只剩下三日寿命。在铁拐李的斡旋下，赵燕的寿命被改为九十九岁；铁拐李又从南天门取来灵芝，使赵母得到救治。赵燕送酒、仙翁下棋的石台即是现今的"棋盘石"（《棋盘石的故事》）。

所谓"百善孝为先"，中华民族将孝敬父母奉为至上美德。《棋盘石的故事》表现出孝道伦理对于世俗民众的深刻影响，凡人的深挚孝心可以感动神灵，以人情法则改变不容动摇的生死秩序。

在中国，"孝子救母"故事历来有着广泛的接受土壤。东汉时期，

---

① （梁）任昉：《述异记》，中华书局1985年版，第10页。

《佛说盂兰盆经》由印度传入中土，其中佛陀弟子大目犍连救母出恶道的故事被演为多种艺术形式流传历代；自南朝梁代开始，每年农历七月十五举办"盂兰盆会"，也成为经久延续的民俗。元明以来，中国民间戏文、宝卷中保存着二郎神劈桃山救母及刘沉香劈华山救母的故事，至今仍是地方戏曲及影视剧不断翻演的题材。明代神魔小说《南游记》仿照《西游记》写华光天王大闹三界、皈依佛门，也将故事嵌套在寻母救母的主题之内。

目连、二郎神、刘沉香、华光天王等经历修行、考验、反抗与斗争，在成功救赎母亲的过程中，也以修仙成佛的形式完成了自我的历练与提升；赵燕作为凡夫俗子，没有上天入地的异能，但以孝心感动拐仙，同样拯救了母亲，并为自己续寿延年。救母故事以超现实的形式表达了朴素的人生道理——孝敬父母亦是为个人积累福报的过程，因为以诚挚孝心对待父母，必能使自身获得人格的升华、生活的美满，以及来自他人和社会的肯定。

（二）聚仙台

聚仙台位于华楼山华表峰下，周至元《崂山志》并未记载其得名缘由，崂山民众将其与一个吝啬鬼的故事联系在一起。崂山麦窑村一土财主生性悭吝，常于乡邻之家骗吃骗喝、分文不与，因此有了"一毛不拔"的外号。一日"一毛不拔"上山游玩，见西山坡石台上有三仙人饮酒，不经邀请即加入其列，后来方知入伙者都要从头上割下一点物件来做酒肴。三个仙人分别割下了鼻子、耳朵和舌头。"一毛不拔"拔下一根头发，切成四节分给大家，令三位仙人大怒而去。"一毛不拔"径自下山，借神仙喝酒聚会之事谎骗村民为三仙修庙，而他从中克扣金银，发了大财（《聚仙台的传说》）。

按照丁乃通《中国民间故事类型索引》，这一传说从属于1526A$_2$"连神仙都要为坏蛋付酒饭钱"的故事主题。故事巧妙利用了"一毛不拔"这一成语，对吝啬鬼进行夸张诠释，编造了一个具有讽刺意味的小故事。其中"一毛不拔"拔头发的情节最为精彩：

这回轮到"一毛不拔"从自己头上拿酒肴了。只见他低着头，蒙松着眼，左思右想好一阵子，才慢慢腾腾地抬起右手，在头顶上摸来摸去，挑了根顶细顶短的头发毛，使指甲紧紧掐住，把牙一咬，一狠心，"叭"地拔了下来，放在石头台上。又拿起那把小刀，垫着石头，照准那根头发毛……剁了三刀，把头发切成四节，拾进玉碟，也学着三个仙人的话，说道："四人喝酒肴吃干，拔根头发尝尝鲜。来！来！来！"①

这一段叙述勾勒出"一毛不拔"的动态形象，从考虑拿哪一部分作酒肴，到挑头发、拔头发、剁四节、劝尝鲜，将其吝啬虚伪的嘴脸生动刻画出来。

但对比文人笔下的吝啬鬼故事，《聚仙台的传说》明显表现出民间讲述的单薄与局限。明代戏曲家徐复祚有著名的《一文钱》杂剧，刻画了"一文不舍"的卢员外。戏中的卢至乃天竺舍卫城第一富户，家财万贯，却令妻儿食不果腹、衣不遮体，平时"锱铢舍命与人争"。一日，卢至捡到一文钱，却不知如何处理：

〔拾起看介，笑介〕可不是造化？到是一个好钱。快活快活！〔又看又笑介〕我且藏过了。倘或掉的人来撞见，被他认去，不是当耍的。〔做藏介〕且住！藏在那里好？藏在袖子里，恐怕洒掉了。藏在袜桶里，我的袜又是没底的。藏在巾儿里，巾上又有许多窟笼。也罢！只是紧紧的拿在手里罢。②

卢至最终决定用一文钱买芝麻，并且躲到没有人烟的深山密林里偷吃。这种可笑可鄙的举动和"一毛不拔"拔毛下酒有异曲同工之妙。但接下来，杂剧的情节安排表现出更加深刻的思想意义——西天帝释装扮成游僧给卢至饮酒，待其醉后，幻化成卢至的形容至其家中，称此前为悭鬼所缠，如今有圣僧相助赶走悭鬼，要把家私分与他人，以赎前罪；又说悭鬼长相与自己一样，如日后再来，一定打走。几日后卢至酒醒回家，果被当作悭鬼暴打。卢至向释迦佛告状，释迦佛带其领悟世间万物皆为虚幻的道理，终使卢至破除了对财富的执念，舍家入道，修成正果。相比于《一文钱》，《聚仙台的传说》却令吝啬鬼进一步大发横财，思想内涵就差

① 张崇纲编：《崂山民间故事全集》，青岛海洋大学出版社1993年版，第250页。

② （明）沈泰辑：《盛明杂剧初集》，民国七年诵芬室刻本。

得远了。

崂山作为仙道文化的发源地，自古以来引导着世人关于神佛仙灵的种种想象。教徒本着自神其教的目的称灵道异，宣传戒欲绝情的修行之法；文人借游仙追求超然物外的自由与逍遥，又因天人对比抒发世事虚无的感喟。但民谭中的仙人仙话只是表达现实生活愿望和道德观念的触媒与凭借。上述几则传说中，神仙无一例外地扮演着次要的角色，民众随口诌撰的凡人成为主要表现的对象，其命运走势受到讲述者与接受者的共同关注。世俗中人祈盼意外的好运，因而编造出隋五观棋、一朝登仙的故事；底层民众渴望摆脱疾苦，便令困境中的母子巧遇拐仙、因祸得福。奇幻叙事中也不忘注入道德伦理，孝悌之义成为仙凡两界的普适价值，而自私贪婪者则令人神共鄙。以此"仙迹"与"俗事"构成了"表"与"里"的关系——棋盘石和聚仙台被崂山人传为仙人遗迹，但附会仙迹只是制造意趣、传播声名的手段，民间故事的内核永远立足于世俗社会中普通人生存与发展的主题。

十一　栈桥：青岛的城市符号

栈桥是青岛的标志性景点，本为清政府整顿海防所建，但在民间却流传着别样的故事。传说，当年登州镇的总兵衙门设在青岛村旁，总兵章大人出海观涛，被风浪掀进大海，幸为兵卒所救。当夜，章大人梦见海中现出三十六对仙女，以彩绸搭桥，助其上岸。次日，他回忆梦中之景，令画师画出一张海桥图，遣人照图修建，以三十六个桥桩代表梦中三十六对仙女。三个月后，木制海桥修成，侍从惠兰搀扶着章大人为海桥剪彩。此时一个巨大的海浪掀起，惠兰为章大人挡住大浪，自己却被卷入海中。为了纪念惠兰，章大人令下属在海桥南头加修了一座八角伞形凉亭，题名为"惠兰亭"，即是后来的回澜阁（《青岛栈桥的传说》）。

故事中的"章大人"乃清末青岛总兵章高元。章高元（1841—1912），字鼎臣，安徽合肥人，早年加入李鸿章的淮军，立功擢升总兵，《清史稿》有传。章鼎臣是一位颇具民族气节的军事将领，曾于德国军舰占领胶州湾时坚持请战，无奈清政府妥协求和，鼎臣被迫携军撤离青岛，失落愤懑中称疾离职。他被德军扣押亦英勇不屈，多次想要投海自尽，因德方阻挠未能殉节。

1891 年，李鸿章视察胶澳地区，发现青岛拥有回旋曲折的天然港湾，回京后向清政府提议在青岛口一带设防，获得了光绪皇帝的应允。当时的登州镇总兵衙门由登州移居青岛口。章高元在青岛建了两座码头，由中国工程师自主设计修造，其中一座即是现今的栈桥，始建于1892年，次年竣工。

栈桥有提升海防功能之用，本系造福民生、保卫家乡之善政，然青岛民间却加以附会，认为栈桥因地方长官做梦而建。故事隐含着民众对官府的不信任感——章高元此举实是因私废公、劳民伤财，为了圆一个虚无缥缈的梦境而修造栈桥，目的只是满足自己的欲念，而不是造福百姓。

事实并非如此。人们不得不承认，随着时间的迁移，栈桥逐渐成了青岛的地标。不论是1936年"青岛十景"的初评，还是新千年的第二次评选，栈桥都顺理成章地当选为青岛地区最具代表性的景观。栈桥已经不仅仅是一座建筑，它成为城市灵魂的象征，百余年来，见证着青岛的盛衰荣辱，也联结着旅人游客对青岛的客居记忆。

在建成之时，栈桥是胶澳地区唯一的海上供给线，德日帝国殖民华夏，皆从栈桥登陆。1897年，德国军队以军事演习为名，从栈桥所在的青岛湾登陆，武力占领青岛，并在栈桥举行阅兵。德国侵占青岛后，栈桥专门用来运输军需物资。袁世凯掌权时期，因欧洲事务自顾不暇，德国提出愿意将胶澳还给中国。然而日本对胶澳觊觎已久，横加阻挠；袁世凯为了获取日本支持，并未接受德国的提议。一战期间，对德宣战的日本没有派兵赴欧，而是出兵中国青岛；日军从崂山仰口湾登陆，仍然于栈桥举行阅兵仪式。1922年，北洋政府收回青岛，中国水军阅兵栈桥，宣告主权的回归。但屈辱的历史并未结束，1938年，日本再次占领青岛。直至抗战胜利，栈桥才真正地回归到祖国怀抱。

在百年时世中，栈桥吸引了无数文人墨客前至青岛观光游览。萧军、萧红、老舍、臧克家、苏雪林、王统照、闻一多、梁实秋，作为彪炳史册的现代文学名家，以各异的笔墨描绘出栈桥的身影，书写出自身与栈桥的情缘。萧军晚年创作了《栈桥风雨之夜》一诗，回忆寓居青岛的沧桑岁月：

> 栈桥风雨流亡夜，雪碎冰崩浪打礁。遁客生涯随去往，荆榛前路卜飘飘。青山有约酬何日，碧海辞听旦暮潮。掉首昔年思往迹，赢将华发换霜髦。

臧克家则记录下于栈桥乘凉赏景的舒旷惬意之情：

> 青岛是我久居之地……这海滨胜地的风景是动人的，特别是夏季，绿树红楼，一尘不染……海上清晨看旭日，傍晚栈桥上趁晚凉，彩霞满天，渔歌遍地，清风徐来，微有秋意。（《老舍永在》）

而女作家苏雪林描绘出栈桥在汹涌澎湃的海潮冲荡之下岿然屹立的风姿：

> 今夕晚潮更猛，一层层的狂涛骇浪，如万千白盔白甲跨着白马的士兵，奔腾呼啸而来，猛扑桥脚，以誓取这座长桥为目的。但见雪旆飞扬，银丸似雨，肉搏之烈，无以复加。但当这队决死的骑兵扑到那个字形桥头上的时候，便向两边披靡散开，并且于不知不觉间消灭了。第二队士兵同样扑来，同样披靡、散开、消灭。银色骑队永无休止地攻击，栈桥却永远屹立波心不动。这才知道这桥头的个字堤岸有分散风浪力量的功能。栈桥是一枝长箭，个字桥头，恰肖似一枚箭镞。镞尖正贯海心，又怕什么风狂浪急？（《岛居漫兴·栈桥灯影》）

有了栈桥，方才有文人诗客的吟咏；有了他们的吟咏，栈桥的文化底蕴愈加深厚。随着时间的延续，栈桥作为青岛城市符号的功能更加明显。"栈桥回澜阁"凝聚着青岛百年历史沧桑，成为本地特产青岛啤酒的商标，并在爱国商人的努力争取之下，于1958年在香港成功注册。1997年，青岛市人民政府正式发布的青岛市市徽，亦由栈桥加之耐冬、海鸥、海洋的变形图案组合而成。

第二节　动植矿产系列

一　美食·美德·美人

（一）仙胎鱼

崂山特产美食首推仙胎鱼。仙胎鱼属鱼纲香鱼科，作为青岛独有的珍贵鱼种，一度曾濒临灭绝，故有"崂山中华鲟"之美誉。黄宗昌《崂山志》卷六"物产"曰：

> 仙胎鱼：出白沙河。河从九水来，山回涧折，其流长，而清湛不
> 染泥尘。鱼之游泳于清泉白石中者也，大者可五六寸，鲜美异常。①

　　白沙河有"青岛天河"之称，因其源头天乙泉海拔千米，为崂山地
势最高之泉，故白沙河亦为青岛地区水位最高的河流。"九水"乃白沙河
上游，其流甚清，所滋养之仙胎鱼亦不染泥沙，嫩香鲜美。

　　围绕着仙胎鱼的来历，崂山当地传说极多，大致可分为三种。其一认
为此鱼为荷（莲）花仙子所化。如《仙胎鱼的传说》，称看林人林生于崂
山水湾偶见一株红荷，惊其美丽，日思夜想。红荷化为美女，自名"芙
蓉"，嫁与林生。芙蓉美貌闻于巡抚，巡抚欲占其为妻，令随从将林生推
下悬崖摔死。芙蓉悲痛之中飞落水湾，又变成荷花。巡抚大怒，撕碎荷花
花叶，毁其根茎，散于河水，不想残根碎叶竟变成条条小鱼，游于水中，
寻找林生尸体。因小鱼为荷花仙女所化，故被当地人称为"仙胎鱼"。另
有《仙胎鱼》及《柴郎和花姑》等，故事情节大致相同，写莲花仙子化
作美女与凡间男子相恋结合，恶势力（恶霸、财主等）嫉妒拆散，丈夫
被害，花仙跳水，变作仙胎鱼。

　　其二，认为仙胎鱼为崂山人参种子所化。《仙胎鱼》故事称秦始皇求
仙，在崂山寻找灵芝未果，迁怒于当地，令百姓于六月初一供上白沙河之
鱼尝鲜，违期杀头。但白沙河本身水族不旺，加之洪水暴发，山民无鱼可
捕。村中少女柳翠决定只身觐见始皇，求其赦免乡亲无鱼之罪。途中宿于
山洞，柳翠梦见一老妇人问其去意，又送其人参种子一包，称此种可于河
中化鱼，用柳树枝叶即能将鱼引出。柳翠醒来，发现了手中的参种，于是
乘月下山，被仙风送回山村。柳翠和父亲前至白沙河"播种"，眨眼间即
有鱼儿游荡，形如柳叶。村民遵照柳翠梦中仙人的嘱托，以柳枝、柳叶投
水，果然捕得鲜鱼无数，献给始皇，终免其罪。因此鱼为仙人赠种所化，
山民称其为"仙胎鱼"。另有一故事名《变鱼》，称八仙游玩至崂山，何
仙姑见此地有好山好水，却不见半条游鱼，甚觉美中不足，于是就近取崂
山人参种子撒入河中，变作小鱼，为崂山山水增添生气。因此鱼出自仙姑

① 孙克诚：《黄宗昌〈崂山志〉注释》，中国海洋大学出版社 2010 年版，第 181 页。

仙手，时人称之为"仙胎鱼"。

其三，称仙胎鱼为狐仙用柳叶所变。崂山北九水树林中有看林老妇孙王氏及其子孙宝。孙王氏忽然双目失明，孙宝三次于梦中听得一女子指点，称以北九水河中仙胎鱼煮汤，其母饮下即可复明。但多次找遍九水，孙宝都未见一条游鱼。因饥渴疲惫，孙宝昏睡在河边柳树之下，梦中见一少女摘取柳叶扔入河中，瞬间变成小鱼。孙宝惊喜醒来，果见河中游鱼无数，与梦中柳叶所化之鱼无异。孙宝捞得小鱼，正待回家，摘柳少女现身，自言为东山老狐，声音恰如此前梦中所闻。孙宝谢过狐女，回家煮鱼汤，其母饮下，两眼复明。乡人感于狐仙送鱼之奇事，称此鱼为"仙胎鱼"（《狐女送鱼》）。

或许因为仙胎鱼形态细巧，有如柳叶，加之嗅来无鱼腥而有胡瓜清香，与一般鱼类不同，才衍生出如是的优美传说。虽然上述故事中仙胎鱼皆为仙人、仙物所化，但事实上却表现出对人间美德的嘉许——荷花仙子爱敬凡间男子忠厚勤劳，方与其恋爱结合，至舍身化鱼又出于维护爱情的忠贞；面对强权压迫、生活困境，柳翠、孙宝作为普通乡人，却彰显出勇于担当、仁孝志诚的美好品质，因此感动上天，方得仙人、仙狐垂怜相助。

（二）西施舌

同样作为地方美食的传说，如果说仙胎鱼的故事表现出崂山民众对美德的嘉许，那么西施舌的来历，则出于对一代美人的思慕与想象。西施舌，又名贵妃蚌、车蛤、沙蛤、蛏子等，为蛤蜊科贝类动物，开壳后有白肉流出，如人之吐舌。黄宗昌《崂山志》记其"在鹤山东麓海滩中"。周至元《崂山志》称其"乃蛤之较大者，肉丰味鲜，胜于常品"。又有诗曰：

> 浣纱人云舌犹存，惹得东邻欲效颦。滑腻俨同鸡颈肉，温柔恰称美人身。华池春暖蚌胎结，沧海秋高异味新。莫笑老饕食指动，相看我亦口流津。①

事实上西施舌并非崂山独有之物，浅水海域多可产之。明末清初周亮

---

① 周至元：《崂山志》，齐鲁书社 1993 年版，第 179 页。

工撰《闽小记》，称"闽中海错，西施舌当列神品"①。晚清张焘作《津门杂记》，有"朝来饱啖西施舌，不负津门鼓棹来"之诗句。可见其亦产于福建、天津等地。

但在青岛地区，西施舌是颇负盛名的海产珍肴。现代作家梁实秋在其散文集《雅舍谈吃》中专有《西施舌》一篇，记录于青岛初尝美味的经历：

> 我第一次吃西施舌是在青岛顺兴楼席上，一大碗清汤，浮着一层尖尖的白白的东西，初不知为何物，主人曰是乃西施舌，含在口中有滑嫩柔软的感觉，尝试之下果然名不虚传，但觉未免唐突西施……

西施的故事应从春秋战国时期的吴越争霸说起。越王勾践被吴军打败，为求和解，献上美女西施迷惑吴王，而勾践自身则卧薪尝胆、立志图强，二十年后灭吴雪耻。但吴灭后西施何去何从？据民间传说，西施随越王归国，越王后认为其乃红颜祸水、亡国之物（一说嫉妒西施美貌，恐其入宫见宠于勾践），于是将其沉江处死。西施死后化蚌，仍时现吐舌之像，原为诉说溺亡冤情。

此故事饶有风致，但基调过于阴晦悲沉。笔者在崂山地区见到另一传说版本，称吴灭后范蠡察觉到勾践为人不可仰赖，恐遭诛杀，又与西施有情在先，于是在攻破吴都的当夜携美人泛舟而去。二人本欲隐姓埋名定居锡山，怎奈越王下令通缉，于是又向东海方向逃去。西施有心痛之疾，行至崂山疾发，倚舟呻吟，唇口张开，唾液流入水中，引来无数蛤蜊吞食。后范蠡、西施在崂山海边安家，美人舌下涎水滋养的蛤蜊也在崂山浅水中繁衍生息，蛤肉形状酷似美女之舌，被称为"西施舌"（《范蠡和西施在崂山的故事》）。

"病吟"虽苦，毕竟好于"诉冤"。或许，本着美好善良的愿望，崂山民众不忍美人死于非命，故改造传说，"赦免"西施，从而变悲剧为喜剧。据《史记·货殖列传》："范蠡既雪会稽之耻……乃乘扁舟浮于江湖，变名易姓，适齐为鸱夷子皮，之陶为朱公。朱公以为陶天下之中，诸侯四通，货物所交易也。乃治产积居……十九年之中三致千金……故言富者皆

---

① （清）周亮工撰：《闽小记》，上海古籍出版社1985年版，第93页。

称陶朱公。"① 历史上的范蠡在助越灭吴后确曾隐姓埋名来到齐地经商，成为巨富，但最终定居在陶（今菏泽市定陶区），并非崂山。西施随范蠡泛舟五湖的故事也有所本，最早见于杂史《越绝书》，而最著名的作品当属明代梁辰鱼的长篇传奇《浣纱记》。

民众欲借美女为美食生色扬名，但中国古代最负盛名的四大美女之中，王昭君安居胡地，貂蝉下落不明，杨玉环自缢马嵬，只有西施，无论"沉江"抑或"泛舟"，都能与水发生关联，沙蛤作为水生生物被冠以"西施舌"的雅号，也在情理之中。

二　亦正亦邪的动物精灵

（一）崂山狐

生物学意义上的狐、狸本是两种截然不同的动物，狐属食肉目犬科，狸属食肉目猫科。但"狐""狸"往往连用，作为犬科动物狐的俗称。据清代黄肇鄂《崂山续志》："崂山之狐，盖有通灵者。星明月皎之时，望山头火光圆映，一吞一吐，相续不绝。说者谓：'狐炼丹也。'"可见崂山多有野生狐狸栖息，并且流行着狐能"通灵""炼丹"的民间信仰。

在世界范围内，狐都被视为一种灵异的动物，中国自古以来即有关于狐类精灵的种种传说。李剑国教授在《中国狐文化》中指出，狐文化经历了由图腾文化、符瑞文化向妖精文化的转变。原始文化中的狐具有通灵避邪的色彩。《山海经》之《南山经》曰："青丘之山……有兽焉，其状如狐而九尾，其音如婴儿，能食人，食者不蛊"；又有《海外东经》，称"青丘国……其狐四足九尾"。②"青丘山（国）九尾狐"或许可以视为中国现存最早的狐异记载，"食者不蛊"谓食此狐肉者不受妖邪之气。

东汉赵晔著《吴越春秋·越王无余外传》称：

> 禹三十未娶，行到涂山，恐时之暮，失其度制，乃辞云："吾娶也，必有应矣。"乃有白狐九尾造于禹。禹曰："白者，吾之服也。其九尾者，王之证也。"涂山之歌曰："绥绥白狐，九尾痝痝。我家嘉夷，来宾为王。成家成室，我造彼昌。"天人之际，于兹则行，明

---

① （汉）司马迁：《史记》，中华书局 1959 年版，第 3257 页。
② 袁珂：《山海经校注》，上海古籍出版社 1980 年版，第 6、256 页。

矣哉！禹因娶涂山，谓之女娇。取辛壬癸甲。禹行十月，女娇生子
启。启生，不见父，昼夕呱呱啼泣。①

作为远古治水英雄、夏朝开国君王的禹娶涂山氏女娇为妻，生子启。
"白狐九尾"一说为涂山氏部落图腾，也有人认为是大禹妻子、启的生母
涂山氏女娇的化身。无论取何种解释，都可以说明九尾狐在先民眼中的神
圣祥瑞意味。

《史记·陈涉世家》写陈胜、吴广为灭秦起义制造声势，特作狐鸣，
呼"大楚兴，陈胜王"，可见于秦汉时人而言，狐依然代表了一种类似神
灵的权威力量。

至晋代，郭璞志怪小说《玄中记》称："狐五十岁，能变化为妇人。
百岁为美女，为神巫……能知千里外事，善蛊魅，使人迷惑失智。千岁即
与天通，为天狐。"②狐依然被视为灵异的生物，但祥瑞色彩大减，由
"食者不蛊"的神兽变为"善蛊魅，使人迷惑失智"的妖邪。同时，狐与
女性产生了更为紧密的联系。干宝《搜神记》称：

> 《名山记》曰："狐者先古之淫妇也，其名曰'阿紫'，化而为
> 狐，故其怪多自称'阿紫'也。"③

魏晋六朝的志怪小说多写狐精化作美女魅惑男子、作乱人间之事。唐
代骆宾王《为徐敬业讨武曌檄》斥责武则天执政，称其"狐媚偏能惑
主"；白居易作新乐府，有《古冢狐》诗曰"古冢狐，妖且老，化为妇人
颜色好……见者十人八九迷"，特为箴告世人"戒艳色"而作。

正面意义上的狐精并非没有。如唐代沈既济传奇小说《任氏传》中
的狐女任氏，美艳风流却并无害人之心，与贫士郑六相恋，又始终保持着
对爱情的忠贞。至清代蒲松龄《聊斋志异》，狐精成为完美女性的代表，

---

① （汉）赵晔撰、（元）徐天祜音注：《吴越春秋》，江苏古籍出版社 1999 年版，第 96—
97 页。

② 鲁迅：《古小说钩沉》，见《鲁迅全集》（第 8 卷），人民文学出版社 1973 年版，第
492 页。

③ （晋）干宝撰、（宋）陶潜撰：《新辑搜神记　新辑搜神后记》，李剑国辑校，中华书局
2007 年版，第 311 页。

集丽色、深情、美才、修德于一身。纪昀不满蒲氏笔法，作《阅微草堂笔记》亦写鬼狐之事，狐精不拘男女老幼、美丑贞淫、善恶贤愚，几乎囊括了世间众生之相。

纵观中国文化史，狐精作为描写次数最多、普及度最广的动物精灵，呈现出正邪参半的人格色彩。

有学者考证《山海经》地望，作为神狐传说发源地的"青丘国"故址应位于今日山东泗水上源一带，"青丘"据说为远古东夷族的圣山。蒲松龄为山东淄川人，对于狐女的倾情盛赞或许与其地域文化信仰有关。同样描写山东民俗的清代章回小说《醒世姻缘传》中，悍妇薛素姐前生为千年牝狐，虽亦常化美女迷惑凡人，却为"泰山元君部下"，被称为"狐仙姑"，具有亦妖亦仙的属性。

远绍古东夷风俗，近承明清以来的狐异传说，崂山地区亦有狐仙信仰。旧时民间流行以狐狸外型毛色判断其生长年岁，笔者在青岛崂山所闻有"千年黑，万年白""千年白，万年黑""千年黑，万年红"等多种说法，虽有差异，但皆相信狐狸具有通灵长生的能力，且能随修炼时间变幻外形。据《崂山民俗志》，北九水一带称火狐狸（即红狐、赤狐）为"火化仙"，雌性火狐又称"荷花仙"，不知是否为读音讹变。

崂山人将狐精奉为仙家，为表示敬畏，又称其"胡三太爷"。"胡三太爷"在历史上实有其人，即胡峄阳。胡峄阳为明末清初即墨县仁化乡流亭村（今青岛市城阳区流亭街）人，名良相，"峄阳"乃其字，著有《易象授蒙》《易经征实》等。据周至元《崂山志·志余·异闻》，胡峄阳因不愿被人"窃盗相视"，拒绝考场搜身，遂毕生未参加科试，仅居家授徒，钻修易学。胡氏能预知后事，生时即被众人目为神仙；相传其逝后四十年，有渔者在一陌生海岛见之，已为仙翁。或许正因胡峄阳淡泊名利又精于易数命理，方才衍生出种种不同俗流、亦人亦仙的轶事，又在民间语境中不断神化；加之其姓氏"胡"与"狐"谐音，故而自然而然地与当地人崇拜的狐仙合二为一。

崂山民众相信狐仙具有解忧助困、惩恶扬善的能力与权威。崂山周边设有专门的狐仙道场，较为知名的如东京真仙庙、南京真仙庙、北京真仙庙、西京真仙庙及慈光狐仙洞、丹山狐仙洞等，供奉"狐狸大仙""胡三太爷""胡三奶奶"塑像，受人祭祀礼拜；每至年节及狐仙诞辰（传说为正月初八），香火犹盛。亦有女性自称为狐仙替身，在家中设立"香案"，收受财礼，为当地人看病消灾。如是的狐仙信仰在"文革"时期曾作为迷信与反动因子遭到打压清算，仙庙、神像也大多拆毁。然自20世纪八九十年代开始，随着思想的多元化，"狐仙热"再度兴起，捐钱修庙及"替身"助困者皆不乏其人。①

　　我们暂且不对以上的民俗现象加以褒贬定性，仅仅将其作为故事文本分析的背景材料。基于这种认识前提，中国传统文化语境下亦正亦邪的狐类精灵在崂山民间故事中大多呈现出正面形象。《狐变》专门为狐正名：世人多谓狐狸狡猾，但狡猾者实为"不成道号的草狐狸"。有道号的"火狐狸"即狐仙，不仅不做坏事，而且与人为善、神通广大。

　　人狐婚恋是雅俗共赏且超越时空的民间故事主题。崂山地区流传的狐仙故事中，有十余篇作品专讲狐女与凡男婚配。除《马山狐狸红头顶》《马山狐狸讨封》两则故事附会名臣黄嘉善和未知朝代的皇帝以外，其他故事的男主人公皆出自弱势群体，少数为落魄书生，多数为山村劳动者，不同于《聊斋志异》等古典小说中狐女钟情文人诗客的情节设置，体现出民间讲述者和接受者的身份立场。人狐结合的缘由多为报恩——凡间男子以偶然机缘救助狐狸，狐狸感激救命之恩，又爱敬凡男人品德行，化为美女（或许配女儿）嫁其为妻（妾），并以法术为其解决生活、事业中的一系列问题。

　　此类故事情节类同，带有极强的模式化特色，狐女的知恩图报、美丽温柔、法力高超，对于崂山普通民众而言，已成为近乎固定的认识。以此为基础，少数不涉及报恩内容的人狐婚恋故事中，出现了凡间男子明知美女为狐而主动追求乃至调戏的情节。《狐狸女》称光棍小伙捉住狐女之尾，令其以体内仙丹为质、嫁己为妻，行为已近于无赖。《狐狸女赶海》中的村民小伙更因数次举动轻薄激怒狐女，被狐女痛打、毁容，以示惩戒；《李振可的故事》亦讲狐女教训好色道士。可见狐女绝非无条件地向凡人贡献美色柔情，也有严拒挑逗、不容侵犯的独立个性。

　　除却与人为妻，崂山民谭中的狐仙也喜欢替人作媒，凭借其智慧与法术，成全两情相悦却碍于父母之命、身份之限、地域之隔而难以结合的凡间男女，或使贫民男子结缘富贵千金乃至公主、仙姝，得到意外的好运。《狐狸助婚》称崂山富家女春花爱上穷人赵义，但其后母不许，又对春花

---

① 参见张崇纲《张崇纲文选》，天马出版有限公司2009年版，第145页。

百般虐待。二人夜间跳崖殉情，恰逢炼丹的狐仙夫妇。狐仙略施小计，使春花父以"阴亲"方式成全二人，又将二人救活，赠以花轿、乐手，完其婚礼。《狐为媒》写一狐女欲报书生救父之恩，却与书生并无夫妇之缘，因此施仙药于寺中老尼，替书生与心仪的小尼姑牵线搭桥。《白云洞的传说》讲白云洞老狐分别救下被财主逼婚的崂山村姑陈凤和遭强盗抢劫的外地举子李俊，撮合二人成为恩爱夫妻，又助李俊进京科考，夺得头魁。《狐狸做媒》中的老狐与救其性命的看山小伙成为好友，替小伙摄来财主小姐为妻，又使其得到财主陪嫁钱财，过上富足美满的生活。《狐狸三件宝》的万年狐仙为恩人石头留下宝物，助其娶得公主，又施展法术，使娇生惯养的公主由好逸恶劳变得勤劳能干。《狐仙报恩》中凡人福生亦与狐仙结为兄弟，受狐仙指点娶仙女为妻，又追随仙女落户天上。不可否认，这些故事多以男性的欲望与利益为中心，女性处于被动、失语的地位，暴露出民间故事中男性话语的强势作用，但也真实反映了下层民众假手于异类突破阶层局限、争取幸福生活的迫切愿望。

在婚恋故事以外，狐仙同样具有感恩图报、扶危济困的仁义与德行。《仙人石的传说》讲崂山王老汉救下一只醉卧的老狐，三年后被歹徒抢掠，幸有老狐派出狐孙相救，又赠其千两黄金；老汉致富不忘狐仙，将其醉卧的石头称为"仙人石"，年年礼拜。《狐狸洞的传说》称老狐变作白发老翁下山治病救灾，又利用"丹山"与"马山"的通连地势，智斗散布疫病的巫婆，为民除害。《狐狸借酒》中狐狸变作老翁向长工讨酒，感激长工忠厚慷慨，又对其受剥于财主的遭遇忿忿不平，将贪吝财主珍藏的好酒"运"来与长工畅饮。《狐狸还酒》的老狐在酒徒家中饮酒，临走还其宝葫芦一只，葫芦中有饮之不尽的美酒。《狐狸爹》中崂山老狐变作张家亡父的模样回家度过除夕，张氏兄弟识其原形，但遵叔父之教，仍然待之如父、善意保护。天明后老狐告辞，张家叔侄发现饮食器皿皆变金器，从此靠发"狐财"而脱贫。由于狐仙在民间具有声名与威信，下层民众也借助狐仙之名惩治黑恶势力。如《崂山狐狸》即讲山民在夜半假扮狐仙，成功夺回了被国民党军队抢走的鸡鸭猪羊。

狐仙是美丽多情的妻子，是缔结幸福婚姻的红娘，是神奇宝物的所有者，是穷苦人的好朋友，是惩治邪恶的力量，也是解决困惑的智者。《狐狸爷找福》写一农家女儿厌恶劳动，羡慕宫中贵妃的"幸福"生活，一老狐携其隐身进入皇宫，亲见宫女妃嫔禁闭旷怨之苦，方知自由之可贵，从此不再哀怨贫苦，转而以自食其力、勤劳致富为幸福。狐仙不仅能够帮助普通人端正思想，亦能与文人学者结交问辩，提出高妙见解。如《狐夫子》讲狐仙与蒲松龄雅谑谈笑、谈诗论艺。《狐教》中的狐仙帮助蒲氏审理文章，预言其好谈异端。《马山狐狸红头顶》则称黄嘉善之狐妾胡助君为其提出"抑奸商、奖工农、薄税银"的治理政策，得到皇帝嘉奖。

狐是恩怨分明的灵异生物，与狐友善相处之人皆得好运，伤害狐狸亦有恶报。《狐狸遭劫》即讲一人家杀狐食肉生恶疮之事。同时，崂山民众认为狐仙有"找替身"的看家本领——《狐变》《白毛狐狸》写猎人欲打树梢上的狐仙，却击中了自己家中的老母；《狐狸娘报仇》中的屠户拘禁、虐打小狐，母狐乞求不成，施法将小狐置换成屠户之子，使打死亲子的屠户痛不欲生。这些故事借超现实的魔咒法术表现狐仙之快意恩仇，看似神乎其神，事实上却传达出爱惜生灵的朴素生态思想与仁义教化理念。

（二）崂山黄鼬

黄鼬俗称黄鼠狼，为食肉目鼬科鼬属动物，身有臭腺，以排放臭气自卫，崂山地区又有"黄水狼""臊水狼""黄皮子"等异名，或简称"老黄""皮子"。中国民间流传着"五大家仙"的说法，奉狐狸、黄鼠狼、刺猬、蛇、老鼠为仙，分别敬称为狐仙、黄仙、白仙、柳仙、灰仙。在狐仙崇拜盛行的同时，崂山地区也流行着黄仙信仰。

在中国，黄鼬广泛栖息于平原、山区、乡村、城市等多种地带，比狐狸更为常见。它们主要以老鼠、昆虫、蛙类为食，但又性嗜吸血，常于夜间潜至人家伤害家禽，"黄鼠狼给鸡拜年——没安好心""黄鼠狼单咬病鸭子——倒霉越加倒霉"成为众人耳熟能详的歇后语，黄鼠狼也因此遭人厌恶。还有传说称黄鼠狼能够迷惑人类，使人无法掌控自身行为，以致丧失神志、胡言乱语；有时其臆语又能道破玄机，解决现实生活中的某些困扰、难题，崂山人俗称"上老黄神"①。巫婆神汉一方面为患有精神障碍的病人驱除"黄鼠狼附身"，另一方面又常借"上老黄神"的方式替人消灾解惑。由此可见，人们在厌恶黄鼠狼的同时，对其亦有所畏惧；畏惧之中，又含有迷信的成分，形成了一种颇为复杂的情绪。

以这种复杂的感情态度为基础，崂山民间故事也对黄鼠狼褒贬不一。贬之者谓之"皮子精"，将其描述为变幻人形、伪装母亲、骗食小孩的妖

---

① 青岛市崂山区史志办公室：《崂山民俗志》，五洲传播出版社 2005 年版，第 73 页。

兽（《皮子精》），或者附于人身、乱人心志的邪灵（《翟玉华捉妖》），作为妖兽、邪灵的黄鼠狼最后总会现出原型，为人类所战胜，反衬出人类智慧与力量的伟大。

另外一些故事中，黄鼠狼也扮演着正面的角色。《任道成和黄鼠狼》中的黄鼠狼假冒关公，将教书先生任道成错判为偷鸡贼，使其无路可走、上京谋事，才名得以闻于皇帝，被聘为国师，不至于埋没乡野。《黄水狼破案》讲一只黄鼠狼愿为人做好事，从而遭到同伴的嫌弃驱逐，在雪天跑入一新坟避寒，却意外发觉坟中尸体有异，黄鼠狼利用自身的机敏本性和变化本领找到凶手，帮助当地县官成功破获一桩图财害命的刑事案件。故事讲述者对于主角"黄水狼"的褒扬态度是显而易见的，通过编造凶杀案表现其正义与机智。故事还有一个叙述前提，即此黄水狼是众多"偷鸡摸鸭"之同类中的个例，愿意"积阴功"，方能"加道号"。其中似乎隐含着一种朴实美好的愿望，希望黄鼠狼能够保其灵性而减少恶行，与人类和谐相处。

又有《老黄助医》，也表现出黄鼠狼的通灵与仁义。一穷人上无父母，下无妻子，仅与院中陈草垛的一窝黄鼠狼为伴。年关将至，穷人埋怨老黄白占屋地而不给自己送礼，老黄先后送来猪头、猪肉，或腐坏无法食用，或被邻家作失物认领。穷人愈加失落。不想新年过后，村里流行起皮肤奇痒的怪病。穷人亦害病，夜间梦见老黄变化的白发老翁，告其治病之方。穷人按此方配药，自治而愈，从此挂牌行医，治愈全村，也因此发财致富。人们感激老黄神赠出药方，敬称其为"老黄医生"。

另有一则《老黄搬家》，既写黄鼠狼之通灵，又蕴含着爱惜生物、善有善报之意。故事讲一财主家产极丰，其天井胡秸垛中栖有一窝老黄。财主嫌胡秸垛碍事，令长工搬走，但胡秸总不见少。财主夜梦老黄央告，称有子女初生，不便搬家，请财主宽容，暂留居住。财主自负为家长、村主，不从老黄之意，执意教长工搬运。胡秸下竟现出层层铜钱，但财主收走铜钱，仍不心软。老黄只得再给一长工托梦，教其买下胡秸垛，放进自身天井，今后必有重谢。长工心善，以一年工钱买下胡秸，小心保护老黄一家。从此，老黄每日都从财主家偷得金银财宝放入长工天井中，长工致富成为财主，而财主终成穷人。

狐女、狐翁多居于深山老林，乘空而来、飞逝而去。然老黄却往往栖于村巷民宅，与人共处，更多出一分人间烟火气息；在同人类分享生存空间的过程中，必然产生的种种摩擦成为民间故事情节衍生的源泉。黄鼠狼善于偷窃的习性深植于村人农户的脑海之中，是众多故事叙事的基础；但这一"恶习"却可以用来以恶制恶，惩罚贪婪歹毒的反面人物——在民间故事中，通常是财主、官宦。

这体现出故事逻辑与现实法规的矛盾。《老黄搬家》一类的喜剧在现实生活中不可能出现，即便出现也是不合法的——财主固然不义，但老黄并没有令其倾家荡产的权利；长工的善行值得肯定，却不能因此攫取他人钱财占为己有。以恶制恶、劫富济贫的行为主体必须置身于正常的法度秩序之外，或为绿林豪侠，或为异类精灵。

闻一多先生撰文《关于儒·道·土匪》，其中引用了英国学者韦尔斯《人类的命运》中的一句话——"大部分中国人的灵魂里，斗争着一个儒家，一个道家，一个土匪"。法度秩序是维持社会生活的必要条件。儒家思想作为主导意识，为社会秩序提供理论依据，教育人们服从秩序。面对社会的不公之处，道家引导世人超脱现实、回避矛盾，恰好和儒家相辅相成。但土匪却主张以恶制恶，不惜破坏既定的秩序维护自身权利，甚至争取更大的权利。儒道互补积淀成为中国文人阶层的思想底蕴，但对于不通文字礼法而急于争取生存权利的下层民众而言，土匪观念似乎更具有号召力，尽管在现实环境中，多数人没有机会也没有力量将其付诸实践。在吏治腐朽、贫富不均的社会，以非法力量讨回公道作为民间故事特有的思维逻辑，确实能给特定阶层的人带来想象的快感，也在一定程度上揭示了亦正亦邪的灵物信仰得以长期维持的思想基础。

（三）崂山蛇

在中国民间，蛇和狐狸、黄鼬、刺猬、老鼠并称为"五大家仙"。与狐一样，蛇自原始社会即被先民奉为灵异之物。《山海经》之《西山经》《北山经》分别称太华山、浑夕山有蛇名"肥遗"，肥遗出现则有大旱。《中山经》又称阳水有"化蛇"，化蛇出现，其城邑必有大水。除预测水旱灾异之外，蛇也常常成为上古神祇的护卫、饰品、法器等。《山海经·海外北经》曰"共工之台……隅有一蛇，虎色，首冲南方"；《大荒北经》言"有人珥两黄蛇，把两黄蛇，名曰夸父"；《大荒西经》中的"夏后开"即夏启，同样"珥两青蛇"。《列子》写愚公移山，山神为"操蛇之神"。

《山海经》之神祇、英雄，很多被描绘成类于"蛇"的形象：

　　凡《北山经》之首，自单狐之山至于隄山，凡二十五山，五千四百九十里，其神皆人面蛇身。

　　凡《北次二经》之首，自管涔之山至于敦题之山，凡十七山，五千六百九十里，其神皆蛇身人面。(《北山经》)

　　共工之臣名曰相繇，九首蛇身。

　　西北海之外，赤水之北，有章尾山。有神，人面蛇身而赤……是谓烛龙。(《大荒北经》)

　　有人曰苗民。有神焉，人首蛇身……名曰延维。(《海内经》)

　　轩辕之国……其不寿者八百岁……人面蛇身，尾交首上。(《海外西经》)①

　　轩辕即黄帝，出身于"人面蛇身"的国度。不仅如此，作为人类始祖的伏羲、女娲，也是人面蛇身。晋代郭璞注《山海经·大荒西经》之"女娲之肠"曰："女娲，古神女而帝者，人面蛇身……"② 据唐代司马贞《三皇本纪》："太皞庖牺氏，风姓，代燧人氏，继天而王。母曰华胥，履大人迹于雷泽，而生庖牺于成纪，蛇身人首……女娲氏亦风姓，蛇身人首。""庖牺"即伏羲氏之别名。闻一多在《伏羲考》中指出，古代龙图腾"主干部分和基本形态都是蛇"，表明在当时的众多图腾单位中，以蛇的图腾最为强大。③ 可见，蛇被视为一种充满威力的灵物，先民对其表现出仰视、敬畏的心态。

　　在中国古代，关于蛇亦有年久成精的种种传说。干宝《搜神记》曰"千岁之狐，起为美女；千岁之蛇，断而复续……"④ 与狐一样，蛇精也往往化为美女，引诱、杀食凡间男子；或化为美男，诱娶、魅惑凡间女性。古代志怪小说多写蛇异变幻及人蛇婚配之事，数量虽不及狐精故事，但也成其规模。或源于蛇冷血、含毒的动物属性，凡人多将蛇精视作可怕的妖魔，即便其本身并无害人之心。如南宋洪迈《夷坚志》写孙某娶白

---

　　① 袁珂校注：《山海经校注》，上海古籍出版社1980年版，第79、84、221、428、438、456页。

　　② 同上书，第389页。

　　③ 闻一多：《神话与诗》，华东师范大学出版社1997年版，第27页。

　　④ (晋)干宝撰、(宋)陶潜撰：《新辑搜神记　新辑搜神后记》，李剑国辑校，中华书局2007年版，第258页。

蛇女，无意间窥破妻子真身，蛇女好言抚慰，但孙某惊惧至死。晚明拟话本小说集《警世通言》所录《白娘子永镇雷峰塔》是白蛇传故事的早期定型版本，白娘子的人性已经多于妖性，仍被视为以色迷人的邪魅。清代中后期以至近现代，白蛇传故事被不断改编，以白素贞、小青为代表的蛇女才逐渐成为美丽可爱的精灵。

崂山人有俗谚曰："深山虎狼少，只怕土虺咬。"蓝水《崂山志》称："劳山蛇有青白黄红灰等色，无耳，行动专恃目；饭碗粗者，即能由高处起凭空飞行。以蝮虺毒最剧，俗名七寸子，其行迟缓、缩前进，速不及人。虺土色无纹，俗称土虺。蝮灰黑有褐斑纹……不避人，又喜入室中，见人来不走，矫首望至前即啮，被啮者急求咒禁者治之。山人称其'绵'，绵者，柔而害物之意。山南蝮多，山北虺多。"① 周至元《崂山志》亦言崂山蛇"种类甚多"，"大者长数丈，土人时或见之，惟不伤人"；"虺俗名土虺，人被其毒即死，山民有能医者"。② 又引清代黄玉瑚《八仙墩记》，称石墩附近"产毒蛇"，"不一尺，胎生即食其母，毒甚于蝮"，"人皆惧之，故游者多不尽兴"。③

可见在崂山山区，毒蛇是比猛兽更为常见，也更为凶险的动物。崂山民间自古流传着蛇怪食人的故事。最有名的当属《聊斋志异》之《海公子》。其文写东海古迹岛人迹罕至，有五色耐冬花，四时不凋。登州张生自驾扁舟前往游览，在花丛中邂逅一红裳丽人，自言为胶州娼妓，跟从海公子前来，因不便远行，暂留此地。张生正觉寂寞，欣然与美人共饮，以至狎昵。忽然狂风大作，草木偃折，女子急忙起身，称海公子至，随即逝去。张生整衣，见树丛中出现一粗于巨筒的大蛇。张生躲在树后，然蛇将其与树紧紧缠绕，又用舌头刺破张生鼻子，饮其鼻血。张生偷取出荷包里的毒狐药饵，和于血中诱蛇饮下，大蛇方死。张生载蛇还家，惊惧不已，大病月余，疑红裳女子亦为蛇精。

东海古迹岛为崂山附近一海岛。黄宗昌《崂山志·仙释》称崔道人"与其徒结茅古迹岛"，"岛在山南海中百余里"④。蒲松龄曾于康熙十一年（1672）游崂，《海公子》之创作，很有可能受到崂山当地的民间传说

---

① 蓝水：《崂山志》，1996 年，第 75 页。

② 周至元：《崂山志》，齐鲁书社 1993 年版，第 178 页。

③ 同上书，第 268 页。

④ 孙克诚：《黄宗昌〈崂山志〉注释》，中国海洋大学出版社 2010 年版，第 143 页。

影响，至少是建立在对崂山周边多生怪蛇这一生态现象的认知基础上。

清代纪昀《阅微草堂笔记·槐西杂志》，托即墨人杨槐亭之口讲述了一个崂山"美女蛇"的故事。有人从即墨前往崂山，投宿在山民家中。时至薄暮，此人开窗纳凉，见短墙外有一靓妆女子露头，对其微笑。正凝视间，听到墙外小童惊呼：一大蛇盘踞树上，蛇首立于墙头。此人方才晓悟，原来蛇精幻化成美女，引诱好色男子随至，正欲食其血肉。

周至元《崂山志·志余·轶事》也记录了一则近代蛇怪故事。民国十五年（1926），崂西某村一少女在山涧洗衣，逢一美少年对之调笑。少女归家，黄昏时分少年亦入其室与之幽会。此后每夕必至，恩爱胜过夫妇。一日其嫂夜起，听到少女卧室之内有人语声，由窗暗窥，竟见一条大蛇缠绕女体。嫂嫂叫起家人，推开少女房门，大蛇方知原形暴露。几日后蛇死，少女亦不治而亡。

以上故事或许稍嫌血腥阴暗，戒色教化的"反艳遇"主题也相对陈旧，与普通民众猎艳追奇的心理好尚及自由恋爱的现代思想不甚吻合，因此并没有得到广泛长久的流传，也未被今人所编故事专集采录。《崂山民间故事全集》有《智除大长虫》故事，讲崂山少年石生与其父猎杀、智除作乱山村、吞食人畜的公母蛇精，情节相对简单，在"为民除害"的主题中洋溢着乐观情调，集中表现人的智慧与勇气。另有《丘处机斩蛇精》，写崂山石洞中一条万年大蛇碍于虾兵蟹将之阻无法过海成龙，于是装作凡人拜丘处机为师，苦修法术三年，又央求师父届时相助。丘处机恨蛇徒乔装欺骗，更不欲其成精害人，故假意应允，却于紧要关头施法将其斩杀。故事正面歌颂丘处机法力高强、为民除害，但作为反面角色的蛇精其实并未表现出害人之心，在拜师学道过程中的诚心与韧性亦可堪敬佩，最终却被自己所信任、敬仰的师父欺骗。蛇精功败垂成、亡命大海的结局着实惨烈，令人联想到现实社会中不被正统认可的小人物追求成功的种种艰辛与悲苦。该故事存在着主观讲述意图和客观接受效果的反差，既是由民间话语的含混逻辑造成，也折射出崂山民众对于本地蛇患的恐惧心理。

但人类的心理意愿往往存在着多面性，一方面对蛇患恐惧、厌恶，欲除之而后快，另一方面也希望蛇精受人间道德之熏陶，变作善良的灵物，并以其神通造福世间。因此，正如崂山黄鼬可以改邪归正，崂山蛇精亦能呈现出正面形象。《真武神身边的蛇和龟是从哪来的》即称真武神以胃变龟，以肠变蛇，为其护法。除全国普遍流行的白蛇传故事（《白娘子和许仙》）外，《百花姐和盘龙哥》也以人蛇婚恋为主题，受近现代以来的白娘子故事影响，称崂山盘龙洞万年蛇精"百花姐"化为美女行善助人、看病施药。又嫁接以崂山民间故事常有的"报恩婚配"情节，讲百花为猎人追杀，看林人盘龙掩护其逃生，又为其杀食自家禽畜，以养元气。百花感激，嫁盘龙为妻，共同赡养老母。至其母寿终，百花将盘龙带至崂山，将施法救活且成倍增殖的家禽、家畜还与盘龙，并将自己的蛇仙身份如实告知。盘龙爱百花品行，依然对其不离不弃。二人于崂山盘龙洞安家，共同采药，治病救人。

《蛇娘娘》讲崂山八宝洞蛇仙"蛇娘娘"收养了被叔婶虐待的孤儿小三，以洞中珍宝供其锦衣玉食。小三长大，受婶母教唆，一时心起歹念，竟欲杀死蛇娘娘独占财宝。蛇娘娘伤心离去，收回小三所拥有的财富。小三走投无路，悔恨之余再次求告于蛇娘娘。蛇娘娘现身，将小三带至崂山安家落户，授其渔猎耕植之技，以劳动为生。在教人分辨是非、知恩图报、自食其力的同时，《蛇娘娘》也表现出朴素而永恒的教育思想——偏狭的物质给予并不意味着对孩子真正的爱，至少不是明智的爱。

如果说"百花姐"是贤惠的妻子，那么"蛇娘娘"则扮演了慈爱母亲的角色。崂山民众借现实生活中最为可亲可敬的女性形象塑造蛇仙，使其在表现出美丽、多情、温柔、善良等理想女性特质的基础上，又具有蛇的灵异本能与强大威力。

《蛇吞相》借助对俗语民谚的敷演，同样表现出鞭挞贪婪、忘恩之人的意图。樵夫王恩（谐音"忘恩"）怀着"得报答"的心态，掩护九水蛇仙免遭刺猬捕食，蛇仙感激，教王恩剜出自己的左眼珠献与皇帝，得赏金千两。皇帝欲求仙蛇右眼，许王恩以宰相之位，王恩再求蛇仙，蛇仙忍痛应允。王恩当上宰相并不满足，又求蛇胆与皇帝治病，以便治好病后能够继承皇位。蛇仙终被激怒，吞下王恩。从此，人间便有了"贪心不足蛇吞相"之说。

事实上，"蛇吞相"应作"蛇吞象"，出处仍为《山海经》。《海内南经》云："巴蛇食象，三岁而出其骨，君子服之，无心腹之疾。"[1]"巴蛇"为远古传说中的神蛇，并非凡蛇；食象吐骨而能疗疾，表现出该蛇的神奇能力。即便如此，后人仍有质疑，毕竟在现实生活中，蛇与象的体

---

① 袁珂：《山海经校注》，上海古籍出版社 1980 年版，第 281 页。

积相差悬殊。屈原作《天问》，特意对此提出一问："灵蛇吞象，厥大何如？"一条神蛇能吞下大象，它的身体要有多大？无怪乎行至后世，"蛇吞象"成为对贪心不足、自不量力之人的讽刺。出于有意无意的误读，"蛇吞象"在崂山民间被传为"蛇吞相"，衍生出蛇仙吞食"忘恩"宰相的故事，也不失有趣。

三　崂山道观的花精魅影

牡丹与耐冬作为崂山道观中的名花奇景，曾被蒲松龄写入《聊斋志异》。《香玉》称胶州黄生借宿于崂山下清宫，其地有"耐冬高二丈，大数十围，牡丹高丈余，花时璀璨似锦"。黄生于观中邂逅牡丹、耐冬所化绝色女郎，分着白、红之衣，白衣女自称为平康妓，名香玉，被道士拘于观中；红衣者名绛雪，乃其义姊。香玉与黄生幽会欢洽，然一日被即墨蓝某移走，憔悴枯萎而死。黄生结友于绛雪，日日为香玉悲哭尽哀。花神为其至情所感，令香玉再次降生下清宫。香玉、绛雪与黄生共同度过了十数年的快乐时光，黄生死后化牡丹赤芽，被道士误斫，香玉、绛雪皆殉情。结尾作者为三人的挚情发出感叹："情之至者，鬼神可通。花以鬼从，而人以魂寄，非其结于情者深耶？一去而两殉之，即非坚贞，亦为情死矣。"①

《香玉》并非蒲松龄凭空杜撰，实有所本。蒋瑞藻《小说考证》卷七节录了《劳山丛拾》中的牡丹花精故事。故事称上清宫以北有烟霞洞，洞前有白牡丹一株，已生长数百年。即墨蓝侍郎见而悦之，拟移植于自家园林，然未与人言。当夜，上清宫道士夜梦一白衣女子前来，称其将暂别，某年月日即返。次日，蓝侍郎果然派人移花。道士晓悟，将梦中白衣女所言日期暗记于壁，至其期，又梦女子告其"归矣"。道士晨起，急往旧时花圃，果见牡丹含苞；而蓝侍郎园中，所移牡丹皆枯槁而死。

蒲松龄 1672 年曾游崂山，《聊斋志异·香玉》亦应为其采集前人故事改写而成。同时可见崂山地区早有牡丹显灵的传说，只是牡丹花精的居所存在争议。周至元《崂山志》称崂山牡丹"以上清宫白牡丹为最，花时至数百朵，《聊斋》所称香玉即此"②。上清宫在崂山东南部，原处山上，与太清宫（又称下清宫、下宫）相对，故得此名。周至元与《劳山

---

① 朱其铠主编：《全本新注聊斋志异》，人民文学出版社 1989 年版，第 1526 页。

② 周至元：《崂山志》，齐鲁书社 1993 年版，第 186 页。

丛拾》说法一致，均与《聊斋志异·香玉》所言"下清宫"有出入。蓝水《崂山志》曰："上清宫西檐下，有白牡丹一本，高四五尺，花时恒百余朵。按此即《聊斋志异》所谓香玉者，但谓在上清宫误。明胶州高弘图尚书《游崂记》初记其事，谓在上清宫，系亲闻之道士，与《志异》事同地异。总之，道士夸诈之辞，非有事实。"① 道士或作虚言夸耀本庙，然《聊斋志异》亦为小说家言，因此，对于"香玉"的出身之地，我们不必过分证实。

牡丹在崂山民间故事中多以人格化的花仙形象出现。《吕洞宾救牡丹》与《牡丹仙》敷演武则天下令催花之事。据宋代高承编《事物纪原》："武后冬月游后苑，花俱开，而牡丹独迟，遂贬于洛阳，故今言牡丹者，以西洛为冠首。"② 但各地传说中，牡丹的结局有所不同，崂山人即谓长安牡丹被八仙之一的吕洞宾施法运至崂山道观之中，于此生根繁衍。《上宫老道私卖牡丹花》《双花仙》《绿牡丹》等皆写牡丹仙子化作美女与凡人婚配之事。与当地民间故事中异类女性垂爱体力劳动者（如农夫、长工、渔民、猎户等）的叙述惯例不同，牡丹选择的伴侣皆为文人书生，或与蒲松龄《香玉》故事的典范影响有关。亦或牡丹蕴含富贵之气，多见于高堂宫观，不合生长草莽乡野之地，此种印象对民间故事产生了规范作用。

作为崂山特产花木，耐冬同样生长于道教宫观之中，配合花仙传说，为清静典正的宗教场所增添了奇艳的魅影。黄宗昌《崂山志》卷六"物产"称其"出海岛中，下清宫所植颇盛"③。卷五"仙释"之"张三丰"记录了张三丰将海岛耐冬花移植于崂山之事：

> 明永乐间，有张三丰者，尝自青州云门来，于崂山下居之，居民苏现礼敬焉。邑中初无耐冬花，三丰自海岛携出一本，植现庭前。虽隆冬严雪，叶色愈翠，正月即花，蕃艳可爱。今近二百年，柯干大小如初。或分其蘗株别植，未有能生者。④

---

① 蓝水：《崂山志》，1996年，第68页。

② （宋）高承撰、（明）李果订：《事物纪原》，金圆、许沛藻点校，中华书局1989年版，第551页。

③ 孙克诚：《黄宗昌〈崂山志〉注释》，中国海洋大学出版社2010年版，第160页。

④ 同上书，第139页。

蒲松龄《聊斋志异·海公子》称"东海古迹岛，有五色耐冬花，四时不调"，"东海古迹岛"即在崂山附近。崂山民间故事有《张三丰和绛雪》，称崂山下宫庙、三官殿院中有千岁耐冬树一株，每年腊月开花，直至来年三月方尽，花色通红，被称为"绛雪"。溯其来历，下宫庙仙道张三丰云游至蓬莱仙岛，赏尽奇花异草，倾心于耐冬之美；又有耐冬仙子现身，请仙师为其命名。张三丰观其花色艳红，赠名曰"绛雪"，同时以起名之便，邀仙子于下宫庙安家落户，既增神位，又添仙景。仙子亦向往崂山，但自言道行尚浅，无法漂洋过海；张三丰于是请其暂入褡裢，随其腾云驾雾，片刻即至下宫庙中。绛雪仙子变作耐冬树在院中生根，繁衍出无数小树，年年冬春开出繁花，吸引着天南海北的游客。亦有故事讲东海龙女游至崂山，被当地美景吸引而流连忘返，变作耐冬花扎根于此，又添山海奇观（《海带》）。

蓝水《崂山志》对耐冬植物属性的介绍颇为细致："耐冬，又名耐冻，即山茶，是崂山特产，与南方山茶有分……南方产者，移至北方，皆作盆景，冬日须入窖。崂山产者，随处可植，大者高数丈，九月即开花，直至来春。在冰雪中花开如常，故名耐冬。山茶为我国特产，种类甚多，花色有黄、白、红、粉红等，又有红白相间者，一株二色者。瓣有单双，叶有软硬。崂山有红白二种，红单白双，北方不惟他处无耐冬，且植物之冬日开花者，除上党等处草木之款冬花与新疆天山之雪莲及崂山耐冬外，更无第四者，是亦山茶之特种，为我国名花之一。"①

可见耐冬不仅为崂山特产，亦是中国境内少数冬日开花的珍稀植物之一。周至元《崂山志》更将耐冬作为崂山花卉之首，称其"品类山茶，有二种，一花较大，九月即开；一至立春始放叶，硬而翠，冬日愈茂，花赤红，雪中赏之，尤宜"。又赋诗曰：

> 空山夜来三尺雪，北风怒号岩隙裂。冲寒忽有耐冬花，雪中犹芳自孤洁。貌似胭脂心似霜，干如珊瑚叶如铁。偷取石醋缕缕衣，染成杜鹃枝枝血。吹煦未肯借东风，桃花为伍更不屑。嫣然一笑天地春，却嫌梅花穷寒骨。②

① 蓝水：《崂山志》，1996 年，第 68—69 页。
② 周至元：《崂山志》，齐鲁书社 1993 年版，第 186 页。

"空山夜来三尺雪，北风怒号岩隙裂"写气候之严寒，突出耐冬"冲寒"而开的特质。"偷取石醋缕缕衣，染成杜鹃枝枝血"写其花朵形色有类石榴、杜鹃。"石醋"即石榴花，唐代谷神子传奇集《博异志》有《崔玄微》，写崔处士与众花仙宴饮，石榴化作绯衣女郎，自名"石醋醋"。"雪中犹芳自孤洁""貌似胭脂心似霜"描写耐冬品性，因其雪中凌寒独开，令人颇有高洁孤寒、冷傲超然之人格联想——蒲松龄《聊斋志异·香玉》中，耐冬花仙"绛雪"即"性殊落落"，其冷静清高与牡丹花仙"香玉"之热烈多情形成鲜明对比。"桃花为伍更不屑""却嫌梅花穷寒骨"赞美耐冬花胜过桃、梅，虽不乏溢美，却表现出对家乡物产的无限热爱。

四 林产生长采集的想象

（一）崂山棍

青岛地区有谚语曰："崂山之宝有三样，墨晶、绿石、崂山杖。""崂山杖"俗称"崂山棍"，学名"钓樟"，为樟科植物，山胡椒属。作为著名的崂山林业产品，钓樟多以灌木形态生长于向阳坡地，皮色灰白，枝干扭曲别致，木质密实坚硬，气味辛香如姜，又被称为"山姜树"。自古崂山人多将其木漆以桐油，制成老人拐杖，赠之美称"崂山棍"。

普通山民不懂植被生长原理，仅因钓樟形态奇异而萌发想象，借神话人物释其来历。关于"崂山棍"的传说有两例，都与八仙之一的张果老有关。其一称张果老骑驴由昆仑山至崂山太清宫，仙驴饥饿，啃食崂山树皮。为了给树疗伤，张果老取来瀛洲仙药涂于树干，使其伤口愈合，与此同时生出疮疤，树干也变得坚硬无比，成为崂山特产"崂山棍"（《崂山棍》）。其二称东海龙王三太子心地善良，偷来龙宫法宝金纺车、银线网送与海边居民，助其渔业，导致海中鱼虾减少、水族衰落。龙王愤怒，抓住龙子扔出东海，龙子倒栽在崂山半山腰上，化作山姜树。一日，张果老游至崂山，将其坐骑神驴拴在山姜树上，独自上山游玩。因爱恋崂山景色，张果老忘记下山，神驴等待主人不至，饥渴难耐，又无法挣脱缰绳，反将山姜树干扭成九道弯曲。从此，树干弯曲的山姜树便在崂山之上繁衍生息，山民以其主干截作拐杖，为纪念龙王三太子之恩德，称其为"龙头拐"，外地人呼之"崂山棍"（《龙子化作崂山棍》）。

大概"崂山棍"作为拐杖，使用者多为老人，因此相关民谭也将联想的方向指向了老翁形象的神仙；八仙故事在崂山流传甚广，张果老以倒骑毛驴老仙的形象深入人心，自然而然地被编入"崂山棍"故事体系之中。龙子化身、老仙成就的生长传说，也使"崂山棍"蒙生上吉利祥瑞的色彩，具有为山林特产传播声名、提高经济价值的作用。

（二）崂山茶

唐代茶圣陆羽撰《茶经》曰："茶者，南方之嘉木也。"因南方气候温暖且常年多雨，适于茶树生长。山东地处秦岭淮河以北，但青岛崂山三面环海，气候温和湿润，土壤亦呈酸性，同样为茶叶生长提供了良好的自然环境。周至元《崂山志》称："茶，深山时有之，味淡以清。惜山民不知采摘、烘焙之法，故不能与龙井等品齐名。"[①] 可见崂山茶质量亦佳，如采制方法得当，可与百茶之首西湖龙井争胜。崂山有绿茶、石竹茶、玉竹茶等，以崂山绿茶较为知名。《崂山民间故事全集》收录的茶故事有如下几则。

《崂山神茶树》：崂山竹窝村流行咽喉痛肿的怪病，村中三兄弟玉林、玉森、玉柱同时梦到一位白发老人，称用崂顶比高崮大茶树的树叶煎水，可治此病。三兄弟依次到比高崮采茶。因崮高壁陡、难以攀登，大哥、二哥都妄图投机取巧，最终半途而废、无功而返。三弟玉柱不畏艰险攀到崮顶，由七位茶树仙女赠与茶叶，治好村人之病。众乡亲在崂顶为玉柱立石碑，号为"顶天柱"，比高崮茶树亦被称为"神茶树"。

《茶树仙》：终南山玉竹洞仙人云中子携徒弟申渊子同游崂山，比高崮茶树仙子爱恋申渊子，以仙风将其摄到比高崮之上，共结百年之好，又用茶树叶变成申渊子的模样骗过其师。

《崂山仙茶》：东海龙王三女儿与一凡人书生私订终身，共游崂山。为留纪念，龙女钻开一眼"神水泉"；又将凤冠宝珠埋入崂顶比高崮，以仙唾灌之，种出一株"仙茶树"。因地势高险，鲜有人能够采到仙茶；仙树常年葱翠、不惧风霜，每年只落三片茶叶，得者以之为幸事。

《崂山真茶》：崂山白云洞有一看林人青山，对草木生灵极尽爱护。一日，燕子衔来一种，青山种于峭壁平台上，精心照料。几日后，种子发出金芽，慢慢生出绿树、白花，发出浓郁香气；花芯中跳出仙女，以舌尖舔润、采集树叶，托梦将一包树叶赠与青山，称为"茶叶"。青山爱恋仙

---

① 周至元：《崂山志》，齐鲁书社1993年版，第184页。

女，日夜将茶包带在身边。一日烧火为炊，不慎将一片叶子落入锅内，竟煮出满室异香，煮茶蒸汽中现出仙树和仙女的幻象，锅中粗粮亦变成丰盛佳肴。财主得知此事，逼青山交出神茶。青山不允，情急之下吞下包内茶叶。财主气愤，命人捆住青山扔下悬崖，不料青山竟因吞食神茶脱胎换骨，落入山间扎根成茶树，与仙女朝夕相伴。财主欲采茶叶，却被树上盘踞的大蛇咬死。两株神茶从此并肩立于崂山白云洞峭壁上，只有善良忠厚之人方能采到。

《崂山茶》：崂山山根有一茶馆，掌柜令伙计邓山亲入崂山采茶，不料邓山十年后才采来一袋茶叶。掌柜见茶成色不好，又怒其晚归，解雇邓山，将茶随便弃于屋角。一日，馆内来一茶商，出高价买下弃茶，称为茶中珍品"仙人舌"。掌柜为多盈利润，至邓山家中求取仙茶，惊见煮茶雾气中现出七位茶树仙子，以仙舌挑采茶叶。掌柜因贪财好色被仙子捉弄，一无所获，而邓山不仅以仙茶卖得高价，还与最小的茶树仙子喜结连理。

昭传本地风物、讴歌勤劳勇敢、鞭挞贪婪邪恶是崂山物产传说一贯的叙事套路。我们同时发现，"崂山棍"的联想方向指向了老人，"崂山茶"却与女性存在着更为紧密的关系。喝茶并非女性专属，但世人印象中采茶者却多为女子。传说，古时采集信阳毛尖即须处女，且不以手折，必以口咬下茶叶，吐于胸前小篓中储存。因采集时沾染少女口唇，存蓄时近其双乳，以此被称为"口唇茶"，又名"乳香茶"。"口唇茶"在古时作为珍贵贡品，仅供皇族享用。上述崂山茶传说中，美丽的仙女（无论树仙、龙女）几乎是必不可少的形象；除却民间故事中常见的仙凡婚恋外，仙女以舌、唾采集、滋润茶叶，也成为引人注目的情节。这很可能受到河南信阳"口唇茶"传说的影响。

在现代人眼中，以口舌采茶有失做作、怪诞，与其作为劳动技能，不如看成"行为艺术"。站在科学的角度，少女津唾对于茶叶质量并没有明显的提升作用。"口唇茶"的炒作及相关传说的出现，更大程度上缘于旧时男子的淫媟恶趣。古代文人士子多有诗词咏及美女口舌津唾者，以女子唇舌采茶、润茶，同样能为饮茶雅事增添几分香艳、魅惑的想象，但其品位不免淫俗。

况且，明代文人罗廪曾作《茶解》，明确指出，"采茶制茶，最忌手汗、膻气、口臭、多涕、多沫、不洁之人及月信妇人"。因为"茶性淫，易于染着，无论腥秽及有气之物，不得与之近"；"藏茶宜燥又宜凉，湿则味变而香失"。唾液一类的人体分泌物其实极不利于茶叶保鲜、保质。现实生活中，处女以舌采茶或许只是传闻，即便确有其事，也不宜大范围推广。同时，崂山民间故事也揭示出一个现象，即野生茶树多生于荒僻山区，地势高险，青壮年男子攀爬采集尚且不易，何况弱质少女。崂山民间故事的讲述者将口舌采茶之事托于仙女，巧妙地回避了这一叙事矛盾。且部分篇目对于茶树仙子的描写笔法明显有效仿《聊斋志异》之处，尚不低俗：

> 青山……望着那绿叶中的朵朵洁白的小花，看着，看着，忽见从树顶的一朵特大的白花花芯里，跳出一个指头顶大、身穿白衣、腰束绿裙、红脸瓜腮的小女孩！那小女孩两只白嫩的小脚，踏在一根柔软的横长的枝条上，身子悠一悠，枝条颤一颤；一悠一颤，小女孩迎风长一长；三悠两颤中，那小女孩便长成一个奇俊的大闺女了……
>
> （《崂山民间故事全集·崂山真茶》）①
>
> 生视花芽，日益肥茂，春尽，盈二尺许……次年四月至官，则花一朵，含苞未放；方流连间，花摇摇欲拆；少时已开，花大如盘，俨然有小美人坐蕊中，裁三四指许；转瞬飘然欲下，则香玉也。
>
> （《聊斋志异·香玉》）②

但相比之下，崂山民间故事中对于茶叶之真实属性有所揭示的篇目，应属《老道巧识"天茶树"》。故事写崂山巨峰顶东北有"天茶"一株，因生长地势高险，多年来无人采集。明道观老道长上山，见一巨蛇吞食羔羊，腹部淤胀，于是爬上险峰，咀嚼"天茶"树叶，很快其腹见消。老道长方知天茶功效，冒险上山，采集茶叶若干，至庙内炒制保存。一日，一小道士下山，偷食大量牛肉，腹胃胀痛难忍，老道长急忙煎煮天茶，令其服下，以消腹胀。"天茶"遂被人所知。另有《道士师徒喝神茶》一篇，亦写道士师徒因雪灾无粮暴食牛肉，煮茶消除腹胀腹痛之事，表现出崂山绿茶的养生功效——因茶叶之中富含溶解脂肪的芳香族化合物，可以化浊解腻；咖啡因和维生素成分又能促进胃酸分泌，辅助溶脂，因此具有

---

① 张崇纲编：《崂山民间故事全集》，青岛海洋大学出版社1993年版，第1145页。

② 朱其铠主编：《全本新注聊斋志异》，人民文学出版社1989年版，第1526页。

较强的消食作用。

或许正因为意识到了茶叶的养生功效，崂山人极重饮茶，有俗谚曰"一天不喝茶血脉少，两天不喝茶站不住脚，三天不喝茶见风倒"，茶的作用超过了酒肉米粮。张崇纲《茶与崂山茶文化》称崂山当地"家家有茶具，户户飘茶香"；即便在解放前的战争乱离岁月，或者1959年后的三年困难时期，多数山民"锅中无粮、灶中缺柴"，却往往在家中蓄有茶叶，以山间泉水佐之，烧煮饮用。

崂山茶本为崂山人的日常饮料，然19世纪末，胶州湾被辟为通商口岸，南方茶叶随同其他物资大量流入青岛，逐渐代替了崂山茶叶的主导地位。20世纪50年代开始，青岛市兴起"南茶北引"运动，引进皖南、江浙等地优良茶苗进行试验栽植，1959年在崂山太清宫林区首次栽植成功，后得到邓小平等中央领导人的高度评价。崂山地区诞生了融合南北优势的新茶种，种茶、制茶亦成为促进当地经济社会发展的重要产业。据张崇纲先生调查记载，截至2006年，崂山地区已建有大小茶园56处，年产茶叶400吨，又培植出"杜仲茶""竹叶茶"等全新品种，远销海内外。

茶叶丰产且注重饮茶的地区，大多流行着一系列泡茶、奉茶的礼仪习俗，青岛崂山亦不例外。张崇纲先生概括出以下几点。其一，无论贫富，家家都备有整套茶具（包括茶桶、茶盘、茶壶、茶碗等）。其二，冲茶前必将茶具洗净沥干。其三，冲茶需"先焖后斟"。其四，斟茶遵循长、幼、客、主之序。其五，斟茶宜浅不宜满，有"茶要浅，酒要满"之说。其六，斟茶时，主人须一手提茶壶，一手立于茶壶边，以示对客人的尊敬；客人亦须以右手立于茶碗边，以示回敬主人。其七，不喝隔夜茶水。其八，家有好茶，必邀茶友共尝；逢年过节，必买好茶待客。其九，村中闲暇之时，中老年人以三五人为朋，在三餐后轮流聚于一家，喝茶谈天，所谓"喝轮庄茶"。[①] 2007年6月，"崂山茶道"被纳入区级非物质文化遗产名录。

（三）崂山参

除钓樟、绿茶外，人参亦为崂山山林特产。蓝水《崂山志》称："人参，性喜阴恶阳，产山阴，山民不识其形状，割草卖于城市。"[②] 人参为

---

① 张崇纲：《张崇纲文选》，天马出版有限公司2009年版，第47—48页。

② 蓝水：《崂山志》，1996年，第71页。

多年生草本植物，其叶片没有气孔和栅栏组织，无法储存水分，生长适宜温度为 15—25℃，高于 32℃ 即会被灼伤，因此喜阴凉湿润之气候，崂山山阴为其提供了适宜的生长环境。

中国是世界上最早应用人参的国家。《神农本草经》称人参主补五脏，且能够安神定魄、止惊除邪、开心益智，久服之，有轻身延年之功效。作为著名药材，人参的药用价值主要体现在其肉质根上。有些人参根部形似人形，在泛神论信仰盛行的中国民间，很自然地激发出"日久成精"的相关联想。

崂山民间故事中的人参皆以人性化的神仙精灵形象出现。如果说在民间想象中，狐、鼬、蛇等动物精灵具有亦正亦邪的属性，那么参精、参仙则因其固有的良药原型，彰显出更为完美的人格特征。

《崂山民间故事全集》收录了若干参精与凡人的婚恋故事。参精多为女性，具有人间美女外貌特征的同时，也依约可见人参的草本形态，如"头戴红宝珠"（《参泉》），"头戴红花"（《人参姑娘》）等，皆以红色头饰模拟参顶的红色浆果。参女出于同情结交、扶持穷苦卑微的人间男子，在相互敬爱的基础上与之结合，并利用自己的神药力量，为凡间伴侣疗治伤痛、强身健体（《昧心石的传说》《人参姑娘》），甚至使之返老还童、脱胎为仙（《人参媳妇》《参姑和巴哥》）。

除了变美女下嫁凡夫，崂山人参也变作小童认取凡间父母。《参孩》讲三标山一老妇无儿无女，与人参精变化的小男孩结伴赶集，保护参孩逃脱道士和衙役的抓捕，参孩主动要求做老妇之子，又为老妇与众乡亲变出粮食、衣帛、房屋，使全村穷人过上幸福的生活。《崂山三棵参》中的王哥庄穷汉刘三下关东挖参，带回三颗人参种子，种于崂山。四十年后，三颗参化作三个俊俏伶俐的男孩，认刘三为祖父，为其磕头拜年，以报答栽种之恩。

凡人大多乐于亲近参精，没有表现出面对其他异类常有的惊惧防备心理。但人参在乐于助人的同时也自具灵性，能够辨别善恶，不使自己和同伴落入恶徒之手，甚至能够凭借法术惩戒自私贪婪之人。如《崂山"真参"》所说："崂山人参道号大，比长白山的参还强。可是，没福分、好图利的人是挖不着的，因为崂山参会隐身法，它看中了你，才能叫你挖几棵小的……"故事中，贪婪刻薄、"刮了地皮刮人皮"的地主少爷违背誓言挖走老参，却中计披上参皮，变成人参被他人买卖、食用。《参泉》讲人参美女同情家贫无依的崂山夫妻，赠其人参一捆，又特意嘱咐二人不可贪心。《浮山参》讲药贩欲挖参，却受到人参童子的戏耍，只挖到形似人参的萝卜。《参仇》中的人参丈夫使出"金蝉脱壳"的看家本领，保护自身和妻子免遭老道毒手；人参妻子为报丈夫脱皮重伤之仇，将毒草作为自己替身，使穷追不舍的老道食之中毒身亡。

崂山民间故事也涉及人参行业的某些"术语"和"行规"。如《浮山参》《参仇》《参精》讲山民挖参，皆在发现人参之后叫喊一声"棒槌"；《参仇》《人参姑娘》《浮山参孩》中的道士、财主、挖参人将红线扎系到参女、参孩的衣角、头顶，以便将人参"定住"，使其无法逃遁。此说颇为神秘，但现实世界中采参人以红线系参，主要目的是给人参定位。挖掘人参需格外小心，以保证根须完整，因此常常耗时数日；又如蓝水所称，"山民不识其形状，割草卖于城市"，可见露出地表的参叶色彩形态往往不甚分明，在长时间挖掘过程中容易失去目标，与杂草相混。《参仇》中的道士误食形似人参的"猫儿眼"中毒，虽为想象中的恶人恶报，却也真实反映出人参采集业的种种艰危。

五 被神化的崂山矿藏

（一）崂山绿石

崂山绿石，一名崂山绿玉，产于青岛崂山东麓仰口湾畔。此石蕴藏于海滨湿地，矿带入海愈深者，石质愈佳，故又被称为"海底玉"。清代胶州人王大来曾咏诗赞之："有客来从二华巅，移山入室看云烟。应嫌瘦削难填海，只为玲珑未补天。玉女头低垂二鬟，仙人掌冷握双拳。常愁叱汝成羊后，复向峰岚高处眠。"绿石莹润透亮，以绿色为底，兼有灰、白、黄、紫等杂色纹路，或浮有金星绚彩、荧光结晶，观赏性极强；且质地坚实细密、硬度较高，自古多被凿磨雕绘，制成各类文具及观赏性陈设。黄宗昌《崂山志》称绿石"出峰山，邑多好之，而侄孙贞麟之绿屏，为难再得"，"绿屏"应为以绿石雕饰之屏风，峰山即崂山东麓仰口湾丰山。①周至元《崂山志》亦称其"出丰山绿石滩，佳者色深碧，温而润，静而雅，可作几上之供"②。

---

① 孙克诚：《黄宗昌〈崂山志〉注释》，中国海洋大学出版社 2010 年版，第 159 页。
② 周至元：《崂山志》，齐鲁书社 1993 年版，第 190 页。

关于绿石的生成原因，崂山人借名著《西游记》汩流扬波，编造出一段神奇有趣的故事。故事称齐天大圣孙悟空借走东海龙王的定海神针作金箍棒，又欲再借宝衣。龙王不允，令虾兵蟹将以绿色水晶做成顶门棍，抵住龙宫的绿色宝石大门阻挡猴王。孙悟空大怒，以如意金箍棒敲碎宝石大门，砸烂玉砌翠雕的东海龙宫，抢得龙王宝衣；末了点起神火，将满宫摔碎的珠宝玉石混着碧蓝海水烧成一池沸汤。沸汤冷却之后，凝成厚重的绿色石块，每当海水退潮，便在东海边露出一圈，辉映阳光，生出异彩，崂山人采之雕绘欣赏，称其为"海底玉"（《崂山绿石》）。

又有一说，称很久以前，崂山太平宫有一德行极高的道士，被当地人唤作"活神仙"。"活神仙"于仰口湾羽化成仙，太上老君任命其司管天宫树林。神仙不忘故土，从天宫树林摘下八十一片仙叶，撒在仰口湾海边沙滩上，又托梦告知太平宫道士到海边寻宝。次日清晨，道士来到海边，只见一片翠绿宝石伸向峰山东沿。这种由天上仙叶化作的石头，从此被称作"崂山绿石"（《崂山绿石的传说》）。

（二）崂山花岗岩与金刚石

崂山同时盛产花岗岩、金刚石等，名气虽不及绿石，但同样有相关传说神化其生成缘由。一说崂山花岗岩为玉皇之弟所化。古时东海边有张氏兄弟，哥哥名叫张玉，弟弟名叫张石。兄弟俩向往天国乐土，遂制云梯登天。经过千辛万苦，天宫仅有一步之遥，哥哥张玉却因一己私念踢翻云梯，使弟弟张石跌落下界、功败垂成。张玉上天，登基成为玉皇；而张石则变成东海崂山，云梯也化作横跨东海的海桥。张石登天之志不改，其身所化崂山日夜上长；而玉皇也令天空不断升高。最终，张石未能如愿登天，但其血肉化作的坚硬岩石却为一代代崂山人提供了重要的建筑材料，高大险峻的石山也成为千秋不朽的丰碑（《玉皇和他的弟弟》）。

同样出于民间语境，崂山花岗岩的传说带有崇高悲壮的创世神话色彩，塑造出虽败犹荣的英雄形象。而金刚石矿的诞生，却缘于一场温馨旖旎的仙凡之恋，主人公是崂山民间故事中出现频率极高的女仙——东海龙女。《崂山金刚石》称崂山有少年名水生，与父母居于海边。水生心地善良，常常放生海中生物。一日海水涌出一块光亮耀目的石头，水生捡拾还家，父母皆不识。次日，海水中走出一红衣红甲的少女，向水生索要石头，自言为东海龙王三女，因不惯龙宫拘束，在崂山犹龙洞修行五百年，化成女身，愿与水生结为夫妇。水生欣然同意，但此时龙太子赶来捉拿龙女，索要龙宫至宝金刚石。龙女自知法力不敌兄长，情急之下将金刚石砸碎，携水生父母至太清宫西边东平岚安家，终于过上幸福平静的生活。龙宫金刚石的碎片散落在崂山山海之间，千百年后形成珍贵矿产。

六　资源保护与可持续发展

（一）崂山水晶石

正因崂山主体为花岗岩石，且因临近海洋、水气丰盈，历经千万年的光阴，滋养出更为明净美丽的菁华矿藏——崂山水晶。崂山水晶有墨晶、紫晶、茶晶等，分布在崂山华楼、天门峰、棋盘石等地。其中以墨晶最为知名。周至元有《墨晶诗》曰："磊落岂甘顽石同，二崂毓秀产灵晶。不能营钻空椎髻，别具锋棱嶙骨成。倘施琢磨便供璧，若论价值胜连城。深山还应返君璞，莫向人间浪得名。"① 又据蓝水《崂山志》，清初即墨某江姓人于崂山采得一块墨晶，运至北京，制成九副眼镜，六副卖于宫中，得一万二千两白银，以此致富。时人多至太行山等地开采晶石，但其质量皆不及崂山。民国初年，有人患眼病双目红肿，借戴江氏墨晶镜一日，竟得以痊愈。眼镜品质上佳者，可于白日见星宿，因此墨晶除治疗眼疾之外，还可用于制作精密天文仪器。②

《崂山民间故事全集》收录崂山水晶故事多篇，笔者将其内容梗概罗列于下。

《水晶、墨晶和茶晶》：崂山自古出产水晶、墨晶和茶晶，称为"三晶宝石"，以体积大者为贵。崂山登瀛村有一年轻人大宝，与老母共同生活，家贫无妻。一日，大宝外出劳作，在山顶上发现三颗巨型水晶，分别呈现出白、黑、紫三色。大宝知其为无价之宝，一时心起贪念，欲独占三块晶石，换得高楼广厦、锦衣玉食、娇妻美妾的富贵生活。正当其设法偷运水晶之际，三块晶石突然变作身穿白衣、黑衣、紫衣的三位老人，远远走开，不知去向。从此，崂山再无人见到"三晶宝石"，只能开采到小碎晶石。

《水晶石》：崂山一带流传着"自古崂山有水晶，崂山水晶向贫穷"的俗谚。崂山出产水晶，因富人从不外出劳作，故而多为穷人挖得。一财

---

① 周至元：《崂山志》，齐鲁书社 1993 年版，第 191 页。
② 蓝水：《崂山志》，1996 年，第 76 页。

主名唤"谭不够",雇人上山,发现一水晶矿洞。临近除夕,财主恐水晶被窃,遣走所有雇工,自己留下看守矿洞。然而半夜时分,洞内水晶全部变成人形,身着各色衣裳,在一素衣仙女带领下跑出矿洞,消失得无影无踪。

《崂山水晶石》:穷人王山孤身一人,终年以打石糊口。一日,王山在山中遇到巨型水晶变成的白衣仙女,仙女怜悯王山,赠其晶石一块,可以之敲出想要拥有的一切。王山遵嘱,用晶石敲出衣食房屋、金银财宝、妻妾仆婢,过上荣华富贵的生活。但王山在致富的同时性情也渐渐改变,不再理会穷人故友,反而与财主、官宦沆瀣一气、欺压乡里。白衣仙女再次出现,怒斥王山变心忘本,拿走神奇晶石。王山所拥有的一切随即消逝,又变成一无所有的打石穷汉;山间石窟中,也不见了巨型水晶。

《崂山水晶石的故事》:很久以前,崂山到处矗立着发光的水晶,但时人并不识其为宝,更无人动手采撷。一日,北九水村一老农进山砍柴,看到两个小女孩变作两块彩色石头。老农持彩石还家,彩石又化为乌有。原来,二女孩皆为崂山水晶王的孙女,因行迹暴露,水晶王下令,裸露山间的晶石务必深潜藏身,以免凡人开采。从此,崂山地表再无水晶。

至此,我们不难读出崂山水晶传说的独特意味——其中渗透着消极、失落、幻灭与惆怅的复杂意绪,在民间故事中并不多见。虽同为崂山矿藏,绿石、金刚石、花岗岩的传说都围绕着矿石的生成原因展开,唯有水晶石,民间传说所关注的不再是其"成因",而是有关"开采"的问题。其中涉及独特的历史背景。正因崂山水晶精纯珍贵,自明清时代便享誉四方,售卖水晶可获巨额利润,远近之人受此诱惑,多私入深山采之,朝廷亦屡禁难止。凡人迹能至之处,水晶石已被开采殆尽,鲜有价值不菲者。崂山民众有惧于晶矿空虚、山菁丧失,出于保护资源的心理,杜撰出上述故事,赋予晶石以灵性人格,能够自预凶吉、自主行藏,不落入贪心人之手。水晶及其他财宝瞬间归于乌有的情节,也大有惩贪教化的色彩;"谭不够""王山"等,作为"贪不够""忘山"的谐音,分明包含了对时人疯狂逐利享乐行为的讽刺。

(二)崂山矿泉水

作为珍贵的矿藏,如果说花岗岩、金刚石、绿石、水晶等为崂山打造了坚实厚重的底蕴,那么矿泉水则在这种坚实与厚重之中增添了些许灵动的神韵。中国第一代瓶装矿泉水即诞生于山东青岛,名为"崂山矿泉水"。20 世纪初，侨居青岛的德国商人发现了崂山泉水的优良品质，通过勘测打造水井并投资建厂，生产出中国第一代矿泉水。在新中国成立后，崂山矿泉水成为人民大会堂国宴用水，并作为世界名牌远销海外。

关于崂山矿泉水的成因，有传说将其与孙悟空相联系——悟空赴王母蟠桃会，欲将宴上佳肴美酒偷运至花果山，不想半路醉倒在崂山顶，仙酒滑落流下山洞，形成一股股甘甜泉水（《崂山矿泉水》）。又有一说，称崂山本无泉水，石湾村一青年王泉偶然挖得一只石盆，无论放入何物，都可从盆中不断涌出。王泉以之变出钱、粮，又在大旱之年变出清水，接济乡亲。消息传开，远近各处的财主、官吏纷纷开出重价换取石盆；皇帝也前来争夺，许以高官厚禄。王泉不愿交出乡亲赖以为生的宝盆，无奈之下跑上崂顶，将盆摔碎在极顶石上，自己也跳下深涧。石盆碎片落到之处便涌起一眼清泉，王泉的肉身也化作了崂山北侧最大的泉眼，被称为"源泉"。从此，大大小小的清泉汇成长河，流淌不息，即是今天的"崂山矿泉水"（《崂山矿泉水》）。

两则《崂山矿泉水》，其一借《西游记》作番外讲述，其二与崂山地区流传的另一则故事《流清河的传说》情节类似。"流清河"与"矿泉水"的传说不知孰先孰后，但皆改造中国古代的"聚宝盆"故事而成。清人褚人获《坚瓠余集》卷之二有"聚宝盆"，讲述明初江南首富沈万三发迹致富的故事。沈氏早年贫困，夜梦百人祈命，皆着青衣。天明出门，见一渔翁捕得青蛙百余只，正待剖杀。万山方悟梦中人为青蛙所化，于是买蛙放生。次日众蛙于万山宅外喧鸣，环踞一瓦盆。万山持盆还家，一日偶将一银记落入盆中，顷刻便见银记盈满；以金试之，亦复如是。沈万三得以财雄天下。

和许多民间故事一样，《崂山矿泉水》附会神仙神话、奇人奇事编造情节，在文本艺术上毫无稀奇之处，但其文外之旨却耐人寻味。宝盆长久以来藏身僻境，偶被发掘即能解决民生疾苦，令山民赖以为生，恰如某种价值可观、潜力巨大的自然资源；财主、官吏、皇帝许诺的金银钱财、势位尊荣，则代表了常人难以抗拒的经济政治利益。王泉不为眼前利益所动，且不惜粉身碎骨，将宝盆留在山林之间，为世代百姓涌现甘泉，这体现出一种近似"可持续发展"的价值观念。可持续发展思想最早于 1980 年由国际自然保护同盟提出，1994 年被中国政府纳入《中国 21 世纪议程》，随后上升到国家发展战略的高度，逐渐被全社会所熟知。但《崂山矿泉水》的故事搜集于 1964 年，由当地一位 86 岁的农家老人口述整理而成，并未接受现代环保思想的刻意改造。这足以说明崂山民谭之中蕴含着不自觉的生态思想，尽管朴素隐晦，但却能够代表未来社会的发展方向。

第三节　风物故事的总体思想内涵

民谭讲述者没有明确的文学创作意识，故而民间故事对内容思想的把握往往不够自觉。但在长期的发展过程中，总会积淀出某些特定的思想因子，形成同一区域内同类故事的独特内涵。

通过剖析本章风物故事，笔者所得出的最鲜明印象，即崂山山民浓重的乡土情怀。一代代崂山人以动人的故事传说着身边的地名、景观、物产、风俗，又从相同的传说对象中不断衍生出富于差异的情节形态。这在其他地区是不多见的，足以表明，对于世代居栖的山海土地，对于祖先遗留的古迹文明，对于赖以为生的动植矿物，崂山人充满了深挚的热爱、无限的自豪与永恒的依恋。这是崂山风物故事思想文化中最具价值的内涵，因为它在一定程度上昭示出人类与自然、社会相互依存、共同发展的紧密关系。人是宇宙间最具灵性与智能的个体，但又不是孤立而不受制约的存在；他/她应该与自然相亲，与万物和谐共处，也需担当社会责任，将先辈的物质与精神遗产批判继承、流传后世。风物故事既是崂山民众热爱家乡、不忘故土的思想流露，也是中国传统人文情怀在特定地域与文化范畴内的具体表现。

中国历代文人也多有故国乡关之思，发诸吟咏，溢于笔端，可以情思无限、意通千载。但文人作品对于自然山水或人文古迹的流连，往往带有距离感。这是审美主体与审美对象之间的心理距离，它排除了实用功利目的，使主体进入一种纯粹的欣赏境界。底层民众则不同，现实的生计需要使他们无法拉开审美距离，甚至根本没有审美的意识。因此，他们不是以观旁或欣赏的超然态度打量山川古迹、动植矿产，而是将自己（乃至家庭与族群）的生活与命运并入其中。

出于对家乡故土的亲切认同，崂山人在虚构故事的同时仍不忘以纪实化的态度讲述出真实的生存处境。这种纪实讲述构成了对书面档案的某种补充。《汉书》曰"齐俗奢侈，好末技，不田作"（《循吏传》），"其失夸奢朋党，言与行缪，虚诈不情"（《地理志》）①，世人往往以此作为齐人浮夸奢侈之证，并将其归因于当地近海开放、重商好利的传统——早于《汉书》的《史记》，已有"太公至国……通商工之业，便鱼盐之利"（《齐太公世家》）②的记载。这种逻辑推论，在黑格尔的《历史哲学》中也能得到证实。中外史家哲人的权威记录和经典论证极容易使我们建立起对包括崂山在内齐地风土民情的片面印象，也使我们在某种程度上夸大了沿海与内陆地域文化的差异性。然而借助民间故事不难发现，尽管海洋环境从物质和精神各方面融入了崂山先民的生活，但并没有对农耕文明造成根本的冲击。不仅《浮山的故事》在想象山海地形形成的过程中体现出耕织为本的思想，《石老人和车姑岛的传说》中的父女以捕鱼为生，却将"会种地"作为女儿择偶的重要标准；《崂山的传说》亦讲"靠山吃山，靠海吃海"的东海滩人"有的靠打鱼捞虾谋生，有的靠开荒种粮糊口"。反映到精神信仰层面，龙王庙表现出沿海居民对海洋的仰赖与敬畏，三官殿中的泥塑尧舜禹又彰显出农耕民族在历史传承中对祖先和土地的亲厚感情。海云庵的多神供奉，也根植于乡民在农耕、渔航两方面渴望神灵庇佑、祈求平安富足的现实生活愿望。

　　热爱家乡故土，追求幸福生活，不能仅仅依靠超现实的庇佑，更需要自身的顽强斗争。关于青岛、胶州湾、燕儿岛、崂山的几篇地名传说中，战胜邪恶、拯救人类的力量从神灵（神风、玉皇）演化成神异英雄（燕儿），更进一步发展为人类英雄（大智大勇兄妹）；普泛意义上的"大众"也逐渐参与到斗争中来。据此，我们不难看出崂山人在生存斗争过程中的心路历程——由内向封闭、保守妥协到开放求索、积极应对，由盲目虚妄、企待外力到脚踏实地、自我担当。

　　斗争的对象，首先是恶劣的自然环境。崂山沿海境幽景美、物产丰富，但亦土地贫瘠，险碍丛生。如顾炎武在《崂山志序》中所说："夫劳山，皆乱石巉岩，下临大海，逼仄难度，其险处，土人犹罕至焉。秦皇登之，是必万人除道，百官扈从，千人拥挽，而后上也。五谷不生，环山以外，土皆疏瘠，海滨斥卤，仅有鱼、蛤，亦须其时。"③民间故事中，福山母子依靠渔业农耕只能勉强度日，一旦遭遇干旱，又要面临淡水资源的

---

①　（汉）班固：《汉书》，中华书局 1962 年版，第 1661、3640 页。

②　（汉）司马迁：《史记》，中华书局 1959 年版，第 1480 页。

③　孙克诚：《黄宗昌〈崂山志〉注释》，中国海洋大学出版社 2010 年版，第 7 页。

缺乏。就地取材，采集茶、参，也是山民的生存选择；但茶树多生高山险崮，人参与众草杂处，致使采集业亦颇多艰辛。而山海密林中的毒虫猛兽（如《燕儿岛的传说》中的鲨鱼，《智除大长虫》中的公母蛇精，《荒草庵为什么又叫三官庙》中的"妖精"），也对当地山民的生命安全构成了威胁。唯有吃苦耐劳、智勇双全之人，方能克服困难险阻，创造美好生活，如《崂山的传说》中的英雄兄妹，《三官庙的传说》中的水官禹三，他们面对灾难挺身而出，不畏惧、不言弃，带领民众解决祸患，赢得了世人的感激铭记。

除却不利的自然条件，人文社会意义上的邪恶势力也是反抗斗争的对象。这一方面表现为外在的强权压迫。我们在"石老人"故事系列中指出了崂山民谭的鲜明阶级色彩，这种阶级色彩在其他故事中也时时体现，掌握着经济政治优势的一方（财主、官宦、皇帝乃至上层宗教人士）几乎永远扮演着害人害己的反面角色。阶级仇恨的产生缘于现实环境中特权者对底层民众的压迫与剥削，民间故事以身份地位划分人性善恶固有不妥之处，但所反映出不畏强权、勇于反抗的精神却值得肯定。另一方面则表现为对人性阴暗面的谴责与鞭挞。《浮山的故事》中，自私贪婪的福海背弃亲人而依傍财主，为强娶富家女不惜杀兄剖心，最终葬身大海，化成"耻岛"。《狐狸娘报仇》讲屠户冷酷残暴，虐打小狐，激怒母狐施法，令其误杀亲子，自食恶果。《蛇娘娘》《蛇吞相》《崂山水晶石》中一众忘恩负义之人也得到惩罚，或倾家荡产，或殒身丧命。对上述负面思想行为的斗争，再次表明了崂山人的价值观——重义而轻利，重家庭而轻个人，顺应天时而取宜守则，在物我一体的追求中达至人与自然社会的和谐共生。虽处于沿海环境之中，却与西方海洋民族"从事征服，从事掠夺""追求利润，从事商业"① 的性格截然不同。

除却浓重的乡土情怀和顽强的斗争精神，崂山风物故事也表现出非凡的想象力。我们在前文已经指出，周革殷命，打破了对鬼神的绝对崇拜，而儒家发展周礼，进一步排斥怪力乱神之说，以此使中国传统文学呈现出重实际而黜玄想的总体面貌。而论及神话之零星，鲁迅在《中国小说史略》中指出"其故殆尤在神鬼之不别"。"天神地祇人鬼，古者虽若有辨，

---

① ［德］黑格尔：《历史哲学》，王造时译，上海书店出版社 2001 年版，第 93 页。

而人鬼亦得为神祇。人神淆杂，则原始信仰无由蜕尽……"①尽管中国不似希腊等地保留着完整的古典神话体系，但民间长久流行着类似"泛神论"的信仰。崂山风物故事即是典型的例证，在当地先民心中，不仅天神、地祇、人鬼，即如土地、山河、动植、静物等，皆可由神力所化，亦皆可得道通灵。

从历史文化渊源来看，崂山地区古属齐国，与鲁国比邻相依而交往频繁。齐国接受了周鲁礼乐熏陶，但姜太公封国修政，对当地土著居民采取"因其俗，简其礼"②的文化政策，保留了东夷部落的巫风传统。巫觋的神怪之说成为幻想故事的孕育土壤，而东夷族的青丘九尾狐崇拜，更对后世的狐异信仰影响深远。在流传下来的崂山民谭文本中，狐类精灵的出现频率极高，且与人类的交往最为密切。

据司马迁《史记·封禅书》，战国时期齐燕诸国君主多有海上求仙之行，求仙的失败增加了未知空间的神秘感。当时的沿海地区流传着对于仙人、仙药及神仙世界的种种遐想："自威、宣、燕昭使人入海求蓬莱、方丈、瀛洲。此三神山者，其传在勃海中，去人不远；患且至，则船风引而去。盖尝有至者，诸仙人及不死之药皆在焉。其物禽兽尽白，而黄金银为宫阙。未至，望之如云；及到，三神山反居水下。临之，风辄引去，终莫能至云。"③

结合上古巫风与神仙方术，秦汉之际齐人"上疏言神怪奇方者以万数"。其中最为人熟知的当属奉秦皇之命入海求仙的徐福。而汉武帝执政时期，齐人少翁以鬼神之说见赏于上，并用方术为武帝早逝的爱姬招魂，以此被拜为文成将军，大受礼遇。后少翁得罪被诛，武帝颇悔，又重用了与其同师一门的栾大。栾大为胶东人，《史记》载其"敢为大言"，即侈谈神仙怪异之事而处之不疑。兼文人与俳优于一身的东方朔亦为齐人，因多滑稽怪诞之谈，被后来好事者托为《神异经》《十洲记》等博物体志怪小说的作者。

崂山处于齐国海滨，海洋之风涛浩渺、神秘莫测，山林之禽珍兽异、深曲幽僻，更滋养了一代代民众关于神灵魔怪的浪漫想象。仙胎鱼、山姜

①　鲁迅：《鲁迅全集》（第9卷），人民文学出版社1973年版，第164页。

②　（汉）司马迁：《史记》，中华书局1959年版，第1480页。

③　同上书，第1369—1370页。

树、绿茶、人参、牡丹、耐冬乃至诸种矿物，都能衍生出超现实的神奇故事。自古以来多有方士修道于崂山，晚唐时期崂山道教正式发端，更使神仙信仰广泛流传于民间，参拜祭祀活动也大量兴起，庵庙古迹多被附会以幻想奇谲的仙道传说。

综上，乡土情怀、斗争精神和奇幻想象，构成了崂山风物故事的思想内涵。正如清代词学家谭献所说，"作者之用心未必然，而读者之用心何必不然"①，故事编讲过程中不自觉的思想流露，同样能给我们打开一扇隐形的窗口，借此窥视出崂山民众的情感倾向、生活习惯、思维方式乃至文化性格。

---

① 唐圭璋：《词话丛编》，中华书局 1986 年版，第 3987 页。

第四章

世界经典故事主题在崂山

作为一定社会条件下的精神产物，任何国家、地区的民间故事都不是自我封闭的系统，更没有遗世独立的排他属性。世界民间故事有 1/3 左右在情节、主题及人物类型方面表现出趋同性。① 20 世纪初，芬兰民俗学家安蒂·阿尔奈关注到一些欧洲国家的民间故事存在同一情节之下多种异文的现象，遂按照以类相从的原则将其整理编号，出版《故事类型索引》一书。稍后，美国民俗学家斯蒂·汤普森在更大范围内搜集资料，对阿尔奈的成果进行补充修订，著成《世界民间故事分类学》。二人的民间故事分类方法在国际上产生了极大影响，被称为阿尔奈—汤普森分类法（Aarne-Thompson Classification System），简称"AT 分类法"。在这一分类体系的基础上，美籍德裔学者艾伯华及美籍华裔学者丁乃通先后著成《中国民间故事类型》和《中国民间故事类型索引》。

民间故事内容趋同的现象成因相当复杂。我们承认，在任何时代，不同地域、部族之间都或多或少存在着物质与精神文化的交流。而在找不到确凿的影响依据、无法形成明确传播路线的情况下，趋同的故事主题还应与人类的共同心理有关——俄国学者维谢洛夫斯基提出过"平行回现理论"，认为各地各民族的文学在互不影响、自成系统的前提下亦能出现重合或类似的现象，因为人类的社会历史本身存在一致性。重合、类似的文学主题又为我们搭建了对比的平台，通过故事情节的同中之异观照出相似社会环境中的文化差异。本章立足于崂山民间故事的实际内容，选择"异类婚恋""兄弟分家""问神仙"三大主题加以分析。

---

① 参见吴效群《问活佛故事的原型解读》，《民间文化论坛》1996 年第 1 期。

第一节　"异类婚恋"主题

一　崂山民间的"异类婚恋"故事

神仙、精灵、鬼怪等与凡间男女发生情爱、婚姻、艳遇关系的故事遍及世界各地。"AT 分类法"及丁乃通《中国民间故事类型索引》中 400型"丈夫寻妻"、400A 型"仙侣失踪"、400C 型"田螺姑娘"、400D 型"其他动物变的妻子"、400E 型"人鬼夫妻"、411 型"国王和女妖"、433D 型"蛇郎"、440A 型"神蛙丈夫"等，皆指向了这一主题。本文以崂山民间故事文本为据，且遵照学界惯例，将此类故事主题统称为"异类婚恋"。

结合《崂山民间故事全集》及其他青岛、崂山民间故事选本，崂山地区流传的异类婚恋故事有 70 余例。"异类"广涉神仙、鬼魂与动植物精灵，多以狐、龙、参、牡丹等为原型，反映出当地的民俗传统、地理环境与物产特色。除此之外，莲、荷、茶、紫草、柳、槐、燕、鸡、羊、鱼、螺、蛇、鼠、刺猬、毛虫、蝎、蟾等当地民众生活中常见的动植物，也以人格化精灵的形式出现于此类民谭之中。

在上述民间故事的人物性别及社会身份设定方面，我们也不难归纳出某些规律性特点。女性为异类的故事在数量上远远超过男性为异类的故事；女性异类的凡间婚恋对象以农民、佣工等贫困卑微的山村劳动者居多，男性异类的凡间婚恋对象则多为身份较高的豪绅、财主、官宦、宫廷之女。

尽管口头故事异文众多，在内容篇幅上存在差异，但异类的容颜外表总是讲述者所不忘交代的，不管其真实身份是神仙鬼魂，还是动植精怪，不管其原型是否令人赏心悦目，一旦幻化成人形，却无不俊美可爱。与异类的结合能给凡人带来襄助或好运，这在女性异类与男性凡人的婚恋故事中表现得尤为突出——槐树仙女为牧牛少年找回丢失的牛群，使其免受财主欺凌（《槐树仙》）；海螺姑娘徒手变出鲜衣美食，还能使于童出海满载而归（《螺姑和于童》）；织女用宝簪画出瓦房粮囤、衣被金银，令牛郎过上小康的生活（《牛郎和织女的故事》）；龙女以宝剑画出亭台楼阁、贵府庄园，村民胡中九得以瞬间致富（《龙女和"壶中酒"》）；黄鱼精则能在大考之前得到试题、作出答卷，帮助科场屡败的书生状元及第（《嬷嬷湾》）。

更进一步说，崂山民谭中的异类婚恋主题大多围绕着"报恩"或"济弱"的目的进行。其中又以"报恩"居多——凡间男子以偶然的机缘邂逅困境中的动植生物，出于无私的善意给予帮助，却不料此一生物实为得道的精灵，甚至尊贵的神仙，或者自为女体以身相许，或者将女性亲属嫁之，并助其解决生活、事业上的各种难题。"济弱"突出了异类倾情弱势的仁义之心，隐含的条件一方面缘于被济者生存状况的恶劣，另一方面则爱赏其心地品性的优秀（故事中多表现为忠厚、善良、勤劳、孝顺），上文提到的《槐树仙》《螺姑和于童》等皆属此类。亦有为报恩或救助他人而结尘缘者，如《蛤蟆儿》《蟾儿》是440A型"神蛙丈夫"主题的异文讲述，故事主人公分别为关帝之子关平和月中金蟾披蛙皮投胎，娶妻生子并非出于自身需求，而是为给凡间父母尽孝。

尽管异类婚恋叙事是一个世界性的现象，但以崂山地区为畛域，相关民间故事与文人戏曲小说乃至其他国家的神话传说相比，在内容上却存在着相对独特的属性。中国文人的志怪传奇作品中，女性神鬼精怪所钟情的男性身份多为文人士子，并非民谭中普遍出现的山野村夫；古希腊神话作为西方文学的源头，异类婚恋以人神恋故事为主，很多发生于男性神祇与人间女子之间，与中国民谭相比体现出性别的倒置性。即便就当地同类故事文本加以对比，也可以发现其在性别与身份搭配方面的内部差异，男性凡人/异类普遍可以追求到地位高于自身的女性异类/凡人，而女性异类/凡人却极少能与地位高于自身的男性凡人/异类结合。简言之，从婚恋两性的身份地位对比来看，"女高男低"者远远多于"女低男高"者。

总体而言，崂山的异类婚恋民谭在故事情节和人物设置方面表现出明显的套路化、模式化倾向，这一方面与口头创作人云亦云的叙述惯性有关，另一方面则缘于相似生存环境中民众的共同心理。异类婚恋叙事以泛神论信仰为前提，作为青岛崂山一种民间文化现象，与现实婚姻生活相关的欲望诉求、伦理规范、性别视角等，皆可借此呈现。

二 "异类婚恋"故事的文化内涵

首先，异类婚恋作为幻想故事主题，是一种欲望对象化的产物。奥地利心理学家弗洛伊德在《作家与白日梦》中指出："我们可以断言，一个幸福的人从来不会去幻想，只有那些愿望难以满足的人才去幻想。幻想的动力是尚未满足的愿望，每一个幻想都是一个愿望的满足，都是对令人不满足的现实的补偿。这些充当动力的愿望因幻想者的性别、性格和环境的不同而各异；但它们又很自然地分成两大主要类别：要么是野心的愿望……要么是性的愿望。"①"愿望"在此义同于"欲望"。

　　通览民间故事和文人作品，女性异类的婚恋对象无论作为体力劳动者抑或知识分子，无论贫贱饥寒抑或坎坷不遇，总归属于社会中的弱势群体，因其经济政治状况欠佳，在恋爱婚姻过程中往往处于尴尬困窘的地位。他们难以寻觅到理想的现实婚恋对象，便编造出一个个温暖香艳的"白日梦"，以幻想方式排遣内心的苦闷焦虑。异类的情感好恶和相貌外形一样由幻想而出，而幻想总是属于创作者自己的，围绕着自我这一中心，大而言之，则立足于其本身所在阶级的利益。文人笔下的天仙地鬼、花精狐魅往往深怀爱才之心，倾情于怀才不遇的墨客骚人。而民间故事流行于山野田间，讲述者和接受者以生活贫苦无产且文化程度不高的农夫雇工居多，故事中的女性异类自然对这一群体表现出与众不同的青睐——在报恩以外，或者出于对其生存困境的同情，或者只是偶然邂逅即倾心相许，或者如《参鞋》中的千年女参，竟毫无因由地抱定下嫁穷人之志。与贫苦乡民相对立的财主、官宦、皇帝，则成为女仙女妖一致避之不及的对象，在故事中也多被塑造成破坏姻缘的反面形象。

　　这一方面可归因于阶级压迫所导致的反权贵思想；另一方面，我们很容易读出男权至上的立场。故事中的异类女性抛却自己的尊荣地位、修仙前程、独立身份，义无反顾地投身于凡庸贫寒的家庭生活之中，成为迎合男性欲望的对象物。在一些故事中，男权意识导致了主题叙事的前后矛盾。例如《狐仙报恩》称崂山少年福生遵狐仙之教偷盗仙女宝衣，致使仙女无法升天、嫁其为妇，生育一对子女；后仙女找到宝衣、携子飞升——民俗学界通常将此归类为"毛衣女"或"天鹅处女"型故事。中国历史上，"毛衣女"主题较早的书面形态见载于晋代郭璞《玄中记》及干宝《搜神记》：

---

　　①　［奥］弗洛伊德：《达·芬奇对童年的回忆》，见车文博主编《弗洛伊德文集》（第 7 卷），长春出版社 2004 年版，第 61 页。

> 豫章新喻县男子，见田中有六七女，皆衣毛衣。不知是鸟，匍匐往，得其一女所解毛衣，取藏之。即往就诸鸟，诸鸟各飞去，一鸟独不得去，男子取以为妇，生三女。其母后使女问父，知衣在积稻下，得之，衣而飞去。后复以衣迎三儿，亦得飞去。（《搜神记》）①

主题原型中的仙女对偷衣骗婚的凡人丈夫并无眷恋。但崂山民谭讲福生复得狐仙之助上天寻找妻子，与仙女欢喜团圆。这一结局显得极为勉强，仙女前后的行为落差难以得到合乎情理的解释。

甲戌本《红楼梦》首回"贾雨村风尘怀闺秀"有侧评曰："今古穷酸，皆会替女妇心中取中自己。"② 大体针对文人风月作品而言，而崂山民间的异类婚恋故事同样如此。不管现实社会女性的真实意愿如何，作品中的男性欲望话语会一厢情愿地"替"她们定度好恶、做出抉择。

但女性又为何要设定为异类身份？凡间女子并非没有美丽的容颜、温柔的性情，但与异类相比，多了一分来自礼教闺范的束缚。同样在崂山民间流传的《一双鞋》故事直白道出现实社会的婚姻状况："早年男女婚姻讲究门当户对，穷富不一样，不能成婚，婚前不准男女双方见面……"③ 而女性的仙鬼精灵却免受人间礼法约束，能够相对自由地选择婚恋对象，甚至在多数情况下比人间男子表现出更大的主动性——尽管这种"主动"是故事讲述者迎合男性欲望强加赋予的。

亦有学者运用精神分析法解读民间故事，认为仙女（或者一切正面意义上神通广大的女性精灵）实为瑞士心理学家荣格所谓"集体无意识"中母亲原型（The Great Mother）的变体；仙女与凡男恋爱结合，并使其战胜强权压迫、获得财富与地位，宣泄出成年男性的恋母心理，以及在父权社会中凭借"母亲"帮助摆脱生存压力的隐性愿望。④ 对于中国民谭而言，西方心理学理论未必具有普适性，但在崂山流行的故事文本中，确实普遍存在着女性异类依靠超现实的法术神通帮助情人、夫婿解决生存困境

---

① （晋）干宝撰、（宋）陶潜撰：《新辑搜神记　新辑搜神后记》，李剑国辑校，中华书局2007年版，第344页。

② 朱一玄编：《红楼梦资料汇编》，南开大学出版社1985年版，第112页。

③ 张崇纲编：《崂山民间故事全集》，青岛海洋大学出版社1993年版，第1982页。

④ 参见万建中等《中国民间散文叙事文学的主题学研究》，北京大学出版社2009年版，第238—247页。

的情节；由于异类妻子的"提携"而长生不老、落籍仙界者也不乏其人——这一切，和异类女性的绝世容颜一样，都是家贫位卑之人在真实世界中无从实现的美好愿景。

正因其弥补了"无从实现"的欲望心理，民间故事带给下层民众的精神安慰才体现出不可或缺的意义。如恩格斯所说："民间故事书的使命是使农民在繁重的劳动之余，傍晚疲惫地回到家里时消遣解闷，振奋精神，得到慰藉，使他忘却劳累，把他那块贫瘠的田地变成芳香馥郁的花园；它的使命是把工匠的作坊和可怜的徒工的简陋阁楼变幻成诗的世界和金碧辉煌的宫殿，把他那身体粗壮的情人变成体态优美的公主。"①

其次，崂山民间故事的异类婚恋主题体现出对道德因素的强化。德国作家歌德曾对《好逑传》一类的中国古典爱情小说发出盛赞，因其思想情感明朗纯洁、合乎道德。传统中国社会注重礼教，崂山地区处于齐鲁文化圈内，自古以来深受儒家思想影响，尽管民间故事的讲述风格远比文人作品大胆泼辣，但欲望心理的宣泄与满足也并非毫无节制，同样需要依附主流话语以取得合法意义。

文人作品习惯将才情相感作为男女结缘的契机，民间故事对于书本才学没有直接的兴趣，也不善于表现抽象的情感质素。除却少数特例，"报恩"和"济弱"概括出异类与凡人的结合缘由。"报恩"类文本暗示出人与自然界其他物种彼此依存、互为一体的和谐关系，依现代眼光看来似乎蕴含着某种生态意识。但在故事产生的年代，凡人的善举是仁民爱物之儒家思想的朴素呈现，异类知恩图报的行为也反映出对正统道德的服膺；联系崂山当地的宗教氛围，抑或不乏佛道积德行善思想的潜在教化作用。"济弱"同样具有教化意图，表明在困境中秉持道德、安守本分自会得到超现实力量的垂怜与襄助。不属于"报恩"和"济弱"两大范畴的异类婚恋故事常常表现出非法意味，容易受到讲述者的否定，如《崂山民间故事全集》收录的《耗子精》和《蝎子精》两个故事文本中，主动求亲的女性精灵作为害人的妖邪，虽能魅惑一时，终被凡间力量消灭。

于此，我们很容易联想到恩格斯所指出的民间故事书的另一个使命——"同圣经一样使农民有明确的道德感，使他意识到自己的力量、

①　［德］恩格斯：《德国民间故事书》，载《马克思恩格斯全集》（第41卷），人民出版社1982年版，第14页。

自己的权利和自己的自由，激发他的勇气并唤起他对祖国的热爱。"①　"对祖国的热爱"置换到中国传统文化语境中，可以体现为民众对官方意识所标举之伦理道德的认同与维护。

鲜明的伦理道德色彩作为崂山异类婚恋民谭的一大特点，也正好用来解释我们在上文提出的一个问题——异类婚恋双方的性别设置与西方同类神话呈现出相反的倾向。异类以其神通乘兴而来、倏忽而去，作为女性可以给凡间男子带来快乐的刺激和情色的慰藉，又使其免于承担媒聘仪制及世俗礼教所规定的种种责任。但如果把异类的性别置换成男性，则大有欺占民女、秽乱闺闱的嫌疑。多数情况下，异类女性的垂青是凡间男子由困厄走向幸运的转折点，而与异类男性的结合，却或多或少给凡间女子带来不幸。《蟾酥的来历》讲蛤蟆精化作美男子诱骗玩弄凡女玉妹，现出原型后被玉妹煮食泄愤，方成为广为人知的药材。《龙子招亲》故事中的龙王太子欲自主婚姻，娶村女桃花为妻并生一子，然而却被龙王抓回，留下桃花母子在凡间艰难度日，直至其子长大、找回父亲。《柳树仙》《鲤鱼精》和《夫妻石》中的男主人公分别为柳树、鲤鱼、公鸡所化，与富贵娇美的豪门千金互生爱恋，但夜半私会的过程同样招致了凡人家庭的误解和反对；凡女最终随其异类情人而去，或共栖柳林，或同住荷塘，或化石双栖，看似两情相悦，却不可避免地伴随着与家人的骨肉分离。

与此同时，异类作为本不属于人间的生命，出于各种原因，往往在一定期限之后便要返回灵异的世界。《中国民间故事类型索引》400型"丈夫寻妻"、400A型"仙侣失踪"、400C型"田螺姑娘"、400D型"其他动物变的妻子"、440A型"神蛙丈夫"等，都涉及异类配偶离开的情节。在崂山地区流传的相关故事文本中，龙女、狐仙、紫草仙、刺猬女与凡间男子生活三年即辞别而去，蛙儿在生儿育女后也需正位归仙。又或者，因客观禁令所限，异类不能正常履行作为凡人伴侣的责任——贪恋红尘的仙女大多被玉皇、王母招回，私定终身的龙子龙女则受到龙王的惩罚或拘禁。异类配偶的离去给凡间男子带来的只是一段感情的缺失，这种缺失也很容易得到弥补——龙女、刺猬女不约而同地为丈夫娶来财主家的美貌女儿（《龙女和"壶中酒"》《刺猬女》）；狐女临行前剪出纸人，化作与

---

① ［德］恩格斯：《德国民间故事书》，载《马克思恩格斯全集》（第41卷），人民出版社1982年版，第14页。

自己身形毕肖的美女，作为替身继续履行人妻之职（《狐狸闺女剪媳妇》）；紫草则留下仙根治好皇姑之疾，又使皇姑由蛮横丑恶变得善良美好，将采药少年招为驸马（《崂山紫草》）。凡间男子可以顺理成章地重娶续弦，继续过着美满富足的生活，而凡间女子的改适再嫁作为对贞节观念的挑战，却有违道德礼法。在《蛤蟆儿》和《蟾儿》两则故事中，蛙儿谪世期满、飞升而去，留下子女为凡间父母养老送终、延续香火，但两位凡间妻子的结局却不约而同地被省略不谈。其实可想而知，作为旧时代的女性，等待她们的无疑是青春寡居、孤独终老的命运。这种不尽完满的结局难免令人遗憾。因此，减少此类叙事，也是出于避免道德伦理尴尬困境的需要。

结合以上两方面来说，异类婚恋主题的幻想与讲述，实带有极大的性别局限性。不仅异类男性和凡间女子的婚恋故事需要有所限制，此类故事本身也以反映男性的期待视野为主，女性只能成为被讲述的对象。

接受者的审美需要和期待视野是文艺作品得以传播的根本前提。文人作品尚能置于案头自赏，民间故事具有集体性、口头性的本质特征，通常生成于集体的劳动或生活场域，故事文本流传于口耳之间，由讲述者和听众合作完成，需要兼顾双方的审美期待。对于审美期待之形成来说，除却上文所提及的身份地位、文化层次、伦理取向等，传播与接受双方的性别也是一大制约因素。

男女两性或许有着共同的潜在心理，希望凭借个人魅力征服地位高于自身的异性，为自己的生活带来精神与物质的双重提升。但崂山地区流传下来的大量民谭文本呈现出"女高男低"的婚恋模式，显然都将这种潜在心理的幻想快乐留给了男性；女性无论仙凡，与地位高贵的追求者之间极少存在恋爱关系，甚至往往形成你死我活的敌对关系。例如当地特产"仙胎鱼"，在民间语境下即为被财主、官宦慕色逼婚的莲花仙子投河所化（《仙胎鱼的传说》《柴郎和花姑》）。而在讲述崂山名胜"石老人"和"女儿岛"形成的传说中，出身贫寒的渔家女为拒绝与龙王、龙子成亲，不惜与父亲双双化石，用生命进行激烈的反抗（《石老人的故事》《石老人和女儿岛的传说》）。

是否可以说，崂山民间的异类婚恋故事在迎合底层男性期待视野的同时，将底层女性置于了相对失语的状态，女性自身也未能把潜在的物质与精神欲望以幻想故事的形式表现出来。这使我们联想到西方女性主义文论关于文学"父性特征"的阐释——任何一个男子有能力甚至有义务"通过创造出丰富多样的有关他自己的故事来与其他男性交流、来为自己进行修正";而女性由于"缺乏使她们能够同样创造出自己的故事,修正别人对自己的虚构的笔"①,只能作为男性的创造物,不仅始终受到男性定义的性格、形象的局限,也不可避免地将男性意志深入内化,改变着自己的想象。

在传统的父权制社会中,中西双方都将写作与阅读视为超越甚至悖反女性职属的活动。从表面看来,口头文学所受限制小于书面文学,但诸如崂山地区的民间故事同样较多地生发、流传于男性群体之中。我们肯定社会伦理环境对女性的束缚远远大于男性,与此同时,女性也难以得到集体、口头创作故事的机会。

民间故事的兴盛,普遍发生在现代文化教育与传媒娱乐尚未兴起的时空背景中——通常是新中国成立前的旧社会或偏远落后的地区,崂山民间故事中现代性事物的缺失也证实了这一点。而在旧社会或落后地区,底层女性的活动场域较男性更为有限,一般局限于家庭内部,能否长期大规模地从事户外劳动,很大程度上由其所处地域的自然条件和生产方式所决定。

受地理环境影响,崂山周边居民旧时主要以渔业和种植业营生,由于地势险碍、劳作艰危,两种生产活动都不适合于女性。因此,崂山地区的底层女性缺少户外集体劳作的机会,不容易形成口耳相传、联合创作故事的具体语境,隐含着情欲渴望的婚恋故事更不可能借助男性的集体渠道予以传播。因此,从底层女性自身角度出发、反映女性期待视野与主体权威的故事在崂山地区的缺失,也就不足为怪了。不难发现,崂山民间故事中男权思想的盛行,既源于社会整体的道德伦理背景,也与当地的劳动生产方式紧密相关。

第二节　"兄弟分家"主题

一　崂山民间的"兄弟分家"故事

"两兄弟"是一个分布极广且亚型众多的民间故事主题。相比于将

---

① [美]桑德拉·吉尔伯特、[美]苏珊·古芭:《阁楼上的疯女人》,杨莉馨译,上海人民出版社 2015 年版,第 15 页。

"兄弟"作为统一整体，表现兄弟友善、兄弟同心、兄弟互助的题材而言，兄弟之间的矛盾对立和是非纠葛似乎更为民众所乐道。在全国乃至世界范围内，"兄弟分家"的相关叙事有着异常深厚的接受土壤。按照阿尔奈—汤普森分类体系，丁乃通《中国民间故事类型索引》中480F型"善与恶的弟兄（妇女）和感恩的鸟"、503E型"狗耕田"、503M型"卖香屁"、511C型"金银树"、555A型"太阳国"、555B型"含金石像"等，皆反映这一主题。笔者以《崂山民间故事全集》所收录的《小巴狗》故事为例述其梗概。

该故事称某家有兄弟二人，哥嫂为独占家产，多次设计毒害弟弟，弟弟在家养小巴狗的提示下得以避害全身。哥嫂杀弟不成，提出分家，弟弟仅留小巴狗与洼地，巴狗为之拉犁耕田。哥哥听闻此事，借走巴狗，巴狗不听驱使，被杀。弟弟筑坟埋葬巴狗，狗坟生树，在弟弟上坟祭奠之际，树叶摇落变成金银钱财。哥哥亦备供品上坟，见落叶变为石头瓦砾，怒而砍树。弟弟将树枝编筐，引来群雁下蛋，哥嫂闻讯借走树筐，却仅得雁屎，于是把筐拆毁。弟弟无奈之际捡筐条为柴，于柴火之中爆出黄豆，弟弟食此黄豆，放出"香屁"，又以"香屁"治好公主的怪病，被皇帝招为驸马。哥嫂妒恨至极，气病而死。

《小巴狗》故事具有极其典型的意义，兼包了503E"狗耕田"、503M"卖香屁"两大亚型。具有相同或类似情节的故事流传于全国各地，在某些情况下，"狗耕田"甚至与"兄弟分家"同义复指。故事开头，弟弟处于明显的弱势地位，在忍受贫瘠物质条件的同时，还遭受着哥嫂的迫害。小巴狗以神力耕田，其后化生种种神奇宝物——钱树、雁筐、香豆，一步步帮助弟弟摆脱物质困境、创造幸福生活。哥嫂仿效弟弟而适得其反，于是一次次毁坏宝物，阻碍弟弟走向幸福，却意外地推波助澜，反使其得到更大的福利。而弟弟接连不断的好运也建立在对小巴狗念念不忘的忠厚情义之上，这与哥嫂对手足至亲的刻薄冷血形成了鲜明对比。"狗耕田"和"卖香屁"是故事的两大关键情节。前者既是小巴狗彰显神力的开始，也是哥嫂和弟弟之间力量对比发生变化的转折点。后者是小巴狗化身的终结，以一种诙谐中颇显低俗的叙述品位将故事带入高潮，令弟弟的运势达至顶峰，哥嫂亦受到最为严酷的惩罚。

而在崂山地区盛行的异类婚恋或凡人遇仙故事中，主人公也多为两兄弟中的弟弟，因财产纠葛所导致的兄弟分家、哥嫂欺凌是其奇遇仙人、巧获仙物的前置情节和前提条件。在《龙王三太子和胡实》中，哥哥胡财种地养家，弟弟胡实读书弹琴，嫂子甚觉不公，又担心胡实成人后与其平分家产，遂煽动哥哥，令胡实辍学务农。胡实不堪其苦，携琴出走，琴声感动龙子、龙王，获赐龙宫珍宝"玉如意"，以之变出百万家财与美貌仙妻。又如《龙女和"壶中酒"》，弟弟胡中九本与哥哥和睦相依，然嫂子凶悍，令其终日劳苦、衣食不济；中九出走，巧遇龙女，娶其为妇。《刺猬女》与此同一套路，哥、嫂、弟三人靠哥哥经商为生，嫂嫂不满弟弟日后分走家产，以死相逼，迫使哥哥含泪驱走弟弟，弟弟救得修仙刺猬，刺猬报恩嫁其为妻、令其致富。《嫂子、哥哥、小兄弟》写嫂子歹毒，为独占家产，强令哥哥遗弃小弟，哥哥于心不忍却又懦弱无奈。弟弟在破庙中拾得铁拐李遗失的葫芦，内有仙童能变酒肴、金银。携其还家，嫂子得到钱财仍不满足，欲毒杀弟弟，弟弟在仙童帮助下一次次化解危难，又娶画中仙女为妻。《其里不管其外》中其外、其里为两兄弟，嫂嫂亦吩咐其外将弟弟骗至深山、喂食野兽。而机智的其里从兽妖手中偷走能变食物的宝葫芦，又得知村中井水的秘密，帮助村民解决饮水问题，获得金条并娶村女为妇。《石头人报恩》讲分家后的弟弟为财主放牛为生，每日以饭食祭供富人坟上石人，一日石人开口吐出金元宝，弟弟得以发迹、娶妻——可归入555B型"含金石像"主题。《吊金》是555A型"太阳国"故事在崂山地区的代表文本。小弟年幼，仰赖哥嫂度日，遭到嫂子虐待，后被神雕叼至月亮（此类故事中，"太阳国"代表一奇妙异境，有月宫、星宫等多种异文）桂花树上，摘月宫桂花变作金豆。作为中国四大民间故事之一的牛郎织女故事，在包括崂山在内很多地区流行的版本，也称牛郎被哥嫂欺凌，与黄牛为伴、情谊深厚，方有其后的奇遇、奇缘。

值得注意的是，在上述故事中，崂山的地域特征几乎不曾显露——仅有少数文本对弟弟与龙王家族交往的叙说流露出海洋文化的影响，崂山特有的地名、风物等极少出现。无须借助地域因素即可在当地广泛流传，笔者认为，这在某种程度上印证了"兄弟分家"问题的现实普遍性及其作为主题类型的经典意义。

二　"兄弟分家"故事的文化内涵

以上故事中，贪心的哥嫂因弟弟的财富与好运心生羡妒、仿效弟弟，却往往给自身招致死亡的噩运。胡财夫妇从胡实处借走金银、如意，却不知如意具有惩贪的神性，在归家途中招来风浪，人财俱失。其里的嫂子闻知小叔娶妇得金，令其外上山，反被兽妖所食。《吊金》讲嫂子唤来神雕，将哥哥带入月宫，然而哥哥贪心，多摘桂花引来伐桂吴刚，终被砍杀。《石头人报恩》中哥哥效仿弟弟，不仅未得元宝，还被石人咬住双手。可以说，兄弟分家故事论证了善恶有报的古老命题，令忠厚良善者因祸得福、好运连连，贪吝薄情者事与愿违、自食恶果，其中的道德劝诫意图显而易见。但此类故事所涉及的文化内涵绝不仅止于此。

首先，弟弟在困窘之际转运致富的故事情节承载了"发迹变泰"的世俗愿望。"发迹变泰"这一词汇最早出现于南宋灌圃耐得翁的笔记《都城纪胜》。该书记载两宋民间艺人讲说故事的内容之一为"说公案"，"皆是搏刀赶棒，及发迹变泰之事"①。"发迹"，即"由隐微而得志通显……由穷困而富贵"②。"变泰"之说源自《周易·泰卦》。其卦辞曰："泰，小往大来，吉，亨。"今人译为："不好的事情离开了，好的事情来到了，吉祥通顺。"③ 以此形容上述故事中弟弟转运致富的过程极为恰切——在一无所有、受人欺凌、性命堪忧之际，有好运从天而降，使其获得金银钱财，娶得美貌妻子，甚至成为皇亲国戚。

"发迹变泰"作为从古至今通俗文学的重要题材，瞩目于贫富贵贱的个人际遇转换，关注生活水准的提高及享乐欲求的满足，体现出民间化的视角，但其渊源却未尝不生发于主流文化之中。王国维《〈红楼梦〉评论》称："吾国人之精神，世间的也，乐天的也，故代表其精神之戏曲小说，无往而不著此乐天之色彩，始于悲者终于欢，始于离者终于合，始于困者终于亨。"④ "始困终亨"义近"发迹变泰"，由"世间""乐天"之国民精神催生而出。结合李泽厚对中国人思想传统的阐释，"世间""乐天"又可具体化为"实用理性"和"乐感文化"。

弟弟"发迹变泰"的故事倾情于财富与势位（以及能带来财势的爱情），其中伴随着一种极端现实化的指向，即为"实用理性"的表现之一。20 世纪 30 年代林语堂向西方社会介绍中国文化精神，撰《吾国与吾民》指出：

---

① （宋）孟元老等：《东京梦华录》（外四种），古典文学出版社 1957 年版，第 98 页。

② 辞海编辑委员会：《辞海》，上海辞书出版社 1999 年版，第 1416 页。

③ 陈鼓应、赵建伟译：《周易今注今译》，商务印书馆 2005 年版，第 120 页。

④ 王国维：《王国维论学集》，中国社会科学出版社 1997 年版，第 358 页。

In China one does not have to learn to become a realist: here one is born a realist.①

　　林语堂认为中国人皆为现实主义者，且生来如此、非学而能。其言或有夸张，但通常情况下中国人确实缺乏对抽象思辨或超验价值的热情，而更讲求实际物质利益的获取。在第三章中，借崂山海云庵多神供奉的问题，我们指出了中国三教思想及民间信仰的功利化倾向。其实不仅如此，从先秦时代开始，除道家以外的各家学说，都在不同层面上呈现出浓重的实用功利主义色彩。墨家强调兼爱、非攻、非乐、节用、节葬等，皆为保障基本物质生产。法家尤其认为逐利乃人之本性："夫凡人之情，见利莫能勿就，见害莫能勿避。其商人通贾，倍道兼行，夜以续日，千里而不远者，利在前也。渔人之入海，海深万仞，就波逆流，乘危百里，宿夜不出者，利水也。故利之所在，虽千仞之山，无所不上，深源之下，无所不入焉。"（《管子·禁藏》）② "医善吮人之伤，含人之血，非骨肉之亲也，利所加也。故舆人成舆，则欲人之富贵；匠人成棺，则欲人之夭死也。非舆人仁而匠人贼也。人不贵，则舆不售；人不死，则棺不买。情非憎人也，利在人之死也。"（《韩非子·备内》）③ 最终成为封建社会主导思想的儒家学说也以"富民"作为辅政安国的根本。《荀子·富国》曰："足国之道，节用裕民而善臧其余。"④《孟子·梁惠王上》更为具体："五亩之宅，树之以桑，五十者可以衣帛矣。鸡豚狗彘之畜，无失其时，七十者可以食肉矣。百亩之田，勿夺其时，数口之家，可以无饥矣……七十者衣帛食肉，黎民不饥不寒，然而不王者，未之有也。"⑤
　　"乐感文化"则与西方的"罪感文化"相区别。《圣经·创世记》载上帝耶和华以泥土造出亚当、夏娃，使二人结为配偶居住于伊甸园中，但禁止食用"知善恶树"的果子。夏娃受到蛇的引诱，与亚当偷食禁果，终被上帝逐出伊甸园。因此，西方宗教文化认为人类因始祖背叛上帝而带

　　① 林语堂：《吾国与吾民》，外语教学与研究出版社 2000 年版，第 53 页。

　　② 黎翔凤撰：《管子校注》，梁运华整理，中华书局 2004 年版，第 1015 页。

　　③ 张觉等撰：《韩非子译注》，上海古籍出版社 2007 年版，第 166 页。

　　④ （清）王先谦撰：《荀子集解》，沈啸寰、王星贤点校，中华书局 1988 年版，第 177 页。

　　⑤ （汉）赵岐注，（宋）孙奭疏：《孟子注疏》，廖名春等整理，北京大学出版社 1999 年版，第 10 页。

有与生俱来的罪恶。与之不同的是，中国传统哲学以天人同构为基础，自我与他者世界的关系维持在一种相对和谐的状态内。在以"和"为宗的乐感文化浸润下，中国人普遍缺乏悲剧精神，普通的中国民众不期望通过赎罪获得终极回归，对宗教世间化的理解，以及对伦理道德功利化的接受推广，使他们坚定了善恶有报、否极泰来的信念，对于不幸的申诉与抗争在这种天真乐观的宿命论中得到化解。知识分子习惯以温柔敦厚的方式抒写失志与穷愁，生活瘠苦的民众则倾向于借虚构的富贵荣华获得代替性满足。"兄弟分家"故事中弟弟的神奇经历和意外好运在现实世界里并不可能出现，但却能给渴望美满生活的人带来假想的刺激。

其次，上述兄弟分家故事是与中国传统宗法制度及伦理文化相适应的。

"狗耕田"型故事广见于东亚地区的中、日、韩诸国。日本的著名童话《开花爷爷》同样讲述了一只神奇的小狗在生前与死后给善良人带来一次次好运的故事，但故事的正反人物却将中国的"两兄弟"置换成"两邻居"——通常是慈祥善良、收养小狗的老夫妇和贪婪凶暴、虐杀小狗的坏老头。而韩国《兴夫传》发生在两兄弟之间，为富不仁的哥哥诺夫欺侮善良贫困的弟弟兴夫，兴夫无意间救治了一只受伤的燕子，得到燕子衔来的葫芦种，又从结出的葫芦中剖出大笔财富；哥哥如法炮制，葫芦中却走出许多恶鬼（或恶人），抢光了他的家产。兴夫不计前嫌，收留一无所有的诺夫，最终感动了哥哥，从此兄弟俩幸福地生活在一起。

日本人血缘意识淡漠，此类文本不涉及家庭关系而以惩恶扬善为思想主旨。就同样看重家庭伦理的中韩两国来说，韩国长期实行长子继承制，默认由长兄占有家产，同时父兄长辈的威严不可侵犯，子弟需要绝对服从；而中国在讲究长幼之道的同时，也强调均分财产的必要性。①

中国古代宗法制以家族为核心，按照血缘关系的亲疏远近规定出宗族成员的权利义务，其中自然包括爵位和财产的分配继承。自周朝以来，除嫡长子孙荫袭爵位外，财物田宅原则上由诸子均分。这既体现出儒家思想的仁爱伦理，也符合小农经济生产经营的规模特点。如《论语·季氏》所说："丘也闻有国有家者，不患寡而患不均，不患贫而患不安。盖均无贫，和无寡，安无倾。"均分田产俨然成为安抚人心、维系稳定的重要保

---

① 参见金华《中日韩"狗耕田"型故事比较研究》，《文化遗产》2016年第4期。

障。西汉初年，名臣陆贾为避吕氏专政，病免闲居，主动将财物平均分与五子；自身乘驷马、携琴剑到处游玩，轮流至诸子家，十日一换；死于谁家，则由谁承担丧葬责任及费用，同时得其随身所携宝剑、车骑及随行侍从为偿：

> （陆贾）有五男，乃出所使越得橐中装卖千金，分其子，子二百金，令为生产。陆生常安车驷马，从歌舞鼓琴瑟侍者十人，宝剑直百金，谓其子曰："与汝约：过汝，汝给吾人马酒食，极欲，十日而更。所死家，得宝剑车骑侍从者。"（《史记·郦生陆贾列传》）①

陆贾的分家之举可谓公允至极。在后代，均分家产也逐渐上升到法律的层面。《唐律疏议》称："即同居应分，不均平者，计所侵，坐赃论减三等。"②《大明律·户令》则规定："凡嫡庶子男，除有官荫袭，先尽嫡长子孙，其分析家财田产，不问妻、妾、婢生，止依子数均分；奸生之子，依子数量与半分；如别无子，立应继之人为嗣，与奸生子均分；无应继之人，方许承绍全分。"③

但即便有了主流意识的倡导和律法的保障，在实际操作层面上，"平均"仍是不容易全面贯彻的。宗法制度在强调血缘温情的同时，也维护着长幼尊卑的等级秩序。孔子教育弟子"入则孝，出则悌"，尊敬兄长（"悌"）与孝顺父母（"孝"）成为古人的基本行为准则。孟子又曰"长兄若父"，长兄与父亲一样，既承担着教养弟妹、支撑家庭经济的义务，也享有管理弟妹、支配家庭财产的权利。在现实生活中，出于个人素养和客观条件的差异，并非人人都能自觉秉持"兄友弟恭"的道德准则。汉代乐府歌诗有名篇《孤儿行》，表达出丧失父母的少年与哥嫂共同生活的种种不幸：

> 孤儿生，孤子遇生，命独当苦。父母在时，乘坚车，驾驷马。父母已去，兄嫂令我行贾。南到九江，东到齐与鲁。腊月来归，不敢自言苦。头多虮虱，面目多尘。大兄言办饭，大嫂言视马。上高堂，行

---

① （汉）司马迁：《史记》，中华书局1959年版，第2699—2700页。
② （唐）长孙无忌等撰：《唐律疏议》，刘俊文点校，中华书局1983年版，第241页。
③ 《大明律》，怀效锋点校，法律出版社1999年版，第241页。

取殿下堂。孤儿泪下如雨。使我朝行汲，暮得水来归。手为错，足下无菲。怆怆履霜，中多蒺藜。拔断蒺藜，肠月中怆欲悲。泪下渫渫，清涕累累。冬无复襦，夏无单衣。居生不乐，不如早去，下从地下黄泉。春气动，草萌芽。三月蚕桑，六月收瓜。将是瓜车，来到还家。瓜车反覆。助我者少，啖瓜者多。愿还我蒂，兄与嫂严。独且急归，当兴校计。

　　乱曰：里中一何诜诜，愿欲寄尺书，将与地下父母，兄嫂难与久居。①

　　歌诗叙事采取了主人公自述的方式，"孤儿"即为"两兄弟"中的弟弟。"父母在时，乘坚车，驾驷马"，是"孤儿"对往昔幸福岁月的回忆，说明自己曾作为幼子承宠于双亲，亦可见其家境殷实，原非赤贫无产之户。然父母离世，兄嫂却呵令其"行贾"。在中国古代，为贾行商无疑是痛苦的职业，一方面要经受长途跋涉的辛劳和风险，如诗中所说"南到九江，东到齐与鲁"；另一方面，还因其买贱卖贵的营利性质遭人鄙贱——秦汉政府即有"七科谪"的法令，将商贾（包括父祖辈为商贾者）与罪吏、逃犯等统归为强制服役的对象。"孤儿"历尽艰险行商归来，又成为家中驱役的仆隶，既无片刻闲暇又无遮身衣鞋，在市集卖瓜受尽他人掠夺、欺侮，又恐惧于哥嫂的严厉呵责。以此发出了生不如死的悲叹，欲求告于地下双亲，却苦于无从托信。

　　《诗经·小雅·常棣》云"凡今之人，莫如兄弟"，将兄弟之情视作最为亲厚的情谊。然此歌中兄嫂的刻薄贪婪，"孤儿"的痛苦厌世，却昭示出伦理教条在现实生活中的苍白无力。试想作为长兄，父母亡故之后不能善待幼弟，在家庭财产分配过程中更难以做到公平谦让。

　　当代法国文艺学家朱丽娅·克里斯蒂娃提出过"互文性""文本间性"（Intertextuality）的观点，认为"任何文本都是引语的镶嵌品构成的，任何文本都是对另一文本的吸收和改编"②。我们不难发现，乐府歌诗与民间故事即构成了一种"互文性"的关系。歌诗中的"孤儿"和故事中的"弟弟"面临着相似的生存困境，不同的是，乐府歌诗纯然是真实生

---

① 逯钦立辑校：《先秦汉魏晋南北朝诗》，中华书局 1988 年版，第 270—271 页。

② 王瑾：《互文性》，广西师范大学出版社 2005 年版，第 1 页。

活的写照，民间故事则更富于理想主义色彩。"孤儿"欲乞告于父母，但缺乏灵异的力量；而"弟弟"却能够得到种种超现实的帮助，轻而易举地摆脱苦难，甚至收获常人难得的财富与爱情。但在很大意义上，现实中"孤儿"正是故事中"弟弟"的原型，"弟弟"的幸运恰恰来自"孤儿"的不幸。出于对公平的渴望、对不义之徒的诅咒和对弱者的同情，以想象的方式给他人也给自身带来心理安慰，是世人普遍存在的思维倾向。

还有另一个值得注意的现象。在崂山民间的"兄弟分家"故事中，长子娶亲是分家的前奏。相较于哥哥，嫂子往往扮演着更为丑恶不堪的角色，是造成家庭分崩、兄弟反目的罪魁祸首。哥哥或者与嫂子协同一致，或者被嫂子蛊惑而蒙蔽良知，或者在嫂子逼迫之下纯然被动。

我们在"异类婚恋"主题中提到过民间故事的期待视野与性别局限问题。因为在民谭盛行的年代，崂山地区的女性群体难以得到自主创作、传播故事的机会，故而在故事中只能成为被男性塑造、迎合男性主观意愿的对象，无论美化或丑化。另外，嫂子作恶的情况置于现实环境中也容易被人理解，毕竟兄弟之间有先天性的血缘基因作为感情纽带，而叔嫂的亲属关系却是后天形成的，在人性的自私与贪婪面前，显得更加脆弱。一些故事中，嫂子得到惩罚、离开人世，哥哥仍然能够回归到正常的伦理秩序之中，与弟弟共同生活。这说明，在鞭挞丑恶、揭露黑暗的同时，中国世俗民众虽然不似朝韩的"兴夫"一般放低姿态、以德报怨，但依然自觉不自觉地保持着对血缘亲情的维护。

第三节　"问神仙"主题

一　崂山民间的"问神仙"故事

"问神仙"故事主题亦名"问活佛""求好运"等，丁乃通《中国民间故事类型索引》中 461 型"三根魔发"、461A 型"西天问佛：问三不问四"皆指向这一主题。崂山地区的相关代表作品有《林顺西天问阎王》和《王小三西天找佛爷》。

《林顺西天问阎王》称崂山林穷汉的儿子林顺不解为何财主世代富贵，而自家祖辈贫困，父母唯以"命"告之。林顺不满，听闻西天阎王悉知人间凶吉祸福，于是前至西天询问阎王命运之事。途经铁骑山遇一康员外，康员外请林顺代问阎王，自己的独生女儿康花为何年过十六却不会说话。林顺应允，员外赠其十两银子作盘缠。林顺又在石洞边遇一白须老人，老人嘱其代问阎王，自己的奶牛为何不能产奶。林顺应允，老人赠其草鞋一双。林顺穿鞋顺利渡河，遇一石屋，中有银发老妇，自言愿于河上架桥，方便过往行人，但不知如何架法，又托林顺代问阎王。林顺再度应允，老妇赠其毡帽一顶，称有此毡帽方能返回人间。林顺终至西天，将银子赠与小鬼，戴上毡帽，面见阎王。然阎王向其道明，对于自己之事和他人之事，只能二选其一询问。林顺决定问他人之事。阎王一一解答：银发老妇将门口白果树刨倒横于河上即可作桥，白须老人把牛拴在洞左便能下奶，康员外女儿遇到如意郎君便会开口说话。林顺谢过阎王，离开西天，路遇银发老妇，帮其刨树架桥，不料木桥变为金桥。老妇将树根变成的金棍交与林顺，令其回家敲地扩屋。林顺又遇白须老人，助其奶牛生奶，老人将拴牛银权送与林顺，令其回家敲石变粮。最后见到康员外，告知其女不语缘由，康花即刻开口向林顺道谢。员外将女儿许配林顺，赠其布帛金钱，令二人一同还家。林顺带妻子回家，用金棍、银权敲出房屋、粮食，并将粮食分与乡亲。

《王小三西天找佛爷》写穷人王小三听闻如来活佛能主凡人祸福穷富，遂上西天询问活佛，自己何时才能时来运转。路上宿于石洞，洞中有一千年巨蛇，托其代问活佛，自己为何不能成龙升天，小三答应。又借宿于一财主家，财主托小三代问活佛，自家杏树为何不能结果，小三答应。再前行，遇一对看林母女，其母请小三代问活佛，女儿何时才能找到吃穿不愁的婆家，小三答应。经过三年六月的艰辛跋涉，小三终至西天，见到活佛，先代巨蛇、财主、看林妇询问因果。活佛说，蛇眼太明，将眼珠挖出方可成龙升天；财主树下埋金，金子挖出其树便可结果；看林女儿遇到八抬大轿的状元郎，即是其夫。此三事问毕，活佛便闭目合口，六十年内不再说话。小三未及询问自家命途，但帮他人探得因果，亦不懊悔，拜谢活佛而返。见到看林母女，告知活佛之语，母女大喜。又至财主家，财主遵嘱挖出两罐黄金，分与小三一罐。最后见到巨蛇，帮蛇挖出眼珠，大蛇令小三将眼珠献与皇帝，随后成龙飞升。小三献上宝珠，被皇帝封为状元，赠乘八抬大轿回乡，途中恰遇看林母女，娶其女为妻。

二 "问神仙"故事的文化内涵

"问神仙"之"问"，实包含了对于自我命运与理想境界的追询与求索。这种追询与求索的意识，仿佛一颗种子，埋藏在所有人的心灵深处，随着个体成长成熟的历程，不断萌发、生长。尤其当人处于某种痛苦困厄之中，有了不满现状、突破困境的渴望，这种发"问"的意念就更加突出。如司马迁在《史记·屈原列传》中所说："人穷则反本，故劳苦倦极，未尝不呼天也；疾痛惨怛，未尝不呼父母也。""反本"，即对于生命本原的追溯；"天"与"父母"，作为维系生存与生息的根本，俱是生命本原的现实外化。屈原被楚王贬逐，愤懑忧思之际作长诗《离骚》，又作《天问》，对于自然、社会、宇宙、人生、历史、现实，提出170余个问题。

司马迁也在《伯夷列传》中提出追问："或曰：'天道无亲，常与善人。'若伯夷、叔齐，可谓善人者非邪？积仁洁行如此而饿死！且七十子之徒，仲尼独荐颜渊为好学。然回也屡空，糟糠不厌，而卒蚤夭。天之报施善人，其何如哉？盗跖日杀不辜，肝人之肉，暴戾恣睢，聚党数千人横行天下，竟以寿终。是遵何德哉？此其尤大彰明较著者也。若至近世，操行不轨，专犯忌讳，而终身逸乐，富厚累世不绝。或择地而蹈之，时然后出言，行不由径，非公正不发愤，而遇祸灾者，不可胜数也。余甚惑焉，傥所谓天道，是邪非邪？"① 世人常说天道没有偏私，只青睐向善之人，传中所写的伯夷、叔齐，无疑是仁义高洁的善人，却最终饿死；颜渊作为孔门圣人，亦穷困早亡；盗跖杀人如麻、为祸天下，却得以高寿正寝。直至汉世，走正道者贫穷命舛，入邪途者富贵逸乐的例子更是多不胜数。经历了个人仕途的震荡挫辱，历览前代贤愚众生的顽福遭际，司马迁在忧愤与迷惘之中对"天道"发出了深深的质疑。

被称为"古之伤心人"的北宋词人秦观，因追随苏轼陷入党争之祸，屡屡无端获罪，被贬至湖南郴州之际，作《踏莎行》自哀。末两句问曰："郴江幸自绕郴山，为谁流下潇湘去？"按叶嘉莹先生所说，"那是对于天地的一个终始的究诘，正是那生活遭遇到极大忧患挫折苦难的人，才会对天地之间的不平发出这样的究诘"②。

而曹雪芹笔下的林黛玉，作为中国古典文学领域最富于悲剧美的女性形象，在诗作中同样发问连连：

---

① （汉）司马迁：《史记》，中华书局1959年版，第2124—2125页。

② 叶嘉莹：《唐宋词十七讲》，河北教育出版社1997年版，第249页。

花谢花飞花满天，红消香断有谁怜？

桃李明年能再发，明年闺中知有谁？

明媚鲜艳能几时？一朝漂泊难寻觅。

天尽头，何处有香丘？

尔今死去侬收葬，未卜侬身何日丧？

侬今葬花人笑痴，他年葬侬知是谁？（《葬花吟》）

满纸自怜题素怨，片言谁解诉秋心？（《咏菊》）

孤标傲世偕谁隐？一样花开为底迟？

圃露庭霜何寂寞？鸿归蛩病可相思？（《问菊》）

醒时幽怨同谁诉？衰草寒烟无限情。（《菊梦》）

助秋风雨来何速？惊破秋窗秋梦绿。

谁家秋院无风入？何处秋窗无雨声？（《秋窗风雨夕》）①

……

可以说，发问作为感伤、困惑、悲愤的外化反应，代表了失意者的共同心理诉求。"问神仙"类民间故事的主人公同样处于极端困厄之中。从表面上看，他们的困厄体现在物质层面，缘于衣食钱财的极度匮乏——林顺一家"世世代代受穷"②，王小三"整年吃了朝饭无夜饭"③。事实上也体现在精神层面，无论是经济状况和社会地位的悬殊对比，还是"穷有根、富有苗"的不公现象；无论是"命运"的虚无抽象，还是个人前途的杳然难测，都使年轻的主人公陷入困顿与迷惑之中难以自拔。为此，他们方才不顾亲人长辈的劝阻，采取上西天、入地狱"问神仙"的极端方式，以实现绝地的突围。

"天意从来高难问"——无论上天、入地，对于凡夫俗子而言，都是异常漫长、艰辛且充满危险的旅程。如果说"异类婚恋"代表了人心深处追求美好的欲望与梦想，"兄弟分家"是人伦社会中普遍存在的现实问题，那么"问神仙"则体现出于现实与梦想之间求索奋进的必然过程。与前两大主题相比，"问神仙"类故事在情节、思想等方面体现出更多的

---

① （清）曹雪芹、高鹗：《红楼梦》，人民文学出版社 1982 年版，第 382—383、525—528、627 页。

② 张崇纲编：《崂山民间故事全集》，青岛海洋大学出版社 1993 年版，第 904 页。

③ 同上书，第 920 页。

一致性，具有更加鲜明的主题特征。但这并不影响它流传的广泛性——不仅遍及中国境内 20 余个民族，亦可于印欧多国找到类似的故事形态。

通过对比分析，刘守华先生否定了该主题故事由德国或俄罗斯传播而来的可能性，而认为应以印度佛经故事为书面源头①——北魏释慧觉译《贤愚经》中的佛本生故事《檀腻羁》，即包含了檀腻羁代替他者（人和动物）询问三个难题而使自身获得好运的情节。而其在中国本土较早的书面记载见于明代小说《西游记》第四十九回《三藏有灾沉水宅　观音救难现鱼篮》——老鼋载三藏渡通天河，请其代问佛祖自己几时可得人身，虽然仅属"问活佛"主题的叙事片段，亦能辅助说明其与佛教文化的某种先在联系。

刘先生同时指出，在进入佛经之前，此类故事或许已经流行于古印度民间。尽管各地各民族故事中普遍出现"神仙""活佛""魔鬼"等宗教因素，但这一主题实含的现实感和世俗性实压倒了宗教性。具体到《林顺西天问阎王》和《王小三西天找佛爷》两个故事文本，尽管崂山地区有着悠久的佛道发展历史，"如来"与"阎王"亦出自佛道体系，但故事中没有流露出丝毫的宗教虚无与超验意味，"西天"问"阎王"的叙述也可见底层民众宗教知识的薄弱与含混。无论"如来"抑或"阎王"，只是扮演着民间百姓熟知的命运之神，并不带有佛道教义。

而故事体现出在逆境中坚强不屈、锲而不舍的入世情怀，却是与中国传统文化精神相吻合的。中国自古有"死生有命，富贵在天"之俗语，历来被视作消极的宿命论。但还原到最初的语境中，似乎并非如此。据《论语·颜渊》：

> 司马牛忧曰："人皆有兄弟，我独亡。"子夏曰："商闻之矣：死生有命，富贵在天。君子敬而无失，与人恭而有礼。四海之内，皆兄弟也——君子何患乎无兄弟也?"②

司马牛与子夏皆为孔门弟子，前者忧叹自身无兄弟扶持，后者加以宽慰，语意甚明。子夏认为通过后天努力可以改善先天的不利条件，这和

---

① 刘守华：《千年故事百年追踪——一个难得的比较文学研究实例》，《外国文学研究》2000 年第 2 期。

② 杨伯峻：《论语译注》，中华书局 1980 年版，第 124—125 页。

"问神仙"故事的思想内涵具有一致性。即如其师孔子，在主张君子"畏天命"（《季氏》）的同时，依然秉持着"知其不可而为之"（《宪问》）的精神追求理想。可见，勇于抗争、积极进取的人生观，早在上古时期，就已经萌发于华夏民族的文化血脉之中。

欲达到"问神仙""求好运"的目的，主人公需要有不屈的精神、坚强的意志、过人的胆量，更不能脱离他人的帮助——这在《林顺西天问阎王》的故事文本中表现得尤为明显，没有老人的草鞋蹚过大河，就不能到达西天；没有员外的银两打点疏通，就难以见到阎王；没有老妇的毡帽，林顺更是无法重返人间。接受了他人的恩惠，主人公也报恩于他人，面对"问人不问己""问三不问四"的禁忌，无一例外地询问了别人的问题而放弃了自己的问题。

"问神仙"的初衷在于为自己突破困境、寻找幸福，"舍己为人"的选择却在客观上达到了"助人亦助己"的喜剧效果。如是的故事情节似乎在告诉读者/听众，世间众生的命运是紧密联系在一起的，帮助别人的同时也是在帮助自己；突破"小我"的偏狭与执拗方能获得真正意义上的幸福。故事正面表现的行为和品德——同舟共济、互利互惠、舍己为人、公而忘私——很大程度上体现出一种群体主义的价值观。

如子夏曰"四海之内，皆兄弟也"，中国传统道德讲究人际关系的稳定与和谐，倾向于将人置于社会族群之中，每个人成长奋斗的历程都包含着他人的关爱和帮助。而西方则更多强调人作为独立个体的价值，群体意识相对淡薄。"问神仙"故事在世界范围内更为通行的名称为"三根魔发"，德国格林童话名篇《有三根金头发的鬼》堪称代表。此童话写一贫家子生而不凡，由于机缘巧合在14岁时娶得公主为妻。国王恼怒刁难，令男孩取来魔鬼的三根金发，方可做其女婿。男孩于是踏上冒险之路。途经一城，卫兵问其集市井水为何干涸；又过一城，卫兵问城中苹果树为何不再结果；最后经过一条大河，摆渡船夫问自己何时能够脱身而去。男孩一一答应返回时告知答案。来到地狱，男孩见到魔鬼的祖母，说明来意，祖母钦其勇气，代其拔下魔鬼三根金发，并向魔鬼询问三事，原来打死井底的蟾蜍，井水就会流出；除掉苹果树下的老鼠，就能重新结果；船夫将船篙塞到渡客手中，即可脱身。男孩听闻其言，携金发返归，渡河后方告知船夫脱身之法；又帮两城卫兵解决难题，得到卫兵答谢的金钱。回到王宫，男孩献上魔发，贪心的国王问金钱何来，男孩称于河边找到，国王遂至渡河。船夫将船篙塞给国王，随即上岸脱身，留下国王终年摆渡。①

《有三根金头发的鬼》同样讲述了弱小者经历艰险旅程获得幸福的故事，同样以"三问三答"架构情节，甚至主人公在旅途中同样获得了他人的帮助，但却不含丝毫"舍己为人"的成分，"助人亦助己"的思想也相对淡化。同一故事情节的不同异文，最能成为管窥地域文化差异的窗口。刘守华先生指出："这个故事在其他国家的叙说程式都是'三问'，只有中国故事在小伙子向神佛问事时才设置了一个'问一不问二，问三不问四'的禁忌。这个规矩不仅是俗谚中'与人方便，自己方便'的倡导乐于助人中华美德的生动展现，其渊源还可以到中国古代墨家的'兼爱'学说中去追寻。"② 儒家学者已经将个人组结在与他人的紧密关系之中，而墨子提出"兼相爱，交相利"，更强调了爱的现实性和功利性，倡导在摒弃等级亲疏的互爱互助中启动共同的利益，达成社会的和谐与富足。除此之外，墨家亦有"非命"之论，主张以主观努力支配个人与国家的命运。百家争鸣时期的墨家和儒家并为显学，随着大一统政权的建立与巩固，儒学成为主导社会的官方意识形态，墨子学说为讲究礼法等级的儒士所不齿，更被统治者视为不安定因素，因此作为学术流派很快湮灭，但其思想底蕴依然可以隐性状态存在于民间。

"问神仙"是民间故事的永恒主题，更是人类共有的情结。正如故事开头，主人公的困境体现在物质与精神两个层面，故事终结之时，他们的收获同样兼涉了物质与精神两个层面。在物质上，贫寒少年获得了钱粮房宅、戴上了状元的乌纱、娶到了美丽的妻子。而在精神上，他们通过执着求索与舍己为人，以一种不自觉的方式完成了个人人格境界的提升。

---

① 参见［德］格林兄弟《格林童话全集》，魏以新译，人民文学出版社1959年版，第88—93页。

② 刘守华：《一个蕴含史诗魅力的中国民间故事》，《光明日报》2012年2月27日。

第五章

崂山民间故事的古典书面形态

美国人类学家罗伯特·雷德菲尔德提出过"大小传统"的概念，用以概括社会中两种不同层次的文化，"大传统"指知识分子、上流阶层的文化，"小传统"指未受教育者、农村农民的文化。余英时先生认为，中国文化同样体现出"大小传统"的分野，通常以"雅""俗"两个概念划分；大传统、雅文化和小传统、俗文化之间，既存在对立又相互交流。① 汉学家梅维恒主编《哥伦比亚中国文学史》也将"口头程式"定义为中国文学的某种传统："在乡村说书人的口头故事和文人士大夫的精妙复杂叙事之间，存在着审美和语言方面的鸿沟。不过，当我们进行更细致的考察，会发现中国的口头传统和书面传统是在相互联系中定义自身的。"②

在前文的论述过程中，我们曾经频繁地引用中国古代典籍，因其与流行于乡野口头的崂山民间故事文本存在着各种相互参证的关系。这一章，笔者将集中列举、分析崂山民间故事的古典书面形态，进一步揭示其与中国传统文学的血脉联系，力图在雅俗文化、大小传统之间搭建起沟通的桥梁，从更深层次上促进两个畛域研究方法的交融汇合。

第一节 四大民间故事的源流演变

中国四大民间爱情故事——孟姜女哭长城、牛郎织女、梁山伯与祝英台、白蛇传，在崂山地区均有流传，人物、情节更是家喻户晓。但作为民

---

① 余英时：《士与中国文化》，上海人民出版社1987年版，第129—132页。

② ［美］梅维恒主编：《哥伦比亚中国文学史》，马小悟等译，新星出版社2016年版，第1095页。

间故事，它们并不是市井村野的无稽之谈，而实植根于中国古代各部典籍之中，只不过我们熟知的故事内容与其最初的面貌往往大相径庭。究竟，这些故事以怎样的原型出现，又是如何一步步演变成今天的版本？本节中，笔者将集中梳理这一问题。

一　孟姜女哭长城故事

孟姜女哭长城的故事起源于《春秋左氏传》，发生地齐国，正是青岛崂山所属的周代诸侯国。《左传·襄公二十三年》载：

> 齐侯还自晋，不入，遂袭莒……杞殖、华还载甲夜入且于之隧，宿于莒郊……莒子亲鼓之，从而伐之，获杞梁。莒人行成。
>
> 齐侯归，遇杞梁之妻于郊，使吊之。辞曰："殖之有罪，何辱命焉？若免于罪，犹有先人之敝庐在，下妾不得与郊吊。"齐侯吊诸其室。[①]

齐国攻打莒国，齐大夫杞梁（名殖）战死。齐侯（即齐庄公）归国，在郊外遇到杞梁之妻，派使者就地吊唁。然而杞梁妻却委婉地拒绝了，因为她认为郊外的吊唁有违礼法；齐侯也表示认同，遵其言到杞梁家中吊唁。这是战争中的一个小插曲，表现出杞梁妻的礼法观念。

《左传》相传为春秋末年鲁国左丘明注解《春秋》而做，但现代学者多认为其真实作者当生存于战国初年或稍后。至战国中期，《礼记·檀弓》写曾子赞杞梁妻之知礼，转述此一故事的同时加入"其妻迎其柩于路而哭之哀"一句，与《左传》中杞梁妻的理性知礼相比，突出了哭泣哀伤的感情因素。

稍后《孟子·告子下》记淳于髡之语："昔者王豹处于淇，而河西善讴。绵驹处于高唐，而齐右善歌。华周、杞梁之妻善哭其夫，而变国俗。"[②] 杞梁妻成为"善哭"者，其哭调与讴、歌一样流行。顾颉刚先生认为，这一说法的形成源于战国时期齐国风行哭调悲歌的文化背景。齐人善歌哭的风俗一直延续到秦汉，汉乐府歌诗中最著名的两首挽歌《薤露》

---

① 杨伯峻：《春秋左传注》，中华书局 1981 年版，第 1084—1085 页。

② （汉）赵岐注、（宋）孙奭疏：《孟子注疏》，北京大学出版社 1999 年版，第 329 页。

《蒿里》，相传即为齐人纪念齐王田横而作。

我们回看《左传》《檀弓》《孟子》三部先秦典籍，杞梁妻故事的着眼点依次经历了如下变化：理性知礼——哀哭守礼——悲歌哭调。"哭"渐渐成为故事的关键词。而其所哭之"城"首次出现在西汉刘向的《说苑》中。"杞梁、华舟……进斗，杀二十七人而死。其妻闻之而哭，城为之阤，而隅为之崩。"（《说苑·立节篇》）"昔华舟、杞梁战而死，其妻悲之，向城而哭，隅为之崩，城为之阤。"（《说苑·善说篇》）①

在《列女传·贞顺传》中，刘向将这一故事演绎得更加悲凄动人：

> 庄公袭莒，殖战而死。庄公归，遇其妻，使使者吊之于路。杞梁妻曰："今殖有罪，君何辱命焉？若令殖免于罪，则贱妾有先人之弊庐在，下妾不得与郊吊。"于是庄公乃还车诣其室，成礼然后去。杞梁之妻无子，内外皆无五属之亲。既无所归，乃就其夫之尸于城下而哭。内诚动人，道路过者，莫不为之挥涕，十日而城为之崩。既葬，曰："吾何归矣！夫妇人必有所倚者也，父在则倚父，夫在则倚夫，子在则倚子。今吾上则无父，中则无夫，下则无子，内无所依以见吾诚，外无所倚以立吾节，吾岂能更二哉？亦死而已。"遂赴淄水而死。君子谓杞梁之妻贞而知礼。《诗》云："我心伤悲，聊与子同归。"此之谓也。
>
> 颂曰：杞梁战死，其妻收丧。齐庄道吊，避不敢当。哭夫于城，城为之崩。自以无亲，赴淄而薨。②

十日崩城、投水而死的说法不见于此前任何典籍，带有极大的传说色彩。

东汉末年，蔡邕著《琴操》顺承《列女传》提出杞梁妻作歌的说法："《芑梁妻叹》者，齐邑芑梁殖之妻所作也。庄公袭莒，殖战而死。妻叹曰：'上则无父，中则无夫，下则无子，外无所依，内无所倚，将何以立？吾节岂能更二哉？亦死而已矣。'于是乃援琴而鼓之，曰：'乐莫乐兮新相知，悲莫悲兮生别离。'哀感皇天，城为之坠。曲终，遂自投淄水

---

① （汉）刘向撰：《说苑校证》，向宗鲁校证，中华书局1987年版，第85、272页。

② （汉）刘向：《列女传译注》，张涛译注，山东大学出版社1990年版，第146页。

而死。"①

西晋崔豹《古今注》又将《杞梁妻》一歌的"著作权"移于杞梁妻妹的名下：

> 《杞梁妻》，杞植妻妹朝日之所作也。杞植战死，妻叹曰："上则无父，中则无夫，下则无子，生人之苦至矣。"乃抗声长哭，杞都城感之而颓，遂投水而死。其妹悲其姊之贞操，乃为作歌，名曰《杞梁妻》焉……②

除著作权的转移外，此处文字还有一点值得注意——被杞梁妻哭倒之"城"被确定为"杞都城"。事实上，《左传》所载杞植战死之地为莒国，齐君吊唁之所为齐郊，崔豹或因杞植姓氏误作"杞都"。北魏郦道元《水经注》将其更正为莒城："沭水……东南过莒县东……《列女传》曰：齐人杞梁殖袭莒，战死……妻乃哭于城下，七日而城崩……即是城也。"这从侧面体现出杞梁妻哭城故事的普及性和知名度，其所哭之"城"也得到了世人的关注。

但杞梁夫妇作为春秋时人，其生活年代没有发生变化。直至唐代，一部类书中首次出现了杞梁（良）为秦始皇时人的记录：

> 杞良，周时齐人也。庄公袭莒，杞良战死。其妻收良尸归，庄公于路予之。良妻对曰："若良有罪而死，妻子俱被检设。如其无罪，自有庐室，如何在道而受予乎？"遂不受吊。庄公愧之而退。出《春秋》。
>
> 一云：杞良，秦始皇时北筑长城，避苦逃走，因入孟超后园树上。起（超）女仲姿浴于池中，仰见杞良而唤之。问曰："君是何人？因何在此？"对曰："吾姓杞名良，是燕人也。但以从役而筑长城，不堪辛苦，遂逃于此。"仲姿曰："请为君妻。"良曰："娘子生于长者，处在深宫，容貌艳丽，焉为役人之匹。"仲姿曰："女人之

---

① 吉联抗辑：《琴操》，人民音乐出版社1990年版，第44页。
② 王根林、黄益元、曹光甫校点：《汉魏六朝笔记小说大观》，上海古籍出版社1999年版，第238页。

体，不得再见丈夫，君勿辞也。"遂以状陈父，而父许之。夫妇礼毕，良往作所，主典怒其逃走，乃打杀之，并筑城内。起（超）不知死，遣仆欲往代之，闻良已死，并筑城中。仲姿既知，悲哽而往，向城啼哭，其城当面一时崩倒。死人白骨交横，莫知孰是。仲姿乃刺指血，以滴白骨，去（云）："若是杞良骨者，血可流入。"即沥血，果至良骸，血径流入，使将归葬之也。出《同贤记》。

　　二说不同，不知孰是。①

　　此类书名《琱玉集》，编者不详，据学者考证当成书于七世纪末至八世纪初，由遣唐使携往日本。原书散佚，仅存卷十二、十四。上述文字见于卷十二《感应篇》，所引《同贤记》亦为佚书。不难发现，杞良筑长城而死，以及孟仲姿沐浴结姻、哭崩长城、滴血认亲的故事与今人熟悉的孟姜女哭长城故事极为接近，或许在当时已经成为民间传说。

　　杞梁由春秋兼并战争中为国捐躯的将领，一变而为秦朝繁重徭役之下惨死的征卒。"不知孰是"四字，表明编者同样对是条说法及其产生缘由抱着存疑的态度。事实上，秦王修筑长城而导致征夫惨死、家庭破碎的故事深植于古人的思维体系之中。东汉末年，"建安七子"之一的陈琳作《饮马长城窟行》，即借征夫与其妻子的书信对话，揭露出修城徭役给百姓带来的无尽灾难：

　　饮马长城窟，水寒伤马骨。往谓长城吏，慎莫稽留太原卒。官作自有程，举筑谐汝声。男儿宁当格斗死，何能怫郁筑长城。长城何连连，连连三千里。边城多健少，内舍多寡妇。作书与内舍，便嫁莫留住。善侍新姑嫜，时时念我故夫子。报书往边地，君今出语一何鄙。身在祸难中，何为稽留他家子。生男慎莫举，生女哺用脯。君独不见长城下，死人骸骨相撑拄。结发行事君，慊慊心意关。明知边地苦，贱妾何能久自全。②

　　因修长城所导致的夫妇死别与杞梁妻的故事本不相及，但同样包含了

---

①　佚名：《琱玉集》，载《古逸丛书》影旧抄卷子本，第26—27页。

②　逯钦立辑校：《先秦汉魏晋南北朝诗》，中华书局1988年版，第367页。

死于国事的丈夫和贞烈悲情的妻子，又皆与"城"发生着紧密的联系——一为修城而死，一因死而崩城。因此，二者在文学世界里突破时空的界限而走向合流，也是合情合理的。

敦煌石室保存的唐五代曲子词有四阕《捣练子》，前两阕曰：

> 孟姜女，杞梁妻。一去燕山更不归。造得寒衣无人送，不免自家送征衣。
>
> 长城路，实难行。乳酪山下雪霏霏。吃酒则为隔饭病，愿身强健早还归。①

"孟姜女"出现了，和"杞梁妻"成为同位语；"燕山"为秦长城所在地，"长城"也在下阕出现。敦煌曲子词创作于民间，或与《琱玉集》所录孟仲姿哭秦长城的民间故事同源。但曲子词叙事性有限，读者可以把"孟姜女"理解为杞梁妻的本名，也可以理解为与其遭际类似的征人之妇；"长城路，实难行"可以就上阕的孟姜女、杞梁妻而言，也可以独立表现另一征夫生活侧面。而五代前蜀诗僧贯休作《杞梁妻》，则明确地使杞梁妻"穿越"到秦朝，哭崩之城为"长城"：

> 秦之无道兮四海枯，筑长城兮遮北胡。筑人筑土一万里，杞梁贞妇啼呜呜。上无父兮中无夫，下无子兮孤复孤。一号城崩塞色苦，再号杞梁骨出土。疲魂饥魄相逐归，陌上少年莫相非。②

五代后唐时期的马缟《中华古今注》亦将崔豹《古今注》中杞梁妻哭颓"杞都城"的说法改成"长城感之颓"：

> 《杞梁妻歌》，杞植妻妹朝日之所作也。杞植战死，妻曰："上无考，中无夫，下无子，人之苦至矣"。乃抗声长哭，长城感之颓，遂投水而死。其妹悲姊之贤贞操，乃为作歌，名曰《杞梁妻贤》……③

---

① 曾昭岷等编撰：《全唐五代词》，中华书局1999年版，第888页。

② 中华书局编辑部点校：《全唐诗》（增订本），中华书局1999年版，第359页。

③ （唐）苏鹗、（五代）马缟等：《苏氏演义》（外三种），吴企明点校，中华书局2012年版，第118—119页。

旧题北宋经学家孙奭所作的《孟子疏》曰："杞梁，杞殖也……或云齐庄公袭莒，逐而死，其妻孟姜向城而哭，城为之崩。"① 虽然回归到春秋齐国的历史背景，却将"孟姜"与"杞梁妻"定义为同一人。

"孟姜"广见于《诗经》，作为普泛意义上的世族女子美称：

> 云谁之思？美孟姜矣。（《鄘风·桑中》）
> 彼美孟姜，洵美且都！
> 彼美孟姜，德音不忘！（《郑风·有女同车》）②

"孟"为头生长子，"姜"为齐国国姓，"孟姜"在严格意义上并非人名，而是姜家长女之意。《孟子疏》以此称呼杞梁之妻，或因孟仲姿传说讹变而来，抑或源于真实历史上杞梁的齐人身份。在此后故事流传的过程中，"孟姜女"代替了"孟仲姿""杞梁妻"，成为女主人公的专名；而男主人公在不同时代、地域的故事版本中，由于读单讹变，出现了范杞梁、万杞梁、范喜良、万喜良等多种异名。

崂山地区流行的孟姜女哭长城故事有《孟姜女和万喜良的故事》《孟姜女的故事》，分别于1950年、1985年采录于当地农民之口。

《孟姜女和万喜良的故事》称古时有孟、姜两家财主相邻而居，各有家产万贯，却苦于不生子女，日日求告上天。孟家老妇在自家墙根种下一棵葫芦，葫芦蔓爬到两家屋顶接山处，长出奇大的葫芦瓜。十月瓜熟，从中剖得一女婴，两家争之未果，县官判此女为双方共有，起名"孟姜女"。孟、姜两家因此合为一家，相亲共居。孟姜女长至十八岁，美若天仙，一日在花园嬉水洗澡，听得假山处传来喘息之声，发现山洞中竟藏有一斯文俊秀的年轻公子。公子自言姓万名喜良，莒国人氏，路遇官兵抓夫，逃至花园藏身。万喜良被孟、姜家长收留府中，娶孟姜女为妻，但成亲三日后仍被官兵抓走，押往北国为秦始皇修筑长城。孟姜女记挂夫婿，决心亲自北上，为喜良送棉衣，并着一婢一仆跟从。北国雪路凶险，婢女跌入山涧，家仆亦生歹念，欲霸占孟姜女及其金银。孟姜女用计脱之，独自一人上路，行走四十九天，历尽千辛万苦，终至长城。不想万喜良几日

---

① （汉）赵岐注、（宋）孙奭疏：《孟子注疏》，北京大学出版社1999年版，第332页。

② （汉）毛亨传、（汉）郑玄笺、（唐）孔颖达疏：《毛诗正义》，北京大学出版社1999年版，第192、298—299页。

前已经冻饿而死，其尸身被官兵和着泥土填入城墙。孟姜痛哭，感动天地鬼神，令长城崩塌八百里，现出喜良尸体。此事惊动了秦始皇，始皇好色，见孟姜美貌，欲纳为妃。孟姜女应允，但要求始皇披麻戴孝厚葬万喜良。始皇从之，然喜良坟墓筑好，孟姜即撞死于坟口。秦始皇方知上当，欲鞭其尸，又觉人死无知、徒劳无益，遂将计就计，当众人之面合葬二人，以求美名。此一传说，与《琱玉集》所引《同贤记》中的孟仲姿故事极似。

《孟姜女的故事》中，女主人公不仅从葫芦中降生，且瞬间长大成人，自愿作两家之女，为己取名"孟姜"。孟姜女与父母所居孟家寨四面环水，出入不便；时人多向其求亲，送来金银钱财。孟姜女心生一计，择日摇船从河中驶过，令追求者以金银财宝掷之，掷中其身者方可迎娶。众人飞撒金银，船上积钱无数，然孟姜女亦化身千万，无法掷中。最终穷人范国良以仅有的铜板击中其背，得孟姜女为妻；船上金银被夫妻二人捐出筑桥，便民出行。范国良被官兵抓走修筑长城，始皇为试城墙之固，以宝剑劈之，砖石进裂，压死国良。众民工怜悯国良衣不遮体，裹以泥土筑入城墙。孟姜女寻夫痛哭三日三夜，哭倒长城，一骑马将军破城而来，自称刘邦，愿为孟姜报仇，不出几年，果然灭亡秦朝。

上承唐代类书叙事，两篇故事都将孟姜女夫妇说成秦始皇时人。同时随着时代的演进，传说不断累积，出现了一些新的情节。如写孟姜女由孟、姜两家交邻的葫芦中降生，即不见于古籍记载。乡野百姓或不知晓先秦女子组合排行、姓氏的命名规则，故传孟、姜为二姓。但此种降生神话又与葫芦的民俗文化意蕴有关。葫芦是各地洪水神话中普遍出现的逃生工具，寓意着"生"之希望；又因其形似人体子宫，内中多籽，远古先民以此衍生出生殖信仰，甚至认为葫芦具有人类始祖的象征意义。闻一多先生曾著《伏羲考》，分析"伏羲"（亦名庖牺、包牺）、"女娲"与"匏瓠"的语音关系，认为伏羲、女娲在某种程度上正是葫芦的化身。民间叙事中，此类关于植物的生殖崇拜在古今中外都不罕见。《华阳国志·南中志》及《后汉书·南蛮西南夷列传》记载了西南少数民族地区关于夜郎侯破竹而生、以武称霸的传说；日本家喻户晓的民间故事人物桃太郎和辉夜姬，作为勇武无敌的英雄和倾倒众生的美人，分别于桃子、竹茎中剖取诞生——桃子、竹茎皆形似子宫，且具有强大的繁殖能力，和葫芦一样，被先民赋予了生殖神的内涵。崂山民间故事中，孟姜女由神奇植物中诞生，且数日长大，成为超凡之人，使多年来求子未成的老人迅速得偿所愿，亦与《桃太郎》《辉夜姬》的情节极似。不难理解，在以多子为福的古代社会，此类故事于神化主人公身份的同时，亦能为现实中众多膝下荒凉的夫妇带来慰藉与希望。

较之《孟姜女和万喜良的故事》，《孟姜女的故事》搜集年代较晚，又将孟姜女哭长城的传说与刘邦灭秦的历史事件相联系，洋溢着更为明显的反抗精神。女主人公的身世、形象也更具神异色彩，"掷钱修桥"的情节实脱化自"洛阳桥"故事——传说北宋蔡襄为泉州百姓修造洛阳桥却苦于资费短缺，观音暗中襄助，化为凡间美女泛舟水中，令求亲者以钱财掷之，掷中者方可成婚。崂山地区也流传着一则"洛阳桥"故事，修桥者为鲁班，赞助修桥的女神由观音改为王母娘娘，然"成亲掷钱"的梗概略同。《孟姜女的故事》同样化用了这一情节。

崂山地区又有《美人鱼》，改造了《孟姜女和万喜良的故事》结局，其中孟姜女并未触坟而死，而是坠崖掉入大海，变成美人鱼。不仅如此，其裙带变作海带，头上银铃变作蛤蜊、珍珠，撕下秦始皇的半片龙袍也变成海蜇。每当海上将起风浪，孟姜女变作的美人鱼便浮出水面，发出尖利的呼叫，提示渔民避风躲浪。正如崂山地区的白娘子故事将白蛇、小青附加以龙女身份，孟姜女故事的结局改编也体现出崂山近海的地域特色，以及渔业劳动者渴望海产丰足，并有神奇力量保驾护航的美好愿景。

提及地域问题，关于孟姜女故事还有一点需要说明。在山东地区，尤其齐长城沿线，长期以来流传着孟姜女哭倒齐长城的说法。齐国筑长城之说见载于《战国策》《史记》等，唐李泰《括地志》称齐长城"西北起济州平阴县，缘河历太山北冈上，经济州、淄川，即西南兖州博城县北，东至密州琅邪台入海"[1]。明末顾炎武《山东考古录》记其过长清县（在今山东省济南市）长城铺，见杞梁妻祠，当地人呼之为姜女庙；道光年间《长清县志》亦载长清邑有长城遗址及孟姜女庙。今人李万鹏教授曾至淄博市淄河镇进行田野调查，因该地处于淄河沿线，且靠近齐长城，"故事多说是孟姜女哭的是齐长城，投淄水而死"[2]，甚至还有大将杞梁攻战牺牲的叙述，接近于《左传》。青岛距离淄博不远，且为齐长城东向终

---

① 贺次君：《括地志辑校》，中华书局1980年版，第144页。

② 刘魁立等：《孟姜女传说的学术价值与现实意义》，《民俗研究》2009年第3期。

端所在地，民间流传的孟姜女故事却与淄河文本大不相同，除将万喜良籍贯传为"莒国"之外，在叙事中并未涉及"齐长城""淄水"等地域因素，孟姜女哭倒之城，明确为"北国"之秦长城。

笔者认为，孟姜女哭齐长城之说，实乃将历史与民谭混同的结果。《左传》作为源头文献，可以看作对杞梁妻事迹最忠实的记录，但仅仅呈现出一位齐国贵族孀妇面对君王的不卑不亢与循规守礼，并不包含"哭""城"等因素。从《檀弓》开始，一系列文献在有意无意间的增饰与改易，使这一人物逐渐偏离了原始坐标，向着传说的方向发展，最终形成了秦朝多情贞妇孟姜女感天动地的艺术形象。我们认可杞梁妻事迹是孟姜女故事的原型，然二者一属历史，一属民谭，不能画上等号。

另外，据张维华先生《中国长城建置考》，齐国长城非一时所建，最先起于齐境西南，西南段长城至战国初年方才确然建成；而其东南段、南段，则又推后于楚人灭莒乃至齐威王之时①。因此，不仅虚构的秦人孟姜女与齐长城毫无瓜葛，就真实的杞梁夫妇而言，在其生活的春秋时代，齐长城是否存在亦属悬案。

青岛崂山地处齐长城沿线，却没有受到齐国地域因素的左右，当地流传的孟姜女故事更趋近于全国的普泛形态。究其原因，或许与当地人口的频繁流动有关。早在明代，因为卫所制度的建立，青岛成为"以军户人口为主的移民区"，多有来自河北、山西乃至云贵地区的军民流入。及至晚清民国，青岛设立对外贸易口岸，先后被德、日殖民占领，再次迎来了移民的热潮，迁入人口中有德日侨民、满清遗老，也有来自各地的知识分子、资产阶级和产业工人，"构成了以客籍人口为主的移民社会"②。受其沿海开放性及经济发展程度的影响，青岛的移民活动一直延续至今。长期频繁的移民必然会促进异地文化因子在本地的汇入与融合，以此影响到民间故事的流传形态；除"孟姜女哭长城"之外的三大民间故事，其崂山文本与全国流传的经典形态相比，同样体现出共性大于个性的特点。

二 牛郎织女的故事

"牛郎""织女"本为星名，"牛郎"亦称"牵牛"。牛女二星最早联

---

① 张维华：《中国长城建置考》，中华书局 1979 年版，第 26、29 页。
② 参见颜峰、姚桂芳《移民视野下的青岛民俗文化》，《寻根》2014 年第 2 期。

袂出现于《诗经》。《小雅·大东》云：

> 维天有汉，监亦有光。跂彼织女，终日七襄。
> 虽则七襄，不成报章。皖彼牵牛，不以服箱。①

"汉"即银河，"织女"为星座名，由三星组成，位于银河之西，"跂"同"歧"，状其三星分叉的样子。"终日七襄"即每日七次移动。古人将一天分为十二时辰，织女星座在白天的卯时至酉时移动七次。尽管织女星终日移动，却不能如人间织妇那样往复引线穿梭，织成布帛，故称"虽则七襄，不成报章"。"牵牛"亦为三颗星组成的星座，位于银河之东。牵牛星虽然明亮，却不能如人间真牛一般拉载车斗，此即"皖彼牵牛，不以服箱"。

《毛诗》小序有言："《大东》，刺乱也。东国困于役而伤于财，谭大夫作是诗以告病焉。"②《大东》为西周时期东方小国怨刺周王室盘剥而作，对织女、牵牛二星徒有虚名的描述，其实包含了对西周贵族尸位素餐的怨愤与嘲讽。这种创作本意和后世流传的牛郎织女爱情故事并不相及，但牵牛、织女与天汉银河三位一体的密切关系，对于后世传说的形成却能够成为一种铺垫。

约略写成于战国时期的《夏小正》是中国现存最早的农事历书，中有"七月……寒蝉鸣……初昏织女正东乡，时有霖雨"③之说。清人俞正燮《癸巳存稿·七夕考》解释为："盖七月夏时日在角，初昏汉直，则牵牛居东，织女正，则必东向。"④《夏小正》记录了农历七月织女星向牵牛星方向移位的天文现象，为后世牛女七夕相会传说的形成奠定了基础。

秦简《日书》载："丁丑、己丑取妻，不吉。戊申、己酉，牵牛以取织女，不果，三弃。""戊申、己酉，牵牛以取织女而不果，不出三岁，弃若亡。"⑤《日书》是古人凭时日推测吉凶宜忌的数术占卜书，1975 年

---

① （汉）毛亨传、（汉）郑玄笺、（唐）孔颖达疏：《毛诗正义》，北京大学出版社 1999 年版，第 786—788 页。

② 同上书，第 779 页。

③ 夏纬瑛：《夏小正经文校释》，农业出版社 1981 年版，第 53 页。

④ （清）俞正燮：《癸巳存稿》，辽宁教育出版社 2003 年版，第 321 页。

⑤ 吴小强：《秦简日书集释》，岳麓书社 2000 年版，第 108—113 页。

出土于湖北省孝感市云梦县睡虎地秦墓，墓主葬于秦始皇三十年，《日书》必然成于此前。"不果"有"未成事实"和"不果断"二意，无论取何意，从字面来看，是牵牛抛弃了织女，或放弃了与织女缔结婚姻之事。作为早期记录，简文似乎推翻了后人关于牛女经典爱情的信仰。然而有学者指出，《日书》仅仅是利用神话占卜嫁娶日期，意谓在"丁丑、己丑""戊申、己酉"诸时娶亲，会出现"不果，三弃""不出三岁，弃若亡"的不良后果，此种不良后果针对求卜之人，与所依托的神话人物无关。占卜者"矫言鬼神以尽人财"，推测出某种不甚权威的祸福判断，并不能代表牵牛织女故事在当时的流传形态。① 但这表明，至迟到秦代，织女与牵牛已由星座转变为人格化的神祇，且被编织上嫁娶关系；"不吉""不果"在某种程度上为其婚姻奠定了悲剧的基调。

　　西汉初年，作为星神的织女、牵牛被雕成人型石像，并立于汉武帝所凿昆明池。东汉班固《西都赋》称："集乎豫章之宇，临乎昆明之池。左牵牛而右织女，似云汉之无涯。"李善注引《汉宫阙疏》云："昆明池有二石人，牵牛织女像。"至东汉末年，《古诗十九首》明确将牛女二星置于悲剧性的爱情关系之中：

> 迢迢牵牛星，皎皎河汉女。纤纤擢素手，札札弄机杼。终日不成章，泣涕零如雨。河汉清且浅，相去复几许。盈盈一水间，脉脉不得语。

　　《古诗》借牵牛、织女间隔银河不得会面的天文现象和神话传说，表现人间男女相爱离居的悲哀苦闷。《诗经·小雅·大东》对于星座有名无实、无法织布的嫌恶，在此也转化为理解与同情，"织女"因相思涕零而无心织布，"不成章"恰好说明其悲怨之深、缠绵之切。

　　汉末魏初，曹丕《燕歌行》亦写思妇，末尾"牵牛织女遥相望，尔独何辜限河梁"与《迢迢牵牛星》同意。而曹植有《九咏》："临回风兮浮汉渚，目牵牛兮眺织女。交有际兮会有期，嗟痛吾兮来不时。"以牵牛、织女之际会有期反衬自己机不逢时，可见在当时，牵牛、织女既因隔居银汉被用作相思离散的比喻，又因星宿位移而使人产生团圆有期的联

---

① 李立：《云梦秦简"牛郎织女"简文辨正》，《长江大学学报》2008 年第 6 期。

想。唐李善注《文选》引曹植《九咏》注曰："牵牛为夫，织女为妇，织女、牵牛之星各处一旁，七月七日得一会同矣。"只不知此注是否为曹植自注。南朝梁宗懔《荆楚岁时记》亦引晋初傅玄《拟天问》"七月七日牵牛织女会于天河"之语。西晋周处撰《风土记》作为中国历史上较早的地方性风土民情著作，记载了七夕之夜祭奠牛女星神、征瑞乞愿的风俗。"七月七日，其夜洒扫于庭，露施几筵，设酒脯时果，散香粉于河鼓、织女，言此二星神当会。守夜者咸怀私愿……乞富乞寿，无子乞子，唯得乞一，不得兼求，三年乃得言之，颇有受其祚者。""河鼓"此处即指牵牛星。

七夕的节日民俗或形成于汉代，由宫廷流于民间。笔记小说《西京杂记》卷一即称"汉彩女常以七月七日穿七孔针于开襟楼，俱以习之"①。但《西京杂记》成书状况也颇为复杂，其作者有西汉刘歆、东晋葛洪、南朝梁代吴均及萧贲四种说法，宁稼雨先生《中国志人小说史》指出该书或先后经刘歆、葛洪、萧贲三人之手完成②。我们难以判定本条记载的真实年代，也不明确其与牛女故事是否存在着必然联系；只能根据傅玄《拟天问》、周处《风土记》，认为"七夕相会"的传说至迟流传于晋朝。

而《荆楚岁时记》中，妇女于七夕之夜穿针、祈愿的活动已被明确命名为"乞巧"。"七月七日，为牵牛织女聚会之夜。是夕，人家妇女结彩缕，穿七孔针。或以金银鍮石为针，陈瓜果于庭中以乞巧，有喜子网于瓜上，则以为符应。"③

在"七夕相会"之外，"喜鹊搭桥"作为牛郎织女故事的另一个重要元素，同样广见于各地传说。唐末韩鄂《岁华纪丽》卷三引《风俗通》："织女七夕当渡河，使鹊为桥"④；宋代陈元靓《岁时广记》卷二十六引《淮南子》又有："乌鹊填河成桥而渡织女"⑤。《淮南子》《风俗通》分别为西汉和东汉文献，现在流行的版本中并没有以上两条引文，乌鹊为桥之说是否成于汉代仍有疑点。但在南朝诗歌作品中，已经出现了相关典故。

---

①　无名氏、（晋）葛洪撰：《燕丹子·西京杂记》，中华书局 1985 年版，第 3 页。

②　参见宁稼雨《中国志人小说史》，辽宁人民出版社 1991 年版，第 32 页。

③　王根林、黄益元、曹光甫校点：《汉魏六朝笔记小说大观》，上海古籍出版社 1999 年版，第 1058 页。

④　（唐）韩鄂：《岁华纪丽》，明万历秘册汇函本。

⑤　（宋）陈元靓：《岁时广记》，商务印书馆 1939 年版，第 297 页。

梁庾肩吾《七夕诗》云：

> 玉匣卷悬衣，针楼开夜扉。姮娥随月落，织女逐星移。离前怨促夜，别后对空机。倩语雕陵鹊，填河未可飞。①

以此看来，牛女鹊桥相会的传说应该出现在南朝梁代之前。

司马迁《史记·天官书》曰："织女，天女孙也"，即云织女为天帝孙女。汉末魏初以来，织女多被文人描绘为美丽高贵的天人神女。如蔡邕《协初婚赋》："……其既远也，若披云缘汉见织女。立若碧山亭亭竖，动若翡翠奋其羽。众色燎照，视之无主。面若明月，辉似朝日，色若莲葩，肌如凝蜜。"② 再如稍后阮籍的《清思赋》："靡常仪使先好兮，命河女以胥归。步容与而特进兮，盼两楹而升墀；振瑶谿而鸣玉兮，播陵阳之斐斐……馨香发而外扬兮，媚颜灼以显姿。清言窃其如兰兮，辞婉婉而靡违。"③ "河女"即织女，亦呈现出光彩夺目、高高在上的女神形象，令人可望而不可即。

而西晋张华《博物志》又记载了这样一个故事：

> 旧说云天河与海通。近世有人居海渚者，年年八月有浮槎去来，不失期，人有奇志，立飞阁于查上，多赍粮，乘槎而去。十余日中，犹观星月日辰，自后茫茫忽忽，亦不觉昼夜。去十余日，奄至一处，有城郭状，屋舍甚严。遥望宫中多织妇，见一丈夫牵牛渚次饮之。牵牛人乃惊问曰："何由至此？"此人具说来意，并问此是何处，答曰："君还至蜀郡访严君平则知之。"竟不上岸，因还如期。后至蜀，问君平，曰："某年月日有客星犯牵牛宿。"计年月，正是此人到天河时也。④

一人乘浮槎泛海而去，十余日后直达天河，见天河边有城郭、屋舍、

---

① 逯钦立辑校：《先秦汉魏晋南北朝诗》，中华书局1988年版，第1998页。

② （汉）蔡邕著、邓安生编：《蔡邕集编年校注》，河北教育出版社1999年版，第441页。

③ 陈伯君校注：《阮籍集校注》，中华书局1987年版，第36页。

④ 王根林、黄益元、曹光甫校点：《汉魏六朝笔记小说大观》，上海古籍出版社1999年版，第225页。

织妇，又与一牵牛丈夫问答，返归后询问高士严君平，方知其为牵牛星宿。"织妇"应由织女星想象而来。在故事的字面意义上，"牵牛丈夫"与"织妇"并没有明确的婚姻恋爱关系，然而男耕女织的家庭联想却隐含其中。与此前典籍中的天孙贵女相比，"织妇"也使织女有了平民化的转向。

南北朝以来，中国典籍中出现了关于牛女婚恋的多种说法。据宝颜堂秘笈本《荆楚岁时记》：

> 常见道书云，牵牛娶织女，借天帝二万钱下礼，久不还，被驱在营室中。河鼓、黄姑，牵牛也，皆语之转。

如果说秦简《日书》作为卜筮矫言语焉不详，汉末《古诗》抒情多于叙事，此处对牛女婚姻悲剧的因果交代却是相对明确的——牵牛欠钱不还被天帝拘压，因此与妻子织女被迫分离。明代《月令广义·七月令·日次》引梁代殷芸《小说》则称：

> 天河之东，有织女，天帝之子也。年年机杼劳役，织成云锦天衣，容貌不暇整。天帝怜其独处，许嫁河西牵牛郎。嫁后遂废织纴。天帝怒，责令归河东，但使一年一度相会。①

"织女"的身份，由司马迁所谓"天女孙"改为了"天帝之子"，但天胄贵女的地位依然未变。"废织纴"可与《诗经·小雅·大东》所谓"不成报章"相衔接，织女不能织纴的原因被附会成婚后贪欢渎职。

明人张鼎思的《琅琊代醉编》及清人褚人获的《坚瓠乙集》中皆征引此说，字词略有差异，如将"织女"改作"美女"。张、褚所标出处均为梁代任昉《述异记》；《述异记》作为志怪小说，原本不存，"天河之东"之佚文也不见于后人所辑版本。

虽然同样属于触犯禁忌的行为，相比牵牛拖欠还款，织女因贪欢渎职而勒令分离的说法似乎更容易为世人所接受；而世人对故事形态的选择也在无意间将触犯禁忌的"责任"倾卸在织女一方。但我们也要注意，此

---

① （明）冯应京辑：《月令广义》，万历三十年秣陵陈邦泰刊本。

时的故事中，牵牛、织女虽被惩罚，但其婚姻本身却是合法的，为天帝所许，不同于后来民间所传说的私意结合。仙女奉命婚配也是汉魏六朝志怪小说中的普遍现象，如东晋干宝《搜神记》所载织女、杜兰香、成公智琼的故事：

> 董永父亡，无以葬，乃自卖为奴……道逢一妇人曰："愿为子妻。"隧与之俱……永妻为主人家织，十日而百匹具焉……行至本相逢处，乃谓永曰："我是天之织女，感君至孝，天使我偿之。今君事了，不得久停。"语讫，云雾四垂，忽飞而去。
>
> 汉时有杜兰香者，自称南康人氏。以建业四年春，数诣张傅……婢通言："阿母所生，遣授配君，可不敬从。"……作诗曰："阿母处灵岳，时游云霄际。众女侍羽仪，不出墉宫外。飘轮送我来，岂复耻尘秽。从我与福俱，嫌我与祸会。"
>
> 魏济北国从事掾弦超，字义起。以嘉平中夜独宿，梦有神女来从之。自称天上玉女，东郡人，姓成公，字智琼。早失父母，天帝哀其孤苦，遣令下嫁从夫。①

织女下嫁董永与许配牵牛有冲突，应为其故事的另一版本，随着牵牛织女故事的经典化，董永的仙妻身份被置换为"七仙女"；结合西晋张华《博物志》"宫中多织妇"，当时人所理解的"织女"或有群体意义，并非一位仙女。杜兰香口中的"阿母"，即指西王母，与天帝同为神仙世界的权威主宰者。

唐代张荐撰志怪小说集《灵怪集》，其中有《郭翰》一篇，再次写及织女牵牛故事：

> 太原郭翰，少简贵，有清标。姿度美秀，善谈论，工草隶。早孤独处，当盛暑，乘月卧庭中。时有清风，稍闻香气渐浓。翰甚怪之，仰视空中，见有人冉冉而下，直至翰前，乃一少女也，明艳绝代，光彩溢目……女微笑曰："吾天上织女也。久无主对，而佳期阻旷，幽

---

① （晋）干宝撰、（宋）陶潜撰：《新辑搜神记　新辑搜神后记》，李剑国辑校，中华书局2007年版，第125、136、613页。其中"杜兰香"一条被辑入伪目疑目。

态盈怀。上帝赐命游人间，仰慕清风，愿托神契。"翰曰："非敢望也，益深所感。"……乃携手升堂，解衣共卧。……翰戏之曰："牵郎何在？那敢独行？"对曰："阴阳变化，关渠何事？且河汉隔绝，无可复知；纵复知之，不足为虑。"

后将至七夕，忽不复来，经数夕方至。翰问曰："相见乐乎？"笑而对曰："天上那比人间？正以感运当尔，非有他故也，君无相忌。"问曰："卿来何迟？"答曰："人中五日，彼一夕也。"又为翰致天厨，悉非世物。徐视其衣并无缝。翰问之，谓翰曰："天衣本非针线为也。"①

织女苦于佳期难逢、仙居寂寞，竟借着上帝赐游人间的机会寻觅情郎，与美少年郭翰幽会偷欢。郭翰问及牵牛，织女仍然理直气壮，认为天汉相隔，对方难以知晓，纵使得知也不足为虑。七夕到来，织女回天与牵牛相会，然亦深感天上之欢娱难比人间。最终织女苦于上神召命，被迫与郭翰分别。郭翰见织女着无缝之衣，正是"天衣无缝"之著名成语的出处。

《郭翰》中的织女与前代传说中贪欢废织的织女在耽溺情欲方面是近乎一致的，但此处用更为极端、大胆的形式表现出来；织女美艳豪奢而风流放涎，颠覆了以往清远绝俗或苦情专一的形象，实为现实生活中荡而不检之贵族少妇的写照。这一故事情节的出现，也与唐代开放热烈、礼教不兴的整体社会风气有关。

南宋龚明之作笔记《中吴纪闻》又有"黄姑织女"一条：

> 昆山县东三十六里，地名黄姑。古老相传云：尝有织女牵牛星降于此地，织女以金篦划河，河水涌溢，牵牛因不得渡。②

织女与牵牛（黄姑）之所以相望隔河，并非缘于外界力量的干涉，而是织女自身所为，似给人以"落花有意，流水无情"之感。这是苏州昆山的古老传说。同织女的婚外情一样，牵牛的单相思故事也没有得到广

---

① （宋）李昉等：《太平广记》，中华书局 1961 年版，第 420—421 页。
② （宋）龚明之撰：《中吴纪闻》，孙菊园校点，上海古籍出版社 1986 年版，第 97 页。

泛流传，但以金篦（或其他头饰）划河间隔双方的故事情节却被保存下来，融入民间传说体系之中，划河者由织女改为王母，所划之河亦由凡间之江河"回归"到天上的银河。

明初，瞿佑著文言小说集《剪灯新话》，卷四有《鉴湖夜泛记》，写处士成令言夜间泛舟至灵光阁，遇织女。织女自表为天帝之孙，"夙禀贞性，离群索居"，所谓婚配牵牛、相会七夕之语，皆为无知凡人编造杜撰，亵侮神灵。这同样为牵牛织女故事中的个案①。明万历年间朱名世作中篇小说《牛郎织女传》，仍以殷芸《小说》中织女许嫁牵牛而废织纴的记载为核心加以敷演。由汉末以至明清，诗文词赋中的牛、女亦多以相爱离居、专情守望的神仙伴侣形象出现。

以上为牵牛织女故事在书面系统中的流传演变情况。民间传说的牛郎织女故事与此大有不同。以崂山民间故事为例，《牛郎和织女的故事》采集于 1951 年，梗概如下文所示。

牛郎从小没有父母，跟随哥哥嫂嫂度日。哥嫂虐待牛郎，令其终日牧牛并宿于牛棚，牛郎于是与老黄牛成为好朋友。哥嫂强制分家，牛郎仅得黄牛、破车，却被黄牛拉至一片美丽的果树林中。黄牛忽作人语，告知牛郎，现有七位仙女在林中水湾洗澡，仙衣脱在岸边；抱走其中的粉红衣裳，即会有仙女成为他的妻子。牛郎照办，果然最小的仙女因丢失仙衣不能飞回天宫，又被牛郎看到真身，愿意嫁给牛郎。此仙女为王母娘娘的七女，名叫织女。织女变出瓦房、粮囤、炊具、衣被等，与牛郎幸福生活，生下一儿一女。黄牛老死，临终嘱咐牛郎剥下牛皮珍藏，以防危难之需。王母娘娘下凡抓走织女，牛郎用扁担挑起一双子女，披上牛皮，上天追赶。王母以银簪划出银河，阻挡住牛郎父子。牛郎、织女隔河对泣四十九天，终于感动王母，答应每年七月初七召来喜鹊，在银河上搭起鹊桥，令其相会。牛郎、织女各自在天河两岸安家，牛郎引天河水灌溉菜粮，织女在对岸织锦绣花；每逢七夕，一家四口团圆，泪水流到人间化成雨水，故而世人又称七月七为"雨节"。

这也是牛郎织女故事在中国民间最普遍的流传形态。我们不难发现，男主人公由天上的星神变成了人间的凡夫，故事嫁接了"兄弟分家""异

---

① 清人据其改编白话小说《灵光阁织女表诬词》，收入托名李渔《李笠翁先生汇辑警世选言》。

类婚恋"两大主题；牛郎偷衣娶织女的情节则融合了"毛衣女"的故事成分，恰如我们在上一章"异类婚恋"主题中提到的《狐仙报恩》故事。与《搜神记》之"毛衣女"的一去不返不同，崂山民间故事更乐于维护凡间男子的利益，也更倾向大团圆的喜剧结局，因而福生能在狐仙帮助下上天寻得妻子，牛郎织女被外力拆散后也有相会之时。

当牵牛星变成了真正的放牛郎，男女主人公的婚姻结合方式随之发生了改变。从南北朝的零星记载到明代刊刻的中篇小说，织女皆由天帝"许嫁"于牵牛。天帝既是天人两界的最高统治者，又是织女的直系家长（无论织女为女、为孙），其包办婚姻带有无比权威的属性。而民间故事中，牛郎织女的婚姻却是自主结合式的，冲破仙凡、贫富、贵贱之分，带有自由恋爱的现代意味，更符合下层大众追求平等的愿望。其间甚至伴有一丝近乎无赖的痞性——牛郎偷窥仙女洗浴、盗藏仙衣骗娶的行为不易为知书识礼的正统文人接受，只能流行于市井村野之间。

崂山地区还有另外几则传说，亦与牛郎织女故事有关。《阴历七月初七为什么要下雨》写织女被王母抓上天庭，日日受罚，辛苦劳作，牛郎独自拖儿带女，生存不易；每年七月初七夫妇相会，提起一年的艰辛，各自泪如雨下，故而凡间会下雨。这是对《夏小正》所谓"织女正东乡"之七月"时有霖雨"的民间性解说。《七月初七为什么也有天晴时》称王母玉皇怜悯七女，解其重罚；七夕之夜，织女看到可爱的儿女，心绪好转，遂初七亦有天晴时。《七月七为什么吃馎花》讲牛郎织女七夕相会，织女向丈夫抱怨天宫冷寂，思念人间，牛郎许诺明年相会，定将人间生灵万物带至天上。村中老木匠带领众乡亲帮助牛郎，按照世间万物的形状打造模具，放入面团，制成各式花样的面饼，又将面饼煮熟、串以彩线，七月初七带入天宫。后来，人们把这种面饼叫作"馎花"，吃"馎花"成为七夕风俗，至今流传在青岛周边农村地区。以上传说在字面上为牛郎织女故事作番外之续，实是对崂山当地岁时风俗、物候气象的形象化描述。

三　梁山伯与祝英台的故事

《梁山伯与祝英台的故事》搜集于1950—1960年。故事略去主人公年代籍贯，仅云英台为祝家庄祝员外独女，聪明俊美，16岁携丫鬟秋香女扮男装出门求学，途中遇书生梁山伯，长其二岁，结为弟兄，一同入山拜师。夜间同宿一炕，英台以不惯同睡为由，用书桌间隔，以此度过三年，二人亲密友爱却不知英台为女。学成下山，梁山伯不舍祝英台，英台以歌诗暗示本为女身、愿结连理之意，山伯未解。英台于是谎称将双胞胎妹妹九红许与山伯，山伯欣然应允，约定十日内登门求亲。然求亲当日，山伯得知九红与英台实为一人，已被祝家父母许配马员外之子。山伯还家，为英台修书一封即气绝身亡。英台闻知山伯死讯，又收其绝笔，决心同死。三日后与马公子成亲，花轿过山伯之墓，英台以头撞其坟堆。坟堆开裂，英台身入墓中，稍后墓中飞出红白两只蝴蝶，世人皆云其为梁、祝灵魂所化。

崂山地区的梁祝传说代表了国内同题民间故事的普遍形态，英台男装求学、梁祝结拜同学同居、结姻未成入墓合葬、魂魄化蝶双飞等，皆为脍炙人口的经典情节。但对比上文的孟姜女及牛郎织女故事而言，梁祝故事形成演变的线索不够清晰分明。

晚唐司空蟾有《题善权寺石壁》，称"常州离墨山善权寺，始自齐武帝赎祝英台产之所建……"（《善权寺古今文录》）善权寺亦名善卷寺，南朝萧齐兴建于江苏宜兴。南宋咸淳年间，文人史能之作《咸淳毗陵志》，内有"古迹"类，指出齐武帝赎祝英台旧产建善卷寺的说法存于南齐《善卷寺记》：

> 祝陵在善权山，岩前有巨石，刻云"祝英台读书处"，号"碧鲜庵"。昔有诗云："胡蝶满园飞不见，碧鲜空有读书坛。"俗传英台本女子，幼与梁山伯共学，后化为蝶，其说类诞。然考《寺记》，谓齐武帝赎英台旧产建，意必有人，第恐非女子耳。①

史能之亲见《善卷寺记》，依此肯定祝英台是史上实有之人，但其性别、事迹是否如世间所传，尚难判别。

明末徐树丕作笔记《识小录》，卷之三有"梁山伯"一条：

> 梁山伯、祝英台，皆东晋人。梁家会稽，祝家上虞，同学于杭者三年，情好甚密。祝先归，梁后过上虞寻访，始知为女子。归告父

---

① 《续修四库全书》编辑委员会：《续修四库全书》（第 699 册），上海古籍出版社 2002 年版，第 249 页。

母，欲娶之。而祝已许马氏子矣。梁怅然不乐，誓不复娶。后三年，梁为鄞令，病死，遗言葬清道山下。又明年，祝为父所逼，适马氏，累欲求死。会过梁葬处，风波大作，舟不能进。祝乃造梁冢，失声哀恸。冢忽裂，祝投而死焉，冢复自合。马氏闻其事于朝，太傅谢安请赠为义妇。

和帝时，梁复显灵异，助战伐。有司立庙于鄞县。庙前橘二株相抱，有花蝴蝶，橘蠹所化也，妇孺以梁称之。

按，梁祝事异矣。《金楼子》及《会稽异闻》皆载之。夫女为男饰，乖矣。然始终不乱，终能不变，精诚之极，至于神异，宇宙间何所不有，未可以为诞。①

梁祝同学、相恋、合冢、化蝶诸事略同于后世传说，然而值得我们注意的是"《金楼子》及《会稽异闻》皆载之"一句。《会稽异闻》不知何时之书，而《金楼子》为南朝梁元帝萧绎所作。《金楼子》为子部杂家类书籍，以萧绎自号命名，时代晚于《善卷寺记》；现存六卷本从《永乐大典》中摘出，并不含有梁祝故事的蛛丝马迹。如《四库全书总目提要》所说："《隋书·经籍志》《唐书》《宋史·艺文志》俱载其目为二十卷。晁公武《读书志》谓其书十五篇。是宋代尚无阙佚。至宋濂《诸子辩》、胡应麟《九流绪论》所列'子部'，皆不及是书。知明初渐已湮晦，明季遂竟散亡。""今检《永乐大典》各韵……惟所列仅十四篇……割裂破碎，有非一篇而误合者，有割缀别卷而本篇反遗之者。"② 可见《金楼子》在传播过程中发生了散佚，"明初渐已湮晦，明季遂竟散亡"，不仅今天所见并非全本，徐树丕作为明末清初之人，也不太可能亲阅原编。究竟其书中是否载录了梁祝故事，所载录的故事呈现出何种面貌，已经不得而知。但徐树丕《识小录》毕竟为我们提供了一条可供参考亦可供存疑的线索。如果上述文献所载属实，那么至迟到南齐，江苏宜兴善卷山已有祝英台旧居；至迟到南梁，《金楼子》已记录了梁祝爱情故事。

南宋张津等修撰地方志《乾道四明图经》卷二载："义妇冢，即梁山伯祝英台同葬之地也。在县西十里接待院之后，有庙存焉。旧记谓二人少

---

① （明）徐树丕：《识小录》，涵芬楼秘笈景稿本。

② （清）纪昀等：《钦定四库全书总目》，中华书局1997年版，第1569页。

尝同学，比及三年，而山伯初不知英台之为女也，其朴质如此。按《十道四蕃志》云，义妇祝英台与梁山伯同冢，即其事也。”① 在复述梁祝传说的同时，又涉及一部先代书籍——《十道四蕃志》。《十道四蕃志》亦为地志，唐代武则天时期文人梁载言撰，已佚，同样不能作为梁祝故事形成发展的确凿依据。

清代翟灏《通俗编》引晚唐张读志怪小说集《宣室志》，记录了“上虞祝氏女”祝英台与会稽梁山伯的爱情悲剧，内容略同《识小录》“梁山伯”一条，但少梁山伯显灵助战及化蝶事。然而此条记载并不见于现存《宣室志》。李剑国先生已断定《宣室志》所录皆唐人之事，实不应载入东晋祝英台之轶闻。②

综上，我们按照创作时代顺序引出了南齐《善卷寺记》、南梁《金楼子》、初唐《十道四蕃志》及晚唐《宣室志》四种文献，它们都以零星片段的形式，转载或转述于南宋以降的文字材料中，前三者处于存疑的状态，第四者已被确认为误记。关于梁祝故事，相对完整可靠的书面记载或许应始于北宋李茂诚撰《义忠王庙记》：

> 神讳处仁，字山伯，姓梁氏，会稽人也。神母梦日贯怀，孕十二月，时东晋穆帝永和壬子三月一日，分瑞而生。幼聪慧有奇，长就学，笃好坟典。尝从明师，过钱塘，道逢一子，容止端伟，负笈担簦。渡航，相与坐而问曰：“子为谁?”曰：“姓祝名贞，字信斋。”曰：“奚自?”曰：“上虞之乡。”“奚适?”曰：“师氏在迩。”从容与之讨论旨奥，怡然相得。神乃曰：“家山相连，予不敏，攀鳞附翼，望不为异。”于是乐然同往。肄业三年，祝思亲而先返。后二年，山伯亦归省。之上虞，访信斋，举无识者。一叟笑曰：“我知之矣。善属文者，其祝氏九娘英台乎?”踵门引见，诗酒而别。山伯怅然，始知其为女子也。退而慕其清白，告父母求婚，奈何已许鄮城廊头马氏，弗克。神喟然叹曰：“生当封侯，死当庙食，区区何足论也。”后简文帝举贤良，郡以神应召，诏为鄮令。婴疾勿瘳，嘱侍人曰：“鄮西清道源九陇墟为葬之地。”瞑目而殂。宁康癸酉八月十六日辰时

① （宋）张津：《乾道四明图经》，清刻宋元四明六志本。

② 参见李剑国《唐五代志怪传奇叙录》，南开大学出版社1993年版，第832—833页。

也。郡人不日为之莹焉。又明年乙亥暮春丙子，祝适马氏，乘流西来，波涛勃兴，舟航萦回莫进。骇问篙师。指曰："无他，乃山伯梁令之新冢，得非怪欤？"英台遂临冢奠，哀恸，地裂而埋璧焉。从者惊引其裾，风裂若云飞，至董溪西屿而坠之。马氏言官开椁，巨蛇护冢，不果。郡以事异闻于朝，丞相谢安奏请封义妇冢，勒石江左。至安帝丁酉秋，孙恩寇会稽，及鄮，妖党弃碑于江。太尉刘裕讨之，神乃梦裕以助，夜果烽燧荧煌，兵甲隐见，贼遁入海。裕嘉奏闻，帝以神功显雄，褒封"义忠神圣王"，令有司立庙焉……①

该文虽为庙记，却表现出小说色彩，对梁祝相识、相恋故事的叙述极为详赡，或采录了当时的民间传说。其中梁山伯名处仁，为会稽人，生于东晋穆帝永和八年（352），逝于宁康元年（373）。英台为祝氏九娘，女易男装学名为祝贞，字信斋，于钱塘遇梁山伯。英台被父母逼嫁马氏，婚途祭奠山伯、入墓合葬及山伯显灵助战事与前引《识小录》同，少"化蝶"而多"巨蛇护冢"情节。

所以，由于文献的亡佚不全，我们认识中梁祝故事发展的动态性不足，没有呈现出渐变、积累的过程，似乎在诞生初期就是一个和今日版本相差无几的完整形态，这是与其他三大民间故事不同的。但梁祝故事的形成，也并非毫无依傍、平地而起。

综观崂山及国内其他地区流传的梁祝故事，祝英台祭山伯、既而入墓合葬是一奇特之处，与孟姜女哭崩长城一样，使文本叙事达到高潮。痴情男女"入棺合葬"的情节最早见于南朝陈代沙门智匠编《古今乐录》：

《华山畿》者，宋少帝时懊恼一曲，亦变曲也。少帝时，南徐一士子，从华山畿往云阳。见客舍有女子年十八九，悦之无因，遂感心疾。母问其故，具以启母。母为至华山寻访，见女具说闻感之因。脱蔽膝令母密置其席下卧之，当已。少日果差。忽举席见蔽膝而抱持，遂吞食而死。气欲绝，谓母曰："葬时车载，从华山度。"母从其意。比至女门，牛不肯前，打拍不动。女曰："且待须臾。"妆点沐浴，既而出。歌曰："华山畿，君既为侬死，独活为谁施？欢若见怜时，

---

① （清）钱维乔：《乾隆鄞县志》，清乾隆五十三年刻本。

棺木为侬开。"棺应声开，女透入棺，家人叩打，无如之何，乃合葬，呼曰神女冢。①

《古今乐录》已佚，幸其文多为北宋郭茂倩《乐府诗集》所引，《华山畿》即见于《乐府诗集·清商曲辞》。《华山畿》与《义忠王庙记》所记梁祝故事有多处细节吻合。如皆为男子先逝，女子随后入棺合葬；男主人公皆因爱生疾，在逝前安排葬地或送葬路线；皆有超自然力量阻止舟车前行，阻止人为开棺。且《华山畿》故事发生于江苏（南徐即今江苏镇江），《义忠王庙记》所言梁山伯籍贯会稽郡在江苏浙江一带，《善卷寺记》称祝英台旧居亦在江苏宜兴，地源上的接近或可印证两个故事的渊源关系。

梁祝故事的另一个经典情节是"化蝶双飞"，这一情节为故事增添了浪漫唯美的色彩；男女主人公虽生时无法结合，死后灵魂得以双宿双栖，也能给读者听众带来代替性的心理安慰，迎合中国人对圆满结局的喜好。"化蝶"在梁祝故事中似出现较晚，北宋《义忠王庙记》敷演详赡，尚无此一情节。南宋薛季宣作《游祝陵善权洞诗》曰："万古英台面，云泉响佩环……蝶舞凝山魂，花开想玉颜"，是蝴蝶与祝英台形象并列出现的较早记录。其后史能之《咸淳毗陵志》亦称俗传"英台……幼与梁山伯共学，后化为蝶"。但类似的"殉情化生"情节早已见诸文本。

西汉大儒扬雄有琴学著作《琴清英》，原本不存，但其中一条佚文被唐宋类书《艺文类聚》《太平御览》等征引：

> 《雉朝飞操》者，卫女傅母之所作也。卫侯女嫁于齐太子，中道闻太子死，问傅母曰："何如？"傅母曰："且往当丧。"丧毕，不肯归，终之以死。傅母悔之，取女所自操琴，于冢上鼓之，忽有二雉俱出墓中。傅母抚雉曰："女果为雉邪？"言未毕，俱飞而起，忽然不见。傅母悲痛，援琴作操，故曰《雉朝飞》。②

扬雄以一个凄美故事诠释古琴曲《雉朝飞操》的由来——齐太子与

---

① （宋）郭茂倩编：《乐府诗集》，中华书局 1979 年版，第 669 页。
② （汉）扬雄著：《扬雄集校注》，张震泽校注，上海古籍出版社 1993 年版，第 233 页。

卫侯女作为未婚夫妇一死一殉，合葬后在傅母悲悼的琴声中化作两只雄鸡从墓中走出，成双飞去。

另有乐府名诗《孔雀东南飞》，写汉末建安年间，庐江府小吏焦仲卿碍于母命，被迫遣走爱妻刘兰芝；兰芝被兄长强制改嫁，投池自杀，仲卿闻之即自缢殉情。诗中写到：

> 两家求合葬，合葬华山傍。东西植松柏，左右种梧桐。枝枝相覆盖，叶叶相交通。中有双飞鸟，自名为鸳鸯。仰头相向鸣，夜夜达五更。行人驻足听，寡妇起彷徨。多谢后世人，戒之慎勿忘！

焦刘夫妇合葬之处为"华山"，不知与此后的《华山畿》传说有无关联。但可以肯定，其坟墓生树、树栖双鸳的情节，对韩凭夫妇的故事起到了重要影响：

> 宋时大夫韩冯，娶妻而美，康王夺之。冯怨，王囚之，论为城旦。妻密遗冯书……冯乃自杀……妻遂自投台下，左右揽之，衣不中手而死。遗书于带曰："王利其生，妾利其死，愿以尸骨，赐冯合葬。"王怒弗听，使里人埋之，冢相望也……宿昔之间，便有文梓木生于二冢之端，旬日而大盈抱，屈体以相就，根交于下，枝错于上。又有鸳鸯，雌雄各一，恒栖树上，晨夜不去，交颈悲鸣，音声感人。宋人哀之，遂号其木曰"相思树"。①

上述文字见载于东晋干宝的志怪小说集《搜神记》，"韩冯"在不同文献的转载中多被写作"韩凭"。其后，南齐祖冲之志怪集《述异记》又有"比肩人"之说：

> 吴黄龙年中，吴都海盐有陆东美，妻朱氏，亦有容止。夫妻相重，寸步不相离，时人号为比肩人。……后妻卒，东美不食求死，家人哀之，乃合葬。未一岁，冢上生梓树，同根二身，相抱而合成一

---

① （晋）干宝撰、（宋）陶潜撰：《新辑搜神记　新辑搜神后记》，李剑国辑校，中华书局2007年版，第415—416页。

树。每有双鸿，常宿于上。孙权闻之嗟叹，封其里曰"比肩"。①

　　以上几则"殉情化生"故事，对于梁祝化蝶情节的生成，或有不同程度的沾溉作用。尤其东晋为传说中梁祝二人的生活时代，南齐亦为祝英台读书故居之说存在的时代。如果说最早的"雉朝飞"故事发生于存在政治婚约却素昧谋面的王族男女之间，尚有一丝维护礼教的色彩，其后的焦仲卿夫妇、韩凭夫妇、陆东美夫妇皆相爱情笃，或碍于家长之命，或被恶势力拆散，或生死相隔，皆因不得共生而殉情。他们死后各自化为双雉、双鸳、双鸿，雉鸡、鸳鸯、鸿鹄与梁祝所化蝴蝶在中国传统文化中同是忠贞、成双的象征，且作为有翼能飞之禽虫，容易给人以冲破间阻、长相厮守、爱情自由的联想。韩凭夫妇故事在唐代以降的传播过程中，"鸳鸯"或演变成"蝴蝶"。如明代彭大翼《山堂肆考》所说："俗传大蝶必成双，乃梁山伯、祝英台之魂，又曰韩凭夫妇之魂，皆不可晓。李义山诗：'青陵台畔日光斜，万古贞魂倚暮霞。莫讶韩凭为蛱蝶，等闲飞上别枝花。'"表现出与梁祝故事同题合流的趋势。

四　白蛇传故事

　　在四大民间传说之中，白蛇传故事形成年代最晚，于唐代才发其萌蘗。北宋初年官修类书《太平广记》"蛇三"录《李黄》，记录了两则白蛇幻为美女诱骗凡间男子的故事。其一写唐宪宗元和二年（807），陇西人李黄偶遇白衣美女携婢女于东市，自称袁氏，夫死孀居，今欲除其丧服。李黄涎其美色，出钱为其购置锦绣。婢女以还钱为名令李黄随其入宅。有青衣老妪自称为白衣之姨，愿将白衣女配与李黄，但请李黄替其偿还三十千钱的债务。李黄欣然应允，取来钱财，与美女宴乐三日。第四日还家，仆人闻到李黄身上腥臊异常，李黄亦脑晕身重、精神恍惚，很快身体消尽，仅剩其头。按照仆从所述，李黄家人寻至白衣女宅所，只见空园生一皂荚树，树上、下各有十五千钱。此地人言，常有巨形白蛇环绕树下，以"园"谐音为姓。又记元和年间，金吾参军李琯遇白衣美女携婢乘车，尾随至其宅，闻异香。还家后，头疼开裂而死。其家人寻至美女之宅，见枯树上有大蛇盘踞之迹，又有小白蛇数条。

---

① （宋）李昉等：《太平广记》，中华书局1961年版，第3103—3104页。

　　《李黄》出自唐代传奇小说集《博异志》，作者郑还古为唐文宗时期人。南宋文人洪迈的志怪小说集《夷坚志》中，又记载了一则白蛇故事：宋孝宗淳熙年间，丹阳知县孙某娶妻颇有姿色，终年素衣，每逢洗浴必施重帏，不许女仆侍侧。一日孙某乘醉窥之，见大白蛇盘于水盆。妻子发觉，好言抚慰，但孙某惊惧，不到一年即郁疾而死。

　　宋末话本小说《西湖三塔记》亦写淳熙年间，临安府官家子弟奚宣赞于清明时节至西湖游玩，遇一迷路女童白卯奴，留居十余日。后一皂衣婆婆前来接走卯奴，并请宣赞到家，置酒酬谢。有白衣娘娘自称卯奴之母，容貌极美，却于宴间取食"前夫"心肝，因其每每诱骗男子至家，厌弃后即宰食。白衣娘娘愿嫁宣赞，宣赞被迫留居半月有余，将被杀食之际被卯奴救走。来年清明，宣赞被皂衣婆婆遣鬼使抓回，又得卯奴相救。后奚宣赞叔父修真归来，捉拿三妖，令其现形，卯奴变作乌鸡，皂衣婆婆变獭，白衣娘子则为白蛇所化。奚真人造三石塔，镇三怪于湖内。

　　以上白蛇女皆被刻画成美丽而可怕的妖魔，即便如孙知县妻子主观上并无害人之心，仍令其夫恐惧致死。这些故事在内容上与我们熟悉的《白蛇传》不同，但已经存在某些相似的元素——除却白蛇化作白衣美女婚配凡间男子的主题，《李黄》的青衣老妪作为白蛇的亲属、随从，或许启发了青蛇形象的产生；《西湖三塔记》中，西湖即为后世传说白娘子与许仙爱情故事的发生地，男主人公的姓名"奚宣赞"明显与"许宣（仙）"音声近似。

　　明代后期，拟话本小说集《警世通言》所录《白娘子永镇雷峰塔》，在《白蛇传》故事形成发展的历史上，体现出划时代的意义。"三言"中的短篇小说很多是对宋元以来民间说话底本的增删修改，《白娘子永镇雷峰塔》也应该吸收了民间故事的成分，又经过编者冯梦龙的润饰修订。该篇小说写宋高宗绍兴年间，南廊阁子库募事官李仁妻弟许宣，于杭州做药铺主管。时近清明，许宣祭祖归途遇雨，渡船顺载美女主婢二人，其主妇着素白孝衣，自称白三班白殿直之妹、张官人遗孀；婢女穿青衣，名唤青青。白娘子向许宣借伞，托故不还，又以酒食相款，自云愿与许宣结为夫妇。许宣闻之欣喜，然囊中羞涩，白娘子遂赠其白银五十两。许宣姐夫李仁发现其银为太尉遗失库银，为求自保出首许宣。许宣被发配苏州，遇白娘子、青青。娘子释其前疑，二人成亲，终日欢乐。有道人见许宣头上黑气，许宣又疑白娘子为妖，娘子以法术化解符咒，惩治道士。白娘子再盗财物衣饰，累及许宣，许宣被发配镇江，任李克用员外药店主管，又同白娘子相遇。娘子再次说服许宣与之复合。为拒李克用调戏，白娘子现蛇身吓之，又出银与许宣自开药铺，获利甚多。后法海禅师识破真相，白、青翻逃水底，许宣确信其为妖。许宣还杭州，白娘子又携青青前来，许宣拒之，白氏以杀尽全城恐吓。许宣不得已，请法海禅师收服娘子，娘子现白蛇之型，青青为青鱼精。许宣自愿出家，拜法海为师，后化缘砌成七层雷峰塔，镇住白蛇、青鱼，令其万年不得出世。

从该篇小说的人物、情节各方面，我们都能够很明显地辨认出现今的《白蛇传》故事面貌；同船共渡、借伞返还、盗银发配、法海收服等，亦作为经典的故事片段流传各地。但白娘子与许宣之间的爱恨纠葛，在很大程度上依然作为一种不正当的情色之欲被作者否定；法海才是故事中的正面形象，收服了扰乱人间的妖魔精怪，终结了不合伦常的错误婚姻，点化了痴迷懦弱的肉眼凡夫。小说以如是的诗句收结全文、教化众生：

> 奉劝世人休爱色！爱色之人被色迷。心正自然邪不扰，身端怎有恶来欺？
> 但看许宣因爱色，带累官司惹是非。不是老僧来救护，白蛇吞了不留些。①

"三言"编者冯梦龙本身倡导"情教"，呼吁"借男女之真情，发名教之伪药"②（《叙山歌》），但作品中仍然不自觉地流露出对封建礼教的服膺。《白娘子永镇雷峰塔》的题旨在于教人戒色，借人蛇婚恋的故事新编演绎出"红颜祸水"的陈旧论调。但客观来看，故事中被称为"白娘子"的蛇女颇有惹人怜爱之处，其对许宣几番追求、依依不舍的痴情，幻出原型吓退好色之徒的坚贞，服法之际不忘为青青求情的义气，已经具备了人情人性的因素。"白娘子"屡次偷盗罪及许宣，招致的祸患也是社会性的，和前代文本中以超自然魔力杀食凡人的美女蛇大有不同；其异类身份似乎在更大意义上代表着某种社会层面的异端质素，出于一己快意冲破律法纲常，从而遭到正统势力的否定与禁锢。

---

① （明）冯梦龙：《警世通言》，严敦易校注，人民文学出版社1956年版，第426页。
② 魏同贤主编：《冯梦龙全集》（第十册），凤凰出版社2007年版，第1页。

　　清乾隆三年（1738），黄图珌《看山阁乐府雷峰塔》传奇问世。作为长篇戏曲剧本，《雷峰塔》在承袭《白娘子永镇雷峰塔》短篇小说的基础上，又增加了一部分内容，如写白蛇、青鱼不思苦修、贪恋红尘，许宣前世为释迦牟尼座前捧钵侍者，与白蛇有宿缘而降生凡胎；法海依然作为佛法与正义的化身，奉释迦之旨来到人间，了此公案。戏中人物总体上没有突破拟话本小说的性格设定，许宣在后期对白娘子的打击镇压更为主动、坚决，皈依佛法的虔诚中透出自私与无情。出于对白蛇故事的浓厚兴趣，黄剧刚刚脱稿，即有梨园中人再三请求搬演。在演出过程中，民间艺人不断修改剧情，演绎出《端阳》《求草》《水斗》《断桥》等经典折子戏片段，更突出的是增加了白蛇分娩生子、其子状元及第的情节。这一改动引起了剧作者的不满。黄图珌谓："白娘，妖蛇也，生子而入衣冠之列，将置己身于何地邪？"（《观演〈雷峰塔〉传奇序文》）但这恰好反映出广大观众的期待视野——白娘子不再是不祥的妖物、邪恶的化身，而是为人类孕育出优秀子嗣的母亲。在后世的白蛇故事文本中，"生子及第"的情节多被继承，由此可见，抛却正统文人的刻板观念及宗教禁欲主义思想，世俗众生普遍愿意看到的，是白蛇由恶到善的"良性"转变，以及人蛇异类婚恋的正面结局。

　　这一转变在稍后方成培的《雷峰塔传奇》中得到了实现。方剧完成于乾隆三十六年（1771），整合了此前关于《白蛇传》故事的民间传说、小说戏曲、舞台演出等，且进一步"遣词命意，颇极经营，务使有裨世道，以归于雅正"。结合正统道德与世俗意愿，方成培笔下的白娘子形象"妖性"减弱而"人性"增强，剧中"白云仙姑"的称谓亦使其身份得到提升。许宣被附加上文人气质，在配合法海、降服白蛇的过程中显得更加理智，甚至有一种明哲保身的狡猾，但也不乏真情的流露以及情理之间出入犹疑的矛盾心理。青儿首次由"青鱼"变"青蛇"，作为水族霸主被白蛇收服，体现出忠诚直率的个性特征，最终与白蛇同往天宫。

　　清代后期，艺人陈遇乾原稿，陈士奇、俞秀山订定的弹词《义妖传》明确了白娘子的仙子身份——虽由白蛇修成，却是"白莲座下蕊芝仙姑班右一个扫叶女郎"，名"素贞"；与凡人许仙的结合，也成为王母指点下报前世之恩的合理合法行为，而并非思凡动欲之"孽缘"。与此相适应，弹词着重刻画白素贞的善良与慈悲，令其在20年后难满出塔，重列仙班。许仙既具有温良敦厚之个性，也表现出贪财好利的市民心理；待素贞被压镇后痛哭而别，出家为僧，最终坐化。小青作为骄横凶残的妖魔，被素贞收服后改邪归正，同时有与许仙作妾、共享凡间爱情与家庭生活的个人目的；其与素贞的情谊在磨合中逐渐纯化、深厚。法海依然奉如来法旨，但也有公报私仇的动机，降素贞、度许仙的过程中表现出不择手段的一面。可以说，因受众文化层次和接受心理所限，作为民间讲唱文学的《义妖传》反映了世俗生活的真实性与生动性。

从《白娘子永镇雷峰塔》到《义妖传》，白娘子形象得到了不断美化，但许宣（仙）或多或少存在着薄情负心的一面。这种遗憾在现代戏剧家田汉的京剧剧本《白蛇传》中得到了弥补。田汉肯定了许白二人自由恋爱、自主婚姻的合理性，将白娘子塑造得更加善良美好、勇于反抗；许仙亦挚情始终，得知妻子为蛇，依然决心"永不负婵娟"。小青与素贞同在峨眉山得道，姐妹情深；数百年后修成剑法，率众仙烧毁雷峰塔救出白蛇。法海则成为冷血无情的反面角色——拆散美满夫妻、扼杀纯洁爱情的"屠夫"。田剧突出了反封建的思想，内容主题、人物性格更能为现代人所接受，成为广泛流行的白蛇故事版本。

崂山地区流传的民间故事《白娘子和许仙》称东海龙王的三女儿向往凡间，在父王生日醉卧之际，携婢女小青龙溜出龙宫，游至峨眉山，爱其景色奇秀，变成白蛇、青蛇宿于山顶石洞中，餐霞饮露，修炼9999年，终成正果，由蛇变人，且学会文韬武略，有驾雾腾云、劈波斩浪之法，常助山中居民种植、生产。因其喜着白、青之衣，山民亲切唤之白娘子、青姑娘，二女自名白素珍、青儿。素珍、青儿于山民口中得知"上有天堂，下有苏杭"，遂至杭州游玩，不想在西湖边遇雨，幸逢长生堂药铺小伙计许仙，赠其雨伞。二女在青山、西湖之侧寻得一废弃古庙，素珍以"龙头宝簪"画出瓦房新居，请来许仙，盛情款待，趁其醉酒以成夫妻之事。穷人许仙一夕之间娶得美貌多财之妻，此事竟成奇闻，传遍大江南北。一日一和尚（法海）登门化缘，告知许仙，其娘子、侍女皆为蛇精所化。许仙不信，和尚与其药粉，嘱咐许仙将药粉撒入雄黄酒中，于端午节令白、青喝下，定现原型。许仙对二女心生疑隙，时至端午，果令其饮雄黄药酒。白娘子难违其情，被迫饮下，醉卧后现出蛇身，许仙惊吓昏死。白娘子欲寻灵芝仙草疗救夫婿，却因怀有身孕无法驾驭仙云，历尽艰辛步行到昆仑山，感化了看守的仙童、猛虎，终以仙草救得许仙性命。但许仙仍然恐惧提防，到镇江金山寺求神佛护佑，恰遇法海，为其讲授佛理，许仙自愿剃度出家。白娘子携青儿至金山寺寻夫，法海拒绝交出许仙。二女遂率领长江水族，杀退众僧；法海亦逃跑。在追赶法海途中，素珍产子，法海趁机用宝钵扣之，变成雷峰塔镇压白蛇。青儿抱子逃走，将孩子交与还俗的许仙，自身另投名师学艺。20 年后，白蛇之子考中状元，青蛇亦修炼归来，携许仙父子行至西湖雷峰塔，以剑劈塔，放出白蛇。白娘子美貌如初，且彻底清除妖气，一家四口终得团圆。

《白娘子和许仙》由宋宗科、臧兆钦、朱光浩、张安等叙述整理，搜集时间为 1958—1988 年，长达 30 年之久。故事融合了民谭、话本、戏剧作品的内容，顺应了美化白蛇、自由婚恋、合家团圆的民间意愿；许仙被塑造成"既有善心，又少主心骨"的形象，人格情操皆逊于其妻，与明清话本及戏曲作品类同；法海不仅坏人姻缘，在与白、青斗法的过程中落荒而逃又趁人之危，极尽丑恶；故事讲述者"一人解脱入佛门，苦了妻小一家人"的感叹则表现出世俗立场，弃绝了先代文人作品中带有虚无、禁欲色彩的宗教思想。

崂山地方风情在故事中亦有体现。开头白娘子、小青为龙王三女及龙宫侍婢的说法不见于其他地区，与后文二女由蛇化人、现形蛇身的叙述也有所抵牾，却体现出鲜明的海洋文化特色。崂山位于中国东部沿海，历来盛行着关于东海龙王及其家族的种种传说，美貌多情且法力超凡的龙女更是被人百谈不厌的主角。同样在崂山流传的《东海龙王嫁闺女》《龙王三女偷神鞭》《龙生虎养楚霸王》等故事中，龙女分别成为唐僧父陈光雷①继妻、楚霸王项羽生母；《龙女和"壶中酒"》《龙女与长工》《崂山金刚石》等遵循着"异类婚恋"主题之下"仙女嫁穷人"的普遍叙事逻辑，龙女以宝剑、宝簪画出房室家产的神力也被移植到白娘子身上。

综合雷德菲尔德和余英时的观点，我们不妨以"大传统"/"雅文化"概括依托于经书正史和官方意识的理学礼教、法度秩序，而将具有近代民主意味而相对离经叛道的情感欲求、平等思想归于"小传统"/"俗文化"的范畴。通览四大民间故事，除梁祝故事最初语焉不详外，杞梁妻循规执礼的拘守化作了孟姜女生死歌哭的恣情，牛女星神的工作职责终究淹没于夫妻儿女相望相念的深情，对人蛇婚恋血腥色欲的否定纯化出

---

① 明代小说《西游记》中唐僧父名陈萼，表字光蕊，明代以来有关"三官"的文献亦多称其父姓陈字光蕊，然崂山民间故事《东海龙王嫁闺女》中称其"陈光雷"，或为读音讹变。

蛇女的人性人情。四个故事由书面至口头的演变历程，一致地表现出"小传统"/"俗文化"之"情"对于"大传统"/"雅文化"之"理"的突破；感天崩城、七夕相会、化蝶双飞、雷峰塔倒的结局，更宣告了这种突破的胜利，虽然其中蕴含着代替性的满足。傅修延先生指出，"四大传说站在民间立场上进行私人叙事"，"将居高临下的伦理取位拨正为平视与细观，使得被正史忽略的民间呻吟获得关注"①。四大民间故事或植根于正统经史文献，但从某种程度来说，其伦理价值恰来自于它们与正统观念的背反之处。

第二节　崂山民间故事与中国古代小说

通过上文对四大民间故事源流演变历程的梳理，我们已经不难发现民间故事与古代小说之间的密切关系。笔者在研读崂山民间故事的过程中，对于更多篇目产生过"似曾相识"的印象——虽由通俗朴拙的现代白话写成，却与古代文言小说记录了同一事件、描绘出同类人物。将众所周知的朴野乡谈还原成充满书卷气息的古雅文本，无疑是一项有趣的工作。我们在印证崂山地区丰富、深厚的文化底蕴的同时，也昭示出中国传统典籍与文化在民间传播中的渗透力和广泛性；它们并非尽是"象牙塔"中的尘封故纸、酸冷文字，亦可以亲切鲜活的形态活跃在普通民众的口头心间。

中国文言小说可大致分为志人、志怪、传奇等。志人小说倾向于记录名流言谈轶事、故国朝野遗闻，志怪小说则以超现实的神鬼怪谈、因果报应为主要内容。"传奇"义同于"志怪"而范围更广，也可指现实社会的奇人奇事。一般认为，传奇由志怪发展而来，在写作手法上，志怪粗陈梗概而传奇曲折细腻，但二者往往没有判然分明的界限，只能相对区分。俳谐笑话具有独特的内容风格，但在采用笔记体描写人事方面又与志人一脉相承。鉴于此，笔者将文言小说分为志怪传奇与志人俳谐两大阵营，分别与崂山民间故事进行对比分析。

---

① 傅修延：《中国叙事学》，北京大学出版社 2015 年版，第 184—185 页。

一　崂山民间故事与志怪传奇小说

(一)"大狼精"与"虎媪"故事

崂山民间的"大狼精"故事，或许能够勾起几代人的童年回忆。根据刘思志先生搜集整理的故事版本，早年崂山一村民家有一母，携二女一子生活。一日，母亲领小儿出门看望外祖母，二女小金、小银留守在家。母子行至崂山洼，有狼精化作少妇主动搭讪，套问出来处去向、家属人口。狼精用河水呛死小儿，吃掉母亲，后至其家，伪装成母亲让留守姐妹开门。金、银姐妹从门内观其声形，只觉不类其母，拒绝开门。狼精谎称哑嗓，又以树叶、灰爪、牛粪、鸡屎装出母亲的绿衫、脚带、发髻、黑痣等，终进家门。夜间姐妹俩听到"母亲"咀嚼之声，向其讨食，发现"食物"竟为小弟手指。而小弟并未气绝，此时恰好活转回家，在窗外悄声叫姐姐逃命。金银姐妹与小弟一起爬上门外枣树，狼精急窜入山。姐弟三人于树上唱歌呼救，两次招来神仙，授其衣针、蝎子，置于筐箩、饭锅之中，骗狼精至，使其重伤。姐弟第三次呼救，神仙不来，遂自行设计，谎称提狼上树，却以绳索系之抛入井中，终于杀死狼精。

崂山民间也流传着《皮子精》的故事，情节与《大狼精》大致相同，姐妹知情后先上树以绳筐重摔皮子，后得到卖针人、卖蝎人、卖碌碡人、放牛人、卖鸭人、卖鸡蛋人的帮助，以针、蝎、碌碡、牛粪等物伤之，将皮子精打回山上。

在重温童年回忆之后，我们再来引介一部相对生僻的古籍——《广虞初新志》。"虞初"本为汉代方士，撰得《周说》一书，成为后世小说的鼻祖，因此"虞初"常被古人用作小说的代称。《广虞初新志》为清人黄承增编文言小说集，其中收录了一则《虎媪传》：

歙居万山中，多虎，其老而牝者，或为人以害人。有山旰，使其女携一筐枣，问遗其外母。外母家去六里所，其稚弟从，年皆十余，双双而往。日暮迷道，遇一媪。问曰："若安往?"曰："将谒外祖母家也。"媪曰："吾是矣。"二孺子曰："儿忆母言母面有黑子七，婆不类也。"曰："然。适簸糠蒙于尘，我将沐之。"遂往涧也，拾螺者七，傅于面。走谓二孺子曰："见黑子乎?"信之，从媪行。自黑林穿窄径入，至一室如穴。媪曰："而公方鸠工择木，别构为堂，今暂栖于此，不期两儿来，老人多慢也。"草具夕餐。餐已，命之寝，媪曰："两儿谁肥，肥者枕我而抚于怀。"弟曰："余肥。"遂枕媪而寝，女寝于足。既寝，女觉其体有毛，曰："何也？"媪曰："而公敛羊裘也，天寒，衣以寝耳。"夜半闻食声，女曰："何也？"媪曰："食汝枣脯也，夜寒而永，吾年老不忍饥。"女曰："儿亦饥。"与一枣，则冷然人指也。女大骇，起曰："儿如厕。"媪曰："山深多虎，恐遭虎口，慎勿起。"女曰："婆以大绳系儿足，有急则曳以归。"媪诺，遂绳其足，而操其末。女遂起，曳绳走，月下视之，则肠也。急解去，缘树上避之。媪俟久，呼女不应，又呼曰："儿来听老人言，毋使寒风中肤，明日以病归，而母谓我不善顾尔也。"遂曳其肠，肠至而女不至。媪哭而起，走且呼，仿佛见女树上，呼之下，不应。媪恐之曰："树上有虎。"女曰："树上胜席上也。尔真虎也，忍啖吾弟乎！"媪大怒去。无何，曙，有荷担过者，女号曰："救我，有虎！"担者乃蒙其衣于树，而载之疾走去。俄而媪率二虎来，指树上曰："人也。"二虎折树，则衣也，以媪为欺己，怒，共咋杀媪而去。

我们不难发觉上述引文与崂山《大狼精》《皮子精》故事的相似度。《虎媪传》故事发生地为安徽歙县山村，食人妖物为老虎，但兽妖伪装成女性亲属骗食孩童的核心内容不变，主要情节亦多有雷同，如虎媪在孩子质疑之下以黑螺伪装黑痣，夜间啃食小弟手指被发觉，女童上树逃命等。《虎媪传》亦应由清代乃至更早的民间传说整理而成，与《大狼精》《皮子精》属于同一故事系统。大概因为崂山山区少虎（《崂山民间故事全集》中《山东的虎哪里去了》言及此事，称崂山虎被汉代童恢驯服，驱往东北）而多有狼、黄鼬（俗称"皮子"）出没，于是妖精被编造为"大狼精""皮子精"。

同类故事也不仅见于山东、安徽两地。中国各地普遍流行着"狼外婆""老虎外婆"的故事，福建、台湾一带称"虎姑婆"，西南地区有"熊家婆"，广西壮族有"猩猩外婆"，内蒙古流传的《门墩墩、门挂挂、锅刷刷》故事同属此类，扮成母亲骗吃小孩的妖怪为狐狸精。著名艺术家乔羽先生以此类民间故事为基础改编儿童剧《果园姐妹》，写三姐妹独自留守家中智斗"狼外婆"的故事，更提升了此类故事的知名度。

我们早已发现，很多流传于不同地区的故事或传说都遵循着同一种叙述模式，但讲述者和传播者会在有意无意间改动其故事细节。除却个人的好恶，他们对于接受者反应的关注远远超过了对原初故事形态的关注。兽妖的原型并不重要，能进入此类故事，只要大体上具备凶残、食肉等习性。由于物候条件的差异，各地栖息的动物种类本自不同。尤其在文化教育和通讯传播不甚发达的时代，讲述人不约而同地将妖兽设定为本地熟知的动物，使听众不至于因陌生而产生不必要的迷惑和疑问。西方有著名童话《小红帽》《狼和七只小山羊》等，同写恶兽伪装善类，诱骗儿童、幼兽为食，但情节与上述中国民间故事差异较大，此处不作讨论。

《大狼精》《皮子精》锁定在孤儿寡母的家庭，一律是母亲外出被食，姐妹（弟）智斗妖精；《虎媪传》同样是年少姐弟单独行动而遇虎，弟弟被食先行"退场"，姐姐独自历险。几个故事中，主人公一律缺乏成年男性亲属的保护，以此呈现出孤危的状态，成为猛兽妖物行凶作恶的目标，才更有叙事的合理性；兽口脱险的儿童以女孩为主，与男孩相比更减少了一分阳刚勇武之气，与凶残的妖兽形成极弱与极强的力量对比，增加了故事情节的惊险程度。但与此同时，此类故事的叙述逻辑又带有明显的戏谑色彩，如妖兽就地取自然物伪装人身、人面，姐妹（弟）于树上唱儿歌呼救，以天真谎言和日常微物成功战胜妖兽等，并不合乎成年人的理性思维与现实经验，接受者必然以儿童为主，因此可归为民间童话一类。

但相比于《虎媪传》，《大狼精》《皮子精》更具有儿童教育意义。女童识破妖兽诡计后皆藏匿于树，《虎媪传》姐姐被动等待、为猎人所救的结局带有侥幸意味。而崂山的《大狼精》《皮子精》故事中，姐妹（弟）被困树上与妖兽展开斗争，既接受了他人的帮助，也彰显出自身的勇气和智慧；妖兽被杀死或打跑，则宣告了人间真情与正义力量的胜利。考虑到《皮子精》《大狼精》先后整理于1983年、1986年，在承袭古老故事原型的基础上，必然接受了现代启蒙教育思想的改造，不知不觉间更注重对儿童性格和心理的塑造，而并非仅仅"作意好奇"，以怪诞故事耸人听闻。

（二）"螺姑"与"白水素女"故事

崂山地区流传着《螺姑和于童》的故事。少年于童孤身一人，在东海边打鱼为生，一日于礁石缝中捡一海螺，养在自家水缸。次日于童起床，见桌上摆好饭菜；出海捕鱼，竟得满载而归；回到家中，又见晚饭烧好。于童惊异，藏在胡秸垛中，窥见一绛衣美女为自己做饭。于童现身道谢，问其因由，女子自道为海螺所变，不愿嫁东海龙王为妃，又爱慕于童忠厚能干，愿作于童之妇。于童惊喜，从此苦尽甘来，享受着美丽妻子的陪伴，以及妻子用法术变出的鲜衣美食。三年后，东海龙王派蟹将抓走螺姑。于童想起妻子先前的嘱托，在海边烧煮螺姑留下的空螺壳，致使海水沸腾，龙王不得已放回螺姑。螺姑与于童更加相亲相爱。

对古典戏曲有所了解的读者，看到于童煮螺、大海沸腾、龙王放女等情节，可以很容易地联想到元人李好古所著杂剧作品《沙门岛张生煮海》。寒门才子张生修学于古寺，夜间弹琴为龙女琼莲所闻，二人互慕才貌、私定终身，却遭到龙王阻挠。一仙姑将银锅、金钱、铁勺赠与张生，嘱其以勺舀海水，连同金钱入锅煎煮，待锅中水干，大海亦枯。张生如法炮制，迫使龙王招其为婿。然成亲之时，东华仙前来道破张生、琼莲的谪仙身份，了其思凡夙缘，二人重返瑶池。与民间故事不同，《张生煮海》属于神仙道化主题，故而令主人公重回仙界，世俗姻缘终归虚空。

忽略"煮海"情节，《螺姑和于童》故事在全国很多地区均有流传，更通用的名字为"田螺姑娘"。就崂山地区而言，另外几则异类婚恋故事中女主人公的原型有所变化，但同属于这一类型。如《鲍鱼岛的传说》中东海龙宫侍女鲍女为鲍鱼所化，思慕凡间生活，爱上打鱼小伙于娃；《柴郎和花姑》中的莲花仙女花姑，也同情并垂青于穷佃户柴郎。和螺姑同出一辙，鲍女、花姑都以暗中烧菜做饭的方式，帮助孤苦贫困的年轻劳动者料理生计；男女主人公也都被恶势力拆散，龙王派出虾兵蟹将追捕鲍女，财主爱花姑美貌而毒计逼嫁。

"螺姑"在中国古籍中被唤作"白水素女"。从现存文献来看，螺女故事最早见于晋代。西晋束皙《发蒙记》称："侯官谢端，曾于海中得一大螺。中有美女，云：'我天汉中白水素女，天矜卿贫，令我为卿妻。'"[1]

故事的男主人公为侯官人，侯官即今福建省福州市，可见故事发端于闽地。福州与青岛地理位置近似，都处于中国东部沿海；而螺作为水生生物，亦多产于近海，当地居民对此必然不会陌生。因此从古至今，侯官、崂山等地的地理物候条件为螺女故事的生成、接受、传播奠定了基础。

《发蒙记》已佚，上述文字为唐人类书《初学记》卷八《州郡部·岭南道》所引，仅为片段，不知前情后果。东晋干宝《搜神记》记录了更

---

① （唐）徐坚等：《初学记》，中华书局1962年版，第192页。

为完整的"白水素女"故事：

> 　　谢端，晋安侯官人也。少丧父母，无有亲属，为邻人所养。至年十七八，恭谨自守，不履非法，始出作居。未有妻，邻人共愍念之，规为娶妇，未得。
>
> 　　端夜卧早起，躬耕力作，不舍昼夜。后于邑下得一大螺，如三升壶，以为异物，取以归，贮瓮中畜之。十数日，端每早至野，还见其户中有饭饮汤火，盘馔甚丰，如有人为者，端谓是邻人为之惠也。数日如此，端便往谢邻人。邻人皆曰："吾初不为是，何见谢也？"端又以为邻人不喻其意。然数尔不止，后更实问，邻人笑曰："卿已自娶妇，密著室中炊爨，而言吾人为炊耶？"端默然，心疑不知其故。后方以鸡初鸣出去，平早潜归，于篱外窃窥其家，见一少女美丽，从瓮中出，至灶下燃火。端便入门，径造瓮所视螺，但见壳。仍到灶下问之曰："新妇从何所来，而相为炊？"女人惶惑，欲还瓮中，不能得，答曰："我天汉中白水素女也。天帝哀卿少孤，恭慎自守，故使我来，权相为守舍炊烹，十年之中使卿居富得妇，自当还去。而卿今无故窃相伺掩，吾形已见，不宜复留，当相委去。虽尔，后自当少差，勤于田作，渔采治生。今留此壳去，以贮米谷，常可不乏。"端请留，终不肯。时天忽风雨，翕然而去。端为立神座，时节祭祀。居常饶足，不致大富耳。于是乡人以女妻端。端后仕至令长云。今道中素女是也。①

"白水素女"曾被辑入旧本《搜神后记》（署名为东晋陶潜的志怪小说集），李剑国先生根据《太平广记》等类书记载，改其出处为《搜神记》。无论如此，说明至迟到东晋时期，螺女故事已经能够辨认出今日流行的面貌。但与此同时，我们也可以看出东晋志怪小说与今日民间故事的明显区别。

其一，白水素女"密著室中炊爨"乃为天帝所使，因天帝哀怜谢端年少孤栖，又嘉赏其"恭慎自守"。谢端与崂山民间故事中的于童、于娃

---

① （晋）干宝撰、（宋）陶潜撰：《新辑搜神记　新辑搜神后记》，李剑国辑校，中华书局2007年版，第116—117页。

等处境、品行极似，但螺女个人的情感态度隐匿不见，只是奉命下凡的使者。本书上节所引《搜神记》中的织女与董永故事亦属此类。

其二，正如织女与董永为妇十日，织布偿清债务即道明身份、凌空而去，白水素女为谢端"守舍炊烹"也有其年限——"十年之中"；被意外识破行藏，便一刻不得停留，"翕然而去"，仅为谢端留下能变米粮的神异螺壳。这与螺姑、鲍女等对人间夫妻生活近乎偏执的向往截然不同，但却符合原小说语境中天帝授命的前提，女仙下凡（甚至与凡人缔结婚姻），只是为了完成上级交代的"扶贫奖善"任务而已。

志怪小说虽然不乏对当时民间故事的搜集整理，但其写定者又往往秉持着相对严肃的史录态度，希图以著作存诚导俗。女仙奉命婚配、扶助凡间男子的情节具有教化意味，寓意着安于贫困、以礼自守自会得到上天垂怜。不仅仙女没有违抗上神、思凡下嫁的"叛逆"意图，面对从天而降的好运，凡间男子也可能表现出异样的态度。南朝梁代任昉《述异记》记载了谢端与素女故事的另一版本：

> 晋安郡有一书生谢端，为性介洁，不染声色。尝于海岸观涛，得一大螺，大如一石米斛。割之，中有美女，曰："予天汉中白水素女，天帝矜卿纯正，令为君作妇。"端以为妖，呵责遣之，女叹息升云而去。[1]

白水素女奉上级之命自荐为妻，然谢端不仅拒绝接受上仙好意，还"呵责遣之"。男主人公由《搜神记》中朴实憨直的体力劳动者变成了介洁禁欲的文人书生；螺女炊爨情节被略去，整个故事少了一分人间烟火气息。或许因为男主人公的刻板冷漠，这一版本的白水素女故事终究没有得到广泛传播。

唐代新兴传奇小说多以男女爱情作为主要题材，将鬼神怪异之事拓展为更加丰富的社会生活。唐代螺女故事在脱胎于六朝志怪的基础上增加了曲折的情节。如皇甫氏《原化记》所录：

> 常州义兴县，有鳏夫吴堪，少孤无兄弟，为县吏，性恭顺。其家

---

① （梁）任昉：《述异记》，中华书局1985年版，第11页。

临荆溪，常于门前，以物遮护溪水，不曾秽污。每县归，则临水看玩，敬而爱之。积数年，忽于水滨得一白螺，遂拾归，以水养。自县归，见家中饮食已备，乃食之，如是十余日。然堪为邻母哀其寡独，故为之执爨，乃卑谢邻母。母曰："何必辞，君近得佳丽修事，何谢老身。"堪曰："无。"因问其母。母曰："子每入县后，便见一女子，可十七八，容颜端丽，衣服轻艳，具馔讫，即却入房。"堪意疑白螺所为。乃密言于母曰："堪明日当称入县，请于母家自隙窥之，可乎？"母曰："可。"明旦诈出，乃见女自堪房出，入厨理爨。堪自门而入，其女遂归房不得，堪拜之。女曰："天知君敬护泉源、力勤小职，哀君鳏独，敕余以奉媲，幸君垂悉，无致疑阻。"堪敬而谢之。自此弥将敬洽。闾里传之，颇增骇异。

时县宰豪士闻堪美妻，因欲图之。堪为吏恭谨，不犯笞责。宰谓堪曰："君熟于吏能久矣，今要虾蟆毛及鬼臂二物，晚衙须纳，不应此物，罪责非轻。"堪唯而走出，度人间无此物，求不可得，颜色惨沮，归述于妻。乃曰："吾今夕殒矣。"妻笑曰："君忧余物，不敢闻命，二物之求，妾能致矣。"堪闻言，忧色稍解。妻曰："辞出取之。"少顷而到。堪得以纳令，令视二物，微笑曰："且出"。然终欲害之。后一日，又召堪曰："我要蜗斗一枚，君宜速觅此，若不至，祸在君矣。"堪承命奔归，又以告妻。妻曰："吾家有之，取不难也。"乃为取之，良久，牵一兽至，大如犬，状亦类之。曰："此蜗斗也。"堪曰："何能。"妻曰："能食火，奇兽也，君速送。"堪将此兽上宰，宰见之怒曰："吾索蜗斗，此乃犬也。"又曰："必何所能？"曰："食火，其粪火。"宰遂索炭烧之，遣食；食讫，粪之于地，皆火也。宰怒曰："用此物奚为！"令除火埽粪，方欲害堪。吏以物及粪，应手洞然，火飚暴起，焚蓺墙宇，烟焰四合，弥亘城门。宰身及一家，皆为煨烬，乃失吴堪及妻……①

男主人公吴堪身为县吏，虽处于弱势困境，却并非于童、于娃一类饥寒赤贫的体力劳动者，可见作者依然站在文人立场；螺女炊爨，亦缘于天帝对男主人公吴堪的哀悯与嘉奖——"天知君敬护泉源、力勤小职，哀

---

① （宋）李昉等：《太平广记》，中华书局 1961 年版，第 538—539 页。

君鳏独"。但与前代志怪故事不同的是，螺女就此为吴堪之妻，二人"弥将敬洽"。螺女的形象更加具体，情感更为丰富，战胜恶势力、维护美满婚姻的行为，与崂山民间故事中的螺姑、鲍女表现出一致性。

"县宰豪士"欲图美妻而为难吴堪，另其寻找异物（虾蟆毛、鬼臂、蜗斗）却自食恶果，也是民间故事的常见情节，如崂山地区流行的《闹海钱》故事——长工王雷娶龙女为妻，一大官想要霸占龙女，为王雷设下三大难题：找二百斤百灵鸟舌头肉、上天见神仙、入地问阎王，被龙女发挥神通一一化解，大官也因恶贯满盈折尽阳寿而死。此类故事被丁乃通归纳为465型"妻子慧美，丈夫遭殃"一类。

（三）"地瓜酒"与"麻疯女"故事

《崂山民间故事全集》收录了一则《地瓜酒的来历》，讲江南苏州一财主有女貌美，但十八岁时全身生满大疮，寻遍名医，却治疗无效。有一医生为财主献计，可令男子与病女成亲，待圆房后疮病自会传与对方，女儿病愈。财主救女心切，果托人寻得一年轻男子。该男子为山东崂山人，来江南谋生，贫困无助，答应迎娶病女。然而病女心地善良，于新婚之夜坦白真相，将多年积蓄的百两黄金赠之；并允诺，若三年后病愈，一定到北方相会。男子逃回家乡，用病女所赠黄金开设酒厂，生意兴隆。三年后，酒厂门外来一女子，周身溃烂，吵闹着要喝酒。男子出门看视，恰为财主家赠金之病女。男子惊奇，问女如何至此。病女称一日有暖风吹来酒香，涎其香味，一路循之而来。男子领病女走入酒库，病女发现香气竟由一坛三年来未曾售出的地瓜酒中飘出，不禁狂饮，后醉倒于酒坛之中，周身被酒浸透，又被抱于烧酒的热炕之上，发其酒汗。翌日醒来，病女惊奇地发现自己的脓疮结痂，几日内皮肤渐渐完好，恢复美貌，终与造酒男子结为夫妇。二人奇缘传遍大江南北，原本无人问津的崂山地瓜酒也因此闻名遐迩。

《地瓜酒的来历》蹈用了中国古代"麻疯女"故事的情节框架。"麻疯女"故事在文言小说中广为流行，较早的完整形态见于乾隆年间王椷著志怪笔记小说《秋灯丛话》。该小说列于《秋灯丛话》卷十一第十五则：

　　粤东某府女多癞疾，必与男子交，移毒于男，女乃无患，俗谓之"过癞"。然女每羞为人所识，或亦有畏其毒而避者；多夜要诸野，不从则啖以金。有某姓女染此症，母令夜分怀金俟道左。天将曙，见一人来，询所往，曰："双亲早没，孤苦无依，往贷亲友为糊口计。"女念身染恶疾，已罹天罚，复嫁祸于人，则造孽滋甚，告以故，出金赠之。其人不肯受。女曰："我行将就木，无需此。君持去，尚可少佐衣食。毋过拒，拂我意。"其人感女诚，受之而去。女归，不以实告。未几疾大发，肢体溃烂，臭气侵人。母怒其诳，且惧其染也，逐之出。乃行乞他郡。至某镇，有鬻胡麻油者，女过其门，觉馨香扑鼻、沁人肌髓，乞焉。众憎其秽，不顾而唾。一少年独怜而与之。女饮讫，五内顿觉清凉，痛楚少止。后女每来乞，辄挹与，不少吝。先是，有乌梢蛇浸毙油器中，难于售，遂尽以饮女。女饮久，疮结为痂，数日痂落，肌肤完好如旧。盖油能败毒，蛇性去风，女适相值，有天幸焉。方其踵门而乞也，睹少年即昔日赠金人，屡欲陈诉，自惭形秽，辄中止。少年亦以女音容全非，莫能辨识。疾愈，托邻妪通意，少年趋视不谬。潸然曰："昔承厚赠，得有今日，尔乃流离至此，我心何忍！若非天去尔疾，竟觌面失之，永作负心人矣。"郗歔不自胜。旁观啧啧，咸重女之义，而多少年之不负其德也，为之执伐，成夫妇焉。①

小说女主人公所患癞疾，即现代所谓之麻风病。此病曾流行于广东、广西、福建等地。关于岭南地区的麻风（或作"麻疯"）疫情与"过癞"风俗，古代文人笔记中多有谈及。南宋周密《癸辛杂识·后集》写闽中有过癞者，癞即大风（麻风）；患者多为女性，始发病时面若桃花；外地男子不知其俗，误与之交合即染此症，而女子则痊愈。又称一杭州男子远行莆田，与当地美女野合，染大风而死，以证此事不虚。明代官员王临亨至广东审案，作《粤剑编》，记粤人多染疯疾，初发于指间，女子见此征者即假装私奔或迷路，引诱男子与之野合，移其疾患。广东地区男性患疯者远远多于女性，皆因女子"过疯"所致。明末清初吴震方在《岭南杂记》中写潮州流行疯症，特设麻疯院，院内有井水可抑制病发。疯女饮此井水，面色更加光鲜红润，如有好色男子犯之，次日便可病愈出院，而此男子染毒疯发，不数日即皮肤肢节溃烂而死。屈大均《广东新

---

① （清）王椷:《秋灯丛话》，同治十年春镌本。

语》亦记粤中多疯者，初发皮内茜红，可作"卖疯"之兆；女疯能卖于男，男疯却不能卖于女；染病妇女往往奉果物引诱外地行人，中疾者十有五六。

《秋灯丛话》中癞女所饮之胡麻油，即今所谓亚麻籽油，具有多种养生保健功效。而以毒蛇入药，更是中医常识。《山海经》之《西山经》称有鸟名"肥遗"，食之可治疠病，"疠"古字同"癞"；然《北山经》又称"肥遗"为蛇名。唐代柳宗元的著名散文《捕蛇者说》云永州异蛇"可以已大风、挛踠、瘘疠，去死肌，杀三虫"。因此，小说中女子饮浸蛇之胡麻油根治麻风病，自然不乏夸张成分，却也并非毫无道理。

关于麻疯女故事更为曲折生动的记叙，见于晚清宣鼎之《夜雨秋灯录》。《夜雨秋灯录》为志怪传奇小说集，内容风格近于《聊斋志异》。其中有《麻疯女邱丽玉》一篇，写少年书生陈绮与父母同居岭南，后母亲黄氏病卒，父亲继娶，继母悍恶不能相容，于是离家出走，遵母亲临终所嘱，到粤地投靠早年从商的舅父黄海客。陈绮跋涉半载，耗尽资财仍然未能寻得舅父下落，只能流浪于广东村野之中，以卖唱乞食度日。一日与一赤面老叟相逢，交谈之际得知海客已病死多年，葬于东郭尼庵柳树下。陈绮找到舅父之坟，哭泣甚哀。庵中尼姑密授一计，令陈绮向赤面老叟求救，呼其姓氏（司空），谎称为舅父魂魄相告托付。如是，司空叟果然为其谋划出路，称有远亲邱氏，富居邻郡，生一娇女丽玉，与陈绮年貌相当，可以入赘为由，与丽玉成亲，必得邱丈丰厚财礼，然后可携舅父灵柩逃还本乡。陈绮别无他法，行至邱宅，果如司空叟所告。新婚之夜，陈绮自觉愧对丽玉，丽玉亦有哀容。至他人散尽，丽玉言以实情：粤西边境盛产美女，然多患麻疯奇疾，家人往往以重金诱远地人前来成亲，"过癞"之后，方可真正婚配。陈绮始悟司空叟为邱氏所托，与尼姑共设圈套；但痛惜丽玉，愿与之同死。丽玉既珍视名节，又不愿伤陈绮性命，自知不久于人世，令陈绮三日后携资返家，以"结发元配邱氏丽玉"之名署其牌位；又请陈绮写下故乡住址，缝于自家衣内，以待魂魄来归，完其从一而终之志。陈绮涕泣从之，三日后携财礼运舅父灵柩南下。至家，继母已死。陈父以为钱财为舅父遗产，并未多疑，以之开设酒肆，得利丰饶；陈绮则专心读书。

陈绮离去不久，丽玉病发，被遣送麻疯局。一黄姓老翁救护丽玉出局寻找陈绮，路上丽玉卖唱乞食，自编《女贞木曲》，唱哭行人。至陈家，老翁杳然隐去。父亲问明丽玉之事，又询问老翁样貌，方知为陈绮舅父显灵。丽玉宿于陈家酒库之中，陈生精心照料，以此罢科考。丽玉恐阻其上进，几欲自尽。一日有蛇溺死酒瓮中，丽玉掬饮毒酒，不料病情好转；既饮且洗，最终病愈，美貌如初。原来其蛇为当地千年蛇王，时人为医癞疥，寻觅多年而片鳞未得，不想上天竟专留于此为丽玉疗疾。丽玉与陈绮完婚，美名传扬百里。陈生中第赐官，丽玉为一品命妇，共至粤西拜见邱家父母，邱翁既喜且愧。丽玉以蛇酒制药设局，救活无数病患，乡人为建"邱夫人碑"。

以上三个故事具有同样的情节套路和人物原型，核心要素不外乎四个——男女双方的地域距离，"过癞"（"过疮"）的蛮俗陋方，苦难崇高的女子，异物治疗顽症的奇效。"过癞"（"过疮"）的俗方是叙事的背景，尽管在以上故事中并没有真正进行；双方的地域距离是使"过癞"（"过疮"）得以完成的条件——唯有他乡远人，方能在不知土俗、不明隐情的情况下中其圈套；苦难崇高的女子作为主人公，是故事正面表现的对象；异物的神奇疗效构成了叙事的转折点，使故事进入高潮，也是故事得以广泛传播的关键。

三个故事的文本形态不尽相同，首先源于核心要素处理方式的差异。《地瓜酒的来历》作为民间故事体现出明显的随意性。强调男女双方的地域之隔，男方家乡山东崂山为故事的流传地；女方所在苏州，自古是江南名城，或许讲述者仅仅为了使其与男子形成地理距离，男子既在北方，女子不妨在南方，而苏州极容易使人产生江南风物的相关联想。苏州在历史上并非麻风病的重灾区，女子所患之病也被含糊地描绘为"大疮"；结合后文"同房传病"的"治疗"计策，具有相关知识背景的读者方能与中国古代的麻风女"过癞"故事取得联系。通过坦白真相和赠金助逃，女子的"崇高"得到表现，但其"苦难"却含混弱化，除了久治不愈的"大疮"外，并没有承受因为放弃"过疮"与至亲反目、因为恶疾被家族及路人嫌弃的孤苦，长途跋涉寻觅男子的过程也没有体现出任何艰辛，"风吹酒香"的讲述几近儿戏化。"地瓜酒"作为治疗顽症的"异物"，相比蛇油、蛇酒等也显得极为普通。

民间故事的随意性，很大程度上源于其口耳相传的形成过程，以及讲述者与收听者的文化层次。《秋灯丛话》第十五则及《麻疯女邱丽玉》同为文人撰著的文言小说，也呈现出不同特色。前者袭用六朝志怪体裁，粗陈梗概地记录人间异俗奇闻，采用第三人称全知叙事的笔法平铺直叙，语言古朴质直，人物设定极为简单，能令读者迅速把握故事的核心信息，有如现代的新闻稿件。而后者，借用鲁迅点评《聊斋志异》的说法，是"用传奇法，而以志怪"，即用传奇笔法表现志怪题材。"传奇笔法"承续了唐传奇语言优美、人物丰满、结构完备、情节曲折的特点，《秋灯丛话》中相对概念化的男女主人公在此成为有名姓、有家世、有音容、有性格的丰满形象；同时采用限知叙事，故事的隐情与真相（如尼姑与司空叟联合献计的用意、邱氏招亲的缘由、黄姓翁的身份）并非由作者直接告知，而有待读者与故事人物一同破译，破译的过程使故事更为引人入胜。

从情感态度或创作用意来看，两则文言小说的作者皆为正统文人，通过描写"过癞"的粤地风俗，表现出对中原以外蛮荒地区的恐怖想象，以及对僻陋不伦之民间风俗的否定与鄙视。生长粤地、身染癞毒而拒绝"过癞"的麻疯女形象却是正面歌颂的对象，在经历病痛与磨难之后奇迹般的痊愈，更大意义上并非为了宣扬蛇油、蛇酒的奇效，而是表现天佑善人的教化思想——以偶然的机缘食用毒物却以毒攻毒，可以看作上天对女子贞节与善良的嘉奖。

而在崂山民间故事《地瓜酒的来历》中，"过疮"成为财主一人的不义之举，并非苏州民俗，毫无地方针对性；对于男方所在山东崂山，更洋溢着亲切质朴的乡土情怀。尽管情节设置表现出极大的趋同性，我们发现文人小说更注重塑造人物的个性品格（虽然与传奇相比，志怪作品中的人物在性格方面不甚鲜明），并将其作为决定人物命运的关键因素。而民间故事对此却有失自觉，仅仅按照讲述者与收听者的喜好或生活中的某种可能性铺排情节，即便同样包含着道德说教的需要，其虚构人物的个性也往往缺乏清晰度和独特性。且结合本篇题目来看，崂山地瓜酒比故事的男女主人公更具有主体性的地位。虽然在讲述中也潜藏了善有善报的思想基础，但彰显美德与节义并非重点，人物及其结局只是宣扬地瓜酒神奇功效的凭证。

蓝水《崂山志》称："劳山蛇有青白黄红灰等色……以蝮虺毒最剧……山南蝮多，山北虺多，蝮虺得而杀之，去腹杂，洗净烘干，用治风症，与白花乌梢蛇等，旅顺西海中有蛇岛，产蝮蛇，人常往取之售与外人，是用蝮治风症，外人亦知效法。"① 崂山山区多蛇，当地人亦熟知蝮虺、乌梢可作药材治疗麻风症，但不知为何，"蛇"这一元素并未加入到故事中来。与崂山相隔不远、同为青岛市辖区的黄岛，却流传着《白花蛇酒治麻疯病》的故事，与崂山"地瓜酒"故事梗概类同，但叙事要素更近于中国古代的麻风女故事——身患麻风的财主女儿不愿听从父命"过癞"于小长工，却因误饮白花蛇所泡之酒治好风症，又被考中状元的小长工风光迎娶。

但即便如此，《地瓜酒的来历》仍带有明显的传说式广告意味，借用离奇故事推广本地另一种特产——地瓜酒。

2014 年，青岛市召开崂山非物质文化遗产保护工作培训会，崂山地瓜酒酿造技艺与木船制造技艺、古法榨油技艺、金钩海米制造技艺、石花菜凉粉制造技艺、樱桃酒酿造技艺等作为第四批区级非物质文化遗产项目得到奖励。青岛开埠以来的首部志书《胶澳志》卷五《食货志·农业》将"番薯"列为当地代表农作物之一，谓之"俗名地瓜，胶初无此产，乾隆初年，闽商自吕宋携至，适合土宜"；"今蕃衍与五谷等，南鄙尤多"②。可知山东青岛本无地瓜，清代福建商人由菲律宾引植于此。崂山地势高险，土壤薄瘠，不抗旱涝，然粗沙土质利于透水透气，又因近海气候温和湿润，适于地瓜种植，故此地地瓜产量、口感俱优。在经济困难、粮食紧张的年代，地瓜还曾被当地人视作主食，崂山地区也因此流行过"锅上地瓜蛋，锅下地瓜干"的俗语，一方面以贫困调侃自嘲，另一方面也折射出对家乡物产的自豪之情。除用作主食充饥，丰产多余的地瓜亦可造出平民易得的佳酿。据张崇纲《醇香美酒写华章——酒与崂山酒故事》所称，解放前，每至秋收，崂山人每每选新鲜地瓜煮熟绞碎，自酿酒浆，储藏起来常年饮用，作为节日迎宾待客的必需品。"治疮"神奇故事的传播，无疑使崂山地瓜酒更具有知名度和吸引力。

麻风女拒绝"过癞"而奇迹痊愈的故事最初记录于《秋灯丛话》，其作者王椷为乾隆时期山东福山（今山东省烟台市福山区）人，地源上接近青岛，《丛话》中另外几则故事《韩子道缘薄浅》《慧光内结双目复明》《王生遇仙》《劳山道人》等皆写及崂山，"过癞"故事或许早在乾

---

① 蓝水：《崂山志》，1996 年，第 75 页。

② 赵琪修、袁荣叟等纂：《胶澳志》，民国十七年铅本。

隆年间亦已流传于崂山民间，与当地风物结合，诞生出地瓜酒治愈恶疮的故事。另外，著名剧作家樊粹庭先生曾根据邱丽玉故事创作剧本《女贞花》，20 世纪 30 年代即由豫剧名家陈素真、赵义庭等出演，后被改编成多种地方剧本，颇具影响。《地瓜酒的来历》搜集于 1987 年，不排除从地方戏曲中汲取营养的可能性。

（四）"道士爱'老虎'"与"沙弥思'老虎'"故事

《小道士爱"老虎"》由崂山民间老艺人宋宗科口述，讲崂山白云庵有一王道士，收养一被弃男婴。男婴长大，成为小道士，十八岁时首次和师傅一同下山化缘。走到河边，有一穿红着绿的年轻女子正在洗衣，小道士从未见过女人，于是问师傅此为何物。王道士担心徒弟被女色引诱无法正心修行，编谎话说此为老虎，见到必须远远避开。谁料小道士竟称自己喜欢"老虎"，王道士又以"老虎吃人"吓之。来到村中化缘，小道士见家家都有"老虎"，并不像师傅讲的那样可怕，越发不信"吃人"之说。傍晚归庙，小道士竟得"怪病"，口口声声只要"老虎"。王道士隐瞒不住，只得以实情告之。小道士瞬间病愈、喜笑颜开，跪求师父，准其还俗下山，与那女子作伴。

清代乾嘉时期的著名文学家袁枚作志怪小说集《子不语》，中有《沙弥思老虎》一则：

> 五台山某禅师，收一沙弥，年甫三岁。五台山最高，师徒在山顶修行，从不一下山。后十余年，禅师同弟子下山，沙弥见牛马鸡犬，皆不识也。师因指而告之曰："此牛也，可以耕田；此马也，可以骑；此鸡犬也，可以报晓、可以守门。"沙弥唯唯。少顷，一少年女子走过，沙弥惊问："此又是何物？"师虑其动心，正色告之曰："此名老虎，人近之者，必遭咬死，尸骨无存。"沙弥唯唯。晚间上山，师问："汝今日在山下所见之物，可有心上思想他的否？"曰："一切物我都不想，只想那吃人的老虎，心上总觉舍他不得。"①

《论语·述而》称"子不语怪、力、乱、神"，《子不语》以此得名；又名《新齐谐》，源于《庄子·逍遥游》所谓"齐谐者，志怪者也"。因

---

① 王英志主编：《袁枚全集》（第 4 册），江苏古籍出版社 1993 年版，第 34—35 页。

此，该书多志鬼神怪异之事。《沙弥思老虎》不涉神怪，但出自志怪小说，故亦罗列于此。

"沙弥"，指佛教僧团中未满20岁的男子。两个故事情节及人物类型极似，只有宗教种类及地名不同，盖因崂山由道教主导，而五台山盛行佛教所致。更有趣的是，两个故事在年代更早的欧洲也能找到"孪生兄弟"。

意大利文艺复兴运动的先驱作家薄伽丘在其所著故事集《十日谈》中，讲了一个"男孩爱绿鹅"的故事。一男子中年丧偶，携儿子入深山苦修，自幼教其诵祷圣经诗文，绝口不提世俗之事。儿子直到十八岁才下山，随父亲到佛罗伦萨，途中遇到一群活泼美丽的少女。儿子没有见过女人，问父亲这些是什么东西。父亲说她们叫"绿鹅"，是祸水，不可接近。但男孩自从见到"绿鹅"后，对其他东西都不屑一顾，竟恳求父亲让他带一只"绿鹅"回家。

按丁乃通先生的分类，以上几个文本属于"没见过女人的男孩"一类主题。故事写戒律中人突破戒律的迫切愿望，又不约而同地通过异性之间的情爱之欲来表现。一致的情节模式置换到文艺复兴运动的背景下，佛、道师徒变成了天主教修士父子；古代西欧没有老虎，美丽女子被称为"绿鹅"。袁枚作为"性灵"诗人反对程朱理学，文艺复兴旗手提倡人文主义而反对"神性"，背景、目的不同，但从正常人欲出发，否定宗教桎梏及禁欲主义的主张却相当一致。崂山虽为道教胜地，但民间故事出于不通文字、不识礼教的黎民庶众之口，对于宗教并没有表现出虔诚严肃的态度，调侃的意图却极为明显，纯然表现俗情俗欲，与中外思想家以人欲人情对抗天理神性的思路不谋而合。同样在崂山，另一则民间故事《狐为媒》中，报恩的狐仙帮助书生娶得了青春美丽的小尼姑，又共同劝说老尼姑还俗，由书生、小尼夫妇照料赡养，以世俗中人的方式安享晚年；故事的讲述者对此同样抱持着赞赏的态度，令冰冷的宗教戒律让位于炽热的情爱欲望和温馨的家庭生活。

（五）"秃尾巴老李"与"秃尾龙"故事

崂山当地流传着《秃尾巴老李的故事》，称老李于某年六月十三出生在山东省即墨县李家村，落地即为人头龙身，吓死母亲，父亲杀之不成，只斩去其半截尾巴。老李变作无尾黑龙，腾云乘风，下关东钻进白龙江，却与江中白龙争斗溃败；无奈之际化为凡人，到一财主家做长工，为东家施粪肥、种高粱、锄地打场，表现出种种特异之处。老李被东家目为神人，年底不要工钱，依靠东家帮助战胜白龙，占据了江水，从此白龙江改名黑龙江。《秃尾巴老李上坟》为其续篇，讲老李在黑龙江修成正果，至六月十三，便乘风带雨地回乡祭拜母亲。来到祖坟，见父坟完整、母坟坍塌，又记起出生时被父亲砍尾之事，怒从中来，用龙爪将父亲坟土抓到母亲坟头，又用龙身在母坟四周翻出壕沟，保护坟茔。

另一故事称东海龙王有五子，白龙最幼，依仗父母宠爱得到北方一条大江作封地，取名"白龙江"。白龙无法无天，吃光江中鱼虾，又发水侵扰岸上百姓，劣迹传至东海。长子黑龙前去收服白龙，却战败而归。黑龙遵父命投胎至即墨县李家庄，初生与普通婴儿无异，喝过母乳之后却变作人首龙身。父亲视为妖物，持刀驱赶，斩断其尾。黑龙瞬间长大，朝母亲磕头作别，歌曰："娘给奶吃父不让，儿去千里娘莫怪，等你老后收骨柴。"[1] 而后飞至崂山太平宫，诉苦于道人，被收为徒，修学仙道法术，三年后出山战胜白龙，将"白龙江"改名"黑龙江"，镇守于此（《秃尾巴老李》）。

又有《"秃尾巴老李"的来历》，称秃尾巴老李乃东海龙王与崂山渔家女李海莲交合所生，落草吸乳吸死海莲，被海莲兄长砍杀，剁去尾巴，下关东钻进江中安身。因其为断尾黑龙，母家姓李，人称"秃尾巴老李"，所居之江得名"黑龙江"。

人母生养龙子的故事见于历代文献，亦作为民谭流传各地，异文颇多。"秃尾巴老李"的传说在山东、东北地区极为流行，多讲凡女诞下半人半龙之子，龙子被视为妖孽，遭父断尾后离去，化作真龙镇守黑龙江，回山东为母上坟招致风雨等。相关的叙事片段可追溯到《搜神记》中：

> 汉定襄太守窦奉妻，生子武，并产一蛇，奉送蛇于林中。及武长大，有海内俊名。后母卒，及葬未窆，宾客聚集。有大蛇自榛草而出，径至丧所，委地俯仰，以头击柩，涕血皆流，俯仰诘屈，若哀泣之容，有顷而去。时人知为窦氏之祥。[2]

---

① 张崇纲编：《崂山民间故事全集》，青岛海洋大学出版社1993年版，第1456页。

② （晋）干宝撰、（宋）陶潜撰：《新辑搜神记　新辑搜神后记》，李剑国辑校，中华书局2007年版，第88页。

《搜神后记》亦有《蛟子》一则：

　　长沙有人，忘其姓名，家住江边。有女子渚次浣纱，觉身中有异，后不以为患，遂妊身。生三物，皆如鲮鱼。女以己所生，甚怜异之。乃着藻盘水中养之。经三月，此物遂大，乃是蛟子。各有字，大者为"当洪"，次者名"破阻"，小者名"扑岸"。天暴雨水，三蛟一时俱出，遂失所在。后天欲雨，此物辄来。女亦知其当来，便出望之。蛟子亦出头望母，良久方复去。经年，后女亡，三蛟子一时俱至其墓所哭之，经日乃去。闻其哭声，状如狗号。①

　　中国传统文化背景下，蛇、蛟、龙在类属上具有同一性。《史记》云"蛇化为龙，不变其文"，《说文解字》将蛟归为"龙之属"，《述异记》更有"水虺五百年化为蛟，蛟千年化为龙"② 之说。蛇子、蛟子身为异类对人母缱绻依恋的情节与崂山的"秃尾巴老李"故事极似，又都通过母死上坟的形式表现出来。《蛟子》中"天暴雨水……遂失所在"，"天欲雨，此物辄来"的描述，也与山东民间流传老李回乡祭母招致风雨的说法颇为一致。

　　袁枚《子不语》又录《秃尾龙》故事：

　　山东文登县毕氏妇，三月间沤衣池上，见树上有李，大如鸡卵，心异之，以为暮春时不应有李，采而食焉，甘美异常。自此腹中拳然，遂有孕，十四月产一小龙，长二尺许，坠地即飞去，到清晨必来饮其母之乳。父恶而持刀逐之，断其尾，小龙从此不来。

　　后数年，其母死，殡于村中。一夕雷电风雨，晦冥中若有物蟠旋者。次日视之，棺已葬矣，隆然成一大坟。又数年，其父死，邻人为合葬焉。其夕雷电又作。次日见其父棺从穴中掀出，若不容其合葬者。嗣后村人呼为秃尾龙母坟，祈晴祷雨无不应。

　　此事陶悔轩方伯为余言之。且云："偶阅《群芳谱》云：'天罚乖龙，必割其耳；耳坠于地，辄化为李。'毕妇所食之李，乃龙耳

　　①　（晋）干宝撰、（宋）陶潜撰：《新辑搜神记　新辑搜神后记》，李剑国辑校，中华书局2007年版，第545页。

　　②　（梁）任昉：《述异记》，中华书局1985年版，第4页。

也，故感气化而生小龙。"①

　　不仅故事发生地具体到了山东文登，情节也更为完整，出现了小龙吸乳、父亲断尾、龙子保母坟而毁父墓等内容，龙子与风雨的关系也得到凸显。叙述者陶悔轩实有其人，即乾隆朝举人陶易，官至江苏布政使，文登为其出生地。可见，至迟到清乾隆年间，山东威海文登一带流传的"秃尾龙"故事，已经和现今崂山地区的"秃尾巴老李"故事极为接近，唯一缺少的是龙子下关东之说。这需要结合真实的历史背景，虽然山海关以内居民出关谋生的事迹自古即有，但山东人大规模闯关东的迁移活动却发生在晚清民国时期。

　　有学者指出，此类故事反映了男性的恋母仇父情结。② 弗洛伊德认为，俄狄浦斯式的杀父娶母是男孩的原始愿望，随着年龄的增长，多数人会自觉抑制对母亲的性冲动，忘掉对父亲的嫉恨。但恋母情结并没有消失，而是潜藏在心底，通过某种无意识的形式表现出来，如人类的梦境。

　　民间故事作为原生态的精神产品，同样可以成为这种心理倾向的重要载体。从上述故事中，我们很容易看出龙子（蛇子、蛟子）对母亲的深情至爱，但其与父亲的关系却并不融洽。"窦氏蛇祥"故事称"奉送蛇于林中"，表明父亲窦奉造成了蛇子与母亲的被迫分离；大蛇哭母而漠视其父，也间接表达出对父亲的否定态度。蛟子诞于未婚之女，有母而无父，隐含着对父亲的排斥心理。"秃尾龙"及"秃尾巴老李"故事中，父亲的存在更激化出明朗尖锐的矛盾，父断子之尾、子毁父之墓的相关叙述，将"仇父"倾向演绎得淋漓尽致。

　　更值得注意的是，"秃尾龙"及"秃尾巴老李"故事都涉及龙子吃母乳的情节。如弗洛伊德所说，"口欲期"是"前性器欲"的第一个阶段，"与婴儿在母亲怀中吃奶的方式一致，嘴的性感区支配着这一生命时期的那些可以叫做性行动的东西"③。因吸乳招致父亲厌恶，进而被驱逐着离开母亲，并在驱逐不成的情况下挥刀断尾，意味着"恋母"的龙子被强制着压抑住对母亲的爱恋，否则必然遭到某种类似"阉割"的惩罚。龙

---

①　王英志主编：《袁枚全集》（第4册），江苏古籍出版社1993年版，第158—159页。

②　参见王娟《断尾龙故事类型的心理分析研究》，《民间文学论坛》1994年第3期。

③　[奥] 弗洛伊德：《精神分析新论》，见车文博主编《弗洛伊德文集》（第5卷），长春出版社2004年版，第62页。

子形体的怪异既为使故事逻辑圆融（如为普通婴儿，父亲断然没有因吃奶逐弃、杀伤儿子的道理），也暗示出极度恋母之人的病态特征，他们在正常的伦理环境中往往被视作异类。

近代以来崂山流传的"秃尾巴老李"故事，在承载恋母仇父之集体无意识的同时，也被注入了另外的社会文化内涵。《秃尾巴老李》嵌套了东海龙太子投凡胎的叙事框架，近似于佛道文学下凡历练的母题；而投胎的目的是遵从龙王之命惩恶扬善，龙王正是其本质上的父亲。龙子断尾逃生，向崂山道士诉说对人间父亲的怨恨，如是的"仇父"情绪也被"慈悲为本"的宗教伦理强制化解。

而龙子下关东、镇守黑龙江的相关叙述，更体现出鲜明的地域特色与民间情怀。如刘守华先生所说："人们把这条不得不离开家乡寻求生路的孽龙，和大批为生计所迫而勇闯关东的山东汉子联系起来，在孝敬母亲的基础上，又赋予他以热爱家乡、关怀乡亲的可爱品格。"[①] 旧时山东人相信初夏的霖雨乃"秃尾巴老李"祭母归来所施；东北也有相应的民俗信仰，如渡过黑龙江的船只在起航之前，开船者总要大声询问有无山东人，乘客齐声答"有"，即能一帆风顺，因为栖身黑水的神龙会尽力保护往来乡亲。"秃尾巴老李"下关东的传说，实综合了两地民众渴望风调雨顺、出行平安的日常愿望。

刘守华同时指出，"联系明清以来中国社会历史变迁的大背景来看"，为家庭社会所不容而孤身远去的"孽龙"形象，可以作为"封建社会走向衰落时所出现的社会叛逆者的象征"[②]。我们由此联想到明清小说中一系列的人物设定。《水浒传》一百零八位梁山好汉，原为法符镇锁下的"魔君"被释下凡；《西游记》中的孙悟空也是本领无穷又桀骜不驯的叛逆英雄；《红楼梦》的作者则借贾雨村之口提出了正邪两赋之论，贾宝玉、林黛玉等秉正邪二气而生，"其聪俊灵秀之气，则在万万人之上；其乖僻邪谬不近人情之态，又在万万人之下"[③]。这些小说中的人物，在不同形式上遭遇着来自现实的压制或逼仄，与民间故事中的孽龙断尾颇有相合之处。从这个角度来看，龙子与生俱来的特异属性，不再是精神心理的病态表征，而孕育着某种突破传统价值观念的异端质素。

---

① 刘守华：《中国民间故事史》，湖北教育出版社 1998 年版，第 169 页。

② 同上书，第 170 页。

③ （清）曹雪芹、高鹗：《红楼梦》，人民文学出版社 1982 年版，第 30 页。

在本章节乃至全书，我们于讨论崂山民间故事的过程中引录、比较的古代小说，多为志怪、传奇。一方面因为这两类小说都有猎奇性质，与市人村民对奇谈怪闻的接受趣味趋于一致；另一方面，民间故事本身即是志怪的素材来源，这在很多志怪小说的成书过程中都有体现。

东晋干宝于《搜神记序》中称其书素材来源有三，即"考先志于载籍""收遗逸于当时""采访近世之事"①，"近世之事"主要为民间传闻。

南宋洪迈之《夷坚志》当属志怪小说之鸿篇巨制，撰著过程中不仅个人"游宦四方，采摭众事"（《夷坚志序》），"每闻客语，登辄记录"（《夷坚支庚序》）；且令"群从姻党，宦游岘、蜀、湘、桂，得一异闻，辄相告语"（《夷坚支乙集序》），"盖寒人、野僧、山客、道士、瞽巫、俚妇、下隶、走卒，凡以异闻至，亦欣欣然受之"（《夷坚丁志序》）。②可见其中不少内容采自于下层民众之口。

更著名的案例，当属邹弢《三借庐笔谈》所记蒲松龄采录乡民之谈、著成《聊斋志异》的故事：

> 相传先生居乡里……作此书时，每临晨，携一大瓷甖，中贮苦茗，具淡巴菰一包，置行人大道旁，下陈芦衬，坐于上，烟茗置身畔。见行道者过，必强执与语，搜奇说异，随人所知，渴则饮以茗，或奉以烟，必令畅谈乃已。偶闻一事，归而粉饰之。如是二十余寒暑，此书方告蒇，故笔法超绝。③

大量志怪故事诞生于民众口耳之间，经过某一文人采录，进而整理加工、辑集出版，以书面著作的形式稳定保存，甚至成为文学经典世代流传，即能结合更加丰富的艺术形式（如图画、歌舞、戏曲乃至影视等），在更加广阔的时空背景中传播开来，形成对民间故事的反哺。《搜神记》之董永遇仙、韩凭夫妇、白水素女，《夷坚志》之孙知县妻，对于牛郎织

---

① （晋）干宝撰、（宋）陶潜撰：《新辑搜神记　新辑搜神后记》，李剑国辑校，中华书局 2007 年版，第 19 页。

② （宋）洪迈撰：《夷坚志》，何卓点校，中华书局 1981 年版，第 1833、1135、795、537 页。

③ 朱一玄编：《聊斋志异资料汇编》，中州古籍出版社 1985 年版，第 366 页。

女、梁祝化蝶、螺姑、白蛇传等民间故事的流传演变过程产生了重要影响。而《聊斋志异》之《劳山道士》《香玉》《海公子》及众多狐女爱情故事，在写作过程中必然征采了崂山的仙道传说与蛇异、狐异信仰，口头的传说与信仰材料被改编成优美生动的传奇篇目，作为妇孺皆知的经典传至崂山地区，又衍生出更多与之相关的民间故事文本。

二　崂山民间故事与志人俳谐小说

（一）崂山民间故事与志人笔记

《世说新语》是中国古代志人笔记小说的代表作。该书由刘宋刘义庆主编，分36门记录汉末至晋宋间名士言行轶事，书中内容多凝练为常用典故或成语，广见于旧时文集之中，与此同时也有不少有趣的故事流于民间。《崂山民间故事全集》中有《王蓝田咬狗》一则，与《世说新语》"忿狷"门之"王蓝田性急"存在渊源关系：

> 王蓝田性急。尝食鸡子，以箸刺之，不得，便大怒，举以掷地。鸡子于地圆转未止，仍下地以屐齿蹍之，又不得。瞋甚，复于地取内口中，啮破即吐之。王右军闻而大笑曰："使安期有此性，犹当无一豪可论，况蓝田邪？"①

王蓝田即东晋王述，出身太原王氏，袭蓝田侯，与其父王承（字安期）、子王坦之皆为重臣名士。王述个性直率粗豪，食鸡蛋表现出极端化的急躁激愤，但在当时却是一种挑战名教虚伪、突破礼制约束的真性情的流露。王羲之与王述素有仇隙，不服其父子盛名，贬之"无一豪可论"，但亦从侧面说明，王蓝田的行为被多数人视为豪情壮举。在《世说新语》之"赏誉"门中，谢安赞蓝田"掇皮皆真"，即表里真率、去尽伪饰之意。

另外，王蓝田的"忿狷"亦与服食五石散有关。五石散由五种矿石（一说为丹砂、雄黄、白矾、曾青、慈石）调配而成，魏晋士族名士多嗜之，一方面缘于其时流行养炼之术，认为金石丹药可致长生；另一方面，石药的刺激也可使其精神获得暂时的舒泰与兴奋，缓解黑暗时局所造成的

---

① 徐震堮：《世说新语校笺》，中华书局1984年版，第473—474页。

忧生抑郁心理。但是，矿石本有剧毒，服之也令人燥热易怒、肌肤脆薄，故服食者多着宽薄旧衣，喜穿木屐而不着鞋袜。无论是突破礼法规矩、释放真实个性，还是以饮鸩止渴的方式宣泄忧惧苦闷，都成为魏晋风度的重要表现。

但乡野庶民并不知晓魏晋时期的社会背景与文化环境，仅仅以一种讥讽取笑的眼光打量王蓝田的行为，将之粗俗化，并以"位高骄横"的世俗思维对其进行简单化的阐释。《王蓝田咬狗》中讲到：

> "为官一日，强起为民一世"。做了官就觉高人一等，高人一等就骄，骄就横，横就躁，把"非礼勿言，非礼勿动"都忘光了，只知"我之所治，都归于我"，目中没有别人了。

> 晋朝有个王蓝田就是这种人。他嗜好吃鸡蛋，一天，爱妾送来热腾腾的鸡蛋，他寻思是侍女送来的，也没正眼看，拾起筷子去夹鸡蛋，那鸡蛋又圆又滑，总是夹不住。这就上了火，手拿鸡蛋就往嘴里捅，连皮也忘了剥。一边捅，一边说："小小玩意，叫你再滑！"这一来，只觉手上火辣辣的，舌头也烫直了，就"呼"地一下吐到地上，还不舍气，又使脚去搓。边搓边说："把你娘的，这等欺负老爷！"①

接下来称王蓝田将爱妾认作侍女，误伤致死以及打狗、咬狗之事，古籍无载，应为乡人讹撰。

《刘伶和阮籍》与此当属同一类型。故事讲"竹林七贤"之一的刘伶蓄养一熊，与之一同吃住，熊常侍奉刘伶饮酒。刘伶嗜酒引得妻子哭闹，无奈同意戒酒，但声称需要祖宗神明相助，令妻子于家庙设置酒席供品，妻子照办。刘伶夫妇方至家庙，正要祷告祖先，家仆报友人阮籍来访。妻子只得回家招待阮籍，刘伶自己跪于案前，向祖宗发戒酒誓。此时熊来家庙寻找主人，以为主人又要饮酒，遂将案上祭祀之酒端给刘伶。刘伶不禁畅饮，自我辩解曰"祖宗所赐，焉能不饮"；因此很快喝醉，又向熊灌酒以示"谢意"。刘妻回到家庙，但见刘伶与熊一同卧倒。妻子因几日来忙于祭祖之事，忘记喂熊，此时以为熊饥饿晕厥，以铁勺舀稀饭送其嘴边，

---

① 张崇纲编：《崂山民间故事全集》，青岛海洋大学出版社1993年版，第902页。

熊醉中不认铁勺。

《世说新语·任诞》有"刘伶病酒"一则，是上述故事的历史原型：

> 刘伶病酒，渴甚，从妇求酒。妇捐酒毁器，涕泣谏曰："君饮太过，非摄生之道，必宜断之！"伶曰："甚善。我不能自禁，唯当祝鬼神自誓断之耳。便可具酒肉。"妇曰："敬闻命。"供酒肉于神前，请伶祝誓。伶跪而祝曰："天生刘伶，以酒为名，一饮一斛，五斗解酲。妇人之言，慎不可听！"便引酒进肉，隗然已醉矣。[1]

"饮酒"是魏晋风度的又一关键词。同服药一样，饮酒能使名士在酒精的刺激与麻痹作用下获得虚幻的解脱，暂时忘却现实社会的种种黑暗与残酷，甚至达至"形神相亲"的理想境界，当时名流如刘伶、阮籍、嵇康、毕卓、张翰等无不嗜酒如命。然市井乡民对此并不理解，只会领略刘伶戒酒不成的滑稽之处，加入一"熊"的角色，为故事徒增笑料；又与山东人讥讽醉鬼的俗语"狗熊不认铁勺子"牵强贴合，将其演成一出闹剧。

《崂山民间故事全集》又有《温峤和玉香的故事》，写晋代才子温峤进京赶考，夜宿一店，邂逅聪明美丽的店主女儿玉香，因对联、字谜结缘，玉香之母为二人定亲，温峤以玉镜台为聘礼，又在玉香激励下积极应试以求前程。温峤玉镜台的故事亦载于《世说新语》。《世说》"假谲"一门写名士温峤"骗娶"表妹为妻：

> 温公丧妇。从姑刘氏家值乱离散，唯有一女，甚有姿慧。姑以属公觅婚，公密有自婚意，答云："佳婿难得，但如峤比，云何？"姑云："丧败之余，乞粗存活，便足慰吾余年，何敢希汝比。"却后少日，公报姑云："已觅得婚处，门地粗可，婿身名宦尽不减峤。"因下玉镜台一枚。姑大喜。既婚，交礼，女以手披纱扇，抚掌大笑曰："我固疑是老奴，果如所卜。"玉镜台，是公为刘越石长史，北征刘

---

① 徐震堮：《世说新语校笺》，中华书局1984年版，第391页。

聪所得。①

　　温峤暗恋从姑表妹，谎称为之作媒觅婚，寻得声名、官爵都不逊于自己的佳婿，却以自家玉镜台为聘礼，谁知聪慧的表妹早已猜到新郎即为媒人温峤，因为玉镜台正是温氏北征的战利品。"假谲"原为虚假、欺诈之意，但此一故事却洋溢着机敏、浪漫的气息，表现出魏晋士人张扬个性、放荡情志的时代风貌。后世戏剧多搬演此事，如元代关汉卿杂剧《温太真玉镜台》、明代朱鼎传奇《玉镜台记》等；"玉镜台"在中国传统文化语境内亦成为婚恋媒聘的代称。《温峤和玉香的故事》于1987年由崂山民间艺人口述整理，受后世戏曲作品的影响较为明显，演绎出才子佳人花好月圆的爱情喜剧，同时以晋代本不存在的科举赶考作为故事背景，男女主人公求官求名的思想与元明清以来通俗文学作品中"及第团圆"的叙述模式颇为吻合，折射出下层民众对富贵功名的艳羡心理，而不见了魏晋名士越礼诈谲的风流不羁。除了主人公姓名相同、以"玉镜台"作为信物之外，民间故事与《世说新语》中的温峤假谲之事几乎毫不相干。

　　从以上诸例可以看出，市井乡民对于文人情怀、名士风度毕竟有欠理解。但《世说新语》中另一位古人的故事传至民间，情况却有些不同。这位古人就是曹操。

　　西晋陈寿著《三国志·魏书·武帝纪》评价曹操："抑可谓非常之人，超世之杰矣。"南朝宋裴松之注引东晋孙盛《异同杂语》又记许劭评曹操曰："子治世之能臣，乱世之奸雄。""能臣"与"奸雄"构成了曹操性格的两个侧面。西晋继统于魏，《三国志》尊曹魏为正统，赞曹操为"运筹演谋，鞭挞宇内"的"超世之杰"。然而自东晋以来，史传、小说与民间文学对三国故事的讲述却体现出心向蜀汉的倾向。对三国故事的讲述却体现出心向蜀汉的倾向。苏轼《东坡志林》曰："涂巷中小儿薄劣，其家所厌苦，辄与钱，令聚坐听说古话。至说三国事，闻刘玄德败，颦蹙有出涕者；闻曹操败，即喜唱快。以是知君子小人之泽，百世不斩。"薄劣小儿亦知拥刘贬曹。明清以至近现代，随着《三国演义》及相关说唱、戏曲、影视作品的经典化传播，曹操的"白脸奸雄"形象更加深入人心。因此，从流传至今的崂山故事文本来看，民间百姓对于王述、刘伶、温峤

---

　　①　徐震堮：《世说新语校笺》，中华书局1984年版，第458页。

等人的接受隔膜，在曹操故事的编讲中是不存在的。笔记与民谭雅俗有别，但所收录的曹操形象大多呈现出多疑猜忌、心狠手辣的"奸雄"色彩，情感倾向具有相对的一致性。

《曹操杀"鸡"教"猴"》即表现了曹操的狭隘狠辣。故事中曹操忌恨谋士孔融才高放诞，欲行惩戒又难寻事由，于是请孔在任（孔融推荐给曹操的本家兄弟）到帐中议事，又假装在梦中杀了孔在任。事后，曹操向文武百官解释称自己时常于梦中杀人，日后众臣进见，须袖手、先报。

曹操梦中杀人的记载见于《世说新语·假谲》：

> 魏武常云："我眠中不可妄近，近便斫人，亦不自觉。左右宜深慎此。"后阳眠，所幸一人，窃以被覆之，因便斫杀。自尔每眠，左右莫敢近者。[①]

"阳眠"即"佯眠"，假装睡觉之意。曹操担心自己在睡眠之中遭到身边臣侍的刺杀，因此编造出"梦中杀人"的谎话，以作"宣传"。碰巧有一人听到"宣传"仍好心为其覆被，曹操假戏真做将其砍杀，以此震吓他人。

又有《曹操借刀杀人》，仅看标题，很容易让人想起曹操借黄祖之手杀祢衡的故事，但这则民谭讲述的是曹操接见匈奴之事。曹操荣升魏王，匈奴派使者来见，曹操自觉丑陋，便令形貌出众的崔季珪来做替身，自己持刀扮作侍卫。不想匈奴正使呼耶律认出持刀人才是日后"主天下者"。孔融将呼耶律慧眼识人之事告诉曹操。曹操立即召见匈奴副使，声称已暗封呼耶律为魏国丞相，现送副使黄金三万两，嘱其远走高飞，以防被呼耶律灭口。副使为保全自己，把呼耶律"投靠"魏国之事上报匈奴王，于是呼耶律被匈奴王诛杀。

本故事的文献记载见于《世说新语·容止》：

> 魏武将见匈奴使，自以形陋，不足雄远国，使崔季珪代，帝自捉刀立床头。既毕，令间谍问曰："魏王何如？"匈奴使答曰："魏王雅

---

① 徐震堮：《世说新语校笺》，中华书局1984年版，第455页。

望非常，然床头捉刀人，此乃英雄也。"魏武闻之，追杀此使。①

　　匈奴使能慧眼识英雄，却为何遭到曹操的追杀？这一问题历来没有定论，有人说曹操不愿如此能人被匈奴所用，或说曹操的乔装计策被识破恼羞成怒，亦有人深入推测，曹操恐怕使臣形成"魏王"空具其表且麾下有豪雄觊觎的印象，如将此信息传与匈奴王，更会使其认为中原主弱臣强、易于攻击，因此追杀使臣，以绝后患。无论取何种解释，曹操都表现出猜忌、多疑、狠辣的性格特点。崂山民众借机发挥，讲曹操此举意在借匈奴王之手除害，比《世说新语》的记载更加精彩有趣，表现了民间的智慧。

　　历史上的曹操作为"能臣"，颇能举贤任用，但也有不少文臣武将为其所杀；加之被"贬曹"的倾向影响，民间故事多表现出曹操对麾下效命之人疑忌寡恩的态度。《崂山民间故事全集》有《曹操设计杀人灭口》一篇，讲曹操担心死后被人掘墓暴尸，修坟七十二座。待最后一座修完，他派一知己大臣带八封银子送给修坟的九人——八个瓦匠，一个小工。八个瓦匠打发小工去买酒菜，声称八封银子对应九人之份。小工担心分得的少，便在酒里下毒，企图独吞银钱；不想买酒回来即被八个瓦匠合谋打死，众瓦匠又因喝酒毒发身亡。曹操再找借口把送银子的大臣杀掉，从此无人知晓其墓穴所在。

　　《三国演义》七十八回讲曹操"遗命于彰德府讲武城外，设立疑冢七十二"。这一说法不见于《世说新语》而多见于宋元笔记：

> 漳河上有七十二冢，相传云曹操疑冢也。②
> 曹操疑冢七十二，在漳河上。③

　　但修坟工匠之间自相残杀、同归于尽的情节又可归入民间故事中的"分财害命"主题。宋代张知甫的笔记《张氏可书》较早记载了这一主题的书面形态：

---

① 　徐震堮：《世说新语校笺》，中华书局1984年版，第333页。
② 　（宋）罗大经：《鹤林玉露》，王瑞来点校，中华书局1983年版，第281页。
③ 　（元）陶宗仪撰：《南村辍耕录》，中华书局1959年版，第324页。

天宝山有三道人，采药忽得瘗钱，而日已晚，三人者议先取一二千沽酒市脯，待旦而发。遂令一道人往，二人潜谋："俟沽酒归，杀之，庶只作两分。"沽酒者又有心置毒酒食中，诛二道人而独取之。既携酒食示二人，二人忽举斧杀之，投于绝涧，二人喜而酌以食，遂中毒药而俱死。

张知甫为北宋末人。《可书》乃张氏晚年所作，回忆故都开封遗事轶闻，以志人为主，兼及神怪。"天宝山三道人"的故事在中国民间流传极广，多反映贪心致祸之意；崂山民众借以嫁接到曹操故事体系中，强化出曹操利用人性贪婪之弱点为自己排除障碍的"奸雄"形象。

（二）崂山民间故事与俳谐笑话

除却名人言行、故国遗事之外，古代志人小说中也包含了俳谐笑话一类。崂山民间笑话多有见于古书者，下文举数例为证。

1. 懒人食饼故事

懒人食饼的故事在中国流传极广，崂山地区有《懒老婆》故事，采录于20世纪50年代，写一妇人极懒，又因不爱劳动而日渐笨拙。一次回娘家，丈夫烙一大饼，中间挖空，套在其脖颈上。然而几天后懒妇依然饿死在途中，丈夫跑去收尸，发现妻子只吃了脖子下的一块饼，脖子后面的饼懒得动。又有一则笑话《懒汉是怎么死的》，懒笨之人为一丈夫，妻子归宁为其套饼、留水，因懒汉懒于转头饮食，亦饿死。

此故事屡见于古籍，以清代程世爵《笑林广记》为例：

> 一妇人极懒，日用饮食，皆丈夫操作，他只知衣来伸手，饭来张口而已。一日，夫将远行，五日方回，恐其懒作挨饿，乃烙一大饼，套在妇人项上，为五日之需，乃放心出门而去。及夫归，已饿死三日矣。夫大骇，进房一看，项上饼只将面前近口之处吃了一缺，饼依然未动也。①

2. "死错人"故事

《死错了人》说有一家人死了母亲，请一书生来写祭文。此书生照书

_____

① 王利器辑录：《历代笑话集》，古典文学出版社1956年版，第565—566页。

抄好一篇，将"母"写成"父"。丧主恼怒，质问书生，父尚健在，为何胡写？书生理直气壮地反驳：书上绝然不会有错，除非是你家死错了人。

　　该笑话原本嘲笑文人酸腐愚昧、泥古不化，现代人多将其作为不从实际出发的典型案例。明代冯梦龙《广笑府》卷一"儒箴"有《错死人》，同此一事：

　　　　馆东丧妻母，托教读作祭文，教读按古本，误抄祭妻父文与之。馆东怪而问之。教读曰："我买刊本已定，谁教你家死错了人。"①

相同故事亦见于清代方飞鸿《广谈助》。

　　3. 镜子的故事

　　崂山民间流传《镜子的故事》，讲某商人到外国做生意，带回一面镜子。妻子不识，以之照面，见其中有一俊俏少妇，以为丈夫买妾回家，哭诉招来婆母。婆母看镜，镜中现一老妪，哭怨其子买一老娘回家。公爹进门，听到婆媳二人哭骂之声，捡镜视之，但见一白发老翁，怨儿子招来野汉，一气之下打碎镜子。后商人说明来龙去脉，一家人方转悲为喜，又将碎镜视为宝物。

　　明代浮白主人选编《笑林》有《看镜》：

　　　　有出外生理者，妻嘱回时须买牙梳，夫问其状，妻指新月示之。夫货毕将归，忽忆妻语，因看月轮正满，遂买一镜回。妻照之，骂曰："牙梳不买，如何反取一妾。"母闻之，往劝，忽见镜，照云："我儿，有心费钱，如何取个婆子？"遂至讦讼。官差往拘之，见镜慌云："如何就有捉违限的？"及审，置镜于案，官照见，大怒云："夫妻不和事，何必央乡官来讲？"②

清代俞樾《一笑引》又有如是一则：

　　　　有渔妇素不蓄镜，每日梳洗，以水自鉴而已。其夫偶为买一镜

---

　　① 魏同贤主编：《冯梦龙全集》（第10册），凤凰出版社2007年版，第6页。
　　② 王利器辑录：《历代笑话集》，古典文学出版社1956年版，第217页。

归，妇取视之，惊告其姑曰："吾夫又娶一新妇来矣！"姑取视之，叹曰："娶妇犹可，奈何并与亲家母俱来！"①

综览崂山民间故事与古代笑话，此类作品多写一群人不识镜子，看到自己在镜中所成虚像，误认为是他人，以此导致一连串笑话，形成喜剧效果。

与志怪传奇之诡谲奇幻不同，志人小说阵营中，除俳谐笑话能以喜剧幽默取悦大众之外，更典型意义上的志人笔记多采录上流社会之轶事遗闻，缺乏情节性和虚构性，适于文人追忆先辈风流的心态，却不容易见赏于下层民众。但我们发现，作为名士教科书的《世说新语》，同样有故事片段流传于崂山民间，尽管思想内容发生了或多或少的变化。究其原因，我们已经指出，崂山地区历史悠久，文化底蕴深厚，又多文人贤宦往来游览，题咏之间将名流轶事播布于众，并非不可能；况《世说新语》为赏心而作，"远实用而近娱乐"②，自古以来即以各种雅俗形式传播。

与此同时，志人小说与民间故事之间也有一个不可忽略的交集，即史书。以《世说新语》为例，按照鲁迅《中国小说史略》的说法，其成书乃"纂辑旧文，非由自造"。具体说来，一方面以《魏晋世语》《语林》《郭子》等前代志人小说为蓝本，另一方面也广泛采集各种正史杂史，因此其人物乃史上实有，言行事迹却不乏夸饰虚造。

我们在第二章中谈到了历史通俗化传播对民间故事的影响。事实上，史书的修撰，也往往在不同程度上汲取各地传闻。例如司马迁《史记》中关于刘邦出世、亡秦者胡等内容的记述，就极具民间意味，这并不影响《史记》作为经典支流的地位——班固在《汉书·艺文志》中将《太史公》（即《史记》）附录于"春秋"类，《春秋》居《艺文志·六艺略》，属于六经之列。而自汉以降的历代正史中，也或多或少夹杂着近乎民谭的成分，如本书第二章中提到的童恢驯虎、韩愈驱鳄、江郎才尽等，即分别载于《后汉书》、两《唐书》及《南史》。

有些不入流的史书，因为民间色彩过重，在《汉书·艺文志》中被班固打入了另册，即《诸子略》之"小说"类。"小说"一词古今异义，

---

① 王利器辑录：《历代笑话集》，古典文学出版社 1956 年版，第 575 页。

② 鲁迅：《鲁迅全集》（第 9 卷），人民文学出版社 1973 年版，第 201 页。

最初指大道之外的琐屑言论，如《庄子·外物》所谓"饰小说以干县令，其于大达亦远矣"。汉代"小说"与儒、道、阴阳、法、名、墨、纵横、杂、农同归《诸子略》。班固称："诸子十家，其可观者九家而已。"① 小说家为不可观者，因为"小说家者流，盖出于稗官，街谈巷语，道听涂说者之所造也"②。"小说"类共计十五部书，被鲁迅概括为"或托古人，或记古事，托人者似子而浅薄，记事者近史而悠缪"③。这些不入流的子书、史书早已亡佚，鲁迅得此结论，是参照了班固的评价，无非"迂诞依托""浅薄""因托"④ 之类。"迂诞依托"的史书由稗官采集"街谈巷语，道听涂说"而来，民间口头传闻在其中必然占据了极大比例。

可见，史书既以通俗化传播滋生出民间故事，而民间故事也是史料的来源。当然，古人著史贵在征实，尤其随着史学学科的确立与发展，正统史书往往限制小说、传闻的掺入，如唐代史学家刘知几即对《晋书》采纳《搜神》《世说》内容持批判态度。但我们依然可以得出结论，在民谭、史书和志人小说之间，同样存在着回流反哺的循环作用力。

---

①　（汉）班固：《汉书》，中华书局 1962 年版，第 1746 页。

②　同上书，第 1745 页。

③　鲁迅：《鲁迅全集》（第 9 卷），人民文学出版社 1973 年版，第 158 页。

④　（汉）班固：《汉书》，中华书局 1962 年版，第 1744 页。

参考文献

陈鼓应、赵建伟：《周易今注今译》，商务印书馆 2005 年版。

（汉）毛亨传、（汉）郑玄笺、（唐）孔颖达疏：《毛诗正义》，北京大学出版社 1999 年版。

（汉）郑玄注、（唐）贾公彦疏：《周礼注疏》，北京大学出版社 1999 年版。

夏纬瑛：《夏小正经文校释》，农业出版社 1981 年版。

杨伯峻：《春秋左传注》，中华书局 1981 年版。

杨伯峻：《论语译注》，中华书局 1980 年版。

（汉）赵歧注、（宋）孙奭疏：《孟子注疏》，廖名春等整理，北京大学出版社 1999 年版。

（汉）司马迁：《史记》，中华书局 1959 年版。

（汉）班固：《汉书》，中华书局 1962 年版。

（晋）陈寿：《三国志》，中华书局 1959 年版。

（刘宋）范晔：《后汉书》，中华书局 1965 年版。

（唐）李延寿：《南史》，中华书局 2008 年版。

（后晋）刘昫等：《旧唐书》，中华书局 1975 年版。

（宋）欧阳修、（宋）宋祁：《新唐书》，中华书局 1975 年版。

（清）张廷玉等：《明史》，中华书局 1974 年版。

（清）赵尔巽等：《清史稿》，中华书局 1977 年版。

（汉）刘向撰：《说苑校证》，向宗鲁校证，中华书局 1987 年版。

（汉）刘向著：《列女传译注》，张涛译注，山东大学出版社 1990 年版。

（汉）赵晔撰、（元）徐天祜音注：《吴越春秋》，江苏古籍出版社 1999 年版。

（清）马骕：《绎史》，王利器整理，中华书局 2002 年版。

（唐）韩鄂：《岁华纪丽》，明万历秘册汇函本。

（宋）陈元靓：《岁时广记》，商务印书馆 1939 年版。

（明）冯应京辑：《月令广义》，万历三十年秣陵陈邦泰刊本。

（唐）长孙无忌等：《唐律疏议》，刘俊文点校，中华书局 1983 年版。

《大明律》，怀效锋点校，法律出版社 1999 年版。

（清）纪昀等：《钦定四库全书总目》，中华书局 1997 年版。

范祥雍：《洛阳伽蓝记校注》，上海古籍出版社 1978 年版。

无名氏撰、（晋）葛洪撰：《燕丹子·西京杂记》，中华书局 1985 年版。

（唐）李泰：《括地志辑校》，贺次君辑校，中华书局 1980 年版。

（宋）孟元老等：《东京梦华录·外四种》，古典文学出版社 1957 年版。

（宋）张津：《乾道四明图经》，清刻宋元四明六志本。

（清）钱维乔：《乾隆鄞县志》，清乾隆五十三年刻本。

赵琪修、袁荣叟等纂：《胶澳志》，民国十七年铅本。

陈鼓应：《庄子今注今译》，中华书局 2009 年版。

（清）王先谦：《荀子集解》，沈啸寰、王星贤点校，中华书局 1988 年版。

吴毓江撰：《墨子校注》，孙启治点校，中华书局 1993 年版。

（清）黎翔凤撰：《管子校注》，梁运华整理，中华书局 2004 年版。

张觉等撰：《韩非子译注》，上海古籍出版社 2007 年版。

（宋）普济：《五灯会元》，苏渊雷点校，中华书局 1984 年版。

张继禹主编：《中华道藏》，华夏出版社 2004 年版。

吴小强撰：《秦简日书集释》，岳麓书社 2000 年版。

《汉魏六朝笔记小说大观》，王根林、黄益元、曹光甫校点，上海古籍出版社 1999 年版。

袁珂校注：《山海经校注》，上海古籍出版社 1980 年版。

王贻梁、陈建敏：《穆天子传汇校集释》，华东师范大学出版社 1994 年版。

王叔岷：《列仙传校笺》，中华书局 2007 年版。

（晋）葛洪撰：《神仙传》，上海古籍出版社 1990 年版。

（晋）干宝撰、（宋）陶潜撰：《新辑搜神记》，李剑国辑校，中华书局 2007 年版。

徐震堮：《世说新语校笺》，中华书局 1984 年版。

（梁）任昉撰：《述异记》，中华书局 1985 年版。

（唐）段成式：《酉阳杂俎》，方南生点校，中华书局 1981 年版。

（宋）杨亿口述、黄鉴笔录、宋庠整理：《杨文公谈苑》，上海古籍出版社 1993 年版。

（宋）魏泰撰：《东轩笔录》，李裕民点校，中华书局 1983 年版。

（宋）曾敏行：《独醒杂志》，朱杰人标校，上海古籍出版社 1986 年版。

（宋）赵彦卫：《云麓漫钞》，傅根清点校，中华书局 1996 年版。

（宋）罗大经撰：《鹤林玉露》，中华书局 1983 年版。

（宋）龚明之撰：《中吴纪闻》，孙菊园校点，上海古籍出版社 1986 年版。

（宋）洪迈撰：《夷坚志》，何卓点校，中华书局 1981 年版。

（宋）孟元老等：《东京梦华录》（外四种），古典文学出版社 1957 年版。

（元）陶宗仪撰：《南村辍耕录》，中华书局 1959 年版。

（明）胡应麟著：《少室山房笔丛》，中华书局 1958 年版。

（明）冯梦龙编：《醒世恒言》，顾学颉校注，人民文学出版社 1956 年版。

（明）冯梦龙编：《警世通言》，严敦易校注，人民文学出版社 1956 年版。

（清）曹雪芹、高鹗：《红楼梦》，人民文学出版社 1982 年版。

（清）蒲松龄：《全本新注聊斋志异》，朱其铠主编，人民文学出版社 1989 年版。

（清）纪昀：《阅微草堂笔记》，上海古籍出版社 1980 年版。

（清）王椷：《秋灯丛话》，同治十年春镌本。

（明）王士性：《广志绎》，中华书局 1981 年版。

（明）徐树丕：《识小录》，涵芬楼秘笈影稿本。

（清）周亮工：《闽小记》，上海古籍出版社 1985 年版。

（清）赵翼撰：《陔馀丛考》，商务印书馆 1957 年版。

（清）俞正燮：《癸巳存稿》，辽宁教育出版社 2003 年版。

佚名：《珊玉集》，古逸丛书影旧抄卷子本。

（唐）徐坚等：《初学记》，中华书局 1962 年版。

（宋）李昉等：《太平广记》，中华书局 1961 年版。

（宋）李昉等：《太平御览》，中华书局 1960 年版。

逯钦立辑校：《先秦汉魏晋南北朝诗》，中华书局 1988 年版。

《全唐诗》（增订本），中华书局编辑部点校，中华书局 1999 年版。

曾昭岷等编撰：《全唐五代词》，中华书局 1999 年版。

（宋）郭茂倩编：《乐府诗集》，中华书局 1979 年版。

王利器辑录：《历代笑话集》，古典文学出版社 1956 年版。

吉联抗辑：《琴操》，人民音乐出版社 1990 年版。

（汉）扬雄：《扬雄集校注》，张震泽校注，上海古籍出版社 1993 年版。

（汉）蔡邕：《蔡邕集编年校注》，邓安生编，河北教育出版社 1999 年版。

陈伯君校注：《阮籍集校注》，中华书局 1987 年版。

朱靖华等：《苏轼词新释辑评》，中国书店出版社 2007 年版。

钱南扬校点：《汤显祖戏曲集》，上海古籍出版社 1978 年版。

魏同贤主编：《冯梦龙全集》，凤凰出版社 2007 年版。

王英志主编：《袁枚全集》，江苏古籍出版社 1993 年版。

唐圭璋：《词话丛编》，中华书局 1986 年版。

姜彬主编：《中国民间文学大辞典》，上海文艺出版社 1992 年版。

鲁迅：《鲁迅全集》，人民文学出版社 1973 年版。

傅杰编校：《王国维论学集》，中国社会科学出版社 1997 年版。

林语堂：《吾国与吾民》，外语教学与研究出版社 2000 年版。

闻一多：《神话与诗》，华东师范大学出版社 1997 年版。

钟敬文：《民间文学概论》，上海文艺出版社 1980 年版。

刘魁立：《刘魁立民俗学论集》，上海文艺出版社 1998 年版。

陈建宪：《神祇与英雄：中国古代神话的母题》，生活·读书·新知三联书店 1994 年版。

刘守华：《中国民间故事史》，湖北教育出版社 1998 年版。

程恭让主编：《天问》，江苏人民出版社 2006 年版。

朱一玄编：《红楼梦资料汇编》，南开大学出版社 1985 年版。

朱一玄编：《明清小说资料选编》，齐鲁书社 1989 年版。

朱一玄编：《聊斋志异资料汇编》，中州古籍出版社 1985 年版。

李泽厚：《中国古代思想史论》，人民出版社 1985 年版。

余英时：《士与中国文化》，上海人民出版社 1987 年版。

李剑国：《唐五代志怪传奇叙录》，南开大学出版社 1993 年版。

宁稼雨：《中国志人小说史》，辽宁人民出版社 1991 年版。

万建中等：《中国民间散文叙事文学的主题学研究》，北京大学出版社 2009 年版。

吴光正：《"文学"的独立与文学的"真相"》，中国社会科学出版社 2012 年版。

傅修延：《中国叙事学》，北京大学出版社 2015 年版。

赵伟：《崂山道教与佛教研究》，人民出版社 2015 年版。

王尔敏：《明清时代庶民文化生活》，岳麓书社 2002 年版。

张维华：《中国长城建置考》，中华书局 1979 年版。

王瑾：《互文性》，广西师范大学出版社 2005 年版。

张崇纲：《张崇纲文选》，天马出版有限公司 2009 年版。

张崇纲编：《崂山民间故事全集》，青岛海洋大学出版社 1993 年版。

青岛市崂山风景区管委会编：《崂山故事选·名景篇》，山东文艺出版社 1992 年版。

杨来青主编：《青岛城市历史读本》，青岛出版社 2013 年版。

青岛市崂山区史志办公室：《崂山民俗志》，五洲传播出版社 2005 年版。

孙克诚：《黄宗昌〈崂山志〉注释》，中国海洋大学出版社 2010 年版。

周至元：《崂山志》，齐鲁书社 1993 年版。

蓝水：《崂山志》，1996 年印刷。

（清）黄肇颚：《崂山续志》，山东省地图出版社 2008 年版。

《马克思恩格斯全集》，人民出版社 1982 年版。

丁乃通：《中国民间故事类型索引》，郑建成等译，中国民间文艺出版社 1986 年版。

［英］爱·摩·福斯特：《小说面面观》，苏炳文译，花城出版社

1984 年版。

　　[德] 黑格尔：《历史哲学》，王造时译，上海书店出版社 2001 年版。

　　[奥] 弗洛伊德：《弗洛伊德文集》，车文博主编，长春出版社 2004 年版。

　　[英] 杰克·古迪：《神话、仪式与口述》，李源译，中国人民大学出版社 2014 年版。

　　[美] 桑德拉·吉尔伯特、[美] 苏珊·古芭：《阁楼上的疯女人》，杨莉馨译，上海人民出版社 2015 年版。

　　[美] 梅维恒主编：《哥伦比亚中国文学史》，马小悟等译，新星出版社 2016 年版。

　　胡愈之：《论民间文学》，《妇女杂志》1921 年第 1 期。

　　杨知勇：《论民间文学的本质特征和首要特征》，《云南社会科学》1983 年第 3 期。

　　王永平：《论唐代的道教经济活动》，《中国经济史研究》2000 年第 2 期。

　　汪泽：《〈朱蛇记〉故事文本流变与文化分析》，《天中学刊》2015 年第 1 期。

　　庄国土：《论中国海洋史上的两次发展机遇与丧失的原因》，《南洋问题研究》2006 年第 1 期。

　　刘思志：《我与崂山民间文学》，《青岛大学师范学院学报》1995 年第 2 期。

　　刘怀荣：《崂山道教及其在中国道教史上的地位》，《东方论坛》1995 年第 3 期。

　　吴效群：《问活佛故事的原型解读》，《民间文化论坛》1996 年第 1 期。

　　金华：《中日韩"狗耕田"型故事比较研究》，《文化遗产》2016 年第 4 期。

　　李立：《云梦秦简"牛郎织女"简文辨正》，《长江大学学报》2008 年第 6 期。

　　刘魁立：《孟姜女传说的学术价值与现实意义》，《民俗研究》2009 年第 3 期。

　　王娟：《断尾龙故事类型的心理分析研究》，《民间文学论坛》1994

年第 3 期。

　　刘守华:《千年故事百年追踪——一个难得的比较文学研究实例》,《外国文学研究》2000 年第 2 期。

　　刘守华:《一个蕴含史诗魅力的中国民间故事》,《光明日报》2012年 2 月 27 日。

　　尚永亮:《中国古典文学研究的五个层面》,《光明日报》2003 年 7月 30 日。

　　张峰屹、郭晨光:《"江郎才尽"真实涵义及其文学史意义》,《陕西师范大学学报》2013 年第 6 期。